21 世纪全国高等教育应用型精品课规划教材

数据库技术与应用

主　编　徐　慧

副主编　杨　勇　李　杨　李　毅

北京理工大学出版社
BEIJING INSTITUTE OF TECHNOLOGY PRESS

内 容 简 介

本书介绍了数据库系统设计的基本理论和方法。全书共分六章,第一、二章介绍了数据库系统的基本概念、数据模型与概念模型、关系数据库的基本知识;第三章介绍了关系数据库的标准语言 SQL Server 2005 关系数据库管理系统的相关知识;第四章介绍了数据库系统的设计方法;第五章介绍了数据库安全及 SQL Server 的数据库安全;第六章介绍了数据库技术的发展方向等内容。

全书始终以程序案例辅助讲解,将知识点与实例相结合,以流行的 SQL Server 2005 数据库管理系统作为实验平台,循序渐进,便于教师讲授和学生学习。有些章配有上机实训,便于学生上机实践。

本书适合作为高等院校的学习教材,亦可作为数据库设计开发人员的参考书。

图书在版编目(CIP)数据

数据库技术与应用/徐慧主编. —北京:北京理工大学出版社,2010.1
ISBN 978 - 7 - 5640 - 2995 - 1

Ⅰ. ①数… Ⅱ. ①徐… Ⅲ. ①关系数据库 - 数据库管理系统,SQL Server - 高等学校:技术学校 - 教材 Ⅳ. ①TP311.138

中国版本图书馆 CIP 数据核字(2010)第 010101 号

出版发行／北京理工大学出版社
社　　址／北京市海淀区中关村南大街 5 号
邮　　编／100081
电　　话／(010)68914775(办公室)　68944990(批销中心)　68911084(读者服务部)
网　　址／http：// www. bitpress. com. cn
经　　销／全国各地新华书店
印　　刷／涿州市新华印刷有限公司
开　　本／787 毫米×1092 毫米　1/16
印　　张／18.25
字　　数／419 千字
版　　次／2010 年 1 月第 1 版　　2010 年 1 月第 1 次印刷
印　　数／1～2000 册　　　　　　　　　　　　　责任校对／陈玉梅
定　　价／36.00 元　　　　　　　　　　　　　　责任印制／边心超

图书出现印装质量问题,本社负责调换

前　　言

　　数据库技术是计算机科学技术中发展最快的领域之一，已经成为计算机信息系统与应用系统的核心技术，它与网络技术构成计算机应用的两个重要平台。数据库技术与应用课程已成为计算机教学中的核心课程。

　　本教材根据作者多年从事数据库技术课程的教学经验而编写，该书比较全面地介绍了数据库技术的基础理论、应用技术和使用方法。本书在编写过程中，依据理论知识的应用和实践能力培养相结合的原则，从数据库的基本概念出发，循序渐进，通过一个实际的例子——班级信息管理系统（class_MIS），介绍了数据库的基本理论、SQL Server 2005 的基础知识与应用、数据库的安全以及数据库的发展趋势。

　　本书具有以下几个特色。

　　（1）结构合理。教材语言叙述通俗易懂、简明实用，在内容安排上深入浅出，循序渐进，符合认知规律。

　　（2）版本更新。本书在基础理论部分引进了近年来的最新数据库理论，基本概念和基本理论清晰，应用的数据库为 SQL Server 2005。

　　（3）示例丰富。为便于学生更好地理解有关的概念和相关技术，本书列举了大量的例子，所有实例均经过上机验证，并且在每章的后边都给出了习题，部分章节附有实训题目。

　　本书具有教材和技术资料的双重特征，既可以作为高等院校计算机专业的教材使用，也可供从事计算机专业的教学、科研、管理和工程技术人员参考。

　　本书由徐慧主编，杨勇、李杨、李毅任副主编。参加本书编写大纲讨论及编写的人员有李杨；蔡茜、陈虹宇、陈显通；陈志建、何晶；杨勇、陈必峰；胡波、杨晶晶；徐慧、李毅、王颖，在此表示诚挚的谢意。

　　本书在编写过程中，参考了大量的文献资料，在此对这些文献资料的作者表示诚挚的谢意。

　　由于时间紧迫，编者水平有限，书中难免有疏漏与不足之处，敬请读者和同行专家批评指正。

编　者

前 言

目　录

第1章 数据库系统概述

作为计算机的三大应用领域之一，数据处理所占的比重越来越大，而数据库技术是目前数据管理最完善的手段之一。各种管理信息系统、决策支持系统、办公自动化系统以及计算机辅助设计/制造系统都使用数据库作为收集、组织、存储、加工、抽取和传播信息的主要手段。

数据库技术主要解决数据处理的非数值计算问题，例如仓库管理、档案管理、图书资料管理等；数据库处理的主要内容包括数据的存储、查询、修改、分类排序以及决策支持等功能；具有数据共享、数据结构化、数据独立性、可控数据冗余度和统一数据控制等特点。

本章将主要介绍数据库技术的发展，数据与信息的概念和表达，以及数据库系统的基本结构等。

1.1 数据管理技术的发展

1.1.1 数据、信息和数据处理

1. 数据

人们通常使用各种各样的物理符号来表示客观事物的特性和特征，这些符号及其组合就是数据。也就是说数据就是指存储在某一种媒体上能够识别的物理符号。数据的概念包括两个方面，即数据内容和数据形式。数据内容用于描述客观事物特性，也就是通常所说的数据的"值"；数据形式则是指数据内容存储在媒体上的数据形式，也就是通常所说的数据的"类型"。如日期"2008 年 8 月 8 日"，也可以表示为"2008-8-8"，两者所表达的都是同一天。

数据不仅包括数字、字母、文字和其他符号组成的文本形式的数据，而且还包括图形、图像、动画、影像、声音等多媒体数据。

2. 信息

信息是指数据经过加工处理后所获取的有用知识。信息是以某种数据形式表现的。这种数据形式对于数据接收者来说是有意义的。

信息来源于物质和能量，可以感知，可以存储，也可以加工、传递和再生。信息的这些特点，构成了信息的最重要的自然必然，它是人类维持正常活动不可缺少的资源。

数据和信息是两个相互联系、但又相互区别的概念，数据是信息的具体表现形式，信息是数据的内涵。

3. 数据处理

数据处理就是将数据转换成信息的过程。它包括对各种类型的数据进行收集、存储、分类、计算、加工、检索和传输的过程。

　　数据处理是使数据变为有用信息的一系列活动的总称，因此又称为信息处理。数据处理的目的是从大量的、原始的数据中获得人们所需要的资料并提取有用的数据成分，作为行为和决策的依据。例如：教师根据学生各科成绩计算总成绩、平均成绩以及排名等。

1.1.2　数据管理的发展

　　随着计算机技术的不断发展，数据管理逐渐成为数据处理的中心问题。计算机对数据的管理是指对数据的组织、分类、编码、存储、检索和维护提供操作手段。

　　数据管理的发展大致经历了 4 个阶段：人工管理阶段、文件系统阶段、数据库阶段和高级数据库阶段。

1. 人工管理阶段

　　20 世纪 50 年代中期以前，由于当时的计算机没有专门管理数据的软件，也没有像磁盘这样可随机存取的外部存储设备，数据依附于处理它的应用程序。此时的计算机只用于科学计算。

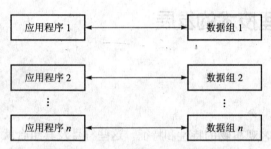

图 1-1　人工管理阶段程序与数据的关系

　　这个时期的数据管理的特点是：数据面向应用，数据与程序不独立，使得不同应用程序之间存在大量重复数据，造成数据冗余；数据不能长期保存，程序运行结束输出结果，原始数据不能再利用；没有专门的数据管理软件，数据组织方式必须由程序员自行设计与安排。

　　在人工管理阶段，应用程序与数据之间的关系如图 1-1 所示。

2. 文件系统阶段

　　从 20 世纪 50 年代后期开始至 60 年代中后期，计算机开始大量应用于管理中的数据处理。此时计算机硬件已经出现磁盘、磁带及磁鼓等外部存储设备，软件则出现了高级语言和操作系统，其中操作系统中的文件系统是专门管理外存储器的数据管理软件。

　　在文件系统阶段，文件系统为程序与数据之间提供了一个公共接口，使应用程序采用统一的存取方法来存取、操作数据，程序与数据之间不再是直接的对应关系，因而程序和数据有了一定的独立性。但文件系统只是简单地存放数据，数据的存取在很大程度上仍依赖于应用程序，不同程序难于共享同一数据文件，数据独立性较差。此外，由于文件系统没有一个相应的模型约束数据的存储，因而仍有较高的数据冗余，这又极易造成数据的不一致性。

　　在文件系统阶段，应用程序与数据之间的关系如图 1-2 所示。

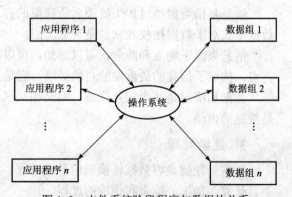

图 1-2　文件系统阶段程序与数据的关系

3．数据库阶段

数据库管理阶段是 20 世纪 60 年代末在文件管理基础上发展起来的。随着计算机应用的深入，文件系统的数据管理方法已无法满足急剧增长的数据管理量以及用户对数据共享的需求，因此数据库技术应运而生。

数据库技术使数据有了统一的结构，对所有的数据实行统一、集中、独立的管理，以实现数据的共享，保证数据的完整性和安全性，提高了数据管理效率。数据库也是以文件方式存储数据的，但它是数据的一种高级组织形式。在应用程序和数据库之间，利用数据库管理系统进行分隔和连接，从而保障了应用程序与数据的独立性，减少了应用程序的开发和维护代价。SQL Server 就是一种数据库管理系统。

在数据库阶段，应用程序与数据之间的关系如图 1-3 所示。

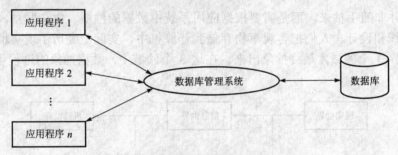

图 1-3　数据库阶段程序与数据的关系

4．高级数据库阶段

随着数据库应用领域的不断扩大和信息量的急剧增长，占主导地位的关系数据库系统已不能满足新的应用领域的需求，如 CAD（计算机辅助设计）/CAM（计算机辅助制造）、OA（办公自动化）、MIS（管理信息系统）等，都需要数据库新技术的支持。因此出现了分布式数据库系统和面向对象数据库系统，这两个系统的出现标志着数据库技术已经进入了高级阶段。

（1）分布式数据库系统

分布式数据库系统是数据库技术、计算机网络技术和分布处理技术紧密结合的产物，它使得数据库技术由原来的主机—终端体系结构发展到客户/服务器（Client/Server）系统结构。

分布式数据库系统的主要特点是：

① 在分布式数据库系统中，数据分布在计算机网络的不同结点上，而不是集中在一个结点，区别于数据存放在服务器上由各用户共享的网络数据库系统；

② 具有高度透明性，在分布式数据库系统中，用户不需要了解所访问的数据库在哪里，只要直接连接数据库就可以使用；

③ 具有更高的可靠性，分布式数据库系统中的各个结点互不干扰，无论哪个结点发生故障其他结点仍然可以继续正常使用。

（2）面向对象数据库系统

面向对象数据库是数据库技术与面向对象程序设计相结合的产物。面向对象数据库系统

（Object-Oriented DataBase System，OODBS）是将面向对象的模型、方法和机制，与先进的数据库技术有机地结合而形成的新型数据库系统。面向对象数据库系统首先是一个数据库系统，具备数据库系统的基本功能，其次是一个面向对象的系统，它是针对面向对象的程序设计语言的永久性对象存储管理而设计的，充分支持完整的面向对象概念和机制。

现在还出现了多媒体数据库以及数据仓库等高级应用，这些应用的出现标志着数据库技术新的应用方向的出现，是研究和发展的新出口。

1.2　信息描述与数据模型

1.2.1　信息描述

数据库并非随手拈来，而是需要根据应用系统中数据的性质、内在联系，按照管理要求来进行组织和设计。人们把客观事物存储到计算机中，实际上经历了现实世界、信息世界、机器世界 3 个领域才最终抽象出来。在这 3 个领域中，数据抽象的过程可以用图 1–4来表示。

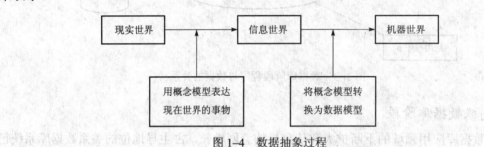

图 1–4　数据抽象过程

1. 现实世界

现实世界就是存在于人脑之外的客观世界，客观事物及其相互联系就处于现实世界中。客观事物可以用对象和性质来描述，如学校有教师、学生两种对象；教师有教师号、姓名、授课课程等性质，学生有学号、姓名和班级等性质；教师与学生有讲授的关系。

2. 信息世界

信息世界就是现实世界在人们头脑中的反映，被人们用文字、符号、图像等方式记录下来。现实世界是物质的，相对而言信息世界是抽象的。

（1）术语

在信息世界中，事物用以下一些术语来描述。

① 实体

客观存在且可以相互区别的事物称为实体。实体可以是具体的事物，如教师、学生、课桌等，也可以是抽象的事件，如讲课、课桌使用等。

② 属性

实体所具有的某种特性叫做实体的属性，一个实体可以有多个属性。如学生用学号、姓名和班级等多个属性来描述。

③ 实体集

同类型的实体的集合叫做实体集。如学校所有学生都有学号、姓名、性别、班级等属性，因此所有学生都属于同一实体集。

④ 键

能够唯一标识每个实体的属性或属性集合，称为实体的键。如每个同学的学号，都是唯一的，不可能重复的，它就可以作为唯一标识某一学生的键。

（2）实体联系

实体之间的对应关系称为联系，它反映现实世界事物之间的相互关联。

常见的实体间的联系有 3 类：一对一联系（如一个班对应一个班主任）、一对多联系（如一个班主任管理多个学生）和多对多联系（如一个教师为多个学生上课，同时每个学生又有多位任课教师）。

3. 机器世界

机器世界就是信息世界中的信息数据化的产物。信息世界的信息在机器世界中以数据形式存储。相对于信息世界，数据世界是量化的。

在机器世界中数据用下列一些术语来描述。

（1）字段

描述实体属性的命名单位称为字段。它是机器世界中可以命名的最小单位。字段的命名往往与属性名相同。如学生有学号、姓名和班级等字段。

（2）记录

字段的有序集合称为记录。一般用一条记录描述一个实体，所以记录也可以认为是能完整描述一个实体的实体集。例如一个学生由有序的字段集组成（学号、姓名、性别、出生年月和班级）。

（3）文件

同一类记录的汇集称为文件。文件是描述实体集的。例如，所有学生记录组成一个学生文件。

（4）键

能唯一标识文件中每个记录的字段或字段集合，称为文件的键。与信息世界中的键相对应。例如，每个学生的学号。

1.2.2　实体联系模型

实体联系模型（Entity Relationship Model），简称 E-R 模型。实体联系模型直接从现实世界中抽象出实体类型及实体间的联系，然后用 E-R 图快速表示出数据模型。

E-R 图是直观表示概念模型的有力工具，它包含了 4 种基本成分。

① 矩形框：表示实体类型。

② 菱形框：表示实体间的联系。

③ 椭圆形框：表示实体类型和联系类型的属性。

④ 直线段：连接实体类型与联系类型以及属性。在连接实体类型和联系类型的直线上应标注联系类型（1:1、1:n 或 m:n）。

【例1-1】用E-R图来描述一个班级中实体与实体之间的内在联系。

一个班只有一个班主任，一个班主任只负责一个班，这可以表示为1:1的E-R图，如图1-5所示。

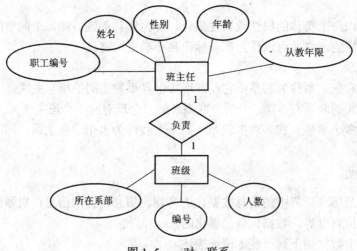

图1-5　一对一联系

一个班主任可以管理多个学生，而一个学生只有一个班主任，这可以表示为1:n的E-R图，如图1-6所示。

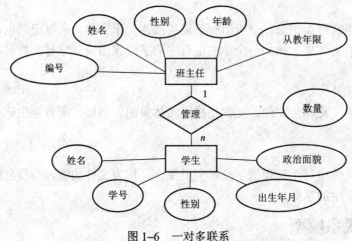

图1-6　一对多联系

一个学生可以选择多门课程，一门课也可以有多个学生选，这可以表示为m:n的E-R图，如图1-7所示。

值得注意的是，联系也可以具有属性，联系的属性同样使用直线段将其连接到联系上。例如，如果"选课"关系有一个"成绩"属性，则可为其绘制如图1-8所示的E-R图。

1.2.3　数据模型

现实世界中的客观事物及其联系，在数据世界中以数据模型描述。

数据库中存储的是结构化的数据，就是说数据库不仅要考虑记录内数据项的联系，还要

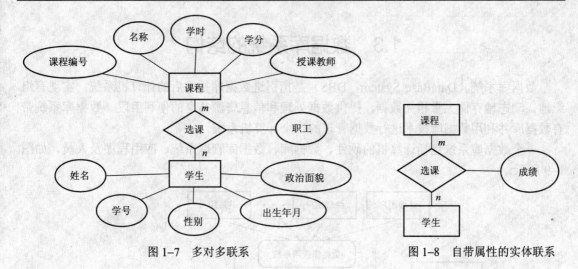

图 1-7　多对多联系　　　　　　　　图 1-8　自带属性的实体联系

考虑记录之间的联系。描述这种联系的数据结构形式就是数据模型。数据模型是数据库系统中的一个重要概念，它的好坏直接影响数据库的性能。数据库管理系统常用的数据模型有下列三种。

1. 层次模型

层次模型（Hierarchical Model）是用"树结构"表示数据之间的联系。层次模型把客观问题抽象成一个严格的自上而下的层次关系 。其特征为：

① 有且只有一个结点没有父结点，即根结点；

② 其他结点有且只有一个父结点。

层次模型具有层次分明、结构清晰的优点，适用于描述主次分明的结构关系，但不能直接表示多对多联系。

2. 网状模型

网状模型（Network Model）用"图结构"表示数据之间的联系。网状模型是以记录为结点的网络，它反映现实世界中较为复杂的事物间的联系。其特征为：

① 有一个以上的结点没有父结点；

② 至少有一个结点有多于一个的父结点。

网状模型表达能力强，能反映实体间多对多的复杂联系。但是网状结构在概念、结构和使用方面都比较复杂，对机器的软硬件要求比较高。

3. 关系模型

关系模型（Relational Model）采用"二维表"(或者说"关系")来表示实体以及实体之间的联系。关系模型的数据结构是一个"二维表框架"组成的集合，每个二维表又称为一个关系。

关系模型是建立在关系代数基础上的，因而具有坚实的理论基础。与层次模型和网状模型相比，具有数据结构单一、理论严密、使用方便、易学易用的特点，因此，目前绝大多数数据库系统的数据模型，都是采用关系数据模型，它已成为数据库应用的主流。

SQL Server 就是一种典型的关系型数据库管理系统。

1.3 数据库系统的结构

数据库系统（DataBase System，DBS）是指引进数据库技术后的计算机系统，实现有组织地、动态地存储大量相关数据，提供数据处理和信息资源共享的便利手段。数据库系统带有数据库并利用数据库技术进行数据管理的一个计算机系统。

一个数据库系统包括计算机的硬件、数据库、数据库管理系统、应用程序及人员，如图1–9 所示。

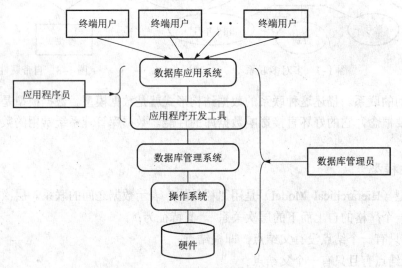

图 1–9 数据库系统的组成

1.3.1 数据库系统的组成

1. 数据库系统需要的硬件资源及对硬件的要求

数据库系统数据量大、数据结构复杂、软件内容多，因此要求硬件设备能够快速处理它的数据。这就需要硬件的数据存储容量大、数据处理速度和数据输入/输出速度快。在进行数据库系统的硬件配置时，应注意以下三个方面的问题。

① 计算机内存要尽量大。计算机内存的大小对数据库系统的性能的影响是非常明显的，内存大就可以建立较多、较大的程序工作区或数据缓冲区，以管理更多的数据文件和控制更多的程序过程，进行比较复杂的数据管理和更快的数据操作。

② 计算机外存也要尽量大。由于数据库中的数据量大和软件种类多，计算机必然需要较大的外存空间来存储其数据文件和程序文件。

③ 计算机的数据传输速度要快。由于数据库的数据量大而操作的复杂度不大，数据库工作时需要经常进行内、外存的交换操作，这就要求计算机不仅有较强的通道能力，而且数据存取和数据交换的速度要快。

2. 数据库

数据库（DataBase，DB）是存储在计算机内有组织的共享的数据的集合。数据库中的数据按一定的数据模型组织、描述和储存。

数据库中不仅包括描述事物的数据本身，而且还包括相关事物之间的联系。它的数据是按一定的数据结构存放的，而且往往是面向多种应用的，所以能够实现数据共享，从而极大降低了数据冗余度。

3. 数据库管理系统

数据库如何科学组织和存储数据？如何高效地获取数据和维护数据？这就需要数据库管理系统来进行统一地管理和控制。

数据库管理系统（DataBase Manage System，DBMS）是位于用户与操作系统之间的一层管理软件，是数据库系统的核心组成部分。它的主要功能包括以下几项。

（1）数据定义功能

DBMS 提供数据定义语言（Data Define Language，DDL），用户通过它可以方便地对数据库中的数据对象进行定义。例如，在数据库中定义表、视图等对象。

（2）数据操纵功能

DBMS 还提供数据操纵语言（Data Manipulation Language，DML），用户可以使用它操纵数据来完成对数据库的基本操作，如查询、插入、修改、删除等。

（3）数据库运行管理功能

DBMS 通过对数据的安全性控制、数据的完整性控制、多用户环境下的并发控制以及数据库的恢复，来确保数据正确有效和数据库系统的正常运行。

（4）数据库的建立和维护功能

它包括数据库的初始数据的装入，转换功能，数据库的转储、恢复、重组织，系统性能监视、分析等功能。这些功能通常是由一些实用程序完成的。

（5）数据通信功能

DBMS 提供与其他软件系统进行通信的功能。实现用户程序与 DBMS 之间的通信，通常与操作系统协调完成。

4. 数据库应用系统

数据库应用系统（DataBase Application System，DBAS）是指系统开发人员利用数据库系统资源开发出来的，面向某一类实际应用的应用软件系统。例如，学生学籍管理系统，图书借阅系统，超市收银系统、火车票订购系统等。

5. 用户

用户（User）是指使用数据库的人，即对数据库的输入、存储、维护和检索等操作。用户大致可分为终端用户、应用程序员和数据库管理员。

（1）终端用户

终端用户（End User）主要是指通过应用系统的用户界面使用数据库的非计算机专业人员。

（2）应用程序员

应用程序员（Application Programmer）指负责数据库终端用户设计和编制应用程序，以便终端用户对数据库进行存取操作的人员。

（3）数据库管理员

数据库管理员（DataBase Administrator，DBA）是数据管理机构的一组人员，他们负责对整个数据库系统进行总体控制和维护，以保证数据库系统的正常运行。

1.3.2 数据库系统的特点

数据库系统有以下几个特点。

1. 实现数据共享

数据共享包括三个方面：一是所有用户可以同时存取数据；二是数据库不仅可以为当前的用户服务，还可以为将来的新用户服务；三是可以使用多种高级语言完成与数据库的连接。

2. 减少数据冗余

数据库从全局观念来组织和存储数据，数据已经根据特定的数据模型结构化，在数据库中用户的逻辑数据文件和具体的物理数据文件不必一一对应，从而有效地节省了存储资源，减少了数据冗余，增强了数据的一致性。

3. 具有较高的数据独立性

在数据库系统中，数据库管理系统提供映像功能，使其具有了高度的物理独立性和一定的逻辑独立性。这也就意味着用户只需以简单的逻辑结构来操作数据，无需考虑数据在存储器上的物理位置与结构。

4. 增强了数据安全性和完整性的保护

数据库管理系统提供了备份、用户、权限等保护措施来保障数据的安全性和完整性。

1.3.3 数据库系统的三级数据模式结构

数据模型用数据描述语言给出的精确描述称为数据模式。数据模式是数据库的框架。数据库的数据模式由外模式、模式和内模式三级模式构成，其结构如图1-10所示。

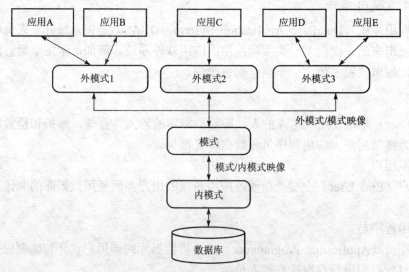

图1-10 数据库系统的三级数据模式结构

1. 数据库的三级数据模式结构

数据库的三级数据模式是指逻辑模式、外模式、内模式。

（1）逻辑模式及概念数据库

逻辑模式也常称模式，它是对数据库中数据的整体逻辑结构和特征的描述。逻辑模式使用模式 DDL 进行定义，其定义的内容不仅包括对数据库的记录型、数据项的型、记录间的联系等的描述，同时也包括对数据的安全性定义（保密方式、保密级别和数据使用权）、数据应满足的完整性条件和数据寻址方式的说明。

逻辑模式是系统为了减少数据冗余，实现数据共享的目标，并对所有用户的数据进行综合抽象而得到的统一的全局数据视图。一个数据库系统只能有一个逻辑模式，以逻辑模式为框架的数据库为概念数据库。

（2）外模式及用户数据库

外模式也称子模式，它是对各个用户或程序所涉及的数据的逻辑结构和数据特征的描述。外模式使用子模式 DDL 进行定义，该定义主要涉及对子模式的数据结构、数据域、数据构造规则及数据的安全性和完整性等属性的描述。子模式可以在数据组成（数据项的个数及内容）、数据间的联系、数据项的型（数据类型和数据宽度）、数据名称上与逻辑模式不同，也可以在数据的安全性和完整性方面与逻辑模式不同。

子模式是完全按用户自己对数据的需要，站在局部的角度进行设计的。由于一个数据库系统有多个用户，因此就可能有多个数据子模式。因为子模式是面向用户或程序设计的，所以它被称为用户数据视图。从逻辑关系上看，子模式是模式的一个逻辑子集，从一个模式可以推导出多个不同的子模式。以子模式为框架的数据库为用户数据库。显然，某个用户数据库是概念数据库的部分抽取。

（3）内模式及物理数据库

内模式也叫存储模式或物理模式。内模式是对数据的内部表示或底层描述。内模式使用内模式 DDL 定义。内模式 DDL 不仅能够定义包括数据的数据项、记录、数据集、索引和存取路径在内的一切物理组织方式等属性。而且还要规定数据的优化性能、响应时间和存储空间需求，规定数据的记录位置、块的大小与数据溢出区等信息。

物理模式的设计目标是将系统的模式（全局逻辑模式）组织成最优的物理模式，以提高数据的存取效率，改善系统的性能指标。

以物理模式为框架的数据库称为物理数据库。在数据库系统中，只有物理数据库才是真正存在的，它是存放在外存的实际数据文件；而概念数据库和用户数据库在计算机外存上是不存在的。

概念数据库、用户数据库和物理数据库三者的关系是：概念数据库是逻辑数据库的逻辑抽象形式；用户数据库是概念数据库的子集，也是物理数据库子集的逻辑描述；物理数据库是概念数据库的具体实现。

2. 数据库系统的二级映像技术及作用

数据库系统的二级映像技术是指外模式与模式之间，以及模式与内模式之间的映像技术。二级映像技术不仅在三级数据模式之间建立了联系，同时也保证了数据的独立性。

（1）外模式/模式的映像及作用

外模式/模式之间的映像，定义并保证了外模式与数据模式之间的对应关系。外模式/模式的映像定义通常保存在外模式中。当模式变化时，DBA 可以通过修改映像的方法使外模式不变。由于应用程序是根据外模式设计的，只要外模式不改变，应用程序就不需要修改。显然，数据库系统中的外模式与模式之间的映像技术不仅建立了用户数据库与逻辑数据库之间的对应关系，使得用户能够按子模式进行程序设计，同时也保证了数据的逻辑独立性。

（2）模式/内模式的映像及作用

模式/内模式之间有映像，定义并保证了数据的逻辑模式与内模式之间的对应关系，它说明数据的记录、数据项在计算机内部是如何组织和表示的。当数据库的存储结构改变时，DBA 可以通过修改模式/内模式之间的映像使数据模式不变化。由于用户或程序是按数据的逻辑模式使用数据的，所以只要数据模式不变，用户仍可以按原来的方式使用数据，程序也不需要修改。模式/内模式的映像技术不仅使用户或程序能够按照数据的逻辑结构使用数据，而且还提供了内模式变化而程序不变的方法，从而保证了数据的物理独立性。

本 章 小 结

本章概要介绍了数据管理的发展，学习了数据库的基本概念，明确了数据库技术的优点。

数据模型是建立数据库的基础，本章通过不同领域中数据的表达，抽象出概念模型和数据模型，为数据库的创建打下基础。

数据库系统由硬件、软件和用户三个大的部分构成，其中的数据库管理系统是数据库系统的核心，也是后续章节学习的重点。

习 题 1

一、单项选择题

1. 通常所说的数据库系统（DBS）、数据库管理系统（DBMS）和数据库（DB）之间的关系是（　　）。

A. DBMS 包含 DB 和 DBS　　　　　　B. DB 包含 DBS 和 DBMS

C. DBS 包含 DB 和 DBMS　　　　　　D. 三者无关

2. 在数据库中存储的是（　　）。

A. 数据　　　　　　　　　　　　　　B. 信息

C. 数据和数据之间的联系　　　　　　D. 数据模型的定义

3. 文件系统与数据库系统的重要区别是数据库系统具有（　　）。

A. 数据可共享　　　　　　　　　　　B. 数据无冗余

C. 特定的数据模型　　　　　　　　　D. 专门的数据管理软件

4. 在数据库的体系结构中，数据库存储的改变会引起内模式的改变。为使数据库的模式保持不变，从而不必修改应用程序，必须通过改变模式与内模式之间的映射来实现。这样，使数据库具有（　　）。

A. 数据独立性　　　B. 逻辑独立性　　　C. 物理独立性　　　D. 操作独立性

5. 数据是信息的载体，信息是数据的（　　）。

A. 符号化表示　　　B. 载体　　　　　C. 内涵　　　　　　D. 抽象

6. 一般地，一个数据库系统的外模式（　　）。

A. 只能有一个　　　B. 一个也没有　　C. 至少两个　　　　D. 可以有多个

7. 对于数据库系统，负责定义数据库内容，决定存储结构和存储策略及安全授权等工作的是（　　）。

A. 应用程序员　　　　　　　　　　　B. 终端用户

C. 数据库管理员（DBA）　　　　　　D. DBMS 的软件设计员

8. 数据模型是（　　）。

A. 文件的集合　　　　　　　　　　　B. 记录的集合

C. 数据的集合　　　　　　　　　　　D. 记录及其联系的集合

9. 数据库系统提供给用户的接口是（　　）。

A. 数据库语言　　　B. 过程化语言　　C. 主语言　　　　　D. 面向对象的语言

10. 在应用程序中，用户使用的是（　　）。

A. 外模式　　　　　B. 模式　　　　　C. 内模式　　　　　D. 存储模式

11. 数据模型的三要素是（　　）。

A. 外模式、模式和内模式　　　　　　B. 关系模型、层次模型和网状模型

C. 实体、属性和联系　　　　　　　　D. 数据结构、数据操作和完整性约束

12. 下面给出的数据模型中，是概念数据模型的是（　　）。

A. 层次模型　　　B. 网状模型　　　C. 关系模型　　　　D. 实体联系模型

13. 下列关于数据模型中实体间联系的描述正确的是（　　）。

A. 实体间的联系不能有属性　　　　　B. 仅在两个实体之间有联系

C. 单个文体不能构成 E-R 图　　　　D. 实体间可以存在多种联系

14. DBMS、操作系统、应用软件的层次关系从核心到外围是（　　）。

A. DBMS、操作系统、应用软件　　　B. 操作系统、DBMS、应用软件

C. DBMS、应用软件、操作系统　　　D. 操作系统、应用软件、DBMS

15. 文件系统阶段，数据是（　　）。

A. 无结构的　　　　　　　　　　　　B. 部分有结构

C. 整体无结构　　　　　　　　　　　D. 记录内部有结构，整体无结构

16. 采用二维表结构表达实体类型及实体间联系的数据模型是（　　）。

A. 层次模型　　　B. 网状模型　　　C. 实体联系模型　　D. 关系模型

17. 数据库系统中，负责物理结构与逻辑结构定义和修改的人员是（　　）。

A. 专业用户　　　B. 数据库管理员　　C. 应用程序员　　　D. 最终用户

18. 数据库管理系统是位于（　　）之间的一层管理软件。

A. 硬件和软件　　　　　　　　　　　B. 用户和操作系统

C. 硬件和操作系统　　　　　　　　　D. 数据库和操作系统

二、填空题

1. 数据管理技术随着计算机技术的发展而发展，一般可分为＿＿＿＿、＿＿＿＿、
＿＿＿＿三个阶段。

2. 数据的收集、整理、组织、存储、查询、维护和传送等操作，统称为_____。

3. 表示实体类型和实体间联系的模型，称为_____。

4. 在数据库的三级模式结构中，描述数据库全局逻辑结构和特性的是_____。

5. 数据库常用的数据模型有_____、_____和_____。

6. 数据库系统由_____、_____、_____、_____和应用软件组成。

7. DBMS 的用户有_____、_____、_____和_____。

三、简答题

1. 数据库系统阶段较文件管理阶段有哪些优点？

2. 分别解释 DB.DBS 和 DBMS 的概念，并说明三者之间的关系。

3. 数据库系统有哪些特点？

4. 数据库管理系统可以实现哪些功能？

5. 试给出三个实际部门的 E-R 图，要求实体型之间具有一对一、一对多、多对多各种不同的联系。

6. 某百货公司有若干连锁商店，每家商店经营若干商品，每家商店有若干职工，每个职工只服务于一家商店。试画出该百货公司的 E-R 模型，并给出每个实体、联系和属性。

7. 假设一个学校存在以下信息。

（1）对象 1——系

包含属性：系名、系主任姓名、专业数、教师人数、学生人数

（2）对象 2——系主任

包含属性：姓名、性别、出生年月、从教年限、管理系部

（3）对象 3——教师

包含属性：教工号、姓名、性别、出生年月、学历、任教系部

（4）对象 4——学生

包含属性：学号、姓名、性别、民族、出生年月、政治面貌、所在系部

假设一个系只有一个系主任，一个系主任只能管理一个系；一个系有多个教师，每个教师只能划归到一个系；一个教师为多名学生授课，每名学生有多个老师上课。请根据这些信息，画出它们的 E-R 模型。

第 2 章　关系数据库

1970 年，IBM 公司的 E.F.Codd 首次提出关系数据模型，之后基于该模型的关系数据库陆续推出。了解了关系数据库理论，才能合理设计关系数据库并加以利用。

本章主要介绍关系数据模型的基本概念、关系数据库的基本操作以及关系代数等。

2.1　关系数据模型

2.1.1　基本概念

数据模型由层次模型和网状模型发展到关系模型，其数据结构也由"图"演变为"表"。

在关系数据模型中，实体和实体之间的联系均采用单一的二维表结构来表示数据模型。所谓二维表，就是由简单的行和列组成的表格，如图 2-1 所示。

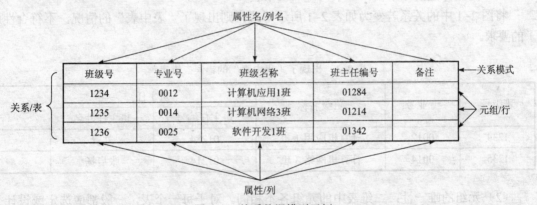

图 2-1　关系数据模型示例

假设需要建立如图 2-1 所示的关系数据模型，则必须理解以下基本概念。

（1）关系模式：二维表的表头称为关系模式，即二维表的第一行，它是对关系的描述，也称为表的框架或记录类型。

① 关系模式是二维表的结构，用于决定二维表中所包含的内容。

② 一个数据库的关系模型包含若干个关系模式。

③ 每一个关系模式都是由若干属性组成。

④ 关系模式的表示可以描述的方式体现为：

关系名（属性 1，属性 2，…，属性 n）

在如图 2-1 所示关系模型中，其关系模式可以描述为班级（班级号，专业号，班级名称，班主任编号，备注）。

（2）关系：一个关系就是一张二维表，它是对应关系模式的一张具体的表。如图 2-1 所示就是一个关系。

（3）元组：二维表中的一行（除首行）称为关系的一个元组。对应到存储文件中的一个记录值。一个关系中可包含 0 到多个元组。图 2-1 中（1235，0014，计算机网络 3 班，01214）为一个元组。

（4）属性：表中的每一列称为一个属性。如图 2-1 所示，第一行中每一列的内容称为属性名（也叫列名），其余各行中的每个单元格中的内容称为属性值。同一列值表示同一属性，如第一列均表示班级号，"班级号"即为属性名。

（5）域：属性的取值范围。例如人的性别只能取"男"或"女"两种值，限定学习成绩取"0～100"的值，等等。

（6）主键：属性或属性组合，其值唯一，没有重复，因此能够用于唯一地标识一个元组。如图 2-1 所示的关系中，若各班的班级号各不相同，则可设置"班级号"属性为主键。

（7）外键：若关系 A 的某一属性或属性组合不是该关系本身的主键，但却是关系 B 的主键，则该属性或属性组合称为关系 A 的外键。如图 2-1 所示的"班主任编号"列，可作为"教师"关系中的主键。

2.1.2 关系的性质

（1）元组分量的原子性：即不允许"表中表"。

将图 2-1 中的关系若变为如表 2-1 所示形式，则出现了"表中表"的情况，不符合性质 1 的要求。

表 2-1 出现了"表中表"的错误二维表

班级号	专业号	班级名称	班主任		备注
			班主任编号	班主任姓名	
1234	0012	计算机应用 1 班	01284	刘青	
1235	0014	计算机网络 3 班	01214	张启扬	

（2）元组的唯一性：二维表中的元组各不相同。对于每一个表，一般都应选定或设计主键以区分不同元组。

（3）属性的唯一性：二维表中属性名不能重复。

（4）分量值域的同一性：二维表属性分量具有相同的值域。

（5）元组的次序无关性：二维表元组的次序不影响关系的表达，因此可任意交换。

（6）属性的次序无关性：二维表属性的次序也不影响关系的表达，因此也可任意交换。

（7）属性值允许为空：当二维表中的属性值为空值（NULL）时，表示该属性值未知，但不等同于 0，也不同于空格。

2.1.3 关系模型的创建

【题设】假设存在这样一个实体联系，该实体联系可以用如图 2-2 所示 E-R 图表示。请根据该 E-R 图创建关系模型。

【分析】图 2-2 中包含了三个实体、两组实体间的联系。其中，三个实体可分别建立一个关系模型，"选课"和"讲授"两个联系也可以分别建立两个关系模型。

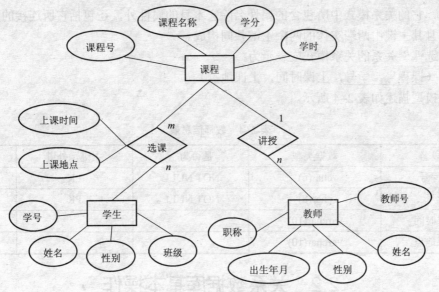

图 2–2　学生、教师、课程之间的 E–R 图

【解题】

（1）建立关系模型"课程"。

① 建立"课程"实体的关系模式，并标记该关系的主键为课程号。可描述为：

课程（课程号，课程名称，学分，学时）

② 将关系模式转换为二维表，如表 2–2 所示。

表 2–2　课程信息表

课程号	课程名称	学分	学时

其中，"课程信息表"为表名，表格中显示的为二维表中的表头，即二维表的列名。

③ 详细描述各列创建信息如表 2–3 所示。

表 2–3　课程信息表

字段名	数据类型	是否为空	主键，外键	备注
课程号	char(6)	NOT NULL	PK	
课程名称	varchar(20)			
学分	int			
学时	int			

其中，"PK"表示主键。若为外键可用"FK"表示。

根据表 2–3，可在数据库管理系统中对二维表结构进行定义。但不包含具体的数据记录。

（2）"学生"、"教师"两个实体的关系模型的创建方法与"课程"实体类同。

（3）"选课"、"讲授"两个联系的关系模型的创建也与以上实体的创建方法相同，但需要注意的是，它的关系模式中所包含的属性名除它本身的属性外，还包括它所连接的两端实体的主键，且其主键由两端实体的两个主键共同构成。

如"选课"关系的关系模式应表示为：

选课（<u>课程号，学号</u>，上课时间，上课地点）

关系模型描述如表 2-4 所示。

表 2-4　教师信息表

字段名	数据类型	是否为空	主键，外键	备注
课程号	char(6)	NOT NULL	PK	
学号	char(8)	NOT NULL	PK	
上课时间	varchar(10)			
上课地点	varchar(10)			

2.2　关系数据库基本操作

关系数据库是按照关系模型设计的数据库。关系数据库的理论建立在数据集合论的关系和关系代数的基础之上。

SQL Server 2005 作为微软公司开发的一种典型的关系型数据库管理系统，有着良好的开发环境和公用接口，因此应用广泛。

2.2.1　SQL Server 2005 安装的基本要求

1. 硬件要求

① 显示器：VGA 或者分辨率至少在 1 024 像素×768 像素之上的显示器。

② 点触式设备：鼠标或者兼容的点触式设备。

③ 驱动器：CD 或者 DVD 驱动器。

④ 处理器型号、速度及内存需求：SQL Server 2005 不同的版本其对处理器型号、速度及内存的需求不同，如表 2-5 所示。

表 2-5　SQL Server 2005 版本对硬件的要求

SQL Server 2005 版本	处理器型号	处理器速度	内存（RAM）
SQL Server 2005 企业版（Enterprise Edition） SQL Server 2005 工作组版（Workgroup Edition） SQL Server 2005 开发者版（Developer Edition） SQL Server 2005 标准版（Standard Edition）	Pentium III 及其兼容处理器，或者更高型号	至少 600 MHz，推荐 1 GHz 或更高	至少 512 MB，推荐 1 GB 或更大
SQL Server 2005 简化版（Express Edition）	Pentium III 及其兼容处理器，或者更高型号	至少 600 MHz，推荐 1 GHz 或更高	至少 192 MB，推荐 512 MB 或更大

⑤ 硬盘空间需求：实际的硬件需求取决于系统配置及所选择安装的 SQL Server 2005 服

务和组件，如表 2-6 所示。

表 2-6　各服务器组件对硬盘空间的需求

服务和组件	硬盘需求
数据库引擎及数据文件，复制、全文搜索等	150 MB
分析服务及数据文件	35 KB
报表服务和报表管理器	40 MB
通知服务引擎组件，客户组件及规则组件	5 MB
集成服务	9 MB
客户端组件	12 MB
管理工具	70 MB
开发工具	20 MB
SQL Server 联机图书及移动联机图书	15 MB
范例及范例数据库	390 MB

2. 软件要求

① 浏览器软件。在装 SQL Server 2005 之前需安装 Microsoft Internet Explorer 6.0　SP1 或者其升级版本。因为微软控制台及 HTML 帮助都需要此软件。

② IIS 软件。在装 SQL Server 2005 之前需安装 IIS5.0 及其后续版本，以支持 SQL Server 2005 的报表系统。

③ ASP.NET 2.0。当安装报表服务时，SQL Server 2005 安装程序会检查 ASP.NET 是否已安装到本机上。

表 2-7　操作系统对 SQL Server 2005 的支持

操作系统	企业版	开发版	标准版	工作组版	简化版
Windows 2000	不支持	不支持	不支持	不支持	不支持
Windows 2000 Professional Edition SP4	不支持	支持	支持	支持	支持
Windows 2000 Server SP4	支持	支持	支持	支持	支持
Windows 2000 Advanced Server SP4	支持	支持	支持	支持	支持
Windows 2000 Datacenter Edition SP4	支持	支持	支持	支持	支持
Windows XP Home Edition SP2	不支持	支持	不支持	不支持	支持
Windows XP Professional Edition SP2	不支持	支持	支持	支持	支持
Windows 2003 Server SP1	支持	支持	支持	支持	支持

④ 还需要安装以下软件：Microsoft Windows.NET Framework 2.0；Microsoft SQL Server Native Client；Microsoft SQL Server Setup Support Files。

⑤ 表 2-7 列出了常见的操作系统是否支持运行 SQL Server 2005 的各种不同版本。

2.2.2 SQL Server 2005 的安装过程

（1）把光盘插入光驱，在光驱目录下，双击 Setup.exe 安装程序进入安装界面，如图 2-3 所示，选中"我接受许可条款和条件"复选框，单击"下一步"按钮开始安装。

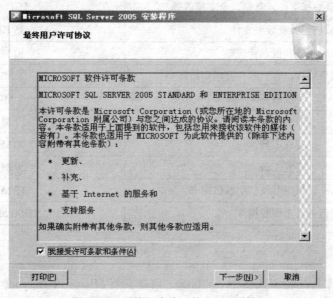

图 2-3 "最终用户许可协议"对话框

（2）检查安装必备组件，如图 2-4 所示，检查完成后单击"下一步"按钮。

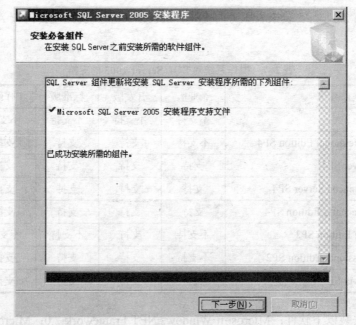

图 2-4 "安装必备组件"对话框

（3）进入安装向导界面，如图 2-5 所示，单击"下一步"按钮。

图 2-5 安装向导

（4）检查系统配置，如图 2-6 所示，没有警告和错误信息表示完全正常。单击"下一步"
按钮。

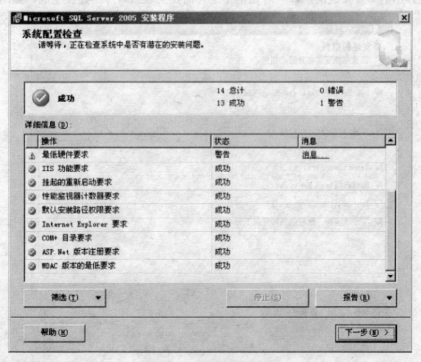

图 2-6 系统配置检查

（5）在"注册信息"对话框中输入注册信息，如图2-7所示。

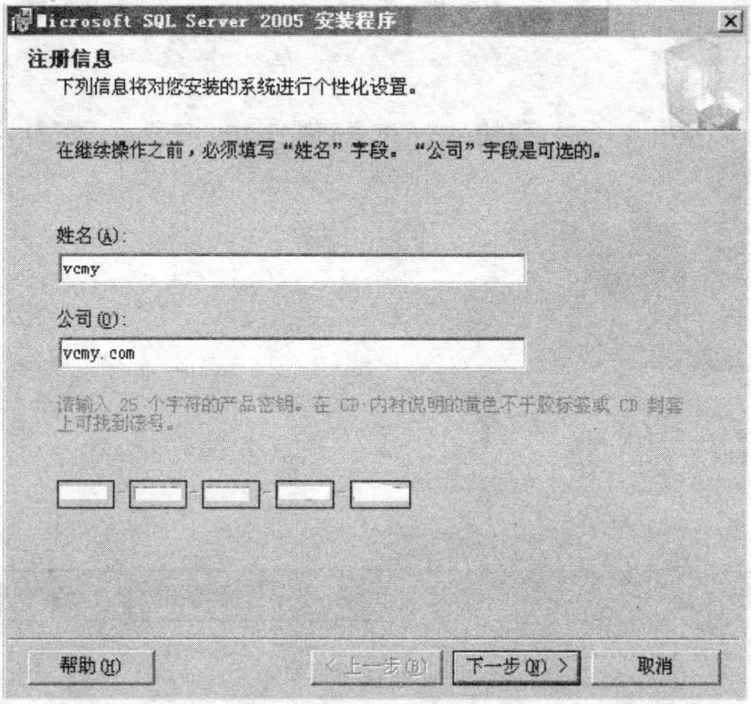

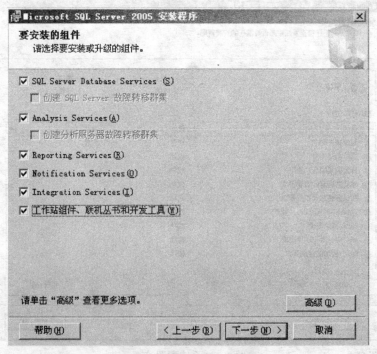

图2-7　"注册信息"对话框

（6）在弹出的"要安装的组件"对话框中选择需要安装的组件，建议全选，如图2-8所示。

图2-8　选择要安装的组件

（7）在弹出的对话框中选择安装的数据库的实例名称，若计算机中已装有 SQL Server 2000 版本，为避免覆盖原有实例，建议选中"命名实例"单选按钮，自定义实例名称，如图 2-9 所示，单击"下一步"按钮。

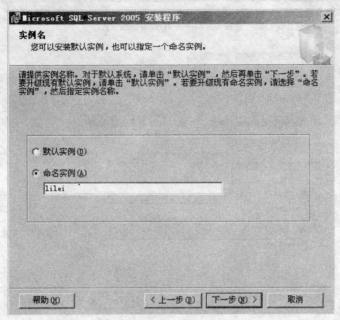

图 2-9　选择安装实例

（8）定义登录账户，可选中"使用内置系统账户"单选按钮，在其右侧的下拉列表框中选择"本地系统"选项，如图 2-10 所示，单击"下一步"按钮。

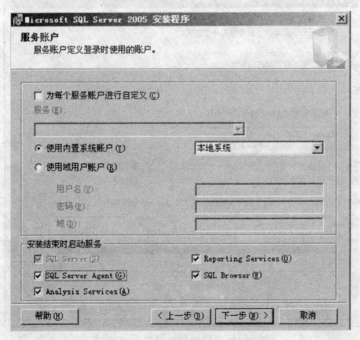

图 2-10　"服务账户"对话框

（9）在弹出的对话框中选择身份验证模式，若选中"混合模式"单选按钮，则需输入登录密码，如图 2-11 所示，单击"下一步"按钮。

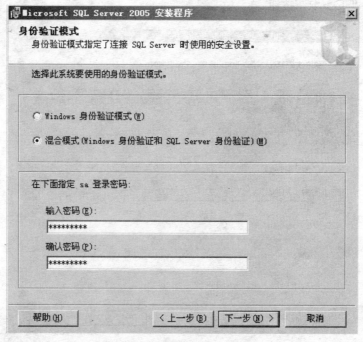

图 2-11 "身份验证模式"对话框

（10）选择排序规则，可默认选择，如图 2-12 所示，单击"下一步"按钮。

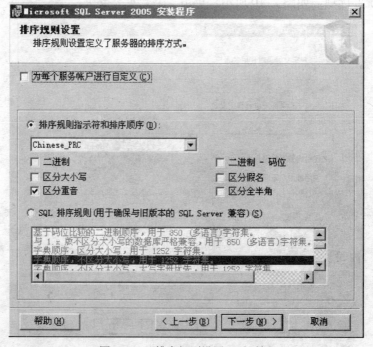

图 2-12 "排序规则设置"对话框

（11）选择报表服务器安装选项，默认选中"安装默认配置"单选按钮，如图 2-13 所示，单击"下一步"按钮。

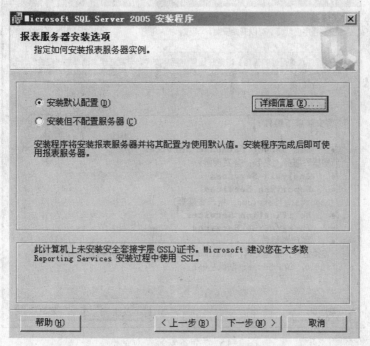

图 2-13　"报表服务器安装选项"对话框

（12）在弹出的"错误和使用情况报告设置"对话框中配置其他使用配制，如图 2-14 所示，单击"下一步"按钮。

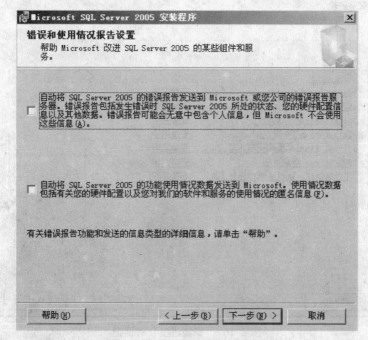

图 2-14　错误和使用情况设置

（13）单击"安装"按钮，开始安装过程，如图 2-15 所示。

图 2-15　"准备安装"对话框

（14）安装配制完毕，如图 2-16 所示，单击"下一步"按钮。

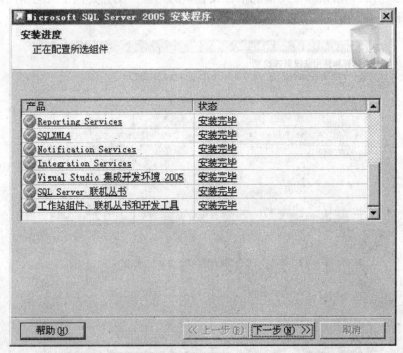

图 2-16　"安装进度"对话框

（15）成功安装完成，如图 2-17 所示，单击"完成"按钮。

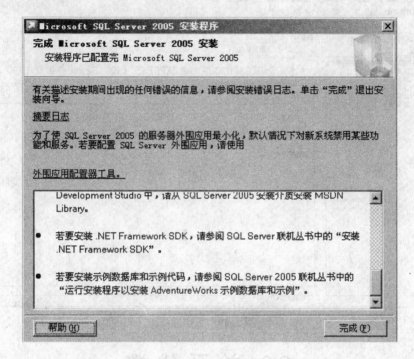

图 2-17 安装完成

（16）运行管理工具，如图 2-18 所示。

图 2-18 "连接到服务器"对话框

（17）进入管理工具，如图 2-19 所示。

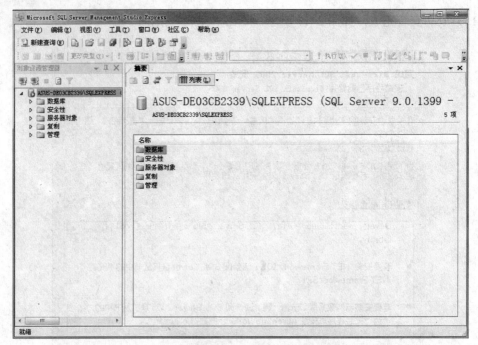

图 2-19　工作界面

2.3　关 系 代 数

　　关系代数是运用于关系上的一组集合代数运算。关系代数研究关系运算，关系运算包括运算对象、运算符、运算结果三大要素。关系运算的对象是关系，运算的结果还是关系。

　　关系代数通常分为两类：传统的集合运算和专门的关系运算。

　　【题设】假设存在表 2-8、表 2-9、表 2-10、表 2-11 所示的四个关系模型，分别为学生 1、学生 2、课程和选课，其中学生 1 和学生 2 的结构相同。请实现这四个模型的关系操作。

表 2-8　学生 1

学号	姓名	性别	班级
04010001	赵云	男	1
04010002	刘玲	女	1
04020002	张行	男	2
04020005	小敏	女	2

表 2-9　学生 2

学号	姓名	性别	班级
04010001	赵云	男	1
04020002	张行	男	2
04030001	郭秋韧	男	3

表 2-10 课程表

课程号	课程名称	学分	学时
105746	计算机基础	3	2
105865	大学生英语	4	4

表 2-11 选课表

学号	课程号	上课时间	上课地点
04010001	105746	周三 1、2 节	206
04010001	105865	周一 1、2 节	304
04010002	105746	周三 1、2 节	206
04020002	105865	周二 1、2 节	312
04020005	105865	周二 1、2 节	312

2.3.1 传统的集合运算

传统的集合运算包括并、差、交和笛卡尔积 4 种运算。

1. 并运算 $R \cup S$

设关系 R 和关系 S 为同类关系，即具有相同的 n 个属性，且两者对应的属性域相同，将关系 R 和关系 S 的所有元组合并，再删去重复的元组，则组成的新关系就称为 R 和 S 的并，记为：

$$R \cup S = \{t | t \in R \lor t \in S\}。$$

2. 差运算 R-S

设关系 R 和 S 为同类关系，则关系 R 和 S 的差由属于 R 但不属于 S 的所有元组构成。记为：

$$R-S = \{t | t \in R \land t \notin S\}。$$

3. 交运算 $R \cap S$

设关系 R 和 S 为同类关系，则关系 R 和 S 的交由属于 R 同时属于 S 的所有元组构成，记为：

$$R \cap S = \{t | t \in R \land t \in S\};$$

显然有 $R \cap S = R - (R-S)。$

【解题】表 2-8、表 2-9 所示关系学生 1 和学生 2 可分别进行并、差、交运算。运算结果分别为表 2-12、表 2-13 和表 2-14 所示。

表 2-12 学生 1 和学生 2 并运算

学号	姓名	性别	班级
04010001	赵云	男	1
04010002	刘玲	女	1
04020002	张行	男	2
04020005	吴小敏	女	2
04030001	郭秋韧	男	3

表 2–13　学生 1 和学生 2 差运算

学号	姓名	性别	班级
04010002	刘玲	女	1
04020005	吴小敏	女	2

表 2–14　学生 1 和学生 2 交运算

学号	姓名	性别	班级
04010001	赵云	男	1
04020002	张行	男	2

4. 笛卡尔积 R×S

设 R 为 r 元关系，S 为 s 元关系，则关系 R 和 S 的笛卡尔积是一个（$r+s$）元的关系，其中每个元组的前 r 个分量取自 R 中的一个元组，后 s 个分量取自 S 中的一个元组。记为

$$R×S=\{t|t<t_r,t_s>\wedge t_r\in R \wedge t_s\in S\}$$

【解题】表 2–8 和表 2–9 所示关系均可与表 2–10 课程关系进行笛卡尔积运算。学生 1 与课程关系的运算结果如表 2–15 所示。

表 2–15　学生 1 与课程关系的笛卡尔积

学号	姓名	性别	班级	课程号	课程名称	学分	学时
04010001	赵云	男	1	105746	计算机基础	3	2
04010001	赵云	男	1	105865	大学生英语	4	4
04010002	刘玲	女	1	105746	计算机基础	3	2
04010002	刘玲	女	1	105865	大学生英语	4	4
04020002	张行	男	2	105746	计算机基础	3	2
04020002	张行	男	2	105865	大学生英语	4	4
04020005	吴小敏	女	2	105746	计算机基础	3	2
04020005	吴小敏	女	2	105865	大学生英语	4	4

2.3.2　专门的关系运算

专门的关系运算主要包括对二维表的水平方向数据的选择操作，对垂直方向数据的投影操作和对多个二维表的连接操作。

1. 选择

【题设】欲从表 2–8 学生 1 关系中筛选出所有女生的信息，则需应用选择操作。

所谓选择，即是从关系中找出满足给定条件的那些元组。其中的条件是以逻辑表达式给出的，值为真的元组将被选取。选择操作是对二维表行的运算。记为：

$$\sigma_F(R)=\{\,t\mid t\in R\;\wedge\;F[t]=\text{'真'}\,\}。$$

式中，$F[t]=$'真'为逻辑表达式，运算符包括关系运算符 <、≤、>、≥、= 、≠和逻辑运算符 ∧（与）、∨（或）、¬（非）。

【解题】 要选出学生 1 关系中所有女生的信息，可使用关系代数表达为：

$\sigma_{性别=\text{"女"}}$（学生 1）= {{04010002，刘玲，女，1}，{04020005，吴小敏，女，2}}

而反映到二维表中则表现为如表 2-16 所示。

表 2-16 选择操作

学号	姓名	性别	班级
04010002	刘玲	女	1
04020005	吴小敏	女	2

2. 投影

【题设】 欲从表 2-8 学生 1 关系中筛选所有学生的姓名和班级信息，则需应用投影操作。

所谓投影，即是从关系模式中指定若干个属性组成新关系的操作。投影操作是对二维表列的运算。记为：

$$\pi_A(R)=\{\,t[A_i]\mid t\in R\,\}。$$

【解题】 要选出学生 1 关系中所有学生的姓名和班级信息，则其余信息可删去。可使用关系代数表达为：

$\pi_{姓名,班级}$（学生 1）= {{赵云，1}，{刘玲，1}，{张行，2}，{吴小敏，2}}。

而反映到二维表中则表现为如表 2-17 所示。

表 2-17 投影操作

姓 名	班 级
赵云	1
刘玲	1
张行	2
吴小敏	2

注意： 由于投影操作相当于对关系进行垂直分解，只取其部分属性得到新关系，因此得到的新关系中可能存在重复的记录值，应除去重复记录。

将选择与投影两者相结合，可以查询某数据表中满足条件的指定字段。

3. 连接

【题设】 欲找出所有选课学生的基本信息和选课情况，则需应用连接操作。

所谓连接，是指将两个关系通过公共的属性名拼接成一个更宽的关系模式，生成的新关系中包含满足连接条件的元组。运算过程是通过连接条件来控制的，连接是对关系的结合。记为：

$$R\underset{A\theta B}{\bowtie}S=\{\,t_r t_s\mid t_r\in R\;\wedge\;t_s\in S\;\wedge\;t_r[A]\,\theta\,t_s[B]\,\}。$$

式中，A 和 B 分别是 R 和 S 上个数相等且可比的属性组（名称可不相同）；θ 是比较运算符。

（1）等值连接

即 θ 为"＝"的连接，是从两个关系的笛卡尔积中选取属性值相等的元组。记为：

$$R \underset{A=B}{\bowtie} S = \{ t_r t_s \mid t_r \in R \wedge t_s \in S \wedge t_r[A] = t_s[B] \}。$$

若 A 和 B 的属性个数为 n，A 和 B 中属性相同的个数为 k（$n \geq k \geq 0$），则等值连接结果将出现 k 个完全相同的列，即数据冗余，这是它的不足之处。

（2）自然连接

等值连接可能出现数据冗余，而自然连接将去掉重复的列。

自然连接是一种特殊的等值连接，它是两个关系得相同属性上作等值连接，因此，它要求两个关系中进行比较的分量必须是相同的属性组，并且将去掉结果中重复的属性列。记为：

$$R \bowtie S$$

【解题】题目要求找出所有选课学生的基本信息和选课信息，而这两部分信息分别存储在学生 1 和选课两个关系中，此时可运用自然连接来实现两个关系的共同操作。

可使用关系代数表达为：

学生 1$\bowtie$选课＝{{04010001，赵云，男，1，105746，周三 1、2 节，206}，
　　　　　　　　{04010001，赵云，男，1，105865，周一 1、2 节，304}，
　　　　　　　　{04010002，刘玲，女，1，105746，周三 1、2 节，206}，
　　　　　　　　{04020002，张行，男，2，105865，周二 1、2 节，312}，
　　　　　　　　{04020005，吴小敏，女，2，105865，周二 1、2 节，312}
　　　　　　　　}

而反映到二维表中则表现为如表 2-18 所示。

表 2-18　连接操作

学号	姓名	性别	班级	课程号	上课时间	上课地点
04010001	赵云	男	1	105746	周三 1、2 节	206
04010001	赵云	男	1	105865	周一 1、2 节	304
04010002	刘玲	女	1	105746	周三 1、2 节	206
04020002	张行	男	2	105865	周二 1、2 节	312
04020005	吴小敏	女	2	105865	周二 1、2 节	312

可以看出，表 2-18 仅反映了学生的基本信息和课程开课情况，而有关课程却仅有课程号，若要进一步了解各课程号所对应的课程情况，还需利用此连接结果与课程表进行下一步的自然连接运算。

本 章 小 结

关系型数据库是现在使用最为广泛的一种数据库类型，它的基本模型即关系模型。关系

模型是以二维表为基本数据结构的,用二维表抽象出现实世界中的事物以及事物之间的关系。因此要建立一个关系型数据库,必须掌握关系模型的基本概念和创建方法。一个关系型数据库由若干个二维表组成,而各二维表以及表与表之间可以利用关系代数进行变换,从而实现关系操作。关系代数是数据库操作的基础,因此必须掌握其基本运算方法。

习　题　2

一、单项选择题

1. 当实体中有多个属性可作为候选码并选定其中一个时,称之为该实体的(　　)。

A. 外码　　　　　　B. 候选码　　　　　　C. 主码　　　　　　D. 主属性

2. 在关系理论中称为"元组"的概念,在关系数据库中称为(　　)。

A. 列　　　　　　　B. 记录　　　　　　　C. 实体　　　　　　D. 字段

3. 下列叙述中正确的是(　　)。

A. 主键是一个属性,它能唯一标识一列

B. 主键是一个属性,它能唯一标识一行

C. 主键是一个属性或多个属性的组合,它能唯一标识一列

D. 主键是一个属性或多个属性的组合,它能唯一标识一行

4. 一个关系模式的任何属性(　　)。

A. 不可再分　　　　B. 可再分　　　　　C. 可以不唯一　　　D. 可以取空值

5. 在关系 $R(R\#, RN, S\#)$ 和 $S(S\#, SN, SD)$ 中, R 的主键是 $R\#$, S 的主键是 $S\#$,则 $S\#$ 在 R 中称为(　　)。

A. 外键　　　　　　B. 候选码　　　　　　C. 主键　　　　　　D. 全码

6. 关系数据库中的主码(主关键字)是指(　　)。

A. 能唯一决定关系的属性　　　　　B. 不可改动的专用保留字

C. 关键的很重要的属性　　　　　　D. 能唯一标识元组的属性

7. 对关系模型叙述错误的是(　　)。

A. 建立在严格的数学理论、集合论和谓词演算公式基础之上

B. 微机 DBMS 绝大部分采用关系数据模型

C. 用二维表表示关系模型是其一大特点

D. 不具有连接操作的 DBMS 也可以是关系 DBMS

8. 根据关系模式的完整性规则,一个关系中主码上的属性(　　)。

A. 不能有两个　　　　　　　　　　B. 不能成为另一个关系的外码

C. 不允许为空　　　　　　　　　　D. 可以取任意值

9. 下列叙述中正确的是(　　)。

A. 关系中的元组没有先后顺序,属性有先后顺序

B. 关系中的元组有先后顺序,属性没有先后顺序

C. 关系中的元组没有先后顺序,属性也没有先后顺序

D. 关系中的元组有先后顺序,属性也有先后顺序

10. 同一个关系模型的任意两个元组值（　　）。

A. 不能全同　　　　　B. 可全同　　　　　C. 必须全同　　　　　D. 以上都不是

11. 参加差运算的两个关系（　　）。

A. 属性个数可以不相同　　　　　　　　B. 属性个数必须相同

C. 必须互相包含　　　　　　　　　　　D. 属性名必须相同

12. 关系数据库数据语言的核心部分为查询，因此又称为查询语言，它是（　　）。

A. 过程化语言　　　B. 非过程化语言　　　C. 主语言　　　D. 系列化语言

13. 两个关系在没有公共属性时，其自然连接操作表现为（　　）。

A. 结果为空关系　　B. 笛卡尔积操作　　　C. 等值连接操作　　D. 无意义的操作

二、填空题

1. 在关系数据模型中，通常可以把_____称为属性。

2. 在关系数据模型中，把_____称为关系模式。

3. 对一个关系做投影操作后，新关系的元数个数_____原关系的元数个数。

4. 关系代数中专门的关系运算包括_____、_____、_____、_____。

5. 关系代数中，基本的运算是_____、_____、_____、_____、_____和
_____。

三、简答题

1. 关系数据模型的数据结构是什么？关系模型较层次模型和网状模型具有哪些优点？

2. 解释以下术语：关系、属性、元组、主键。

3. 关系有哪些性质？为什么二维表中的行和列均有次序无关性？

4. 将习题 1 中简答题第 7 题所画出的 E-R 模型转化为关系模型。

5. SQL Server 2005 在安装之前必须先安装哪些必备软件？

6. 哪些操作系统支持 SQL Server 2005 企业版安装？

7. 某公司有两个下属子公司，子公司的报表结构与总公司相同。每月总公司均需根据两个子公司所提供的业务报表进行汇总，请用关系代数表达式说明其汇总过程。

8. 设有关系 R 和 S：

R

A	B	C
3	6	7
2	5	7
7	2	3
4	4	3

S

A	B	C
3	4	5
7	2	3

计算 $R \cup S$, $R - S$, $R \cap S$, $R \times S$, $\pi_{B,C}(S)$, $\sigma_{B<'5'}(R)$

9. 设有关系 U 和 V：

U

X	Y	Z
a	4	e
b	5	e

$$V$$

M	N	Z
m	6	e
m	2	x

计算 $U \bowtie V$, $\underset{Y<N}{U \bowtie V}$, $\sigma_{Z=x}(U \times V)$

实　训

实训 1　SQL Server 2005 的安装与启动

【实训名称】SQL Server 2005 的安装与启动

【实训目标】

（1）理解 SQL Server 2005 的安装环境要求。

（2）掌握 SQL Server 2005 的安装方法及安装过程中需要配置的参数。

（3）熟悉 SQL Server 2005 的基本组件。

（4）熟悉数据库系统的基本使用方法

【实验环境】PC 机

【预备知识】熟悉 Windows 的基本操作

【实训要求】

（1）选定数据库产品 SQL Server 2005 并进行安装。

（2）进行 SQL Server 2005 的基本设置。

（3）SQL Server 2005 工作界面的操作。

（4）SQL Server 2005 提供的辅助工具的使用。

【实训内容】

（1）检查所使用的学生机的硬件设备是否适合安装 SQL Server 2005。

（2）检查所使用的学生机的操作系统类型，确认能够在其上安装的 SQL Server 2005 的版本。

（3）在学生机上实验安装 SQL Server 2005 开发版。

（4）练习启动和关闭 SQL Server 2005，并熟悉其基础界面。

（5）尝试使用 SQL Server 2005 各个组件，结合联机帮助探索各组件的作用和使用方法。

（6）尝试建立一个数据库，并在数据库中建立一个表。

第 3 章　关系数据库的标准语言 SQL

3.1　SQL Server 2005 概述

3.1.1　SQL Server 简介

SQL Server 是一个全面的、集成的、端到端的数据解决方案，它为企业中的用户提供了一个安全、可靠和高效的平台，用于企业数据管理和商业智能应用。SQL Server 2005 为 IT 专家和信息工作者带来了强大的、熟悉的工具，同时减少了在从移动设备到企业数据系统的多平台上创建、部署、管理及使用企业数据和分析应用程序的复杂度。通过全面的功能集成和现有系统的集成性以及对日常任务的自动化管理能力，SQL Server 2005 为不同规模的企业提供了一个完整的数据解决方案。图 3-1 显示了 SQL Server 2005 数据平台的组成架构。

图 3-1　SQL Server 2005 数据平台的组成架构

SQL Server 数据平台包括以下几种工具。

（1）关系型数据库：安全、可靠、可伸缩、高可用的关系型数据库引擎，提升了性能且支持结构化和非结构化（XML）数据。

（2）复制服务：数据复制可用于数据分发、处理移动数据应用、系统高可用、企业报表解决方案的后备数据可伸缩存储、与异构系统的集成等，包括已有的 Oracle 数据库等。

（3）通知服务：用于开发、部署可伸缩应用程序的先进的通知服务，能够向不同的连接和移动设备发布个性化、及时的信息更新。

（4）集成服务：可以支持数据仓库和企业范围内数据集成的抽取、转换和装载能力。

（5）分析服务：联机分析处理（OLAP）功能可用于多维存储的大量、复杂的数据集的快速高级分析。

（6）报表服务：全面的报表解决方案，可创建、管理和发布传统的、可打印的报表和交互的、基于 Web 的报表。

（7）管理工具：SQL Server 包含的集成管理工具可用于高级数据库管理，它也和其他微软工具，如 MOM 和 SMS 紧密集成在一起。标准数据访问协议大大减少了 SQL Server 和现有系统间数据集成所花的时间。此外，构建于 SQL Server 内的内嵌 Web Service 支持确保了和其他应用及平台的互操作能力。

（8）开发工具：SQL Server 为数据库引擎、数据抽取、转换和装载（ETL）、数据挖掘、OLAP、报表提供了和 Microsoft Visual Studio 相集成的开发工具，以实现端到端的应用程序开发能力。SQL Server 中每个主要的子系统都有自己的对象模型和 API，能够以任何方式将数据系统扩展到不同的商业环境中。

SQL Server 2005 数据平台为不同规模的组织提供了以下便利。

（1）充分利用数据资产：除了为业务线和分析应用程序提供一个安全可靠的数据库之外，SQL Server 2005 也使用户能够通过嵌入的功能，如报表、分析和数据挖掘等从他们的数据中得到更多的价值。

（2）提高生产力：通过全面的商业智能功能和熟悉的微软 Office 系统之类的工具集成，SQL Server 2005 为组织内信息工作者提供了关键的、及时的商业信息以满足他们特定的需求。SQL Server 2005 目标是将商业智能扩展到组织内的所有用户，并且最终允许组织内所有级别的用户能够基于他们最有价值的资产——数据来做出更好的决策。

（3）减少 IT 复杂度：SQL Server 2005 简化了开发、部署和管理业务线，减少了分析应用程序的复杂度，它为开发人员提供了一个灵活的开发环境，为数据库管理人员提供了集成的自动管理工具。

（4）更低的总体拥有成本（TCO）：对产品易用性和部署上的关注以及集成的工具提供了工业上最低的规划、实现和维护成本，使数据库投资能快速得到回报。

3.1.2　SQL Server 的基本组件

SQL Server 的高层组件如图 3-2 所示。

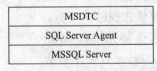

| MSDTC |
| SQL Server Agent |
| MSSQL Server |

图 3-2　SQL Server 的高层组件层次图

MSSQL Server 服务管理构成 SQL Server 数据库的全部文件，同时还负责处理 SQL Server 语句和分配系统资源。

SQL Server Agent 服务负责调度 SQL Server 的作业和警报。按 SQL Server 专用术语来说，作业是一种预定义的对象，由一步或多步组成，每一步包含一个定义好的数据函数，比如一个 Transact-SQL 语句或一组语句。警报是一种动作，响应指定的事件。通过设定，可以让警报执行多种任务，如运行作业或者发送电子邮件。

MSDTC（Microsoft Distributed Transaction Coordinator）是一种事务管理器，负责协调多个服务器上的数据库事务。MSDTC 可以通过 SQL Server 数据库引擎或直接由客户机应用程序激活。

在 Windows NT/2000 上，这些组件是作为服务（Services）来实现的。在 Windows 9×上，这些组件则是作为标准的可执行程序来实现的。

3.1.3　Transact-SQL

结构化查询语言（SQL）是一种高级语言，它用来访问关系数据库中的数据，最初由 IBM 所开发。自从 SQL 产生以来，已经被广泛地采用。现在，几乎所有的现代数据库都可以使用 SQL 语言进行访问。随着 SQL 的广泛应用，美国国家标准协会（ANSI）已经将它标准化了。SQL Server 使用的 SQL 语言称为 Transact-SQL。Transact-SQL 与大多数的 ANSI SQL 标准兼容，但它提供几种扩展和增强功能。如：Transact-SQL 包含了几个流程控制关键字，这些关键字可以方便地开发存储过程和触发器。

Transact-SQL 通常用于数据库管理任务，如创建、删除表和列，也可以用 Transact-SQL 编写触发器和存储过程，还可以用 Transact-SQL 来修改 SQL Server 的配置，或与 SQL Server 的查询分析器交互使用来执行查询语句。Transact-SQL 提供三种类型的 SQL 支持，即数据定义语言（DDL）、数据操纵语言（DML）和数据控制语言（DCL）。SQL DDL 命令用于数据库管理任务，如创建表和视图。SQL DML 用于查询和修改数据库中的数据。SQL DCL 用于控制数据库操作。

3.1.4　SQL Server 数据库体系结构

前面已经介绍了 SQL Server 的基本组件，现在详细介绍一下它的数据库体系结构。图 3-3 描述了 SQL Server 2005 的数据库体系结构。

1. 服务器

SQL Server 数据库体系结构的核心是服务器，即数据库引擎。SQL Server 数据库引擎负责处理到达的数据库请求，并把相应的结果反馈给客户端系统。SQL Server 充分利用了可设置优先权的多任务、虚拟内存和异步 I/O 功能，这些都是 Windows NT/2003 操作系统的一部分。SQL Server 数据库引擎可在多线程内核上创建，这样在处理多个事务的时候可获得较高的性能。从伸缩性上来说，SQL Server 使用并行体系结构，允许自动将工作负荷分布在多个 CPU 上。对 SMP 的支持允许分离任务，以便在每个处理器上同时运行。SQL Server 在启动时自动检测可用的处理器数量，并立即使用这些处理器，但并不需

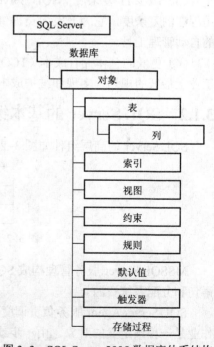

图 3-3　SQL Server 2005 数据库体系结构

要增加任何额外的设置。

2. 数据库

每一个 SQL Server 都包含了多个数据库，其中每一个数据库都通过一个或多个操作系统文件来维护。把每一个数据库存放在单独的操作系统文件中是 SQL Server 的主要特点，目的是允许 SQL Server 数据库动态地增大或缩小。在默认的情况下，SQL Server 安装过程创建了 4 个系统数据库（master、model、msdb 和 tempdb）和两个用户数据库（pubs 和 northwind）。每个数据库都有一个包含数据库事件的日志文件。表 3-1 列出了 SQL Server 数据库和它们使用的操作系统文件。

表 3-1　SQL Server 的默认数据库和操作系统文件

数据库	NT 操作系统文件	描述
master	/Program File/Microsoft SQL Server/Mssql/Data/Master.mdf	数据库文件
	/Program File/Microsoft SQL Server/Mssql/Data/Mastlog.ldf	日志文件
model	/Program File/Microsoft SQL Server/Mssql/Data/model.mdf	数据库文件
	/Program File/Microsoft SQL Server/Mssql/Data/modellog.ldf	日志文件
msdb	/Program File/Microsoft SQL Server/Mssql/Data/msdbdata.mdf	数据库文件
	/Program File/Microsoft SQL Server/Mssql/Data/msdblog.ldf	日志文件
tempdb	/Program File/Microsoft SQL Server/Mssql/Data/tempdb.mdf	数据库文件
	/Program File/Microsoft SQL Server/Mssql/Data/templog.ldf	日志文件
pubs	/Program File/Microsoft SQL Server/Mssql/Data/pubs.mdf	数据库文件
	/Program File/Microsoft SQL Server/Mssql/Data/pubslog.ldf	日志文件
northwind	/Program File/Microsoft SQL Server/Mssql/Data/northwind.mdf	数据库文件
	/Program File/Microsoft SQL Server/Mssql/Data/northwind.ldf	日志文件

（1）master 数据库

master 数据库保存了影响 SQL Server 操作的全部数据值。它包含了登录账号、其他 SQL Server 数据库和服务器的所有配置设置信息。

提示：不要手工修改 master 数据库，并且必须保持 master 数据库的最新复制。

（2）model 数据库

model 数据库是 SQL Server 数据库用来创建新数据库的模板。由于每次 SQL Server 进行初始化时，都会创建 tempdb 数据库，所以必须提供一个 model 数据库。model 数据库包含了由每个数据库使用的系统表。这些系统表记录了数据库的选项，包括默认的设置、用户权限和数据库规则。当创建新的用户数据库时，SQL Server 会复制一份 model 数据库。model 数据库创建在 master 数据库设备上。

提示：可以定制 model 数据库，自动把定制的默认设置、引用完整性和用户许可传送到所有新的数据库中。

（3）msdb 数据库

msdb 数据库包含了有关调度作业、警报以及接收警报的操作员的信息。该数据库由负责

SQL Server 调度进程和 DTS 包的 SQL Server Agent 组件内部使用。

（4）tempdb 数据库

tempdb 数据库用来存储由 SQL Server 创建的临时表。每当 SQL Server 启动时就重新创建该数据库。tempdb 数据库是一种全局资源，所有用户都有使用它的权限。当用户与 SQL Server 断开连接时，将自动删除 tempdb 数据库中创建的临时表。

（5）pubs 数据库

pubs 数据库是 SQL Server 提供的一个样例数据库。该数据库一般用作学习工具。

提示：如果不需要通过 pubs 数据库进行学习，则可以将它删除。但最好原封不动地保留 pubs 数据库，因为它非常小，并且很多地方都使用它作为样例数据库。

（6）northwind 数据库

与 pubs 数据库一样，northwind 数据库也是 SQL Server 提供的一个样例数据库。SQL Server 2000 中的 northwind 数据库与 Microsoft Access 中的 northwind 数据库完全一样。该数据库比 pubs 数据库大，而且更切合实际。

3. 数据库对象

每一个 SQL Server 数据库都包含了用于数据存储和组织的其他对象。SQL Server 数据库对象包括：表、列、索引、视图、约束、规则、默认值、触发器、存储过程、扩展存储过程、用户定义函数和数据类型。

（1）表

每个 SQL Server 数据库都包括一个或多个表。表对象是 SQL Server 主要的数据存储组件。表由列组合而成，每一个列的一个组合一般称为行。SQL Server 有两种基本的表：系统表和用户表。就像用户所看到的一样，系统表包含了 SQL Server 及其各种对象的信息，而用户表则包含了用户数据。SQL Server 系统表的名称中有前缀 sys。

（2）列

每一个表都由一系列相关的列组成。列是该表属性的数据项。用传统的术语来说，列也称为字段。每一列必须有一个给定的数据类型。

（3）索引

SQL Server 的索引是用来优化 SQL Server 的数据访问速度。如果没有索引，那么当用户每一次检索表中的数据时，都需要扫描整个表才能完成检索。显而易见，这样的性能不是很好，特别是对于很大的表。索引可以用多种方法表示数据并更加有效地组织数据，从而不需要执行耗费时间的表扫描工作。索引可以通过使用唯一标识数据子集的某些列来建立。索引可以创建为与原表分开的单独数据库对象。SQL Server 使用两种基本的索引类型，即簇索引和非簇索引。

簇索引强制 SQL Server 使用与簇索引相同的组织方式在基表中存储数据。根据数据访问的方法，以排序的形式物理地存储数据可以大大提高系统的性能。每一个表只能有一个簇索引。

非簇索引并不改变数据在基表中的存储方式。一个非簇索引由一个或者多个列组成，同时还有一个指针指向包含在基表中的数据。非簇索引是 SQL Server 默认的索引类型。虽然实际上从来也不会用到 249 个非簇索引，但每个表的非簇索引个数却可以达到这个数。

（4）视图

SQL Server 的视图是一个虚拟表。视图并不是作为一个单独的表实际存在，它保存为引用一个或者多个基表的 Select 语句。视图可用于多方面，也可以像基表一样查询视图。当修改操作只影响一个表时，还可以修改视图。视图中的一些常见用途包括选取表中的行或者列的子集、连接不同表中的列以及汇总一个或者多个列中的数据。

（5）约束

约束可确保 SQL Server 表和列的数据完整性。当创建表时，通常要增加约束，并且可以指定表级或者列级约束。SQL Server 支持 5 种类型的约束。

① 主键

可以使用主键（Primary key）约束确保实体完整性。主键约束可以保证表中的所有行都有一个非空的唯一关键值。使用主键约束也就等于在表上创建了一个唯一的索引。

② 外键

外键（Foreign key）约束用于引用的完整性。外键约束有时也称为声明的引用完整性（Declarative Referential Integrity，DRI），外键约束与一个定义了主键的表中的一列或者多列相关联。外键约束确保在两个文件之间存在指定的关系。例如，可以使用一个外键约束来确保成绩表中的所有记录的学号在学生表中都有一个匹配的行。

③ 唯一性

唯一性（Unique）约束防止表中的任何列有重复的值。唯一性约束不能定义在被定义为主键的列上。如同主键约束一样，使用唯一性约束可确保实体完整性，并且也生成索引。然而，与主键约束不同的是唯一性约束允许空值。

④ 检查

检查（Check）约束通过限制某个列中可以输入的值的范围来确保域完整性。例如，可以使用一个检查约束确保某个列只能接受 1～100 的数值，一个列可以有一个或者多个检查约束。

⑤ 非空

可以使用非空（Not Null）约束确保某个列不能包含任何空值。

（6）规则

规则（Rules）类似于检查约束，因为它们都是限制输入到某个列的值。然而，与检查约束不同的是，检查约束只检查相对简单的值，而规则可以基于条件表达式或者值的列表限制数据值。与检查约束不同的另一点是，每个列只能有一个规则，并且 SQL Server 规则是作为单独的数据库对象存储的。每个列只能有一个规则，而一个规则可以绑定到多个列上。规则还可以应用到用户定义的数据类型上。

提示： 在每个列上只能有一个规则，而在同一个列上可以有多个检查约束。常用的办法是，当可以选择时，最好使用约束而不是规则。

（7）默认值

当插入一个新行时，若某个列没有明确指定数据值，该列将自动使用指定的默认值（Defaults）。默认值可以是一个常量、一个内置函数、一个表达式或者一个全局变量。一般在创建表时，应使用默认值。

（8）触发器

触发器（Triggers）是一种存储过程，当使用 Update、Insert 或者 Delete 操作修改 SQL Server 表时，所设置的触发器自动执行。与存储过程一样，触发器含有一组 Transact-SQL 语句。一般使用触发器可以强制数据库使用引用完整性规则，这种规则比由 SQL Server 强制使用的基于表的声明引用完整性（DRI）规则更加复杂。例如，使用 DRI 可以指定所有的订单详细行必须与订单标题表中的行相对应。通过基于指定的数据值来执行动作，触发器可以超出实体关系的基本等级。例如，对于那些不满足给定的有效性测试的数据记录，可以使用触发器把记录写在日志文件中。

（9）存储过程

存储过程（Stored Procedures）是一组 Transact-SQL 语句，这些语句在创建存储过程时被编译成一个可执行的规划。存储过程功能强大，使用灵活，可以用来执行各种管理和数据操纵工作，如创建表、授权或者执行多步骤的数据库修改操作。SQL 本身是一种非过程语句，SQL Server 的 Transact-SQL 包含了一些 SQL 扩展，包括使用流程控制关键字。这样就允许 SQL Server 存储过程包含复杂的逻辑并执行许多任务。

当编辑存储过程时，SQL Server 优化存储过程使用的数据访问规则。这种优化使存储过程有非常好的性能。存储过程还可以返回参数、结果集和代码，或者创建游标。一个存储过程可以有多个用户共享。存储过程可以有 1 024 个参数，并且可以在本地或者远程的 SQL Server 系统上执行。

3.1.5 SQL 的主要功能

SQL 语言集数据定义、数据操纵和数据控制功能于一体。

1. 数据定义功能

SQL 的数据定义功能通过 DDL（Data Definition Language）——数据定义语言实现，它用来定义关系数据库的模式、外模式和内模式，以实现数据库、基本表、视图以及索引文件的定义、修改和删除等操作。

2. 数据操纵功能

SQL 的数据操纵功能通过 DML（Data Manipulation Language）——数据操纵语言实现。SQL 的数据操纵语言中包括数据查询和数据更新两种数据操纵语句。其中，数据查询指对数据库中的数据查询、统计、分组、排序和检索等操作，数据更新指数据的插入、删除和修改等维护操作。

3. 数据的控制操作

数据库控制指数据的安全性和完整性控制。SQL 的数据控制通过 DCL（Data Control Language）——数据控制语言实现。SQL 通过对数据库用户的授权和收权命令来实现有关数据的存取控制，以保证数据库的安全性。SQL 还提供了数据完整性约束条件的定义和检查机制，以保障数据库的完整性。

3.2　数据定义子语言及其操作

SQL 的数据定义包括定义数据库、基本表、索引和视图（本节先介绍数据库和基本表），其基本语句如表 3-2 所示。

表 3-2　SQL 数据定义语句

操作对象	创建语句	删除语句	修改语句
数据库	CREATE DATABASE	DROP DATABASE	ALTER DATABASE
基本表	CREATE TABLE	DROP TABLE	ALTER TABLE
索引	CREATE INDEX	DROP INDEX	
视图	CREATE VIEW	DROP VIEW	

在 SQL 语句格式中，需要对其约定的符号和语法规则进行说明。

1. 语句格式的约定符号

在语句格式中：

尖括号 "<>" 是必选项；

方括号 "[ ]" 中的内容是任选项；

大括号 "{}" 或用分隔符 "|" 为必选项，必选其中之一项；

[, ..., n]表示前面的项可以重复多次。

2. 一般语法规定

SQL 中的数据项（包括列项、视图和表）的分隔符为 "，"，其字符串常数的定界符用单引号 " ' " 表示。

SQL 语句的结束符为 "；"。

本章将讲述数据库、表、索引、视图、触发器、存储过程和函数的基本概念，使用 SQL Server 2005 下的工具 SQL Server Management Studio 工具创建数据库、表、索引、视图、触发器、存储过程和函数的方法，以及使用 T-SQL 语句创建数据库、表、索引和视图、触发器、存储过程和函数。

3.2.1　数据库定义

1. 数据库的创建与切换

在一个 SQL Server 系统中有多种方法可以创建用户数据库，一种是使用企业管理器建立数据库，此方法直观简单，以图形化的方式完成数据库的创建和数据库属性的设置；另一种是在 SQL Server 查询分析器中使用 Transact-SQL 命令创建数据库和设置数据库属性，它还可以将创建数据库的脚本保存下来，在其他机器上运行以创建相同的数据库。此外，利用系统提供的创建数据库向导也可以创建数据库。

存储数据库的数据文件通常有以下 3 种类型。

① 主数据文件：在操作系统下是一个后缀为.mdf 的文件。每个数据库文件必须要有一个主数据文件。主数据文件包含数据库的启动信息，并用来存储数据库。

② 次数据文件：在操作系统下是一个后缀为.ndf 的文件。每个数据库文件可以有一个主数据文件或多个次数据文件，也可以没有次数据文件。

③ 事务日志文件：在操作系统下是一个后缀为.ldf 的文件。每个数据库必须有并且至少有一个事务日志文件（也可以有多个）。日志文件记录数据更新的信息，用于恢复数据库。

创建用户数据库之前，必须先确定数据库的名称、数据库所有者、初始大小、数据库文件增长方式、数据库文件最大允许增长的大小以及用于存储数据库的文件路径和属性等。

下面介绍两种创建数据库的方法。

（1）使用 SQL Server Management Studio 创建数据库

1）打开 SQL Server 2005 下的 SQL Server Management Studio 工具，在"对象资源管理器"面板中展开服务器，右击"数据库"，从弹出的快捷菜单中选择"新建数据库"命令，如图 3-4 所示。

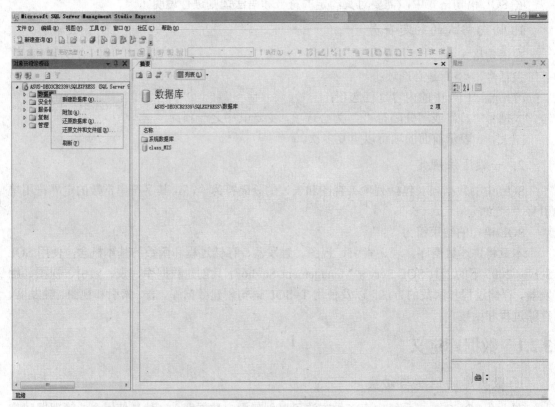

图 3-4 选择"新建数据库"

2）弹出"新建数据库"对话框，在"常规"页的"数据库名称"文本框中输入 class_MIS（班级信息管理）；在"所有者"下拉列表框中选择数据库的所有者，默认值为系统登录者；在"数据库文件"的列表中可改变数据文件和日志文件的逻辑名字和存放的物理位置、文件初始大小和增长率等内容，可以根据需要进行修改也可取默认值，如图 3-5 所示。

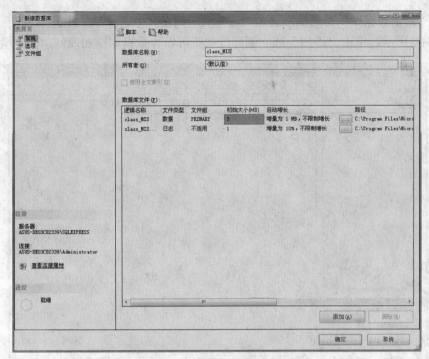

图 3-5　"新建数据库"的"常规"页

　　3）在"新建数据库"对话框左边的"选择页"列表区中选择"选项"，打开"选项"页，如图 3-6 所示，在其中可对数据库的排列规则、恢复模式、状态等内容进行设置，也可以根据需要进行修改，通常取默认值。

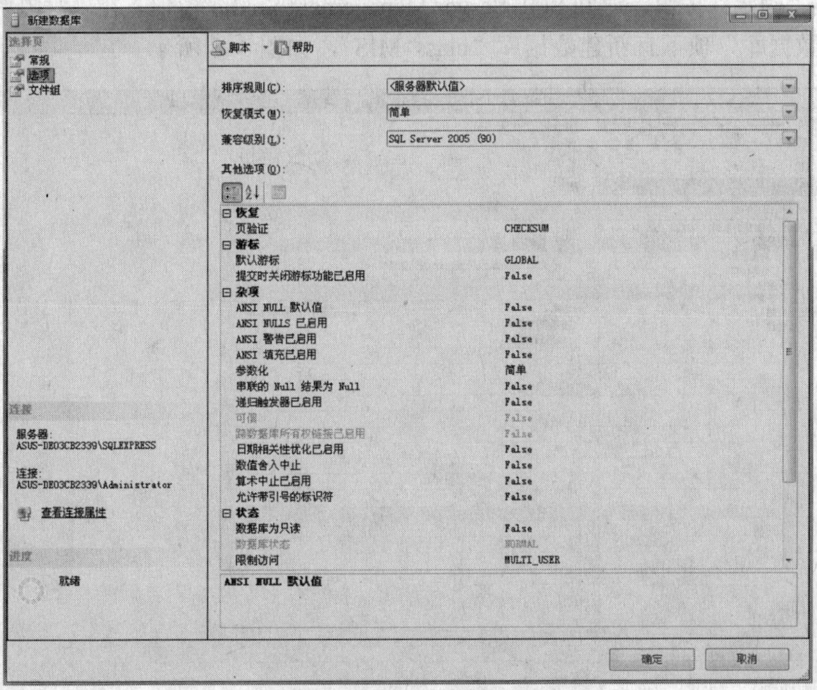

图 3-6　"新建数据库"的"选项"页

　　4）在"新建数据库"对话框左边的"选择页"列表区中选择"文件组",打开"文件组"页,如图3-7所示,单击"添加"或"删除"按钮可以为数据库添加或删除文件组。

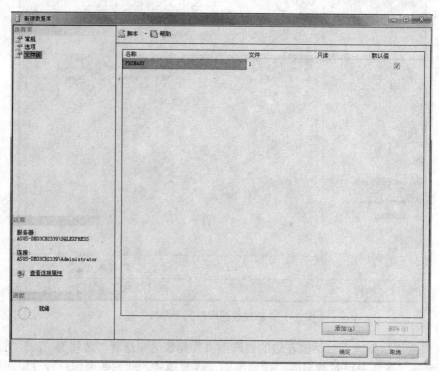

图3-7　"新建数据库"和"文件组"页

　　5）单击"确定"按钮,返回SQL Server Management Studio窗口,在"对象资源管理器"面板中的"数据库"项下有新建数据库"class_MIS",如图3-8所示。

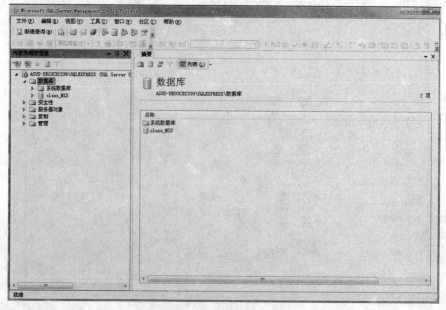

图3-8　对象资源管理器

（2）用 T−SQL 语句创建用户数据库

1）下面介绍用 T−SQL 语句创建数据库的语法格式。

使用 T−SQL 语句创建数据库，其实就是在查询编辑器的编辑窗口中使用 CREATE DATABASE 等 T−SQL 语句，并运行这些 T−SQL 命令来创建用户数据库，其语句格式如下：

```
CREATE DATABASE database_name
ON
{[PRIMARY] (NAME=logical_file_name,
FILENAME='os_file_name',
[,SIZE=size]
[,MAXSIZE={max_size|UNLIMTED}]
[,FILEGROWTH=grow_increment])
}[,...n]
LOG ON
{(NAME=logical_file_name,
FILENAME='os_file_name'
[,SIZE=size]
[,MAXSIZE={max_size|UNLIMTED}]
[,FILEGROWTH=grow_increment])
}[,...n]
```

下面对上述语句中的关键字作简要说明。

database_name：要建立的数据库名称。

ON：指定显式定义用来存储数据库数据部分的磁盘文件（数据文件）。

PRIMARY：该参数在主文件组中指定文件。主文件组中包含所有数据库系统表，还包含所有未指派给用户文件组的对象。主文件组的第一个 logical_file_name 成为主文件，该文件包含数据库的逻辑起点及其系统表。一个数据库只能有一个主文件。如果没有指定 PRIMARY，那么 CREATE DATABASE 语句中列出的第一个文件将成为主文件。

LOG ON：指定建立数据库的日志文件。

NAME：指定数据或日志文件的文件名称。

FILENAME：指定文件的操作系统文件名和路径。os_file_name 中的路径必须指定为 SQL Server 所安装服务器上的某个文件夹。

SIZE：指定数据或日志文件的大小。用户可以使用 MB 为单位指定大小，也可以使用默认单位 KB 来指定大小。当添加数据文件或日志文件时，其默认大小是 1 MB。

MAXSIZE：指定文件能够增长到的最大长度。默认单位为 KB，用户也可以使用 MB 来指定该长度。如果没有指定长度的话，文件将一直增长直到磁盘满为止。要建立的数据库大小单位为 MB。

FILEGROWTH：指定文件的增长增量。该参数设置不能超过 MAXSIZE 参数。指定值的默认单位为 MB，用户也可以使用 KB 为单位进行指定，此外还可以使用百分比(%)。如果该参数没有指定的话，默认值为 10%，最小值为 64 KB。

2）使用 T−SQL 语句创建创建数据库的步骤有以下几步。

　　① 在 SQL Server Management Studio 窗口的工具栏中单击"新建查询"按钮，在右边的查询编辑器的编辑区中输入建立数据库的命令，如图 3-9 所示。

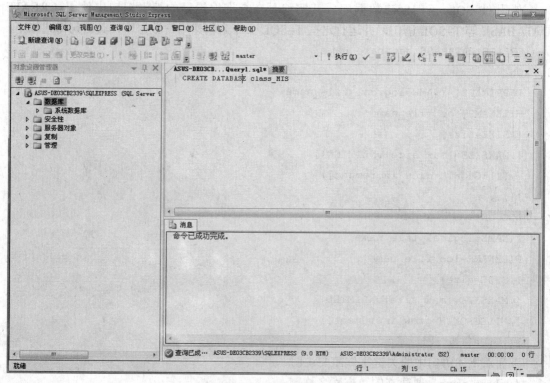

图 3-9　查询分析器

　　② 单击工具栏中的 ! 执行(X) 按钮或者鼠标在查询窗口中右击，从弹出的快捷菜单中选择"执行"命令，就会自动完成数据库的建立。

　　③ 右击"对象资源管理器"中的"数据库"，从弹出的快捷菜单中选择"刷新"命令，可以看到新建的"class_MIS"数据库。

　　【例 3-1】使用 CREATE DATABASE 命令创建名字为 press 的数据库，数据文件和日志文件存储在 d:\database 目录下。

　　在查询分析器窗口中执行如下的 SQL 语句：

```
CREATE DATABASE press
ON
(NAME= press,
 FILENAME='d:\database\pess.mdf')
LOG ON
 (NAME=press_log,
 FILENAME='d:\database\press_log.ldf')
 GO
```

　　【例 3-2】创建一个名为"class_MIS"（班级信息管理）的用户数据库，其主文件大小为 25 MB，最大长度为 100 MB，文件大小增长率为 15%；日志文件大小为 10 MB，文件增长增量为 2 MB。

在查询分析器窗口执行如下的 SQL 语句：

```
CREATE DATABASE class_MIS
ON PRIMARY
(NAME= class_MIS_data,
FILENAME='C:\Program Files\Microsoft SQL Server\MSSQL.1\MSSQL\Data\ class_MIS.
mdf',
SIZE=25,
MAXSIZE=100,
FILEGROWTH=15%)
LOG ON
(NAME= class_MIS_log,
FILENAME='C:\Program Files\Microsoft SQL Server\MSSQL.1\MSSQL\Data\ class_MIS.
ldf',
SIZE=10,
MAXSIZE=20,
FILEGROWTH=2)
```

【例 3–3】使用 T–SQL 语句创建一个名为 press1 的数据库，它有 3 个数据文件，其中主数据文件名为 press1_data1，容量为 10 MB，最大大小为 20 MB，按 2 MB 增长；两个辅数据文件名分别为 press1_data2 和 press1_data3，容量为 2 MB，最大大小不限，按 10%增长；有两个日志文件，文件名分别为 press_log1 和 press_log2，大小均为 5 MB，最大大小均为 10 MB，按 2 MB 增长；都存储在 d:\database 目录下。

在查询分析器窗口执行如下的 SQL 语句：

```
CREATE DATABASE press1
ON PRIMARY(NAME=press1_data1,
FILENAME='d:\database\press1_data1.mdf',
SIZE=10,
MAXSIZE=20,
FILEGROWTH=2),        /*注意结尾处有逗号*/
(NAME=press1_data2,
FILENAME='d:\database\ press1_data2.ndf',
SIZE=2,
FILEGROWTH=10%),     /*注意结尾处有逗号*/
(NAME=press1_data3,
FILENAME='d:\database\ press1_data3.ndf'
SIZE=2,
FILEGROWTH=10%)         /*注意结尾处无逗号*/
LOG ON
(NAME=press1_log1,
```

```
FILENAME='d:\database\press_log1.ldf',
SIZE=5,
MAXSIZE=10,
FILEGROWTH=2),          /*注意结尾处有逗号*/
(NAME=press1_log2,
FILENAME='d:\database\press_log2.ldf',
SIZE=5,
MAXSIZE=10,
  FILEGROWTH=2)     /*注意结尾处无逗号*/
```

（3）数据库的切换

除非已为 SQL Server 2005 每个登录用户指定了要使用的默认数据库，否则用户登录 SQL Server 2005 时都会被自动连接到 master 数据库，将这个系统数据库作为当前要使用的数据库。

使用 USE 语句将要使用的数据库切换为当前连接的数据库。

例如，将要使用的 class_MIS 数据库切换为当前连接的数据库，在查询窗口中执行如下语句：

```
USE class_MIS
GO
```

2. 修改数据库

数据库在使用过程中一些属性会发生变化，例如空间尺寸、数据库性能等，因此用户应该随时了解数据库的信息，并且用户需要以自动或手工等方式对数据库收缩、数据库属性的修改等进行有效的管理。

（1）显示数据库的信息

执行 Sp_helpdb database_name 可以显示给定的数据库信息，包括数据库名称、数据库容量、数据库所有者、数据库 ID、创建时间等。如下面的代码所示：

```
Sp_helpdb press    /*显示数据库服务器上 press 数据库信息*/
GO
```

显示结果如图 3-10 所示。

```
Sp_helpdb    /*显示数据库服务器上所有数据库信息*/
GO
```

显示结果如图 3-11 所示。

（2）增加和缩减数据库容量

当数据库的数据增长到要超过它的使用空间时，必须加大数据库的容量。增加数据库容量就是给它提供额外的设备空间。如果指派给某数据库过多的设备空间，可以通过缩减数据库容量来减少设备空间的浪费。增加和缩减数据库容量的方法一般有两种，即用 SQL Server Management Studio "对象资源管理器" 和 T-SQL 命令来增加或缩减数据库容量。

1）用 SQL Server Management Studio 来增加或缩减数据库容量。

如果需要增加数据库容量，可在如图 3-12 所示的 "数据库属性" 对话框中，通过选择 "文件"，在 "数据库文件" 列表中对数据库文件的 "初始大小" 进行重新指定，单击 "确定" 按钮后即可扩充数据库容量。

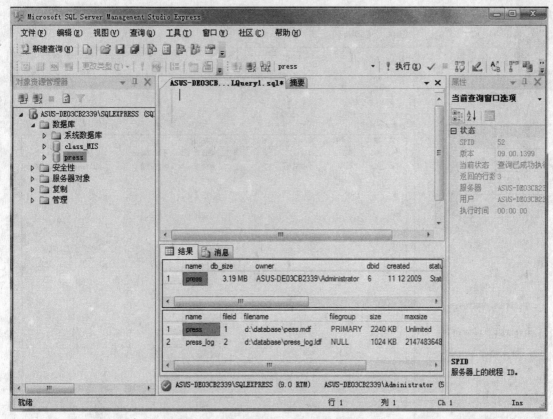

图 3-10　显示某个数据库信息

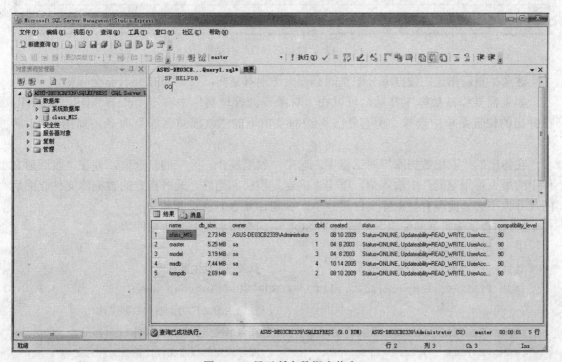

图 3-11　显示所有数据库信息

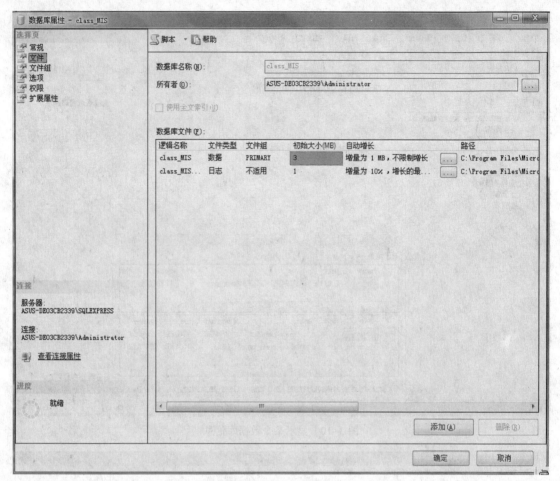

图 3-12　"数据库属性"对话框

注意：重新指定的数据库分配空间必须大于现有空间，否则 SQL Server 会报错。

如果需要缩减数据库容量，可以在"对象资源管理器"中右击"class_MIS"数据库，在弹出的快捷菜单中选择"所有任务"级联菜单下的"收缩数据库"命令，如图 3-13 所示。

在弹出的"收缩数据库"对话框中，选中"收缩操作"区中的复选框，并在"收缩后文件中的最大可用空间"中输入值，单击"确定"按钮。当然，此时指定的数据库文件收缩后的尺寸大小必须比现有数据库文件尺寸小，否则 SQL Server 会报错。

2）在查询编辑器的编辑区，输入 T-SQL 语句来增加或缩减数据库容量。

① 扩增数据库的语句格式如下：

```
ALTER DATABASE database_name          /*修改已创建的数据库*/
|ADD FILE  <filespec>[,...,n][TO FILEGROUP filegroup_name]
                                      /*在指定的文件组上增加数据文件*/
|ADD LOG FILE <filespec>[,...,n]      /*在数据库中增加日志文件*/
|REMOVE FILE logical_file_name        /*删除指定的日志文件，需要文件为空*/
|ADD FILEGROUP filegroup_name         /*创建文件组，名字为 filegroup_name*/
```

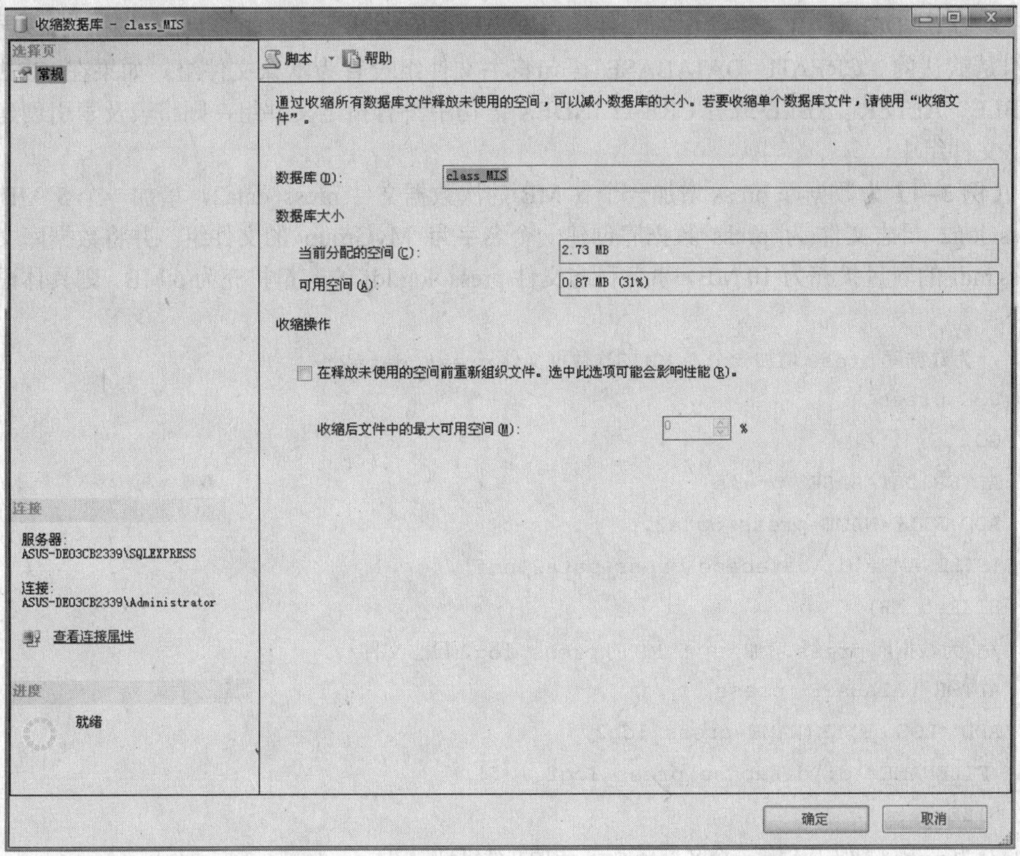

图 3-13 收缩数据库

```
| REMOVE FILEGROUP filegroup_name         /*删除文件组, 名字为 filegroup_name*/
|MODIFY FILE <filespec>                   /* 给出要修改的数据库逻辑文件名*/
|MODIFY NAME=new_dbname                   /*给出修改后的数据库逻辑文件名*/
|MODIFY FILEGROUP filegroup_name | filegroup_property | NAME=new_ filegroup_
name|
                                          /*修改指定文件组的属性, 或者修改文件组名*/
(NAME=logical_file_name                   /* 给出要修改的逻辑文件名*/
[,NEWNAME=new_logical_name]               /*修改后的逻辑文件名*/
[,FILENAME=os__file_name]                 /*给出要修改的物理文件名*/
[,SIZE=size]                              /*修改后的文件容量, 必须大于原来的容量*/
[,MAXSIZE=|max_size|INLIMITED|]           /*文件的最大容量*/
[,FILEGROWTH=growth_increment])           /*文件增长量*/
```

说明: 文件组的属性有以下 3 种。

• 只读 READONLY: 指定文件组为只读, 不允许更新其中的对象。主文件组不能设置为只读。只有具有排他数据库访问权限的用户才能将文件组标记为只读。

• 读/写 READWRITE: 允许修改文件组中的对象。只有具有排他数据库访问权限的用户才能将文件组标记为读/写。

● 默认 DEFAULT：将给出的文件组指定为数据库的默认文件组。只能有一个数据库文件组是默认的。CREATE DATABASE 语句将主文件组设置为默认文件组。如果在 CREAT TABLE、ALTER TABLE 或者 CREAT INDEX 语句中没有指定文件组，则将表及索引创建在默认文件组中。

【例3-4】为数据库 press 增加一个 5 MB 的次数据文件 press_data2，增加一个 5 MB 的 press_log2 日志文件,为 press 数据库创建一个名字为 MyGroup 的文件组，并将数据库文件 press.mdf 的容量扩充为 10 MB，事务日志文件 press_log.ldf 的容量扩充为 6 MB，则具体语句如下：

```
/*为数据库press增加一个5 MB的次数据文件press_data2*/
USE press
GO
ALTER DATABASE  press
ADD FILE(NAME=press_data2,
 FILENAME='d:\database\press_data2.ndf',
SIZE=5 MB)
/* 为数据库press增加一个5 MB的press_log2日志文件*/
ALTER DATABASE  press
ADD  LOG  FILE(NAME=press_log2,
 FILENAME='d:\database\press_log2.ldf',
SIZE=5 MB)
/*为press数据库创建一个名为MyGroup的文件组*/
ALTER DATABASE  press
ADD  FILEGROUP  MyGroup
GO
/*将数据库文件press.mdf的容量扩充为10 MB*/
ALTER DATABASE  press
MODIFY FILE(NAME='d:\database\press.mdf ',
SIZE=10 MB)
GO
/*将事务日志文件press_log.ldf的容量扩充为6 MB*/
ALTER DATABASE  press
MODIFY FILE (NAME='d:\database\press_log.mdf ',
SIZE=6 MB)
GO
```

② 下面介绍输入 T-SQL 语句来缩减数据库的方法。

当为数据库分配存储空间过大时,可以使用 DBCC SHRINKFILE 命令来缩减数据库容量,注意不能将数据库缩小为小于 model 数据库的容量,其语句格式如下：

```
DBCC SHRINKFILE (database_name[,new_size[,'MASTEROVERRIDE']])
```

其中, database_name 表示想缩减的数据库名称；new_size 表示缩减数据库后剩余多少容量，假如不指定，那么数据库将缩减至最小的容量。

【例 3-5】将 press 数据库的空间缩小至最小容量，其代码如下：

```
USE press
GO
DBCC SHRINKFILE ('press')
```

执行结果如图 3-14 所示。

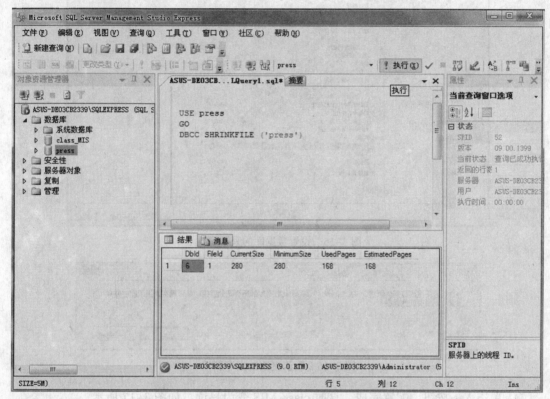

图 3-14　在查询分析器中收缩数据库至最小容量

（3）配置数据库

数据库创建之后，用户可以根据需要重新配置数据库的选项。可以使用 SQL Server Management Studio 企业管理器和 T-SQL 查询分析器来配置数据库。

1）在企业管理器中配置数据库。

例：在 SQL Server Management Studio 中将 class_MIS 数据库配置为只读。

其操作步骤有以下几步。

① 打开 SQL Server 2005 下的 SQL Server Management Studio 工具，在"对象资源管理器"面板中展开服务器，展开"数据库"，右击"class_MIS"数据库，在弹出的快捷菜单中选择"属性"命令，弹出其属性对话框。

② 在"选项页"列表区中选择"选项"，在"其他选项"列表中将"数据库为只读"的属性设为"True"，如图 3-15 所示。

③ 单击"确定"按钮，弹出确认提示对话框，如图 3-16 所示。

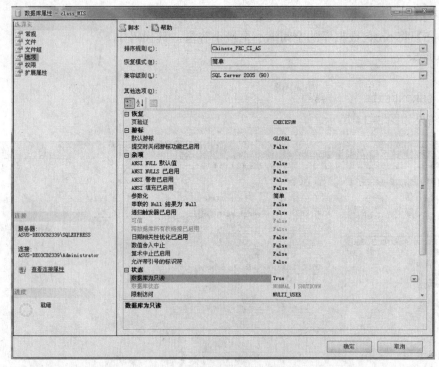

图 3-15　设置数据库的只读属性

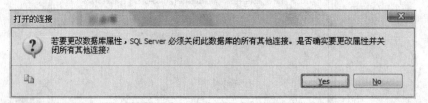

图 3-16　确认更改数据库属性

④ 单击 Yes 按钮，配置完成，这时 class_MIS 变为只读，如图 3-17 所示。

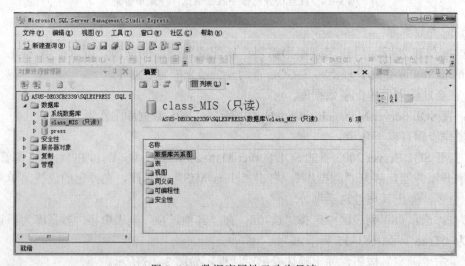

图 3-17　数据库属性已改为只读

2）用 T-SQL 查询分析器来配置数据库。

使用 sp_dboption 存储过程可以显示并重新配置数据库选项。

例如，显示 class_MIS 数据库的可重新配置选项，其代码如下：

```
USE Class_MIS

GO

sp_dboption
```

显示结果如图 3-18 所示。

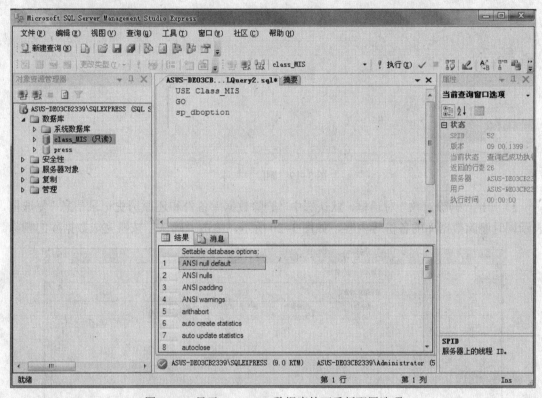

图 3-18　显示 class_MIS 数据库的可重新配置选项

【例 3-6】在 T-SQL 查询分析器中将 class_MIS 数据库配置为可写。

其代码如下：

```
USE Class_MIS

GO

sp_dboption 'Class_MIS','READ ONLY','FALSE'
```

3. 删除用户数据库

如果不再需要用户数据库，应该将其从服务器中删除，释放出占用的资源。

（1）SQL Server Management Studio 中删除数据库

SQL Server 2005 在 SQL Server Management Studio 中删除数据库的步骤有以下几步。

1）打开 SQL Server Management Studio 窗口，在"对象资源管理器"面板中展开"数据库"，右击要删除的数据库，在弹出的快捷菜单中选择"删除"命令，如图 3-19 所示。

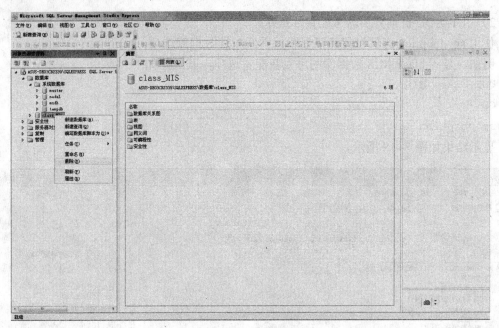

图 3-19　删除数据库

2）弹出"删除对象"对话框，默认选中"删除数据库备份和还原历史记录信息"复选框，表示同时删除数据库的备份等内容，如图 3-20 所示，单击"确认"按钮完成数据库的删除。

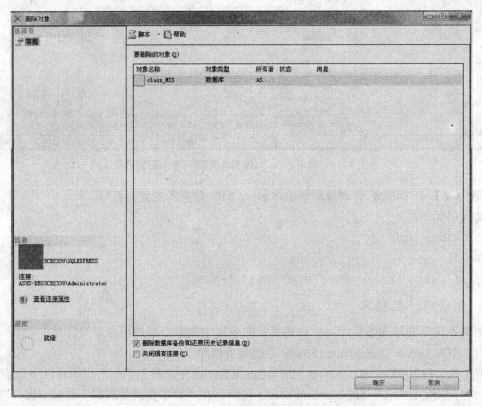

图 3-20　完成删除数据库

3）在 SQL Server Management Studio 工具中，展开"对象资源管理器"面板下的"数据库"，会发现被删除的数据库不再存在，删除成功。

删除数据库比较简单，但是应该注意的是，如果某个数据库正在使用，则无法对该数据库进行删除。

（2）用 T–SQL 查询分析器来删除数据库

T–SQL 查询分析器使用 DROP DATABASE 语句格式来删除某个数据库。

【例 3–7】 删除名为 press 的数据库。

其代码如下：

```
DROP DATABASE press
```

执行完毕后，SQL Server 将返回该数据库的数据文件和日志文件均被删除的信息。

4. 用户数据库的更名

通常情况下，在一个应用程序的开发过程中需要改变数据库的名称，但是在 SQL Server 中更改数据库名称并不像在 Windows 中那样简单，要改变名称的那个数据库很可能正被其他用户使用，所以要变更数据库名称的操作必须在单用户模式下方可进行，然后使用系统存储过程 sp_renamedb 来更改数据库的名称。

【例 3–8】 将数据库"press1"更名为"press"，可按下列步骤进行操作。

直接使用 SQL 查询编辑器进行操作，首先打开"SQL 查询编辑器"窗口，输入下列语句：

```
EXEC sp_dboption 'press1','single user','true'
EXEC sp_renamedb 'press1','press'
```

然后，单击工具栏上的"执行查询"（绿色箭头）图标或按 F5 键，执行该 SQL 语句，更名操作就完成了。刷新数据库可以看到"press1"数据库名字已被更改。

3.2.2　用户表

表是数据库的基本单位，它是一个二维表，是用来存储数据的，也是 SQL Server 2005 数据库中最重要的数据对象。

在设计数据库时，应在充分进行项目需求分析调查的前提下，分析数据库中要有哪些表，每个表中应有哪些列等。具体设计表时一般应考虑以下几点。

① 表中有哪些列，列的名字，每一列的数据类型和长度，该列是否允许为空值（NULL）。

② 表中哪些列需要定义主键，哪个列需要定义外键、唯一键、标识列。

③ 表中哪些列的数据有效范围需要定义。

④ 需要对哪些列提高查询速度。

其中的后三点将在后面的章节中讲述，本章先讲第一点。

1. SQL Server 2005 的基本数据类型

数据类型就是以数据的表现方式和存储方式来划分的数据种类。

SQL Server 2005 的数据类型可以分为两类：基本数据类型和用户自定义数据类型。

（1）基本数据类型

SQL Server 2005 提供了一系列系统定义的数据类型，它是数据库对象的一个属性，包括了以下几项。

① 数据类型：如字符型、整数型以及数字型等。
② 存储数据值的长度或大小，
③ 数值精度。
④ 数值的小数位数。

在表 3-3 中给出了 SQL Server 2005 所支持的数据类型。

表 3-3 SQL Server 2005 基本数据类型

类型	符号	可存储的数据和长度
字符串型数据	Char(n)	固定长度的非 Unicode 字符数据,每字符占 1 个字节，$n=1\sim8\,000$，最大存储 8 000 个字符
	Vchar(n)	可变长度的非 Unicode 字符数据，每字符占 1 个字节，$n=1\sim8\,000$，最大存储 8 000 个字符
	Text	可变长度非 Unicode 文本，最大长度 $2^{31}-1$ 个字符
精确整数	Bigint	用 8 个字节存储的数，数的范围为 $-2^{63}\sim2^{63}-1$
	Int	用 4 个字节存储的数，数的范围为 $-2^{31}\sim2^{31}-1$
	Smallint	用 2 个字节存储的数，书的范围为 $-2^{15}\sim2^{15}-1$
	Tinyint	用 1 个字节存储的数，数的范围为 $0\sim255$
	Bit	整数类型，值为 0 或 1
精确小数	Decimal	固定精度和小数位数的数字数据。使用最大精度时，有效值从 $-10^{38}+1\sim10^{38}-1$
	Numeric	在功能上等价于 Decimal
精确货币数据	Money	用 8 个字节存储的货币数字，范围为 $-2^{63}\sim2^{63}-1$,精确到货币单位的万分之一
	Smallmoney	用 4 个字节存储的货币数字,范围 $-214\,748.364\,8\sim214\,748.364\,7$ 之间，精确到万分之一
近似数字	Float	使用科学记数法表示的浮点数字数据，范围为 $-1.79E+308\sim1.79E+308$
	Real	使用 4 个字节表示的浮点数，范围为 $-3.40E+38\sim3.40E+38$
日期和时间	Datetime	日期和日期各用 4 个字节表示，可到 9999 年 12 月 1 日
	Smalldatetime	日期和时间各用 2 个字节表示，可到 2079 年 6 月 6 日
Unicode 数据	Nchar	固定长度的 Unicode 字符数据，每字符占 2 个字节，最大存储 4 000 个字符
	Nvarchar	可变长度的 Unicode 字符，最大存储 4 000 字符
	Ntext	可变长度的 Unicode 文本，最多可存储 $2^{30}-1$ 个字符
二进制数据	Binary(n)	固定长度（n 位）二进制数，n 的范围 $1\sim8\,000$（字节）
	Varbinary	可变长二进制数，$1\sim8\,000$ 字节
	Image	可变长度二进制数，长度 $0\sim2^{31}-1$ 个字节，一般存储图像数据、Word 文档等
其他数据	Cursor	游标引用
	Table	一种特殊的数据类型，用于存储结果集以进行后续处理

对表 3-3 中内容作以下说明。

① Bit 数据可以表示字符串值 TRUE 和 FALSE，TRUE 转换为 1，FALSE 转换为 0。

② 精确的小数数据类型 decimal[(p[, s])] 和 numeric[(p[, s])].p（精度），表示最多可以存储的十进制数字的总位数，包括小数点左边和右边的位数。该精度必须是从 1 到最大精度 38 之间的值。默认精度为 18。s（小数位数），表示小数点右边可以存储的十进制数字的最大位数，小数位数必须是从 0～p 之间的值。仅在指定精度后才可以指定小数位数，默认的小数位数为 0。

③ 日期和时间数据的格式：默认的日期格式为 yyyyy-mm-dd。 [mm]mm、[dd]dd 和 [yy]yy 表示月、日和年，使用斜线（/）、连字符（-）或句点（.）作为分隔符。可以设置成 myd、dmy、ydm、myd、dym 形式。设置命令的格式是：

```
SET DATEFORMAT {format|@format_var}
```

其中，format|@format_var 即日期的格式。

SQL Server 中的每个列、本地变量、表达式和参数都有一个相关的数据类型，一般情况下，SQL Server 提供的基本数据类型主要用于定义内存单元的数量，以便指定信息、大小和存储格式的类型，存储列的格式，存储过程参数和本地变量。

（2）用户自定义数据类型

用户自定义数据类型是基于 SQL Server 的系统提供数据类型。当多个表的列中要存储同样类型的数据，且想确保这些列具有完全相同的数据类型、长度和是否为空属性时，可使用用户定义数据类型。

创建用户定义的数据类型必须提供名称、新数据类型所依据的系统数据类型、数据类型是否允许空值（如果未定义，系统将依据数据库或连接的 ANSI Null 默认设置进行指派）。

下面通过一个实例来介绍在 SQL Server Management Studio 中如何创建用户自定义数据类型。

1）启动 SQL Server Management Studio，在"对象资源管理器"面板中选择"数据库"下的"class_MIS"，依次展开"可编程性"→"类型"，右击"用户定义数据类型"，在弹出的快捷菜单中选择"新建用户定义数据类型"命令，弹出"新建用户定义数据类型"对话框，如图 3-21 所示。

2）在"常规"选项下的"名称"文本框中输入自定义数据类型的名称为"student_number"；在"数据类型"下拉列表框中选择字符类型为 char；在"精度"微调框中输入大小为 6；选中"允许空值"复选框表示允许插入空值。

3）单击"确定"按钮，创建了名为 student_number 的学生学号自定义数据类型，字符数据为 6。

用户一旦创建了自定义数据类型，其使用方式与基本数据类型使用方式一样。

（3）空值的含义

在现实生活中填写某些资料时，某些表项的内容不确定或者没有必要说明时可以不用填写。在 SQL Server 2005 当中，用空值（NULL）表示数值未知的或从未设定的。

若一个列允许为空值，则向表中输入记录值时可不为该列给出具体值，SQL Server 2005 将自动其赋值为 NULL。而一个列不允许为空值，则在输入时必须给出具体的值，否则会插入失败。

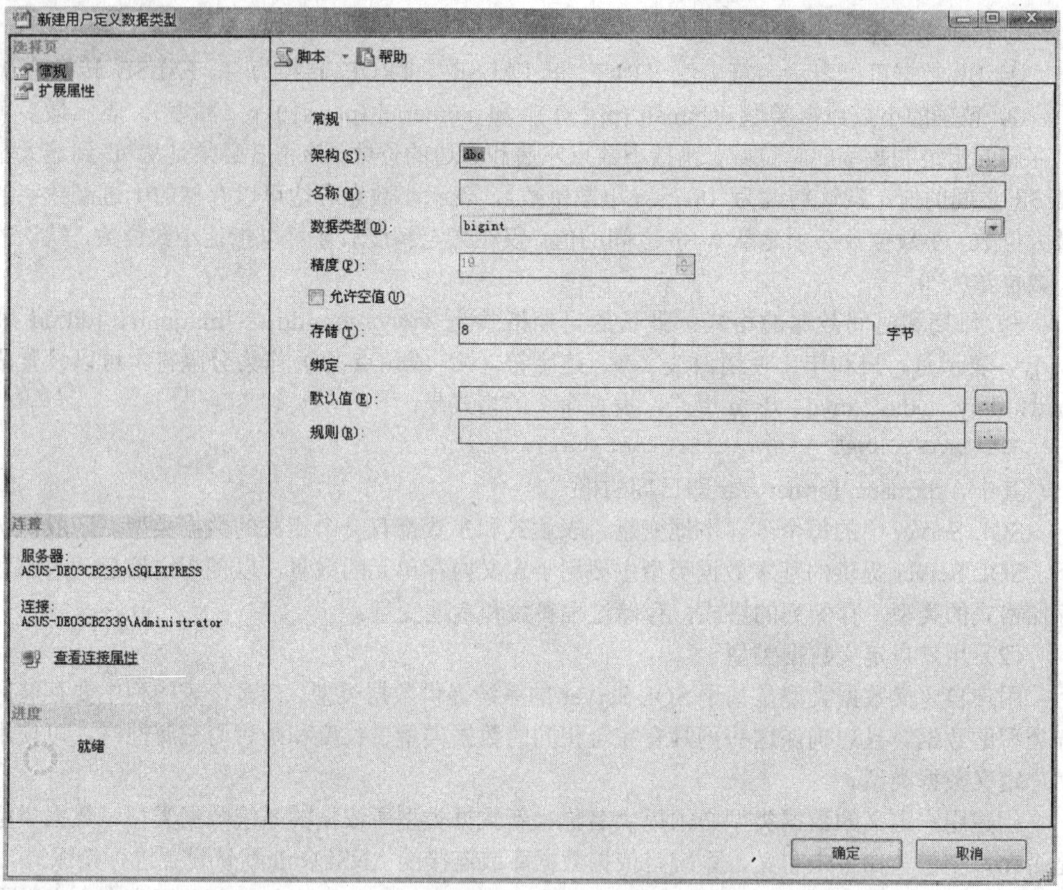

图 3-21　"新建用户定义数据类型"对话框

空值与空格字符或者数字 0 是不同的。空格实际上是一个有效的字符，0 则表示一个有效的数字，而空值只不过表示这么一个概念，即目前尚不知道这个值是什么。另外，空值也不同于一个长度为 0 的字符串。例如，如果某列的列定义中包含了 NOT NULL 子句，那么则不能够插入该列为空的数据行。如果某列的列定义中包含可为空的 NULL 关键字，则它可以接受空值。

注意：允许空值的列需要更多的存储空间，会导致查询和更新时更复杂，并且可能会有其他的性能或存储问题，所以为了减少 SQL 语句的复杂性，建议尽量不要允许使用空值。

2. 创建表

（1）在 SQL Server Management Studio 中创建表

以创建班级信息表（class）为例（结构如表 3-4 所示），给出创建表的步骤。

表 3-4　班级信息表

字段名	含义	数据类型	是否为空	主键，外键	备注
cla_id	班级 ID	int	N	PK	
spe_id	专业 ID	int	N	FK	专业信息表

续表

字段名	含义	数据类型	是否为空	主键，外键	备注
cla_name	班级名称	varchar(20)			
cla_code	班级编号	varchar(20)			
cla_charge	班级负责人	varchar(20)			
cla_note	备注	varchar(200)			

1）打开 SQL Server Management Studio 窗口。

2）在"对象资源管理器"面板中展开 class_MIS 下的"表"，右击，它在弹出的快捷菜单中选择"新建表"命令，如图 3–22 所示。

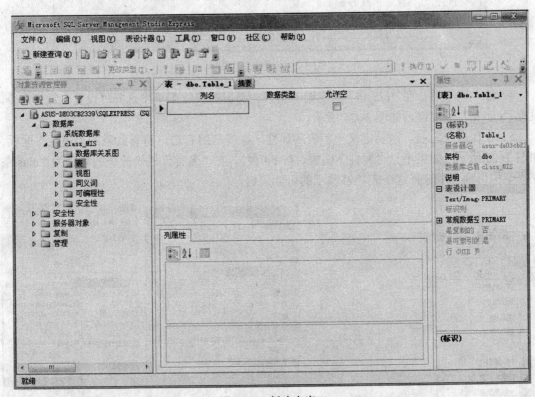

图 3–22　新建表窗口

3）进入表设计器界面，需要输入表中每一列的详细资料，如图 3–23 所示。如在"列名"栏中输入第一列的名称"cla_id"，在"数据类型"列表中选择"int"型，不允许为空；在设置"cla_name"等时，需要在下方的"列属性"面板中设置字符的长度为 20。列名中应尽量避免使用空格，一般用下画线来代替空格（列名可以有空格，但是在 SQL 代码中使用时需要用方括号括住，比较麻烦）。

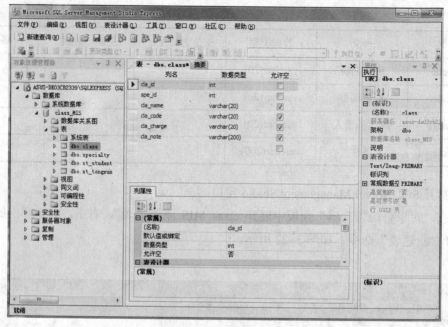

图 3-23　表信息窗口

4）输入完毕后，在"cla_id"列名前右击，在弹出的快捷菜单中选择"设置主键"命令，设置"cla_id"为主键，如图 3-24 所示。

5）在保存表之前，需要定义一些表的属性。在屏幕的右边，将看到表的"属性"面板，如图 3-25 所示（如果不见"属性"面板，按 F4 键）。在"名称"栏修改表的名字为"class"；在"架构"列表中选择这个表能够属于的可能架构。

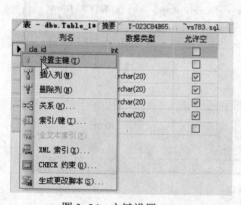

图 3-24　主键设置

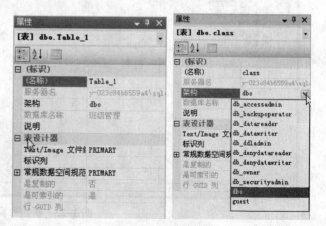

图 3-25　表属性

6）单击工具栏上的"保存"按钮，保存该表。或直接单击表设计器右上角的"关闭"按钮，在询问框里输入表的名称 class 进行保存。

7）刷新"对象资源管理器"的表结点，可以看到新建的表"dbo.class"，右击它，在弹出的快捷菜单中选择"属性"命令，在弹出的对话框中可以看到表的重要的详细资料，如图 3-26 所示。

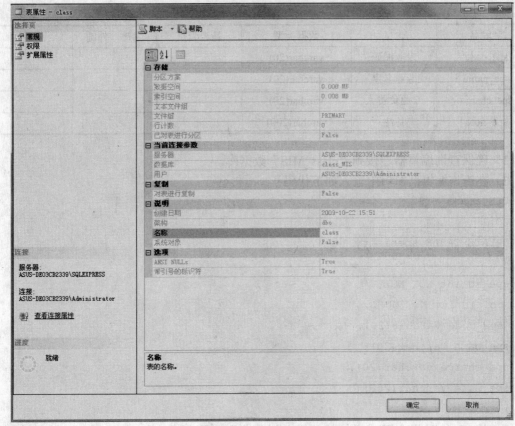

图 3-26　表详细资料

（2）通过查询编辑器定义表

使用 T-SQL 创建表的基本语法如下：

```
CREATE TABLE table_name
(
Col_name column_properties[,...]
)
```

其中：

table_name 是表的名称；

Col_name 是列的名称；

column_properties 是列的属性（包括列的数据类型、列的约束等）。

以在查询编辑器窗格中创建专业信息表（specialty）（表结构如表 3-5 所示）为例，给出创建表的步骤。

表 3-5　专业信息表

字段名	含义	数据类型	是否为空	主键，外键	备注
spe_id	专业 ID	int	N	PK	
col_id	系部 ID	int	N	FK	系部信息表

续表

字段名	含义	数据类型	是否为空	主键，外键	备注
spe_code	专业编码	varchar(20)			
spe_name	专业名字	varchar(20)			
spe_charge	专业负责人	varchar(20)			
spe_note	备注	varchar(200)			

1）确保查询编辑器连接到"class_MIS"数据库。

2）在查询编辑器窗口中输入如下代码：

```
USE class_MIS
GO
CREATE TABLE specialty
(
spe_id int NOT NULL,
 col_id int NOT NULL,
 spe_code varchar(20),
spe_name varchar(20),
spe_charge varchar(20),
spe_note varchar(200)
)
```

3）按 Ctrl+E 组合键或者按 F5 键，运行代码。刷新"表"，可以看到成功创建的表 "dbo.specialty"，如图 3-27 所示。

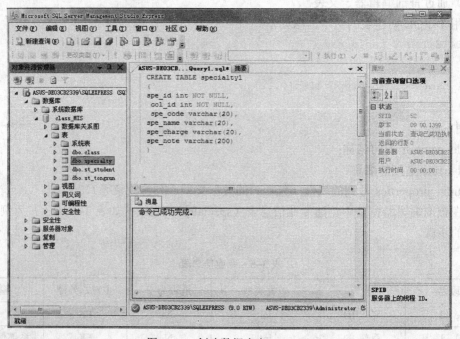

图 3-27　创建数据库表 specialty

（3）使用模板定义表

下面介绍第三种创建表的方法——利用模板来创建表。在 SQL Server Management Studio 中可以为日常的任务建立的大量的模板，也可以为重复性的任务创建自定义的模板。

1）在窗口中选择"视图"菜单中的"模板资源管理器"命令，打开的"模板资源管理器"显示在 SQL Server Management Studio 窗口的右边，如图 3-28 所示。

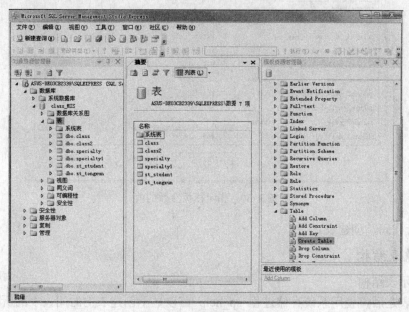

图 3-28 模板资源管理器

2）展开"Table"，双击"Creat Tbale"，在一个新的查询编辑器窗口中打开该模板，如图 3-29 所示。

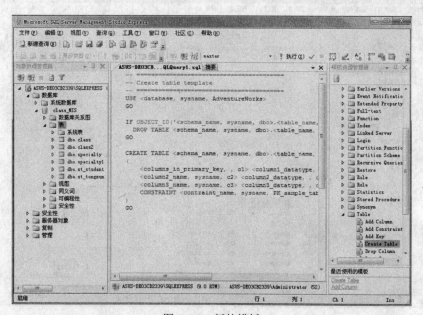

图 3-29 新的模板

3）按 Ctrl+Shift+M 组合键，弹出"指定模板参数的值"对话框，如图 3-30 所示，在该对话框中修改模板参数的值，以便使模板代码成为一组有意义的代码。

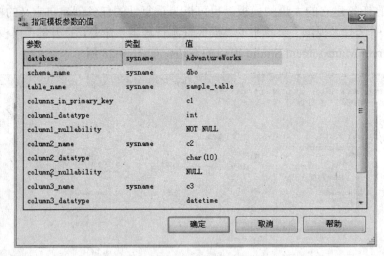

图 3-30　指定模板参数的值

4）运行代码，创建表。

3. 修改表结构

（1）显示表结构

在创建表之后，使用系统存储过程 sp_help 可以显示创建表的时间、表的所有者以及表中各列的定义等信息。

执行结果如图 3-31 所示。

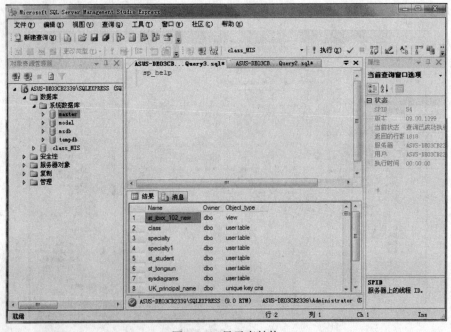

图 3-31　显示表结构

（2）修改表结构

在创建表之后，如果需要，可以利用 SQL Server Management Studio 和 ALTER TABLE 命令进行表结构的修改：添加新列、删除列、修改列的定义等。

使用 T-SQL 语句修改表结构的基本语法如下：

```
ALRET TABLE table_name
 {[ ALRET COLUMN column_name
 {new_data_type[(precision[,scale])]
 [COLLATE<collation_name>]
[NULL|NOT NULL]
|ADD
{[<column_definition>][,...,n]
|DROP{[CONSTRAINT]constraint_name|COLUMN column_name}[,...,n]
```

下面介绍其中的主要参数。

table_name：希望修改结构的表名称。

ALTER/ADD/DROP：修改、增加、删除现存表中的一个列或约束。

new_data_type：要修改列的新数据类型，precision 指定精度，scale 指定小数位数。

COLLATE collation_name：为更改列指定新的排序规则。

CONSTRAINT constraint_name：希望修改结构中的列约束名。

1）增加表列

【例 3-9】利用 SQL Server Management Studio 为表"specialty"增加列专业教师数量"sp_num"，类型为 int，允许为空。其操作步骤有以下几步。

① 运行 SQL Server Management Studio。

② 在"对象资源管理器"面板中展开"class_MIS"下的"表"，右击"dbo.specialty"，在弹出的快捷菜单中选择"修改"命令，如图 3-32 所示。

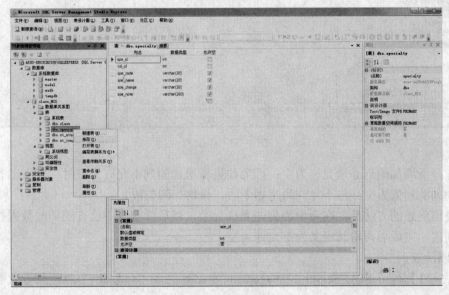

图 3-32 修改表

③ 在右边的窗格会出现已经建好表的列情况，跟最初建立表时一样添加列"sp_num"即可。

④ 单击"保存" 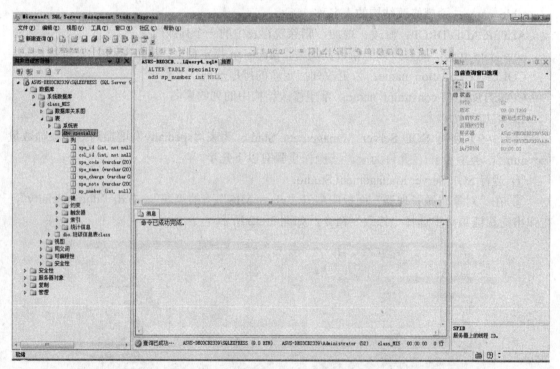 按钮，保存修改后的表。这时展开表"dbo.specialty"的列，就可以看到该表多了列"sp_num"。

【例3-10】利用"查询编辑器"为表"specialty"增加列专业教师数量"sp_number"，类型为int，允许为空。

① 运行 SQL Server Management Studio，在"对象资源管理器"中展开"class_MIS"→"表"→"dbo.specialty"。

② 单击"新建查询"按钮，在查询编辑器中输入以下代码：

```
ALTER TABLE specialty
add sp_number int NULL
```

③ 运行代码。然后展开表"dbo.specialty"，刷新后可以看到为该表添加了列"sp_number"，如图3-33所示。

图3-33 添加列

注意：新增加的列必须允许为空。因为如果新增加的列不允许为空时，表中已有数据行的新增加列的列值为空，与不允许为空相矛盾，新增加列失败。

解决该问题的方法是，在新增加列先允许为空，然后修改表中已有的那些数据行的新增加列的列值，完成后再将其定义为不允许为空。

2）删除表列

【例3-11】利用 SQL Server Management Studio 为表"specialty"删除列专业教师数量"sp_number"。

① 运行 SQL Server Management Studio。

② 在"对象资源管理器"中展开"class_MIS"→"表"→"dbo.specialty"→"列"→ "sp_number"。

③ 右击"sp_number",在弹出的快捷菜单中选择"删除"命令,弹出"删除对象"对话框,如图 3-34 所示。

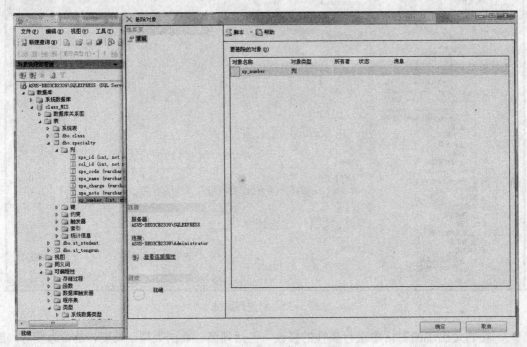

图 3-34 "删除对象"对话框

④ 单击"确定"按钮。查看左边的"对象资源管理器",可以看到列"sp_number"已被删除。

【例 3-12】利用"查询编辑器"为表"specialty"删除列专业教师数量"sp_number"。

① 运行 SQL Server Management Studio,在"对象资源管理器"中展开"class_MIS"→ "表"→"dbo.specialty"。

② 单击"新建查询"按钮,在查询编辑器中输入如下代码:

```
ALTER TABLE specialty
DROP COLUMN sp_number
```

③ 运行代码。然后展开表"dbo.specialty",刷新后可以看到列"sp_number"已被删除。

3)修改已有列的属性

【例 3-13】利用 SQL Server Management Studio 修改表"specialty"中列"spe_note"的属性。

① 运行 SQL Server Management Studio。

② 在"对象资源管理器"中展开"class_MIS"→"表"→"dbo.specialty"→"列"→ "spe_note"。

③ 右键"spe_note",在弹出的快捷菜单中选择"修改"命令,如图 3-35 所示。

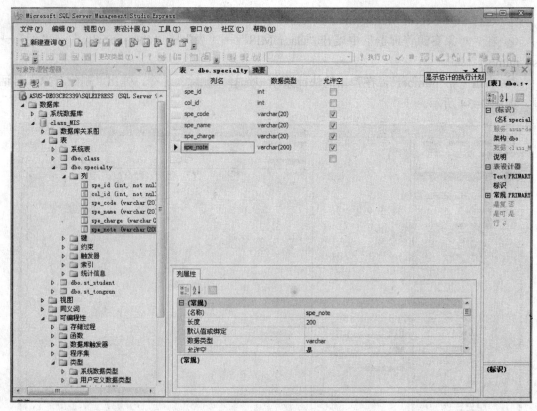

图 3-35　修改列属性

④ 在右边出现的窗格中进行属性的修改，包括列名、数据类型、长度、是否为空等，然后保存。

【例 3-14】利用"查询编辑器"修改表"specialty"中列"spe_note"的属性。

① 运行 SQL Server Management Studio，在"对象资源管理器"中展开"class_MIS"→"表"→"dbo.specialty"。

② 单击"新建查询"按钮，在查询编辑器中输入如下代码，使得列"spe_note"的长度由 200 变为 300：

```
ALTER TABLE specialty
ALTER COLUMN spe_note varchar(300)
```

③ 运行代码。然后展开表"dbo.specialty"，刷新后可以看到列"spe_note"的长度为 300，如图 3-36 所示。

4）删除数据表

【例 3-15】利用 SQL Server Management Studio 删除表"specialty"。

① 运行 SQL Server Management Studio。

② 在"对象资源管理器"中展开"class_MIS"→"表"→"dbo.specialty"。

③ 右击"dbo.specialty"，在弹出的快捷菜单中选择"删除"命令。

④ 弹出"删除对象"对话框，单击"确定"按钮。

⑤ 刷新后看到表"specialty"被删除。

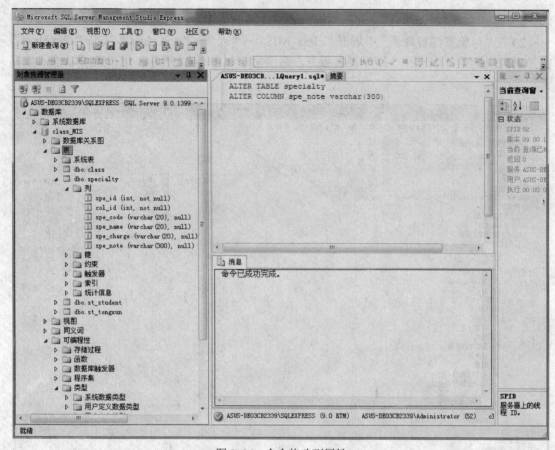

图 3-36 命令修改列属性

【例 3-16】利用"查询编辑器"删除表"specialty"。

① 运行 SQL Server Management Studio，在"对象资源管理器"中展开"class_MIS"→"表"→"dbo.specialty"。

② 单击"新建查询"按钮，在查询编辑器中输入如下代码：

```
DROP TABLE dbo.specialty
```

③ 运行代码，刷新后可以看到表"dbo.specialty"被删除。

3.3 数据操纵子语言及其操作

SQL 语言的数据更新功能保证了 DBA 或数据库用户可以对已经建好的数据库进行数据维护。SQL 语言的更新语句包括插入、修改和删除三类语句。下面就具体介绍这三类语句的使用。

3.3.1 向用户表输入数据

1. 使用 SQL Server Management Studio 输入数据

使用 SQL Server Management Studio 输入数据的操作步骤如下：

1）打开 SQL Server Management Studio。

2）在"对象资源管理器"中展开"class_MIS"→"表"→"dbo.class"，右击"dbo.class"，在弹出的快捷菜单中选择"打开表"命令，系统显示如图 3-37 所示，用户就可以输入数据了。

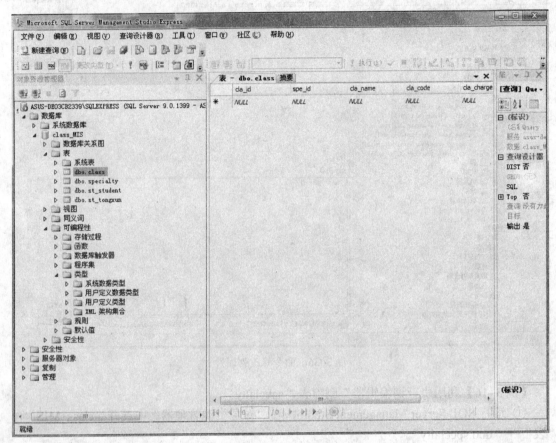

图 3-37　打开表

3）输入数据完成后，关闭窗口即可。

2. 使用 INSERT 语句

INSERT 语句用来向表中或视图中输入新的数据行。

INSERT 语句的语法如下：

```
INSERT [INTO] table_name
{[(colume_list1[, colume_list2]...)]
VALUES (|DEFAULT | NULL | expression | [,..., n]...) | execute_statement}
```

列表中给出的列的个数必须与 VALUES 子句中给出的值的个数相同；VALUES 子句中给出的数据类型必须和列的数据类型相对应。

在大型数据库中。为了保证数据的安全性，只有数据库和数据库对象的所有者及被授予权限的用户才能对数据库进行增加、修改和删除的操作。

【例 3-17】在 class 表中插入一个新元组（101，111，电子商务，电子商务 1 班，啊哦，

aaaaaa)。

```
INSERT  INTO  class
VALUES (101,111,'电子商务','电子商务班','啊哦','aaaaaa');
```

如果某一允许空的列其值暂时不清楚，可以不在列表中写内容。语句如下：

```
INSERT  INTO  class
VALUES (102,112,'电子商务','','啊哦','');
```

3. 使用 INSERT 与 SELECT 子句输入数据

使用 INSERT 语句每一次只能输入一行数据。INSERT 语句与 SELECT 子句配合使用可以将表中的数据行输入到表中，并且可以一次输入多行数据，使用 INSERT 与 SELECT 子句输入数据的语法形式如下：

```
INSERT   table_name
SELECT column_list  FROM   table_list   WHERE search_conditions
```

【例 3-18】将 class 表中的数据输入到 class1(此表已存在)表中。

```
USE  class_MIS
GO
INSERT class1 SELECT * FROM class
GO
```

注意：

① 如果 class1 表不存在的话，应该先创建，再用 INSERT 与 SELECT 子句输入数据；

② 使用 SELECT 子句输入数据时，应注意 INSERT 中指定的表和 SELECT 子句得到的结果集一定要兼容，即列的数量和顺序必须相同，列的数据类型和长度要相同，或者能自动进行数据类型的转换。

4. 使用 SELECT INTO 输入数据

使用 SELECT INTO 语句允许用户定义一个新表，并将 SELECT 的数据输入到新表中。其语法格式如下：

```
SELECT select_list
INTO new_table_name
FROM table_list  WHERE search_conditions
```

【例 3-19】将 class 表中的数据输入到 class2（此表不存在）表中。

```
USE Class_MIS
GO
SELECT * INTO class2
FROM class
GO
```

3.3.2 修改用户数据

修改用户表数据的方法有两种：使用 SQL Server Management Studio 和 UPDATE 语句。使用 SQL Server Management Studio 的步骤在输入数据时已进行介绍，只需在要进行修改的地方直接修改即可。

UPDATE 语句用来修改表中已经存在的数据。UPDATE 语句一次可以修改一行数据，也可以一次修改多行数据。UPDATE 的语法格式如下：

```
UPDATE  table_name
SET | column_name={expression | DEFAULT | NULL[,...,N] }
[FROM  table_name[,...,n]]
[WHERE <search_condition>]
```

修改语句的功能是修改指定表中满足条件表达式的元组，把这些元组按 SET 子句中的表达式修改相应列上的值。

注意：在使用 UPDATE 语句时，如果没有给出 WHERE 子句，那么就表示对表中所有的数据进行修改。如果使用 UPDATE 语句修改数据时与数据完整性约束有冲突，修改就不会发生。

【例 3–20】在静态学生信息表 st_student 中，把学号为 061011109 的学生改名为"王玲"。

其语法格式如下：

```
use class_MIS
update st_student
set st_name ='王玲'
where st_number ='061011109'
go
```

【例 3–21】在静态学生信息表 st_student 中，把通信地址为空的学生的通信地址更新为"四川省乐山市"。

其语法格式如下：

```
use class_MIS
update st_student
set st_address ='四川省乐山市'
where st_address is null
go
```

3.3.3 删除用户表数据

删除用户表数据的方法有两种：使用 SQL Server Management Studio 和 DELETE 语句。

1. 使用 SQL Server Management Studio 删除数据

使用 SQL Server Management Studio 输入数据的操作步骤如下：

（1）打开 SQL Server Management Studio。

（2）在"对象资源管理器"中展开"class_MIS"→"表"→"dbo.St_student"，右击"dbo.st_student"，在弹出的快捷菜单中选择"打开表"命令，系统显示如图 3–38 所示的。

（3）选择要删除的行，在行上右击，在弹出的快捷菜单中选择"删除"命令，弹出的对话框如图 3–39 所示。

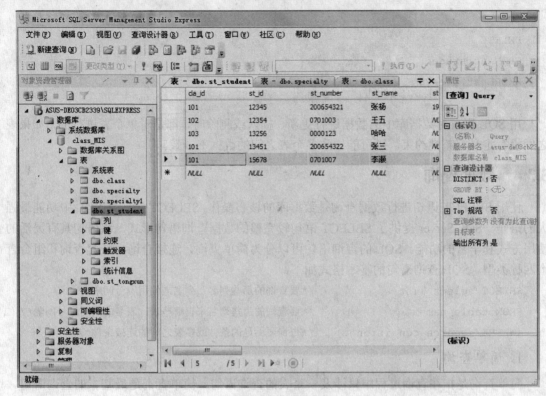

图 3-38　打开表

图 3-39　确认是否删除

（4）单击"是"按钮，即可完成一个数据记录的删除。

2. 使用 DELETE 删除数据

DELETE 语句用来从表中删除数据。一次可以删除一行数据也可以删除多行数据。DELETE 语句语法格式如下：

```
DELETE
 [FROM table_name[,...,n]]
 [WHERE <search_condition>.]
```

该语句的功能是从指定的表中删除满足条件表达式的元组。如果没有 WHERE 子句，则删除所有元组，删除后该表成为空表，但是该表的结构仍存在。

【例 3-22】在静态学生信息表 st_student 中，删除年龄为 25 的学生记录。

其语法格式如下：

```
USE class_MIS
```

```
GO
DELETE
FROM st_student
WHERE st_age=25
GO
```

用 SQL 语言对数据库中的数据进行更新、插入或删除时，都是对单个表进行的，如果表之间没有定义完整性约束，则可能导致多个表之间的数据不一致。

3.3.4　数据查询

使用 SELECT 语句进行数据查询是数据库的核心操作，SELECT 语句是 SQL 中功能最强大的语句。SQL Server 提供了 SELECT 语句较完整的数据查询语句形式，该语句具有灵活的使用方式和丰富的功能。SQL 的查询语句可以分为简单查询、连接查询、嵌套查询和组合查询四种类型。SQL 查询语句的基本格式如下：

```
SELECT select_list            /*要查询的那些列名，列名之间用逗号间隔*/
FROM table_name               /*要查询的那些列名来自哪些表，表名之间用逗号间隔*/
[WHERE <search_condition>.]   /*查询要满足的条件或多表之间的连接条件*/
```

1. 简单查询

简单查询是指在查询过程中只涉及一个表的查询语句。简单查询是最基本的查询语句。下面具体的介绍 SELECT 语句的各种使用方法。

（1）使用星号（*）号或列名查询

在选择列表中使用星号（*），则从 FROM 子句中指定的表或视图中查询并返回所有列。在选择列表中给出具体的列名，则只查询所指定列名的信息。

【例 3–23】在静态学生信息表 st_student 中，查询全部学生的详细信息。

其语法格式如下：

```
SELECT *
FROM st_student;
```

【例 3–24】在班级信息表 class 中，查询班级详细信息。

其语法格式如下：

```
SELECT *
FROM class;
```

【例 3–25】在静态学生信息表 st_student 中，查询所属学生学号是 080001 的学生姓名和年龄。

其语法格式如下：

```
SELECT st_name,st_age
FROM st_student
WHERE st_number ='080001';
```

（2）使用 DISTINCT 消除重复值

在 SELECT 关键字之后使用 DISTINCT 关键字，可消除选择列表中指定列的值相同的那些行。

【例 3-26】 显示学生静态信息表 st_student 中的班级 ID，查询结果中消除重复行。

其语法格式如下：

```
SELECT DISTINCT cla_id
FROM st_student
```

（3）使用 TOP n[PERCENT]仅返回前 n 行

使用 TOP 关键字，可以从结果集中仅返回前 n 行。如果指定了 PERCENT 关键字，则仅返回前 n%行，此时 n∈[0，100]。如果在 SELECT 语句中包括有排序子句 ORDER BY 子句，则首先对查询结果按照排序要求进行排序，然后再从排序后的结果中返回前 n 行或行的前 n%行。

【例 3-27】 在静态学生信息表 st_student 中查询所有信息，要求只显示查询结果的前 5 行数据。

1）在查询窗口中执行如下的 SQL 语句：

```
SELECT TOP 6 *
FROM st_student
go
```

执行结果只显示查询结果的前 6 行数据。

2）在查询窗口中执行如下的 SQL 语句：

```
SELECT TOP 6 * PERCENT
FROM st_student
go
```

执行结果与前一个就有了差别，显示的是前 6%行。

（4）改变查询结果列的标题

在查询结果中，显示结果列的标题就是表的列名，在 SQL 中可以将结果列的标题改变为所需要的汉字标题，其方法有下列 3 种。

1）将改变后的列标题用单引号括起来，然后写等号（=），后接要查询的列名，即 '改变后的列标题'=表中要查询的列名。

2）首先写出要从表中查询的列名，然后是空格，后面为改变后的列标题（需要用单引号括起来）。即表中要查询的列名 '改变后的列标题'。

3）首先写出要从表中查询的列名，空一格，然后为 AS 关键字，再空一格，后面为改变后的列标题（需要用单引号括起来），即表中要查询的列名 AS '改变后的列标题'

注意：改变的只是查询结果列的标题，并没有改变表中的列名。

【例 3-28】 查询学生表态信息表（st_student）中的班级 ID. 学号、姓名、性别、生日、通信地址，要求查询显示结果如下：

班级 ID	学号	姓名	性别	生日	通信地址
01	200634674	张三	男	1990.11	四川省乐山市

……

使用第一种方法改变列标题的语句：

```
SELECT '班级 ID'=cla_id,'学号'=st_number,'姓名'=st_name,'性别'=st_sex,'生日
'=st_brithday,'通信地址'=st_address
```

```
FROM st_student
GO
```

使用第二种方法改变列标题的语句：

```
SELECT cla_id '班级 ID', st_number '学号', st_name '姓名', st_sex '性别',
st_brithday '生日', st_address '通信地址'
FROM st_student
GO
```

使用第三种方法改变列标题的语句：

```
SELECT cla_id AS '班级 ID', st_number AS '学号', st_name AS '姓名', st_sex AS
'性别', st_brithday AS '生日', st_address AS '通信地址'
FROM st_student
GO
```

（5）在查询结果中显示字符串

在一些查询中，经常需要在查询结果中增加显示一些字符串，在 SELECT 子句中，将要增加的字符串用单引号括起来，然后和列的名字写在一起，中间用逗号分隔开。

【例 3-29】查询静态学生信息表 st_student，要求给出的查询结果为：

姓名　　　　　　　生日

张三　　他的生日为：1991.11

在查询窗口中执行如下的 SQL 语句：

```
SELECT '姓名'=st_name,'他的生日为：','生日'=st_brithday
FROM st_student
GO
```

（6）表达式作为查询列

SELECT 子句中的选项列表可以为表达式或所指定的列的列表，表达式可以是列名、函数或常数的列表。

【例 3-30】查询静态学生信息表 st_student 中年龄最小的和年龄最大的人的岁数。

其语法格式如下：

```
SELECT '年龄最小的'=MIN(st_age), '年龄最大的'=MAX(st_age)
FROM st_student
GO
```

（7）使用 ORDER BY 子句重新排序查询结果

可以使用 ORDER BY 子句对查询结果重新进行排序，即可以在要排序的列名后用关键字 ASC 指定升序排序，也可用 DESC 指定降序排序，如果省略 ASC 或 DESC，则系统默认为按升序排序。

在 ORDER BY 子句中可以指定多个列，它表明查询结果首先按第一列的值进行排序，当第一列的值相同时，再按第二列进行排充……ORDER BY 子句写在 WHERE 子句之后。

【例 3-31】在静态学生信息表 st_student 中查询学生信息，要求结果按照年龄的降序排序。

其语法格式如下：

```
SELECT *
```

```
FROM st_student
ORDER BY st_age DESC
GO
```

（8）使用 WHERE 限制查询条件

使用 WHERE 子句给出限制查询的范围。通常情况下，可能要定义一个或多个条件限制查询的结果。WHERE 子句中给出的逻辑表达式的值为真或为假，查询结果将返回表达式为真的那些数据行。

WHERE 子句中常用的查询条件包括比较、确定范围、确定集合、字符匹配、空值、多重条件等。

注意：使用 WHERE 子句来限制查询的范围，必须紧跟 FROM 子句之后。

具体作以下介绍。

1）比较：比较包括的运算符主要有<、<=、>、>=、=、<> 等。

【例 3-32】在静态学生信息表 st_student 中查询学生信息，要求显示年龄小于 17 岁的学生信息。

其语法格式如下：

```
SELECT *
FROM st_student
WHERE st_age<17
GO
```

2）确定集合，包括 IN、NOT IN 等；主要是给出值的范围。

【例 3-33】在静态学生信息表 st_student 中，查询姓名为"张三"、"李四"、"王五"的学生信息。

其语法格式如下：

```
SELECT *
FROM st_student
WHERE st_name IN('张三','李四','王五')
GO
```

【例 3-34】在静态学生信息表 st_student 中，查询姓名不为"张三"、"李四"、"王五"的学生信息

其语法格式如下：

```
SELECT *
FROM st_student
WHERE st_name NOT IN('张三','李四','王五')
GO
```

3）字符匹配（模糊查询），包括 LIKE、NOT LIKE。

使用 LIKE、NOT LIKE 关键字可以实现对所需要信息的模糊查询，它要与通配符配合在一起使用。SQL 有以下 4 个通配符。

① %（百分号）：匹配任意长度（长度可以为 0）的字符串。

② _（下画线）：匹配任意单个字符。

③ [ ]（排列通配符）：匹配所给定范围或集合中的任意单个字符。

④ [^]（不在范围之内的字符）：匹配所给定的不在范围或集合之内的任意单个字符。

通配符和字符串必须括在单引号中。

例如，LINK'[a–e]'表示匹配 a、b、c、d、e 中的任意一个字符；LINK'[^abcde]'或 LINK'[^a–e]'匹配除了 a、b、c、d、e 之外的任意一个字符；st_name LIKE '张%'匹配姓张的所有姓名，st_name LIKE '%英'匹配所有姓名最后一个字是英的学生姓名；st_name LIKE '_利% '匹配第二个字是"利"的学生姓名。

如果通配符本身作为要查找的字符（串）时，需要将它们用方括号括起来。例如：LINK'[[]'表示匹配"["字符，LINK'5[%]'表示匹配"5%"。

【例 3–35】在静态学生信息表 st_student 中查询姓张的学生信息。

其语法格式如下：

```
SELECT *
FROM st_student
WHERE st_name LIKE '张%'
GO
```

【例 3–36】在静态学生信息表 st_student 中查询姓名最后一个字是英的学生信息。

其语法格式如下：

```
SELECT *
FROM st_student
WHERE st_name LIKE '%英'
GO
```

【例 3–37】在静态学生信息表 st_student 中查询姓名第二个字是利的学生信息。

其语法格式如下：

```
SELECT *
FROM st_student
WHERE st_name LIKE '_利% '
GO
```

【例 3–38】在静态学生信息表 st_student 中查询不姓张的学生信息。

其语法格式如下：

```
SELECT *
FROM st_student
WHERE st_name LIKE '[^张]%'
GO
```

或：

```
SELECT *
FROM st_student
WHERE st_name NOT LIKE '张%'
GO
```

4）空值：主要有 IS NULL、IS NOT NULL；用于查询指定列值是空还是非空。

【例 3-39】在静态学生信息表 st_student 中查询通信地址未定的学生信息。

其语法格式如下：

```
SELECT *
FROM st_student
WHERE st_address is null
GO
```

5）多重条件：主要有 AND、OR、NOT 等。

【例 3-40】在静态学生信息表 st_student 中查询学生信息，要求显示年龄大于或等于 17 岁并且小于 21 岁的学生信息。

其语法格式如下：

```
SELECT *
FROM st_student
WHERE st_age>=17 AND st_age<21
GO
```

6）确定范围：BETWEEN 关键字总是和 AND 一起使用，用来查询在一个指定范围内的信息，包括 BETWEEN A AND B 与 NOT BETWEEN A AND B。

【例 3-41】在静态学生信息表 st_student 中查询年龄在 15 至 25 之间的学生信息，要求结果按年龄的升序排列。

其语法格式如下：

```
SELECT *
FROM st_student
WHERE st_age BETWEEN 15 AND 25
ORDER BY  st_age  ASC
GO
```

【例 3-42】在静态学生信息表 st_student 中查询年龄在 15 岁以下和 25 岁以上的学生信息，要求结果按年龄的降序排列。

其语法格式如下：

```
SELECT *
FROM st_student
WHERE st_age NOT BETWEEN 15 AND 25
ORDER BY  st_age  DESC
GO
```

（9）使用 COMPUTE 进行计算

COMPUTE 用来计算总计或进行分组小计，总计值或小计值将作为附加新行出现在查询结果中。该子句用在 WHERE 子句之后。

【例 3-43】在学生静态信息表 st_student 中查询性别是男的学生信息，并计算其平均年龄。

其语法格式如下：

```
SELECT *
FROM st_student
```

```
WHERE st_sex='男'
COMPUTE AVG(st_age)
GO
```

（10）使用 COMPUTE BY 分组查询结果

COMPUTE BY 子句对 BY 后面给出的列进行分组显示，并计算该列的分组小计。在使用 COMPUTE BY 子句前，必须要先使用 ORDER BY 对 COMPUTE BY 中指点定的列进行排序，使用 COMPUTE BY 子句的 SELECT 语法格式如下：

```
SELECT Col_name              /*要查询的列*/
FROM  table_name             /*要查询的列来自哪些表*/
WHERE select_condition       /*查询条件*/
ORDER BY Col_name            /*要分组显示的列名*/
COMPUTE                      /*聚合函数 BY Col class*/
```

【例 3-44】在学生静态信息表中，按性别显示学生信息，并根据性别计算平均年龄。

其语法格式如下：

```
SELECT *
FROM st_student
ORDER BY st_sex
COMPUTE AVG(st_age) BY st_sex
GO
```

其结果如图 3-40 所示。

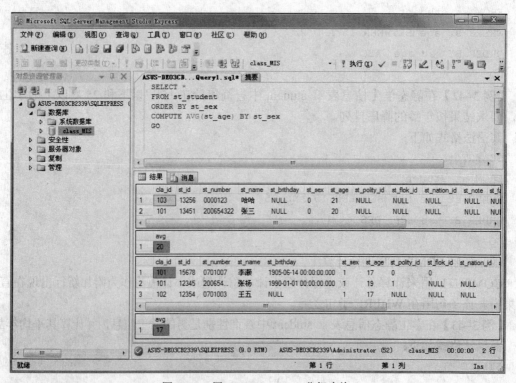

图 3-40　用 COMPUTE BY 分组查询

（11）使用 GROUP BY 分组汇总查询结果

在一些情况下，常常只要显示分组的汇总结果，不需要给出分组的详细信息，此时可以使用 GROUP BY 实现分组汇总。

【例 3-45】在学生静态信息表中，按性别分类统计各类人员的平均年龄，只显示汇总信息。

其语法格式如下：

```
SELECT st_sex AS '性别',AVG(st_age) AS '平均年龄'
FROM st_student
GROUP BY st_sex
GO
```

其结果如图 3-41 所示。

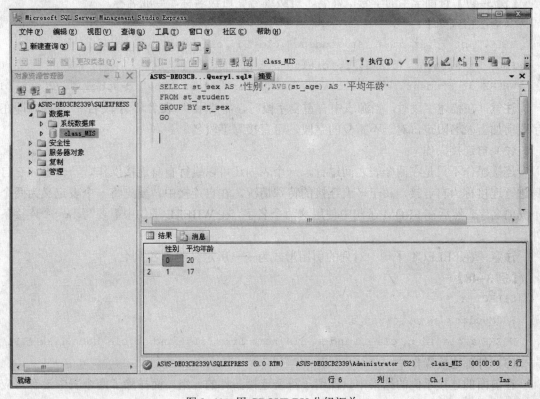

图 3-41 用 GROUP BY 分组汇总

2. 连接查询

包含连接操作的查询语句称为连接查询。连接查询包括等值连接、自然连接、求笛卡尔积、一般连接、外连接、内连接、左连接、右连接和自然连接等多种。由于连接查询涉及被连接和连接两个表，所以它的源表一般为多个表。

连接查询中的连接条件通过 WHERE 子句表达，连接条件和元组条件之间用 AND（与）操作符连接。

（1）等值连接和非等值连接操作

连接查询中，用来连接两个表的条件称为连接条件或连接谓词。

连接条件的一般格式为：

[<表名 1>.]<列名 1><比较运算符>[<表名 2>.]<列名 2>

其中，比较运算符主要有=、>、<、>=、<=、!=。

当连接运算符为“=”时，该连接称为等值连接；否则，称为非等值连接。

【例 3-46】查询每个学生的静态信息以及他所在班级的信息。

其语法格式如下：

```
SELECT st_student.*,class.*
FROM st_student, class
WHERE st_student .cla_id=class. cla_id
```

【例 3-47】查询学生的学号，姓名，班级编号、班级名称，专业名称。

其语法格式如下：

```
SELECT st_id,st_name, st_student .cla_id ,cla_name, spe_name
FROM st_student, class, specialty
WHERE st_student .cla_id=class. cla_id and class. spe_id=specialty. spe_id
```

注意：在描述字段时，当源表中有重复字段时，需要用“<表名>.<字段名>”说明，即在字段前加上表名限定，对于不重复的字段，可直接写字段名。

（2）自连接操作

连接操作不只是在两个表之间进行，一个表内还可以进行自身连接操作。一个表和它自身进行连接称为自连接，属于多表连接的特殊情况。在自连接中，要先将一个表定义为两个不同的名字，然后在 FROM 子句中使用这两个名字，在 WHERE 子句中需要写出一个连接条件。

注意：在 SELECT 子句中对列的引用形式为——所定义的表名.列名。

【例 3-48】

```
SELECT a.*
FROM class as a, class as b
WHERE a.cla_id=b. cla_id and a. cla_name like 'sf%' and  b.cla_name like '%11'
```

（3）外部连接操作

在前面的连接示例的结果中只保留了符合连接条件的元组，而排除了两个表中没有对应的或匹配的元组的情况，这种连接称为内连接。如果要求查询结果集中保留非匹配的元组，则要执行外部连接操作。

SQL 的外部连接分为左外部连接、右外部连接和全连接三种：左外部连接操作是在结果集中保留连接表达式左表中的非匹配记录；右外部连接操作是在结果集中保留连接表达式右表中的非匹配记录；全连接是为了包含两个表中都不匹配的那些数据行，可以使用全外连接，完成左外连接和右外连接的操作，包括了左表和右表中所有不满足条件的数据行。外连接的 SQL 语句具体体现在 FROM 子句上。

设有学生和班级个基本表，数据如表 3-6 和表 3-7 所示。

表 3-6 学生表

学号	姓名	性别	年龄	班级号
1	王晓	女	20	11
2	张良华	男	21	
3	李朱	男	19	12
4	徐琴	女	20	13

表 3-7 班级表

班级号	班级名称	所在系
11	会计班	管理系
12	电子商务	管理系
13	工商管理	管理系
14	广告设计	

1）外部连接，SQL 中左外部连接的 FROM 子句写为：

FROM 左表名 LEFT JOIN 右表名 ON 连接条件;

【例 3-49】要求查询所有学生的班级信息。

其语法格式如下：

SELECT 学生.*,班级名称,所在系

FROM 学生 LEFT JOIN 班级 ON 学生.班级号=班级.班级号

GO

2）右外连接：SQL 中右外部连接的 FROM 子句写为：

FROM 左表名 RIGHT JOIN 右表名 ON 连接条件;

【例 3-50】要求查询所有班级号的学生信息。

其语法格式如下：

SELECT 学生.*,班级名称,所在系

FROM 学生 RIGHT JOIN 班级 ON 学生.班级号=班级.班级号

GO

3）全连接：SQL 中全连接的 FROM 子句写为：

FROM 左表名 FULL JOIN 右表名 ON 连接条件;

【例 3-51】要求用全连接查询查询所有学生的班级信息。

其语法格式如下：

SELECT 学生.*,班级名称,所在系

FROM 学生 LEFT JOIN 班级 ON 学生.班级号=班级.班级号

GO

对它们进行内连接、左外连接、右外连接和全连接会产生不同的结果集，如表 3-8～表 3-11 所示，它们是表 3-6 学生表和表 3-7 班级表各种连接的结果集对照表。

表 3–8　　内连接的结果集

学号	姓名	性别	年龄	班级号	班级名称	所在系
1	王晓	女	20	11	会计班	管理系
3	李朱	男	19	12	电子商务	管理系
4	徐琴	女	20	13	工商管理	管理系

表 3–9　　左外部连接的结果集

学号	姓名	性别	年龄	班级号	班级名称	所在系
1	王晓	女	20	11	会计班	管理系
2	张良华	男	21			
3	李朱	男	19	12	电子商务	管理系
4	徐琴	女	20	13	工商管理	管理系

表 3–10　　右外部连接的结果集

学号	姓名	性别	年龄	班级号	班级名称	所在系
1	王晓	女	20	11	会计班	管理系
3	李朱	男	19	12	电子商务	管理系
4	徐琴	女	20	13	工商管理	管理系
				14	广告设计	

表 3–11　　全连接的结果集

学号	姓名	性别	年龄	班级号	班级名称	所在系
1	王晓	女	20	11	会计班	管理系
2	张良华	男	21			
3	李朱	男	19	12	电子商务	管理系
4	徐琴	女	20	13	工商管理	管理系
				14	广告设计	

3. 嵌套查询

在 SQL 语言中，一个 SELECT...FROM...WHERE 语句称为一个查询块。将一个查询块嵌套在另一个查询块的 WHERE 子句或 HAVING 短语的条件中的查询称为嵌套查询。

在书写嵌套查询语句时，总是从上层查询模块（也称外层查询模块）向下层查询块书写，而在处理时则是由下层向上层处理，即下层查询结果集用于建立上层查询块的查询条件。

（1）使用 IN 操作符的嵌套查询

当 IN 操作符后的数据集需要通过查询得到时，就需要使用 IN 嵌套查询。

【例 3–52】查询学号是 "00786" 的学生的专业 ID 和专业名称。

其语法格式如下：

```
SELECT spe_id,spe_name
FROM specialty
WHERE spe_id IN(SELECT spe_id
                FROM  class
                WHERE cla_id IN(SELECT cla_id
                                FROM st_student
                                WHERE st_id='00786'))
```

该题也可以使用如下的连接查询来表达：

```
SELECT specialty. spe_id, spe_name
FROM specialty, class, st_student
WHERE specialty. spe_id= class. spe_id AND class. cla_id= st_student. cla_id
AND st_student.st_id='00786'
```

（2）使用比较符的嵌套查询

IN 操作符用于一个值与多值的比较，而比较符则用于一个值与另一个值之间的比较。当比较符后面的值需要通过查询才能得到时，就需要使用比较符嵌套查询。

【例 3–53】查询年龄大于张三的学生的学号和姓名

其语法格式如下：

```
SELECT st_number, st_name
FROM st_student
WHERE st_age>(SELECT st_age FROM st_student WHERE st_name='张三')
```

（3）使用 ANY 或 ALL 操作符的嵌套查询

使用 ANY 或 ALL 操作符时必须与比较符配合使用，其格式为：

<字段><比较符>[ANY|ALL]<子查询>

在表 3–12 中列出了 ANY 和 ALL 与比较符结合的操作符及语意。

表 3–12　ANY 和 ALL 与比较符结合的操作符及语意表

操作符	语　　意
>ANY	大于子查询结果中的某个值，即表示大于查询结果中的最小值
>ALL	大于子查询结果中的所有值，即表示大于查询结果中的最大值
<ANY	小于子查询结果中的某个值，即表示小于查询结果中的最大值
<ALL	小于子查询结果中的所有值，即表示小于查询结果中的最小值
>=ANY	大于或等于子查询结果中的某个值，即表示大于或等于查询结果中的最小值
>=ALL	大于或等于子查询结果中的所有值，即表示大于或等于查询结果中的最大值
<=ANY	小于或等于子查询结果中的某个值，即表示小于或等于查询结果中的最大值
<=ALL	小于或等于子查询结果中的所有值，即表示小于或等于查询结果中的最小值
=ANY	等于子查询结果中的某个值，即相当于 IN
=ALL	等于子查询结果中的所有值（通常没有实际意义）
!=(或<>)ANY	不等于子查询结果中的某个值
!=(或<>)ALL	不等于子查询结果中的任何一个值，即相当于 NOT IN

（4）使用 EXISTS 操作符的嵌套查询

在 WHERE 子句中可以使用 EXISTS 子句，它用于测试跟随的子查询中的行是否存在，如果存在，则返回 TURE（真）值，否则产生 FLASE（假）值。

4. 组合查询

将 SELECT 语句的查询结果集再进行集合运算就构成了 SQL 的组合查询，SQL 的查询操作符有 UNION（并操作）、INTERSECT（交操作）、EXCEPT（差操作）三种。

（1）UNION（并操作）

UNION 运算符将两个或多个查询结果合并为一个结果。当使用 UNION 时，需遵循以下两个规则：

1）所有查询中的列数和列的顺序必须相同；

2）所有查询中按顺序对应列的数据类型必须相同或兼容。

UNION 合并多个 SELECT 查询结果为一个结果时，该结果的列数与 SELECT 子句中的列数相同。多个 SELECT 查询结果以下列方式进行对应：第一个 SELECT 语句的第一列将对应在每一个随后的 SELECT 语句的第一列，第二列对应在每一个随后的 SELECT 语句的第二列……

另外，SELECT 对应列的数据类型必须相同或者兼容，意味着两个对应列必须有相同的数据类型，或者 SQL Server 必须可以明确地从一种数据类型转换为另一种数据类型。

【例 3-54】查询年龄是 17 或年龄是 21 的学生姓名。

其语法格式如下：

```
SELECT st_name
FROM st_student
WHERE st_age=17
UNION
SELECT st_name
FROM st_student
WHERE st_age=21
```

（2）INTERSECT（交操作）

【例 3-55】查询年龄是 17，并且政治面貌是党员的学生姓名。

其语法格式如下：

```
SELECT st_name
FROM st_student
WHERE st_age=17
INTERSECT
SELECT st_name
FROM st_student
WHERE st_polity_id=1
```

（3）EXCEPT（差操作）

【例 3-56】查询年龄是 17，并且政治面貌不是党员的学生姓名。

其语法格式如下：

```
SELECT st_name
FROM st_student
WHERE st_age=17
except
SELECT st_name
FROM st_student
WHERE st_polity_id =1
```

3.4　索　引

如果把一本书看成一个表，那么用于在书中快速查找信息的目录，就是本节将要讲到的索引。在 SQL Server 中定义索引，是为了能快速定位到指定的行，让数据的查询更加方便。如果不存在索引，SQL Server 就只能在数据库中对表的每一行都进行检查，以确定是否存在所查询的数据，显然这样的方式增加了数据操作的开销。在实际数据库应用中，在数据表上创建和维护索引是一项重要的工作。本节将详细全面地介绍 SQL Server 2005 的索引技术。

3.4.1　索引概述

1. 索引的作用

使用索引有以下三方面的作用。

（1）可以明显地加快数据查询的速度

基本表文件中的列和元组都比较多，在进行数据查询时，如果不使用索引，则需要将数据文件分块，逐个读到内存，进行查找的比较操作。由于索引文件只含有索引项和元组地址，文件小，一般可以一次读入内存，又由于索引文件中的索引项是经过排序的，因此可以很快地找到索引项值和元组地址。

（2）可保证数据的唯一性

索引的定义中包含定义数据唯一性的内容，当定义了数据唯一性的功能后，在对相关的索引项进行数据输入或数据更改时，系统便要进行检查，以确保其数据唯一性成立。

（3）可以加快连接速度

在两个关系进行连接操作时，系统需要在连接关系中对每一个被连接字段进行查询操作，其查询工作量非常大。如果在连接文件的连接字段上建有索引，则可以大大提高连接查询的速度。

2. 索引类型

SQL Server 有三种类型的索引：聚集索引、非聚集索引，以及主 XML 索引和辅助 XML 索引，但是在本节中主要介绍聚集索引和非聚集索引。理解索引类型之间的不同是很重要的，索引的类型决定了在 SQL Server 中存储索引和数据的物理行的方式。

（1）聚集索引

聚集索引定义了数据在表中存储的物理顺序，它是指表中数据行的物理存储顺序与索引顺序完全相同。聚集索引由上下两层组成，上层为索引页，包含表中的索引页面，用于数据检索，下层为数据页。当在表格中的某些列上建立聚集索引时，表格中的数据会以该字段作为排序根据。表中数据行的物理存储顺序与索引顺序完全相同。正因如此，一个表格中只能建立一个聚集索引，但该索引可以包含多个列（组合索引），先按照第一列指定的顺序，再按照第二列指定的顺序，依此类推。

当表中保存有连续值的列时，在这些列上建立聚集索引非常有效，因为当使用聚集索引快速找到一个值时，其他连续的值自然就在附近。默认情况下，SQL Server 为 PRIMARY KEY 约束自动建立聚集索引，也可在 CREATE INDEX 语句中用 CLUSTERED 或 NONCLUSTERED 关键字建立聚集或非聚集索引。

不要将聚集索引放置到一个会进行大量更新的列上，因为这意味着 SQL Server 将不得不持续改变数据的物理位置，会导致过多的处理开销。由于聚集索引中包含了数据本身，相较于非聚集索引提取数据，在提取聚集索引所对的数据时，SQL Server 只需要进行很少的 I/O 操作。也就是说，如果在表中只有一个索引，那么应该为聚集索引。

（2）非聚集索引

非聚集索引不改变表中数据行的物理存储顺序，数据与索引分开存储。非聚集索引中仅包含索引值和指向数据存储位置的指针。索引中的项目按索引键值的顺序存储，而表中的信息按另一种顺序存储。

SQL Server 在查询数据时，先对非聚集索引进行搜索，找到数据在表中的位置，然后根据得到的数据位置信息，到磁盘上的该位置处读取数据。

非聚集索引中的数据排列顺序并不是表格中的数据排列顺序，这是与聚集索引的主要区别。因此聚集索引的查询速度比非聚集索引快，非聚集索引又比没有索引快，但是聚集索引要求数据按照索引顺序在磁盘上排列在一起。

非聚集索引不改变表中数据行的物理存储位置，数据与索引分开存储，通过索引带有的指针与表中的数据发生联系。在表或视图中，最多可以建立 250 个非聚集索引，或 249 个非聚集索引和 1 个聚集索引。

（3）主 XML 索引和辅助 XML 索引

如果读者有兴趣了解这方面的知识，请参阅联机丛书。

3.4.2　索引的创建

在 SQL Server 中，可以使用多种不同的方法来创建索引，先从在 SQL Server Management Studio 的表设计器中创建索引讲起。

1. 在表设计器中创建索引

1）运行 SQL Server Management Studio，在"对象资源管理器"中展开 class_MIS 数据库的表"dbo.st_student"。

2）右击"dbo.st_student，在弹出的快捷菜单中选择"修改"命令，打开表设计器。

3）打开菜单"表设计器"，选择"索引/键"按钮。在弹出的"索引/键"对话框中单击"添加"按钮选择索引的属性，如图 3-42 所示。

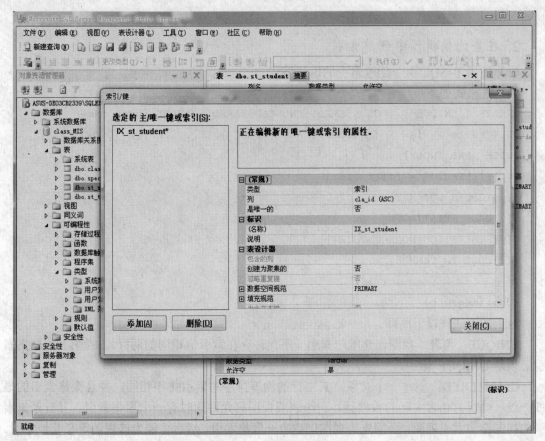

图 3–42　管理索引/键

在对话框中显示的列是预设的，可以根据需要改变列和选项。但是，不管已经创建了什么索引，为索引所选择的初始列总会是表中所定义的第一个列。

4）改变索引的名字。在"（名称）"文本框中，SQL Server 已经创建了一个名字，其前缀为 IX_，还保留了表的名称以及一个有用的后缀，譬如列的名称。在上例中，索引被命名为 IX_st_student。此时还可以再说明添加某些描述可能会更好。

5）在本例中，SQL Server 已经正确的选择 cla_id 列作为要添加索引的列，并且设置索引按照升序排序。在这个例子中，默认的排序方式是合适的。如果存在多个不同排序的列，而一个列在查询的 ORDER BY 子句中被使用，那么为该列设置索引时采用相应的排序是比较有用的。如果在索引中某列所设置的排序顺序，同该列在查询的 ORDER BY 子句中所使用的排序顺序一致，则 SQL Server 就可以避免执行额外的排序工作，从而提高查询的性能。

提示：如果在索引中只有一列，则 SQL Server 向前读取该索引的速度同向后读取该索引的速度一样快。

6）列 cla_id 的值是 SQL Server 自动生成的，具有 IDENTITY 特性，所以将"是唯一的"选项设置为"是"。

7）将"创建为聚集的"选项设置为"否"。这样插入到 SQL Server 中的记录将会不被改变。还应该将"重新计算统计数据"选项设置为"否"。

8）设置好后，单击"关闭"按钮，关闭对表的修改对话框。在提示是否保存时，单击"是"

按钮。

2. 在查询编辑器中创建索引

（1）使用 T-SQL 命令创建索引的语法格式

其语法格式如下：

```
CREATE [ UNIQUE ] [ CLUSTERED | NONCLUSTERED ] INDEX index_name
ON { table | view } ( column [ ASC | DESC ] [ ,...,n ] )
[WITH [PAD_INDEX]
[[,]FILLFACTOR = fillfactor]
[[,]IGNORE_DUP_KEY]
[[,]DROP_EXISTING]
[[,]STATISTICS_NORECOMPUTE]
[[,]SORT_IN_TEMPDB]
]
[ON filegroup]
```

对上述语法作以下注释。

UNIQUE：为表或视图创建唯一索引（不允许存在索引值相同的两行）。视图上的聚集索引必须是 UNIQUE 索引。

CLUSTERED：创建一个对象，其中行的物理排序与索引排序相同，并且聚集索引的最低一级（叶级）包含实际的数据行。一个表或视图只允许同时有一个聚集索引。具有聚集索引的视图称为索引视图。必须先为视图创建唯一聚集索引，然后才能为该视图定义其他索引。在创建任何非聚集索引之前创建聚集索引。创建聚集索引时重建表上现有的非聚集索引。如果没有指定 CLUSTERED，则创建非聚集索引。

NONCLUSTERED：创建一个指定表的逻辑排序的对象。对于非聚集索引，行的物理排序独立于索引排序。非聚集索引的叶级包含索引行。每个索引行均包含非聚集键值和一个或多个行定位器（指向包含该值的行）。如果表没有聚集索引，行定位器就是行的磁盘地址。如果表有聚集索引，行定位器就是该行的聚集索引键。

index_name：索引名。索引名在表或视图中必须唯一，但在数据库中不必唯一。索引名必须遵循标识符规则。

table：包含要创建索引的列的表。可以选择指定数据库和表所有者。

view：要建立索引的视图的名称。

column：应用索引的列。指定两个或多个列名，可为指定列的组合值创建组合索引。在 table 后的圆括号中列出组合索引中要包括的列（按排序优先级排列）。

ASC | DESC：用来指定索引列的排序方式，ASC 是升序，DESC 是降序。

PAD_INDEX：用来指定索引中间级中每个页（节点）上保持开放的空间。

FILLFACTOR（填充因子）：指定在 SQL Server 创建索引的过程中，各索引页叶级的填满程度。

IGNORE_DUP_KEY：该选项控制当尝试向属于唯一聚集索引的列插入重复的键值时所发生的情况。

DROP_EXISTING：用来指定应除去并重建已命名的，先前存在的聚集索引或非聚集索引。

STATISTICS_NORECOMPUTE：用来指定过期的索引统计不会自动重新计算。

SORT_IN_TEMPDB：指定用于生成索引的中间排序结果将存储在 tempdb 数据库中。

ON filegroup：用来在给定的 filegroup 上创建指定的索引。

【例 3–57】在数据库 class_MIS 中的 class 表（班级信息管理）中的 cla_id 列上，创建名为 IX_class_cla_id 的聚集索引。

其语法格式如下：

```
USE class_MIS
GO
CREATE CLUSTERED INDEX IX_ class_cla_id ON class (cla_id)
GO
```

当用户向表中添 PRIMATRY KEY 约束或 UNIQUE 约束时，SQL Server 将自动为建有这些约束的列创建聚集索引。当用户从该表中删除 PRIMARY KEY 约束或 UNIQUE 约束时，这些列上创建的聚集索引也将被自动删除。每张数据表上只能存在一个聚集索引。

【例 3–58】在数据库 class_MIS 中的 st_flok 表（民族信息管理）中的 st_flok_id 列上，创建名为 IX_st_flok 的非聚集索引。

其语法格式如下：

```
USE class_MIS
GO
CREATE NONCLUSTERED INDEX IX_st_flok ON st_flok (st_flok_id)
GO
```

如果没有指定索引类型，SQL Server 将使用非聚集索引作为默认的索引类型，当在同一张表中建立聚集索引和非聚集索引时，应先建立聚集索引后建立非聚集索引。如果先建有非聚集索引，当建立聚集索引时，SQL Server 会自动将非聚集索引删除，然后再重新建立非聚集索引。

3. 设置索引选项 FILLFACTOR

1）设置 FILLFACTOR 值时，应考虑以下因素。

填充因子的值是从 0~100 之间的百分比数值，用来指定在创建索引后对数据页的填充比例。值为 100 时表示页将填满，所留出的存储空间量最小。只有当不会对数据进行更改时（例如在只读表中）才会使用此设置。值越小则数据页上的空闲空间越大，这样可以减少在索引增长过程中对数据页进行拆分的需要，但需要更多的存储空间。当表中数据会发生更改时，这种设置更为适当。

2）使用 sp_configure 系统存储过程可以在服务器级别设置默认的填充因子。

3）填充因子只在创建索引时执行；索引创建后，当表中进行数据的添加、删除或更新时，不会保持填充因子。

【例 3–59】在数据库 class_MIS 中为 st_nation 表（籍贯信息管理）创建基于 st_nation_id 列的非聚集索引 st_nation_id_index，其填充因子值为 60。

其语法格式如下：

```
USE bjgl
GO
CREATE INDEX st_nation_id_index ON st_nation (st_nation_id) WITH FILLFACTOR=60
GO
```

4）FILLFACTOR 选项用来指定各索引页叶级的填满程度，对于非叶级索引页需要使用 PAD_INDEX 选项设置其预留空间的大小。PAD_INDEX 选项只有在指定了 FILLFACTOR 时才有用，因为 PAD_INDEX 使用由 FILLFACTOR 所指定的百分比。

如果为 FILLFACTOR 指定的百分比不够大，无法容纳一行，SQL Server 将在内部使用允许的最小值替代该百分比。

3.4.3　索引的更名与删除

1. 使用系统存储过程给索引更名语法格式

其语法格式如下：

```
sp_rename [ @objname = ] 'object_name' ,
[ @newname = ] 'new_name'
[, [ @objtype = ] 'object_type']
```

下面将举例进行说明。

【例 3-60】将数据库 class_MIS 中的 st_flok 表（民族信息管理）中索引 IX_st_flok 的名称更改为 st_flok_index。

其语法格式如下：

```
USE class_MIS
GO
EXEC sp_rename 'IX_st_flok', 'st_flok_index'
GO
```

2. 删除索引

经常会发生当索引成为多余而需要从表中删除它。下面分别介绍在 SQL Server Management Studio 和查询编辑器中如何删除索引。

（1）在 SQL Server Management Studio 中删除索引

① 运行 SQL Server Management Studio，在"对象资源管理器"中展开 class_MIS 数据库的表"dbo.st_student"。

② 右击"dbo.st_student，在弹出的快捷菜单中选择"修改"命令，打开表设计器。

③ 打开菜单"表设计器"，选择"索引/键"按钮。在弹出的"索引/键"对话框中，单击"添加"按钮，选择索引的属性。

④ 在"选定的主/唯一键或索引"下拉列表中选择要删除的索引 IX_st_flok。

⑤ 单击"删除"按钮。

⑥ 单击"关闭"按钮。

⑦ 单击工具栏上的"保存" ■ 按钮。

注意：为了保证本书的连续性，请删除后按原样恢复。

（2）使用 DROP INDEX 语句删除索引

其语法格式如下：

```
DROP INDEX table_name.index_name [,...,n]
```

【例 3-61】删除上面所建立的 IX_st_flok 索引。

其语法格式如下：

```
USE class_MIS
GO
DORP INDEX  st_flok.IX_st_flok
GO
```

注意：

① 不能用 DROP INDEX 语句删除由 PRIMARY KEY 约束或 UNIQUE 约束创建的索引，要删除这些索引必须先删除 PRIMARY KEY 约束或 UNIQUE 约束；

② 在删除聚集索引时，表中的所有非聚集索引都将被重建。

3.4.4　索引的管理

建立索引后，对索引的管理是经常要进行的工作，索引的管理主要介绍索引的查看，索引的分析与维护。

1. 显示索引信息

建立索引后，可以对表的索引信息进行查询。下面介绍两种方法。

1）在企业管理器中，使用与创建索引同样的方法打开"索引/键"对话框，在左侧的"选定的主/唯一键或索引"列表中选择其中一个索引，即可看到该索引对应的信息。

2）使用系统存储过程 sp_helpindex 查看指定表的索引信息。

【例 3-62】使用系统存储过程查看数据库 class_MIS 中 st_nation 表（籍贯信息管理）的索引信息。

在查询窗口中执行如下的 SQL 语句：

```
USE class_MIS
GO
EXEC sp_helpindex  st_nation
GO
```

2. 索引分析

建立索引的目的就是希望提高 SQL Server 2005 数据查询的速度，如果利用索引查询的速度不如扫描表的速度快，SQL Server 2005 就会采用扫描表而不是通过索引的方法来查询数据。因此，在建立索引后，应该根据系统的需要，也就是实际可能出现哪些数据查询来对查询进行分析，以判断其是否能提高 SQL Server 2005 的数据查询速度。

SQL Server 2005 提供了多种分析索引和查询性能的方法，下面介绍其中的 SHOWPLAN_ALL 和 STATISTICS IO 两种命令。

（1）SHOWPLAN_ALL

显示查询计划就是 SQL Server 2005 将显示在执行查询的过程中连接表时所采取的每个步骤，以及是否选择及选择了哪个索引，从而帮助分析有哪些索引被系统采用。

通过在查询语句中设置 SHOWPLAN_ALL 选项，可以选择是否让 SQL Server 2005 显示查询计划。设置是否显示查询计划的命令为：

SET SHOWPLAN_ALL ON|OFF

【例 3–63】在数据库 class_MIS 中查询姓名为"张科"的学生信息，并分析哪些索引被系统采用。

在查询窗口中执行如下语句：

```
USE class_MIS
GO
SET SHOWPLAN_ALL ON
GO
SELECT st_name FROM st_student WHERE st_name='张科'
GO
SET SHOWPLAN_ALL OFF
GO
```

（2）STATISTICS IO

数据查询语句所花费的磁盘活动量也是需关心的性能之一。通过设置 STATISTICS IO 选项，可以使 SQL Server 2005 显示磁盘 IO 信息。

设置是否显示磁盘 IO 统计的命令为：

```
SET STATISTICS IO ON|OFF
```

【例 3–64】在数据库 class_MIS 中查询姓名为"张杨"的学生信息，并分析执行该数据查询所花费的磁盘活动量信息。

在查询窗口中执行如下 SQL 语句：

```
USE class_MIS
GO
SET STATISTICS IO ON
GO
SELECT * FROM st_student WHERE st_name='张杨'
GO
SET STATISTICS IO OFF
GO
```

在执行结果窗口中选择"消息"属性页，显示结果如图 3–43 所示。

3. 索引维护

在创建索引后，为了得到最佳的性能，必须对索引进行维护。因为随着时间的推移，用户需要在数据库上进行插入、修改和删除等一系列操作，这会使数据变得支离破碎，从而造成索引性能的下降。

SQL Server 提供了多种工具帮助用户进行索引维护，下面介绍几种常用的方法。

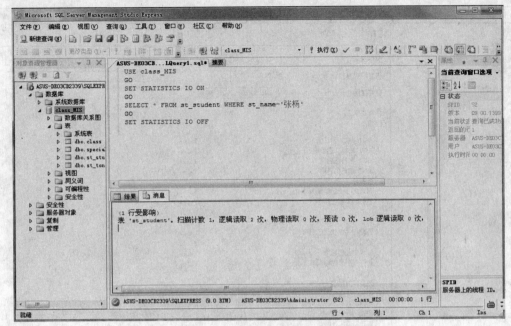

图 3-43　磁盘 IO 消息显示

（1）统计信息更新

在创建索引时，SQL Server 会自动存储有关的统计信息。查询优化器会利用索引统计信息估算使用该索引进行查询的成本。然而，随着数据的不断变化，索引和列的统计信息可能已经过时，从而导致查询优化器选择的查询处理方法并不是最佳的。因此，有必要对数据库中的这些统计信息进行更新。

【例 3-65】在 SQL Server Management Studio 中通过设置班级管理数据库的属性决定是否实现统计的自动更新。

具体操作步骤有以下几步。

① 在"对象资源管理器"中展开服务器。

② 展开数据库。

③ 右击"class_MIS"数据库，在弹出的快捷菜单中选择"属性选项"命令。

④ 在"选择页"中选择"选项"，如图 3-44 所示，将"自动创建统计信息"和"自动更新统计信息"设置为"False"（意味着不自动更新）。

⑤ 单击"确定"按钮完成。

注意：用户应避免频繁地进行索引统计的更新，特别是在数据库操作比较集中的时间段内更新统计。

【例 3-66】使用 UPDATE STATISTICS 命令，更新"class_MIS"数据库中的 st_student 表 pk_st_student 的索引统计信息。

在查询窗口中执行如下 SQL 语句：

```
USE class_MIS
GO
UPDATE STATISTICS(st_student, pk_st_student)
GO
```

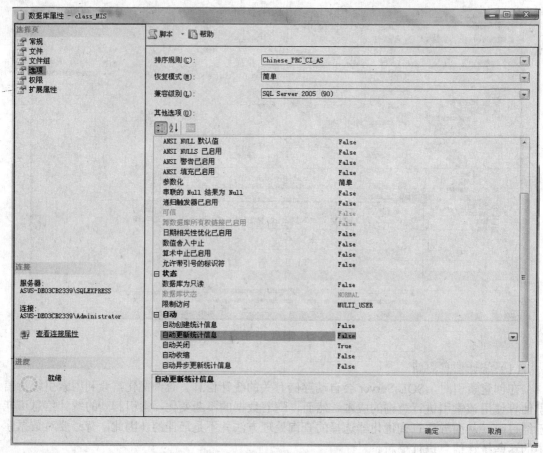

图 3-44　设置统计自动更新

（2）使用 DBCC SHOWCONTIG 语句扫描表

对表进行数据操作可能会导致表碎片，而表碎片会导致额外的页读取，从而造成数据库查询性能的降低。此时用户可以通过使用 DBCC SHOWCONTIG 语句来扫描表，并通过其返回值确定该表的索引页是否已经严重不连续。

【例 3-67】利用 DBCC SHOWCONTIG 获取 class_MIS 数据库中 st_student 表的 pk_st_student 的索引碎片信息。

在查询窗口中执行如下 SQL 语句：

```
USE class_MIS
GO
DBCC SHOWCONTIG(st_student,pk_st_student)
GO
```

执行结果如图 3-45 所示。在返回的统计信息中，需要注意到的是扫描密度，其理想数是 100%。如果百分比较低，就需要清理表上的碎片了。

（3）使用 DBCC INDEXDEFRAG 语句进行碎片整理

当表或视图上的聚集索引和非聚集索引页级上存在碎片时，可以通过 DBCC INDEXDEFRAG 对其进行碎片整理。

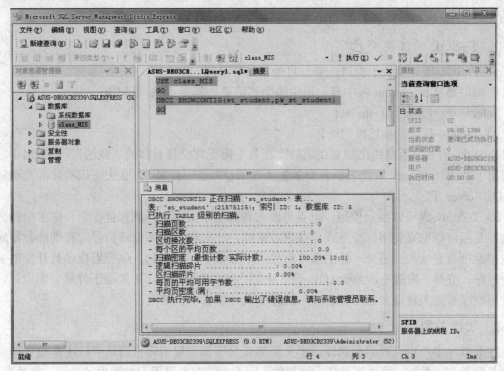

图 3-45　表扫描信息

【例 3-68】用 DBCC INDEXDEFRAG 命令对 class_MIS 数据库中的 st_student 表的 pk_st_student 索引进行碎片整理。

在查询窗口中执行如下 SQL 语句：

```
DBCC INDEXDEFRAG(class_MIS,st_student,pk_st_student)
GO
```

3.5　T-SQL 语言

3.5.1　T-SQL 简介

结构化查询语言（Structured Query Language，SQL）是一种通用的关系数据库语言，用于定义、查询、操纵和控制数据库。目前已成为关系数据库的标准语言。

1992 年国际标准化组织（ISO）和国际电子技术委员会（IEC）联合发布了 SQL-92 的 SQL 国际标准，美国国家标准学会（ANSI）发布了相应的 ANSI SQL-92 标准。ANSI SQL-92 有时也称为 ANSI SQL。

Transact-SQL 简写为 T-SQL，是标准 SQL 程序设计语言的增强版，它是用来让应用程序与 SQL Server 沟通的主要语言。T-SQL 提供标准 SQL 的 DDL（数据定义语言）和 DML（数据操作语言）功能，加上扩充的函数、系统存储过程以及程序流程控制结构(例如 IF 和 WHILE)让程序设计具有更多的适应性和灵活性。所有应用程序与 SQL Server 的通信都是通过向服务器发送 T-SQL 语句来实现的，因此 T-SQL 对于 SQL Server 的应用非常重要。

T—SQL 的功能也在随着新版的 SQL Server 而不断增强。

1．T—SQL 的主要特色

1）T—SQL 语句类似于英语，书写自如，易学易用。

例如，要从 st_student 表中查询学生的全部信息，其 T—SQL 语句为：

Select ＊ From st_student

2）T—SQL 是一种描述性的语言。

T—SQL 语言只需要提出想要完成的"任务"而无需交待具体的"做法"。如上例中，只是提出了"从 st_student 数据表中查询学生所有信息"这一要求，怎么去完成实际的查询就交给 SQL Server 了。

3）T—SQL 既可以独立使用，也容易嵌入到其他语言中，即具有自含型和宿主型特征。自含型是指可以独立使用，交互式地操纵数据库，比如供数据库管理员管理和维护数据库。宿主型是指将它嵌入到另外一种主语言的程序中（如 C、VB 等），供应用程序员开发数据库应用程序。值得一提的是，由于 SQL 不是独立的程序设计语言，不能用于屏幕界面设计，所以应用程序开发人员通常必须把它嵌入到程序设计语言中去使用。

2．数据类型

在数据库中，定义表的列属性、定义局部变量等都需要明确它们是字符还是数字抑或是其他某种类型的数据。数据类型是一种属性，用于指定对象可保存的数据的类型：整数数据、字符数据、货币数据、日期和时间数据、二进制字符串等。

SQL Server 系统定义了若干基本的数据类型，可分为精确数字型、近似数字型、字符串型、Unicode 型、二进制型、日期/时间型和其他类型等几个大类，每类又可细分，可参考前面的表 3—1。

除系统定义的数据类型之外，用户也可以在基本数据类型的基础上创建自己需要的用户自定义数据类型。

3．标识符

SQL Server 中的标识符用于标识服务器、数据库（如数据库对象中的表、视图、列、索引、触发器、过程、约束、规则等）。Transact—SQL 的保留字不能作为标识符。

SQL Server 的标识符分为两大类：标准标识符和分隔标识符。

（1）标准标识符

标准标识符也称为常规标识符，包含 1～128 个字符，首字符为字母（拉丁字母 A～Z，a～z 或其他语言的字母字符）、下画线（_）、at（@）或符号（#），后续字符可以是字母、数字、_、@、$或#，但不能全是_、@或#。

注意：标准标识符中不允许嵌入空格或其他特殊字符。

（2）分隔标识符

分隔标识符是包含在双引号（""）中或方括号（[ ]）中的标准标识符，或不符合标准标识符的标识符。

对于不符合标准标识符规则的，例如对象名称的一部分使用了保留关键字的，或者标识符中包含嵌入了空格的，都必须分隔，如[My Name]。

在 SQL Server 中，某些位于标识符开头位置的符号具有特殊意义。以 at 符号开头的常规标识符始终表示局部变量或参数，并且不能用作任何其他类型的对象的名称。以一个数字符号开头的标识符表示临时表或过程。以两个数字符号（##）开头的标识符表示全局临时对象。虽然数字符号或两个数字符号字符可用作其他类型对象名的开头，但是建议不要这样做。

某些 Transact-SQL 函数的名称以两个 at 符号（@@)开头。为了避免与这些函数混淆，不应使用以@@开头的名称。

标识符不能是 Transact-SQL 保留字。

注意：SQL Server 中的保留字可以用大写形式也可以用小写形式。

3.5.2　常量和变量

在程序设计中常量和变量是不可缺少的元素。

1. 常量

常量，也称为文字值或标量值，是表示一个特定数据值的符号。常量的格式取决于它所表示的值的数据类型。

（1）字符串常量

字符串常量括在单引号内，并包含字母数字字符（a～z、A～Z 和 0～9）以及特殊字符，如感叹号（!）、at 符号（@）和数字号（#）。

如果单引号中的字符串包含一个嵌入的引号，可以使用两个单引号表示嵌入的单引号。如：

```
'Cincinnati'
'O''Brien'
```

（2）Unicode 字符串常量

Unicode 字符串的格式与普通字符串相似，但它前面有一个大写字母 N 标识符。例如，'Michél' 是字符串常量而 N'Michél' 则是 Unicode 常量。

注意：Unicode 数据中的每个字符都使用两个字节存储。字符数据中的每个字符都使用一个字节进行存储。

（3）数值常量

数值常量有二进制常量 Binary、位常量 Bit、时间常量（Datetime、Smalldatetime）、整型常量（Bigint、Int、Smallint、Tinyint）、带有精度的常量（Decimal、Numeric）、浮点型常量（Float）、实型常量（Real）、货币型常量（Money、Smallmoney）、指定负数或正数。数值常量不需要使用引号。

Binary：固定长度的二进制数据，前缀用 0X 表示，则为十六进制数字。例如：0X12CF、0XFA。

Bit：值只能为 0 或 1 整数数据。如果使用一个大于 1 的数字，它将被转换为 1。

Datetime：范围在 1753 年 1 月 1 日到 9999 年 12 月 31 日的日期和时间数据。

Smalldatetime：范围在 1900 年 1 月 1 日到 2079 年 6 月 6 日的日期和时间数据。

Bigint：范围在-9 223 372 036 854 775 808（即-2^{63}）至 9 223 372 036 854 775 807（即 2^{63}-1）之间的整数。

Int：范围在–2 147 483 648（即–2^{31}）至 2 147 483 647（即 2^{31}–1）之间的整数。

Smallint：范围在–32 768（即–2^{15}）至 327 677（即 2^{15}–1）之间的整数。

Tinyint：0～255 范围内的整数。

Decimal：范围在–10^{38}+1～10^{38}–1 之间可以带有小数位的数值常量。如：4 563.225。

Float：使用科学记数法表示–1.79E+308～1.79E+308 范围的数据。

Real：使用科学记数法表示–3.40E+38～3.40E+38 范围的数据。如：4.5E+8。

Money：货币常量，范围在–2^{63}～2^{63}–1 之间，存储大小为 8 个字节。以$作为前缀，它可以包含小数点。例如：$12.54、$345.89。

Smallmoney：范围在–214 748.364 8 与+214 748.364 7 之间，存储大小为 4 个字节。

指定负数或正数：在数字前面添加+或–，指明一个数是正数还是负数。例如：+3 452、–2 347.78。

（4）日期常量

Datetime 常量使用特定格式的字符日期值来表示，并被单引号括起来。如

`'December 5, 1985'`、`'5 December, 1985'`、`'12/5/98'`、`'14:30:24'`、`'04:24 PM'`

（5）uniqueidentifier 常量

表示全局唯一标识符（GUID）值的字符串。可以使用字符或二进制字符串格式指定。如 `'4DF3456–345DAF–355665DE–35455DAEB'`。

2. 变量

变量是用来临时存储数据的对象，它可以在 T–SQL 语句间传递数据。它对应内存中的一个存储空间，变量的值在程序执行过程中可能随时有所改变。从变量的作用域来看，分局部变量和全局变量两类。

（1）全局变量

以@@开头，是由 SQL Server 系统预先定义好的变量，以函数的形式出现。大部分记录的是 SQL Server 服务器的当前状态信息。对全局变量只能使用，不能进行修改。

（2）局部变量

以@开头，是用户自己定义的，只能在定义它的程序中被赋值和引用，即作用范围局限在该程序内，最长为 128 个字符。局部变量主要用来临时保存数据。

局部变量使用 DECLARE 语句声明，声明的内容包括变量名称、数据类型和数据长度，刚刚定义的局部变量的初值为 NULL（空）。其语法格式如下：

`DECLARE {@variable_name data_type}[, ..., n]`

对上述语法作以下说明。

@variable_name：变量的名称。变量名必须以@开头，且符合标识符的规定。

data_type：变量的数据类型。

[, ..., n]：表示重复，即在一个 DECLARE 语句中可以同时声明多个变量，每两个变量之间用逗号分隔。

局部变量声明后其初始值是 NULL。

要给已定义过的变量赋值可使用 SET 或 SELECT 命令，其基本语法如下：

`SET {@variable_name = expression}`

或

SELECT {@variable_name = expression}

对上述语法作以下说明。

@variable_name：变量名称，可以是除 cursor、text、ntext、image 或 table 之外的任一类型。

expression：任何有效的表达式。

注意：不能在一个 SET 语句中给多个变量赋值。

SET 和 SELECT 的区别是：前者将值直接赋予变量，后者是先做查询然后将查询结果赋予变量。

【例 3-69】 创建 @myvar 变量，将字符串值放入变量，然后输出 @myvar 变量的值。其语法格式如下：

```
DECLARE @myvar char(20);
SET @myvar = 'This is a test';
SELECT @myvar;
GO
```

【例 3-70】 从学生静态信息表 st_student 中查询王姓学生的人数。其语法格式如下：

```
Use Class_MIS
GO
DECLARE @st_name nChar        /*声明一个表示学生姓名的变量*/
SET @st_name = '王%'          /*给变量赋值*/
SELECT * FROM st_student WHERE st_name like @st_name
GO
```

3.5.3 运算符和表达式

运算符是规定运算类型的符号。表达式是由常量、变量、函数、括号和运算符按一定的规则构成的组合体。SQL Server 2005 的运算符主要有算术运算、比较运算、逻辑运算和字符运算等类型。

1. 算术运算符

算术运算执行数学运算，其返回值是数值型数据。算术运算符如表 3-13 所示。

表 3-13 算术运算符

运算符	描　述
+（加）	加　法
−（减）	减　法
*（乘）	乘　法
/（除）	除　法
%（取余）	返回一个除法运算的整数余数，例如 17 % 5=2

2. 一元运算符

一元运算符只对一个表达式执行操作，表达式可以是数值数据类型。一元运算符如表3-14所示。

表3-14　一元运算符

运算符	描　述
+（正）	返回数值表达式的正值
−（负）	返回数值表达式的负值
～（按位 NOT）	将给定的整数数值转换为二进制形式，然后按位进行逻辑非运算

3. 比较运算符

比较运算是测试运算符两边的表达式的关系，然后根据比较结果返回一个逻辑值，值有3种：TRUE（真）、FALSE（假）、UNKNOWN（未知）。比较运算符如表3-15所示。

表3-15　比较运算符

运算符	描　述
=	等于
>	大于
<	小于
>=	大于或等于
<=	小于或等于
<>	不等于
!=	不等于
!<	不小于
!>	不大于

4. 逻辑运算符和匹配符

逻辑运算是对某个条件进行判断，返回布尔型的结果。逻辑运算的种类如表3-16所示。

表3-16　逻辑运算符

运　算　符	含　义
ALL	如果一组的比较都为 TRUE，那么就为 TRUE
AND	如果两个布尔表达式都为 TRUE，那么就为 TRUE
ANY	如果一组的比较中任何一个为 TRUE，那么就为 TRUE
BETWEEN	如果操作数在某个范围之内，那么就为 TRUE

运 算 符	含 义
EXISTS	如果子查询包含一些行，那么就为 TRUE
IN	如果操作数等于表达式列表中的一个，那么就为 TRUE
LIKE	如果操作数与一种模式相匹配，那么就为 TRUE
NOT	对任何其他布尔运算符的值取反
OR	如果两个布尔表达式中的一个为 TRUE，那么就为 TRUE
SOME	如果在一组比较中，有些为 TRUE，那么就为 TRUE

在使用诸如 LIKE 运算时通常要用到一类称为通配符的符号。在 SQL Server 中有 4 个通配符。

像字符串一样，通配符必须写在一对单引号中。

【例 3–71】检索姓"李"，但是第二个字不是"军"的学生的基本信息。

其语法格式如下：

```
Use class_MIS
GO
SELECT *
FROM st_student
WHERE st_name like '李[^军]%'
GO
```

5. 字符串连接运算符

在 SQL Server 中的字符串串联运算符只有一个，即加号（+）。可以将两个或多个字符串合并或串联成一个字符串，还可以串联二进制字符串。字符串串联运算的基本语法为：

字符串 1+字符串 2

例如，'abc'+'ABC'，被连接为'abcABC'，'This'+''+'Text'，结果为'ThisText'。可见空的字符串被理解为空字符串。

6. 运算符的优先级

在含有多个运算符的复杂表达式中，实际的运算顺序取决于运算符的优先级，而非书写顺序。运算符的优先级如表 3–17 所示。

表 3–17　运算符的优先级

级别	运 算 符
1	～（位非）
2	*（乘）、/（除）、%（取模）
3	+（正）、－（负）、+（加）、(+连接)、－（减）、&（位与）、^（位异或）、|（位或）
4	=, >, <, >=, <=, <>, !=, !>, !< （比较运算符）

级别	运　算　符
5	NOT
6	AND
7	ALL、ANY、BETWEEN、IN、LIKE、OR、SOME
8	=（赋值）

当一个表达式中的两个运算符有相同的运算符优先级别时，将按照它们在表达式中的位置按从左到右进行求值。表达式中有括号时先执行括号内的运算。

3.5.4　函数

函数是简化程序设计、方便用户操作计算机的重要语言成分。SQL Server 提供了种类丰富、功能全面的内置函数，常用的类型有：数学函数、字符串函数、日期时间函数、系统函数、聚合函数等。这里仅介绍部分常用函数，更多的函数及其相关内容请参阅 SQL Server 技术文献。

1. 数学函数

数学函数根据给定的参数进行计算并返回数值型的结果，如表 3–18 所示。

表 3–18　部分常用数学函数

函　　数	功　能　说　明
ABS(num_exp)	返回数字型表达式的绝对值，例如 ABS(–4.5)=4.5，ABS(4.5)=4.5
SING(num_exp)	符号函数，若数字表达式的值为正或负而分别返回 1 或–1，若为零则返回 0
CEILING(num_exp)	返回不小于数字表达式值的整数，例如 CEILING(4.5)=5，CEILING(–4.5)=–4
FLOOR(num_exp)	返回不大于数字表达式值的整数，FLOOR(4.5)=4，FLOOR(–4.5)=–5
SQUARE(fla_exp)	返回浮点表达式的平方值，例如 SQUARE(4.5)=20.25
SQRT(fla_exp)	返回浮点表达式的平方根值，例如 SQRT(20.25)=4.5
POWER(num_exp,y)	返回数字表达式的指定次幂的值，例如 POWER(–2,3)= –8
EXP(fla_exp)	返回浮点表达式的指数值，例如 EXP(1)=2.718 28
LOG(num_exp)	返回数字表达式的自然对数值，例如 LOG(4.5)=1.504
LOG10(num_exp)	返回以 10 为底的对数值，例如 LOG10(10)=1
PI()	返回圆周率常熟 π 值 3.141 592 653 589 793 1，说明①
RAND([seed])	返回一个介于 0 和 1 之间（不包含 0 和 1）的伪随机数，说明②
ROUND(num_exp,int_exp[,Function])	返回一个数值，是对参数 num_exp 做舍入或截断处理后的结果，说明③

函　　数	功　能　说　明
SIN(fla_exp)	正弦函数，返回以弧度为单位正弦函数值，例如 SIN(PI()/2)=1.0
COS(fla_exp)	余弦函数，返回以弧度为单位余弦函数值
TAN(fla_exp)	正切函数，返回以弧度为单位正切函数值
ASIN(fla_exp)	反正弦函数，返回值的单位为弧度
ACOS(fla_exp)	反余弦函数，返回值的单位为弧度
ATAN(fla_exp)	反正切函数，返回值的单位为弧度
DEGREES(num_exp)	将弧度转换为角度
RADIANS(num_exp)	将角度转换为弧度

说明①：PI()函数不使用参数。

说明②：关于随机函数 RAND()，其语法格式为 RAND([seed])，其中参数 seed 称为种子，要求是整型（tinyint、smallint 或 int）表达式。如果未指定 seed，则 SQL Server 数据库引擎随机分配种子值。而如果指定了种子值，返回的结果始终相同。例如：

```
SELECT RAND(1),rand(1),rand(1),rand(1)
```

会产生 4 个完全一样的随机数，而

```
SELECT RAND(),rand(),rand(),rand()
```

则产生 4 个不相同的随机数。

说明③：关于 ROUND(num_exp,int_exp[，Function])函数，该函数格式中的第二个参数 int_exp 指定对参数 num_exp 的舍入精度。它必须是 tinyint、smallint 或 int 类型的表达式。

函数格式中的第三个参数 Function，用于规定 ROUND()函数的功能。如果该参数默认或者为 0，则函数的功能是对参数 num_exp 做舍入处理；如果该参数不为 0，则 ROUND()函数的功能是对 num_exp 做截断处理。

如果 int_exp 为正数，则将 num_exp 舍入到 int_exp 指定的小数位数。如果 int_exp 为负数，则将 num_exp 小数点左边部分舍入到 int_exp 指定的长度。

例如：

ROUND(123.999 4, 3)=123.999 0，（对小数点第 3 位后的 4 做舍去处理）；

ROUND(123.999 5, 3)=124.000 0，（对小数点第 3 位后的 5 做上入处理）；

ROUND(748.58, −1)=750.00，（对小数点左边的 1 位做上入处理）；

ROUND(748.58, −2) =700.00，（对小数点左边的 2 位做舍去处理）；

ROUND(748.58, −3) =1 000.00，（对小数点左边的 3 位做上入处理）。

下面是一个舍入和截断对比的例子：

ROUND(150.75, 0)，　无 Function 参数，故做舍入操作，其返回值为 151.00。

ROUND(150.75, 0, 1)，有 Function 参数，故做截断操作，其返回值为 150.00。

可见，截断处理不遵守"四舍五入"的规则，而是一律舍去。

2. 字符串函数

字符串在数据库的操作中使用频繁，SQL Server 提供了丰富的字符串函数来实现对字符串的分析、查找、转换等功能。字符串函数大致可以分为四种类型：查找类型、分析类型、转换类型和其他类型。表 3–19 便是常用字符串函数的基本信息。

表 3–19　常用字符串函数

函　　数	功　能　说　明
ASCII(char_exp)	返回字符表达式 char_exp 的第一个字符的 ASCII 值，例如 ASCII('Car')返回值 67
CHAR(int_exp)	返回该值（0～255）在 ASCII 中对应的字符，例如 CHAR(65)返回'A'
STR(flo_exp[,len[,dec]])	将数字转换为字符串，其长度为 len，参数 dec 指定小数点后的位数
SPACE(int_exp)	返回 n 个空格组成的字符串，n=int_exp
LEN(char_exp)	返回字符表达式的字符个数（不计末尾的空格），例如 LEN('abc')返回 3
LOWER(char_exp)	将字符表达式中的字母都转换成小写形式，例如 LOWER('Ac3D')返回'ac3d'
UPPER(char_exp)	将字符表达式中的字母都转换为大写形式
REVERSE(char_exp)	返回字符串的逆序，例如 REVERSE('Book')将返回'kooB'
LTRIM(char_exp)	去掉字符串左边的（即前导）空字符
RTRIM(char_exp)	去掉字符串后边的空格字符
LEFT(char_exp,int_exp)	返回字符串左侧的 n 个字符，n 等于表达式 int_exp 的值
RIGHT(char_exp,int_exp)	返回字符串右侧的 n 个字符
SUBSTRING(char_exp,start,len)	取出字符串中从 start 开始的连续 len 个字符，例如 SUBSTRING('BeiJing',4,3)，将返回'Jin'
CHARINDEX(char_exp1,char_exp2[,start])	返回字符串 char_exp1 在 char_exp2 中出现的位置，从 start 指定的位置开始搜索，说明①
STAFF(char_exp1,start,len,char_exp2)	用 char_exp2 去替换 char_exp1 中从位置 start 开始的长度为 len 的那些字符，说明②

说明：①：关于 CHARINDEX(char_exp1,char_exp2[,start])函数，本函数在 char_exp2 中搜索 char_exp1 并返回其起始位置（如果找到了）。搜索的起始位置为 start。要查找的字符串 char_exp1 最大长度显示为 8 000 个。

start 是表示搜索起始位置的整数或 bigint 表达式。如果未指定参数 start，或者参数 start 为负数或为 0，则将从 char_exp2 的开头开始搜索。

如果 char_exp1 或 char_exp2 之一是 Unicode 数据类型（nvarchar 或 nchar），而另一个

不是，则会将另一个转换为 Unicode 数据类型。CHARINDEX()函数不能与 text、ntext 和 image 数据类型一起使用。

本函数的返回类型：如果 char_exp2 的数据类型为 varchar(max)、nvarchar(max) 或 varbinary(max)，则为 bigint，否则为 int。

如果在 char_exp2 内找不到 char_exp1，则 CHARINDEX()返回 0。

返回的开始位置从 1 开始，而非从 0 开始。

例如：

SELECT CHARINDEX ('TEST', ' This is a Test')

返回值为 13，注意这里没有区分大小写形式；而

SELECT CHARINDEX ('TEST', 'This is a Test' COLLATE Latin1_General_CS_AS)

返回值为 0，因为 COLLATE Latin1_General_CS_AS 是要求区分大小写。

说明②：关于 STUFF(char_exp1,start,len,char_exp2)函数，STUFF 函数将字符串插入另一字符串。它先在第一个字符串中从参数 start 指定的位置开始删除指定长度（参数 len）的字符；然后将第二个字符串从刚才开始删除的位置插入进第一个字符串中。

start 是一个整数值，指定删除和插入的开始位置。如果 start 或 len 为负，或者 start 比第一个字符串 char_exp1 长，都将返回空字符串。start 可以是 bigint 类型。

len 也是一个整数，指定要删除的字符数。如果 len 比 char_exp1 长，则最多删除到最后一个字符。len 可以是 bigint 类型。

例如：

Select STUFF('This Pen',6, 'Car')

将返回'This Car'，

SELECT STUFF('This',5,1,' is a red Pen')

返回 NULL(即空值)，而

SELECT STUFF('This*',5,1,' is a red Pen')

返回'This is a red pen'，下一例中指定的参数 len 大于第一个字符串的长度，

SELECT STUFF('This',1,8,' is a red Pen')

返回' is a red Pen'.

【例 3–72】给出"中国人"在"我是一个中国人"中的位置。

在查询窗口中执行如下 SQL 语句：

```
SELECT CHARINDEX('中国人','我是一个中国人')
GO
```

执行结果如图 3–46 所示。

【例 3–73】查找字符串"is"在"That is a box"中的位置。从"That is a box"第 3 个字符开始查找"is"的开始位置。

在查询窗口中执行如下 SQL 语句：

```
SELECT CHARINDEX('is', ' That is a box ')
SELECT CHARINDEX('is', ' That is a box ',5)
```

执行结果如图 3–47 所示。

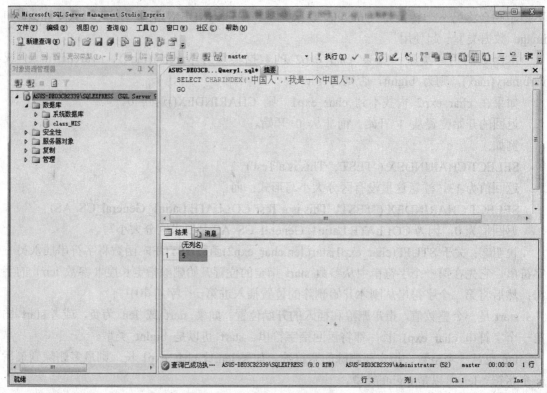

图 3-46 返回字符串 1 在字符串 2 中的位置

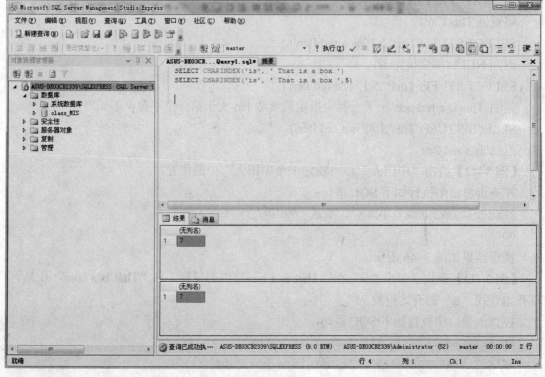

图 3-47 返回字符串 1 在字符串 2 中的相对位置

3．日期时间函数

日期时间函数主要用于获得系统日期、时间信息以及完成日期、时间计算等。日期时间函数如表 3–20 所示。

表 3–20　日期时间类函数

函　　数	功　能　说　明
GETDATE()	返回系统当前日期和时间，无参数
DATENAME(日期元素,日期)	返回日期参数中的指定部分，返回字符串如"星期日"
DATEPART(日期元素,日期)	返回日期参数中的指定部分，返回整数，如星期日用"1"
DATEDIFF(日期元素,日期 1,日期 2)	返回日期 2 与日期 1 之间的差值，以指定的日期元素表示
DATEADD(日期元素,数值,日期)	计算日期参数增加一定数值后，所得到的新日期
YEAR(日期)	返回指定日期的年份数
MONTH(日期)	返回指定日期的月份数
DAY(日期)	返回指定日期的日期数

表中的参数"日期元素"是指日期、时间的组成部分，如表 3–21 所示。

表 3–21　日期元素

日期元素	缩写	取值范围	含义	日期元素	缩写	取值范围	含义
year	yy	1 753～999	年份数	hour	hh	0～23	小时数
month	mm	1～12	月份数	minute	Mi	0～59	分钟数
day	dd	1～31	日期数	second	ss	0～59	秒数
Day of year	dy	1～366	在一年中的第几天	millisecond	ms	0～999	毫秒
week	wk	1～52	第几周	quarter	qq	1～4	刻
Weekday	dw	1～7	星期几				

【例 3–74】以字符形式显示当前时间的年份、月份和星期。

在查询窗口中执行如下 SQL 语句：

```
Select 年=datename(yy,getdate()),
月=datename(mm,getdate()),
星期= datename(weekday,getdate())
```

运行结果如图 3–48 所示。

【例 3–75】计算今天距 2010 年 5 月 1 日还有多少天

在查询窗口执行如下 SQL 语句：

```
Select datediff(dd,getdate(),'2010-05-01')
```

运行结果如图 3–49 所示。

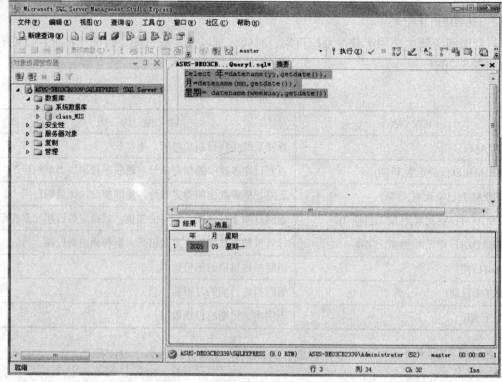

图 3-48　以字符形式显示年月日

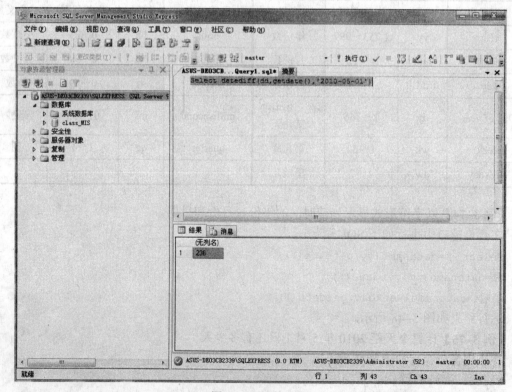

图 3-49　计算天数

4. 聚合函数

聚合函数主要也称为统计函数，与查询语句配合使用，目的是获得被查询行的统计结果。常用的聚合函数如表 3-22 所示。

表 3-22　常用聚合函数

函　　　数	功　能　说　明
AVG([ALL|DISTINCT|[exp]])	返回表达式的平均值
COUNT([ALL|DISTINCT|[exp]])	返回表达式中数据值的数量
COUNT(*)	统计行数，COUNT（*）返回行数，包括含有空值的行，不能与 DISTINCT 一起使用
MAX(exp)	返回表达式中的最大值
MIN(exp)	返回表达式中的最小值
SUM([|DISTINCT|[exp]])	返回表达式的和

【例 3-76】查询班级的平均年龄和最小年龄。

在查询窗口执行如下 SQL 语句：

```
Use Class_MIS
GO
Select avg(st_age) from st_student
Select min(st_age) from st_student
```

执行结果如图 3-50 所示。

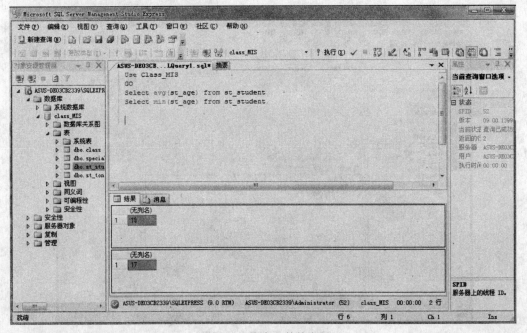

图 3-50　聚合函数的应用

5. 系统函数

常用的系统函数如表 3-23 所示。

表 3-23 常用系统函数

函　数	功　能　说　明
APP_NAME（　）	返回当前会话的应用程序名称（如果应用程序进行了设置）
CASE 表达式	计算条件列表，并返回表达式的多个可能结果之一
CAST(exp AS date_type)	将表达式显式转换为另一种数据类型
CONVERT（data_type[(length)],exp[,style]）	将表达式显式转换为另一种数据类型
COALESCE(exp[,...,n])	返回列表清单中第一个非空表达式
DATALENGTH（exp）	返回表达式所占用的字节数
HOST_NAME()	返回主机名称
ISDATE(exp)	表达式为有效日期格式时返回 1，否则返回 0
ISNULL(check_exp,replacement_value)	表达式值为 NULL 时，用指定的替换值进行替换
ISNUMERIC(exp)	表达式为数值类型时返回 1，否则返回 0
NEWID()	生成全局唯一标识符
NULLIF(exp,exp)	如果两个指定的表达式相等，则返回空值

【例 3-77】显示主机名称。

在查询窗口中执行如下 SQL 语句：

```
SELECT HOST_NAME()
GO
```

执行结果如图 3-51 所示。

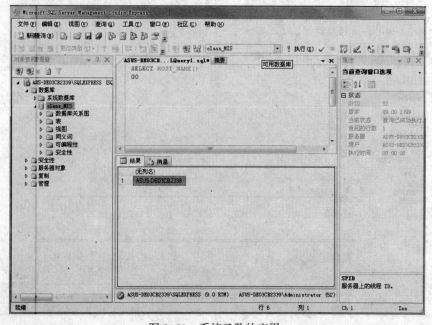

图 3-51 系统函数的应用

3.5.5 流程控制语句

流程控制语句简称为流控语句，用于控制或改变 SQL 语句的实际执行顺序，以实现具体的业务处理的逻辑关系。流程控制语句主要有条件语句、循环语句等。

1. BEGIN...END 语句

BEGIN...END 语句的功能主要是将若干条 T-SQL 语句组织成一个逻辑独立的语句块，以便作为一个整体被执行。

基本语法：

```
BEGIN
{
sql_语句|语句块
}
END
```

2. IF...ELSE 语句

IF...ELSE 语句用于实现程序运行时按逻辑条件分支执行相应的处理。其语法格式为：

```
IF 布尔表达式
    {sql 语句 1|语句块 1}
[Else
{sql 语句 2|语句块 2}]
```

其中，布尔表达式将返回 TRUE 或 FALSE。如果布尔表达式中的条件为"真"，则返回值为 TRUE，此时程序将执行 IF 语句后面的语句 1（或语句块 1），否则执行 ELSE 后面的语句 2（或语句块 2）。值得注意的是，IF 或 ELSE 语句后面的语句如果多于一条，则要使用 BEGIN...END 将它们组织成语句块。

IF...ELSE 语句可以嵌套使用，即 IF 或 ELSE 后面的 SQL 语句中可以又是一个 IF...ELSE 结构。嵌套的深度没有限制，但应用时要注意嵌套在哪一个层次，同时要避免交叉。

【例 3-78】查询学号为 0701003 的同学的性别，要求用"男"或"女"显示结果。

在查询窗口执行如下 SQL 语句：

```
use class_MIS
go
Declare @sex bit
Begin
  Select @sex=st_sex
    from st_student
    where st_id='0701003'
  IF @sex=1
    PRINT ('该生是男生')
ELSE
```

```
    PRINT ('该生是女生')
END
GO
```

运行结果如图 3-52 所示。

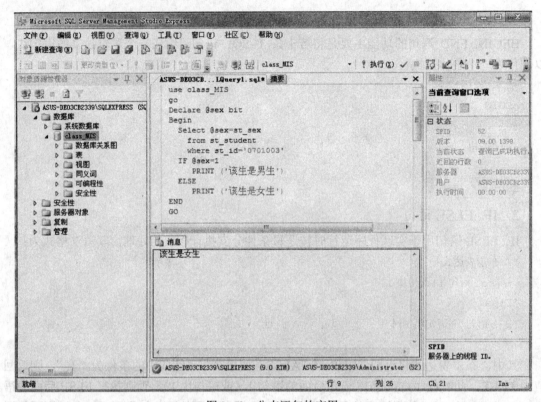

图 3-52　分支语句的应用

3. CASE 语句

如果要判断的逻辑条件在两个以上时可以使用嵌套的 IF...ELSE 结构，但是当要判断的条件式很多时，嵌套结构就会很复杂，也很容易出错。此时，使用 CASE 语句就可以简化结构、降低程序的复杂性。

CASE 的语法格式有两种，即简单 CASE 语句和 CASE 搜索语句。

简单 CASE 语句的语法格式为：

```
CASE <输入表达式>
    WHEN <条件表达式 1>  THEN <结果表达式 1>
    WHEN <条件表达式 2>  THEN <结果表达式 2>
    [, ... , n]
    [ELSE    <例外结果表达式>]
END
```

其中，每个<条件表达式>都要和<输入表达式>的数据类型一致或能隐式转换。当<输入表达式>=<条件表达式 1>时，按对应的<结果表达式 1>执行处理，其余类推。如果有 ELSE

字句，则当<输入表达式>与所有<条件表达式>都不匹配时（相等），就执行<例外结果表达式>所规定的处理。

CASE 搜索语句的语法格式为：

```
CASE
    WHEN  <布尔表达式 1>  THEN  <结果表达式 1>
    WHEN  <布尔表达式 2>  THEN  <结果表达式 2>
    [, ..., n]
    [ELSE  <例外结果表达式>]
END
```

其中，当某个<布尔表达式>返回 TRUE 时，就执行其对应<结果表达式>所规定的处理。如果有 ELSE 子句，则当没有哪个<布尔表达式>返回 TRUE 时，就执行<例外结果表达式>规定的处理。

【例 3–79】查询显示学生的学号、姓名和性别，性别以字符"男"或"女"显示。

在查询窗口执行如下 SQL 语句：

```
USE class_MIS
GO
SELECT 学号=St_id, 姓名=st_name, 性别=CASE  st_sex
        WHEN 1  THEN  '男'
        WHEN 0  THEN  '女'
END
FROM  st_student
GO
```

运行结果如图 3–53 所示。

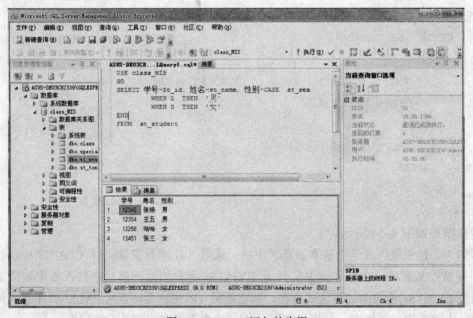

图 3–53 CASE 语句的应用

4. WHILE 循环语句

WHILE 语句实现循环，它的一般结构为：

WHILE   <布尔表达式>   <循环体>

其中，<布尔表达式>的返回值为 TRUE 或 FALSE。在<布尔表达式>为 TRUE 时，反复执行循环体中的语句，直到<布尔表达式>为 FALSE 时才结束转而执行循环体后面的语句。

该结构的更典型的语法格式为：

```
WHILE    <布尔表达式>
    {sql 语句 | 语句块}
[BREAK]
{ sql 语句 | 语句块}
[CONTINUE]
{ sql 语句 | 语句块}
```

其中，BREAK 或 CONTINUE 都是可以嵌入到循环体中的语句。当执行到 BREAK 时，将立即无条件地跳出循环体，结束循环。CONTINUE 语句用于控制程序放弃执行其后面的语句，立即开始下轮循环。

WHILE 语句可以嵌套使用，构成多重循环，应用时要注意层次分明，避免内层和外层交叉。

【例 3-80】利用 WHILE 语句按学生姓名查询学生。如果找到则显示"有该生信息"，否则显示"尚无该生信息！"。

在查询窗口执行如下 SQL 语句：

```
DECLARE @ST_COUNT INT
SELECT @ST_COUNT=COUNT(*) FROM ST_STUDENT
   BEGIN
    WHILE @ST_COUNT>0
      BEGIN
        IF EXISTS(SELECT * FROM ST_STUDENT WHERE ST_NAME='张三丰')
           PRINT '有该生信息'
        ELSE
           PRINT '尚无该生信息！'
        BREAK
      END
   END
```

运行结果如图 3-54 所示。

本例中，首先统计出学生基本信息表中的记录数并存储到变量@ST_COUNT 中，然后利用这个变量控制循环，在循环体中又利用 EXISTS()函数的返回值判断是否查询到给定的姓名。如果 EXISTS()函数中的表达式存在，则它返回 TRUE，否则返回 FALSE。注意本例中语句 BREAK 的作用。请思考：如果没有它，执行该查询时会出现什么情况？

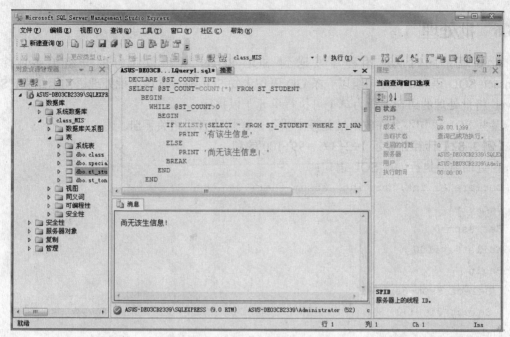

图 3-54   循环语句的应用

5. RETURN 语句

RETURN 语句终止当前代码的执行，立即地、无条件地从查询或存储过程中退出，同时返回一个整数值给调用程序。注意它与 BREAK 是不同的，它不是跳出某个循环或跳到某个点上，而是从过程、批处理或语句块中彻底退出。其语法格式为：

```
RETURN   [<整形表达式>]
```

RETURN 主要用在存储过程或自定义函数中。

6. WAITFOR 语句

WAITFOR 语句用于使后续的语句延迟执行，其常用语法格式为：

```
WAITFOR
  {
DELAY  '<延迟的时间>' | TIME '<等待的时间点>'
}
```

其中，<延迟的时间>最长可以为 24 小时，可用 Datetime 数据类型可接受的任意时间格式表示（注意不能包含日期值部分）。同样地，<等待的时间点>也不能指定日期值。

【例 3-81】延迟 2 小时后执行存储过程 sp_helpdb。

在查询窗口执行如下 SQL 语句：

```
BEGIN
    WAITFOR DELAY '02:00';
    EXECUTE sp_helpdb;
END;
GO
```

3.5.6　批处理

批处理是同时从应用程序发送到 SQL Server 并得以执行的一组单条或多条 Transact–SQL 语句，该语句组以一条 GO 语句告知 SQL Server 这个批处理语句组结束。SQL Server 将批处理的语句编译为单个可执行单元予以执行。

某些 SQL 语句不允许放入批处理中执行，详情请查阅相关手册。

【例 3–82】 计算并显示 1+2+3+...+99+100 的和。

在查询窗口执行如下 SQL 语句：

```
Declare @i int,@sum int, @csum char(10)
Set @i=1
Set @sum=0
While @i<=100
Begin
  Select @sum=@sum+@i
  Select @i=@i+1
End
Select  @csum=Convert(char(10),@sum)
Print '1+2+3+...+100='+ @csum
Go
```

执行结果如图 3–55 所示。

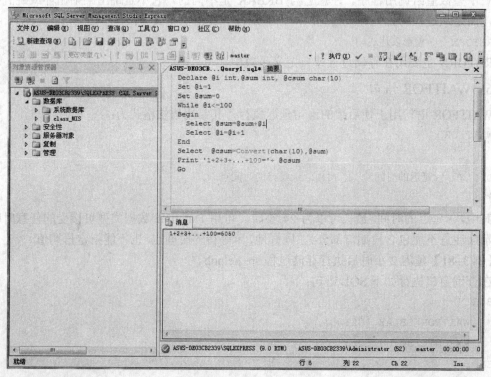

图 3–55　计算 1～100 的和

3.6　视　　图

3.6.1　视图概述

视图（View）是一种观看数据库表中数据的一种方式，它不是真正的数据库表，而只是数据库表的一个逻辑映像，是一个虚拟表，其内容由查询定义。同真实的表一样，视图包含一系列带有名称的列和行数据。行和列数据来自于定义视图的查询所引用的表，并且在引用视图时动态生成。用户通过它能够以需要的方式浏览表中的部分或全部数据，而数据的物理存放位置仍然在数据库的表中，这些表称为视图的基表。

对于所引用的基础表来说，视图的作用类似于筛选。定义视图的筛选可以来自当前或其他数据库的一个或多个表，或者其他视图。分布式查询也可用于定义使用多个异类源数据的视图。例如，如果有多台不同的服务器分别存储存放在不同地区的数据，若要求将这些服务器上结构相似的数据组合起来，这种方式就很有用。

通过视图进行查询没有任何限制，通过它们进行数据修改时的限制也很少。

图 3-56 是在两张基本表构成的视图，它反映了 101 班级的学生学号、姓名、动态通信号码和联系人等信息。

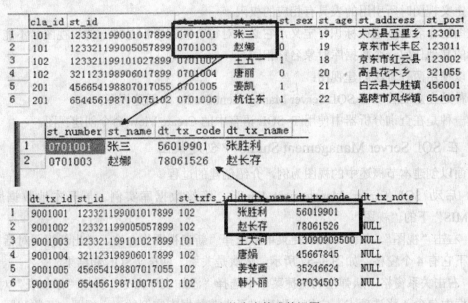

图 3-56　两张基本表构成的视图

试想，查询学生动态联系电话和联系人是很频繁的操作，要查询的字段都相同，仅仅查询的条件不同（比如学号或姓名），如果每次都从相关的几张基本表中的若干字段里去完成查询，那将十分烦琐、十分低效。而从上面的视图中去查询就要简便和高效得多。

那么何时使用视图，视图又有哪些优点呢？

视图通常用来集中、简化和自定义每个用户对数据库的不同认识。视图可用作安全机制，方法是允许用户通过视图访问数据，而不授予用户直接访问视图基础表的权限。视图可用于提供向后兼容接口来模拟曾经存在但其架构已更改的表。

1）着重于特定数据。视图使用户能够着重于他们所感兴趣的特定数据和所负责的特定任务。不必要的数据或敏感数据可以不出现在视图中。例如，辅导员和学科老师可能更关注与他们的工作有直接关系的那些信息。

2）简化数据库操作。视图可以简化用户处理数据的方式。可以将常用连接、投影、UNION 查询和 SELECT 查询定义为视图，以便用户不必在每次对该数据执行附加操作时指定所有条件和条件限定。

3）自定义数据。视图允许用户以不同方式查看数据，即使在他们同时使用相同的数据时也是如此。这在具有许多不同目的和技术水平的用户共用同一数据库时尤其有用。例如，可创建一个视图以仅检索由客户经理处理的客户数据。该视图可以根据使用它的客户经理的登录 ID 决定检索哪些数据。

4）安全访问数据库。通过视图用户只能查看和修改他们所能见的数据，其他数据库或表不可见，从而可保证安全地访问数据库。

3.6.2　视图的创建

视图的创建者必须拥有数据库所有者授予的创建视图的权限才可以创建视图，同时，也必须对定义视图时所引用的表具有相应的权限。

视图的命名必须遵循标识符定义，它必须对每个拥有者都是唯一的。视图名不能和视图所有者的其他任何一个数据库对象名称相同。

可以使用两种方法创建视图：

一种是在企业管理器 SQL Server Management Studio 中创建视图；

另一种是在查询分析器中使用 T-SQL 语言中的 Create View 命令创建视图。

1. 在 SQL Server Management Studio 中创建视图

下面以创建本节概述中的视图为例，介绍创建的过程。

1）启动 SQL Server Management Studio，连接数据库实例。展开本地数据库实例"class_MIS"下的"视图"。

2）右击"视图"，从弹出的快捷菜单中选择"新建视图"命令，弹出新视图对话框。默认情况下它有 4 个窗格，如图 3-57 所示，依次是关系、网格、SQL 和结果。

3）右击关系窗格，从弹出的快捷菜单中选择"添加表"命令，弹出"添加表"对话框。该对话框中包含 4 张选项卡，它们分别列出了当前数据库实例的表、视图、函数和同义词，供用户选择本次新建的视图要用到的数据表、已建立的视图或函数，并将它们添加到该视图的关系窗格中。对于本例，选择 st_student 和 st_tongxun 这两张表，如图 3-58 所示。

单击"添加"按钮后，选定的数据表就添加到了"关系图"窗格中，完成添加后单击"关闭"按钮，如图 3-59 所示。

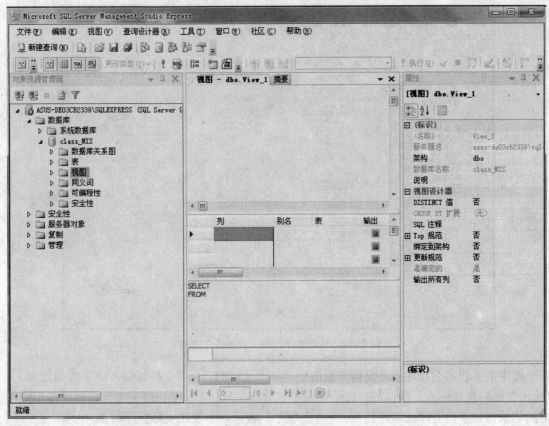

图 3-57　打开表界面

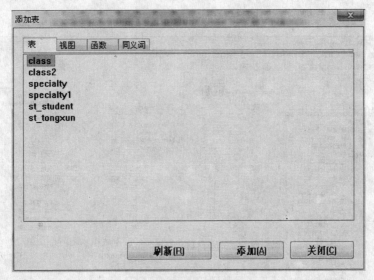

图 3-58　选择数据表、视图或函数

注意：在 SQL 窗格会自动出现相应的 T-SQL 代码。

4）选择视图中需要的字段。单击"关系图"窗格数据表各个字段前面的复选框，选中或清除该字段。

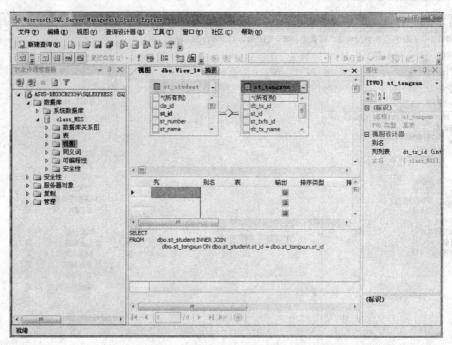

图 3-59 数据表添加到"关系图"窗格

选中的字段将会出现在"网格"窗格中。单击字段的"别名"栏可以为该字段指定别名。"输出"栏的复选标志是默认的，表示视图中包含该字段。单击"排序类型"栏可以指定视图中的记录按该字段升序或降序排列，"排序顺序"表示该字段在实际排序时的顺序。

创建过程中，字段选择、设置完成或者尚未完成都可以单击工具栏中的"执行"按钮，以便在"结果"窗格预览视图，如图 3-60 所示。

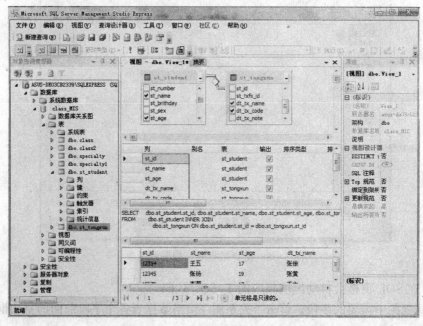

图 3-60 在"结果"窗格预览视图

　　如果要为某个字段指定条件，在"网格"窗格的"列"栏中，选择要设置条件的字段，然后在"筛选器"中输入条件。例如，本视图只包括 dt_tx_name 值为"张黄"的信息。操作方法：将"dt_tx_name"字段添加到"网格"窗格中，在"筛选器"中输入"='张黄'"，单击"执行"按钮。结果如图 3–61 所示。

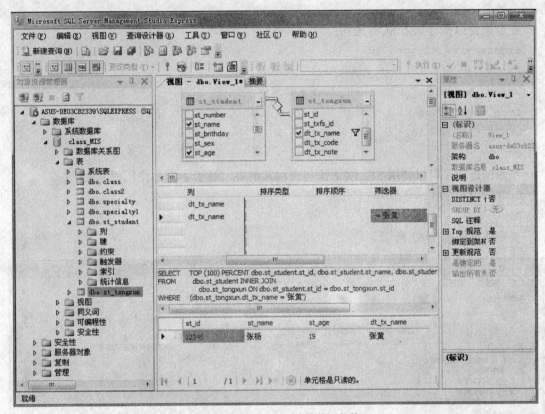

图 3–61　在创建视图中增加条件

　　5）保存视图。完成设置、并经检查无误后就可以保存该视图了。单击工具栏中的"保存"
![]按钮，输入视图的名称，单击"确定"按钮。

　　6）退出视图设计窗口。单击视图设计窗口的"关闭"按钮，返回"企业管理器"界面。此时，在视图窗格下已经可以看到刚刚创建的视图的名称了。

2. 使用 T-SQL 语句的 CREATE VIEW 命令创建视图

在查询分析器中，使用 T-SQL 命令也可以方便、快速地创建视图，其简明的语法格式为：

```
CREATE  VIEW  <view_name>
    [列名1，列名2，...]
[WITH  ENCRYPTION]
AS  <SELECT 语句>
WITH CHECK OPTION
```

　　其中，< view_name >是新创建的视图的名字；<列名>是视图中要使用的列名，如果省略，就沿用表的列名；WITH ENCRYPTION 表示对视图的定义进行加密；<SELECT

语句>完成视图数据的搜索；WITH CHECK OPTION 用于强制针对视图的数据修改都要符合在<SELECT 语句>中设置的条件，以保证提交修改后，仍可以在视图中看到修改了的数据。

【例 3–83】创建名为 st_jbxx_102 的视图。该视图仅查看班级代号为"102"的学生的 id、学号、姓名、性别。

在查询窗口执行如下 SQL 语句：

```
create view st_jbxx_102
As
select st_id,st_number,st_name,st_sex
from st_student
where cla_id='102'
go
```

视图创建后，可以使用 SELECT 语句查询其结果。对于本例，使用如下命令：

```
SELECT * FROM st_jbxx_102
GO
```

查询结果如图 3–62 所示。

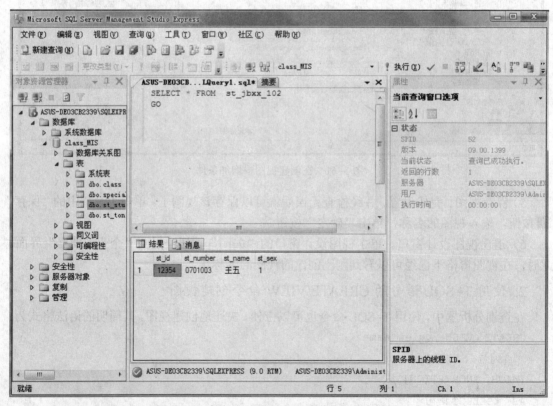

图 3–62　查询"102"班级基本信息视图的结果

注意：在创建视图时，视图必须满足以下几点限制。

① 不能将规则或者 DEFAULT 定义关联在视图上；

②　定义视图的 SELECT 语句中不能含有 ORDER BY、COMPUTE、COMPUTE BY 子句和 INTO 关键字；

③　如果视图中的某一列是一个算术表达式，函数或者常数，而且视图中两个或者更多不同的列拥有一个同样的名字（这种情况通常是因为视图的定义中有一个连接，而且这两个或者多个来自不同表的列拥有同样的名字），用户就需要为视图的每一列指定列的名称。

【例 3-84】建立一个软件技术系的系部信息视图。

在查询窗口执行如下 SQL 语句：

```
CREATE VIEW SF_ college
    AS
    SELECT  *
    FROM  college
    WHERE col_name='软件技术系';
```

【例 3-85】建立一个查询各班学生平均年龄的视图。

在查询窗口执行如下 SQL 语句：

```
CREATE VIEW AVG_st_student (学号,平均年龄)
AS
SELECT  cla_id, avg(st_age)
FROM  st_student
GROUP  BY cla_id;
```

【例 3-86】建立一个住宿人数为 4，住宿单价为 1 200 元的住宿信息视图，并要求进行修改和插入操作仍需要保证该条件。

在查询窗口执行如下语句：

```
CREATE VIEW  V_st_zsbz
AS
SELECT  *
FROM  st_zsbz
WHERE st_zs_number ='4' AND st_zs_price='1200'
WITH CHECK OPTION;
```

3.6.3　查看、重名名、修改及删除视图

对于用户而言，视图和数据表的使用方法是基本类似的。下面介绍视图的查看、修改和删除操作方法。

1. 查看视图

视图的查看方法同数据表的查看方法一样。

（1）在企业管理器 SQL Server Management Studio 中查看视图

①　启动 SQL Server Management Studio，展开本地数据库实例。

②　展开"视图"，右击要查看的视图名称，在弹出的快捷菜单中选择"打开视图"级联子菜单中的"返回所有行"命令，如图 3-63 所示，从而可以打开需要查看的视图。

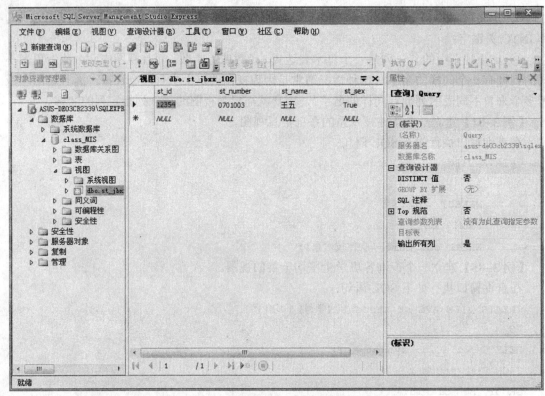

图 3–63　在企业管理器中查看视图

（2）用 T–SQL 命令查看视图

用 T–SQL 中的 SELECT 命令查看视图的方法一样。

【例 3–87】使用 SELECT 命令查看视图 st_student_view。

```
SELECT * FROM ST_STUDENT_VIEW
```

【例 3–88】在 SF_ college 视图中查询软件技术系的系部信息。

```
SELECT *
FROM  SF_ college;
```

【例 3–89】在 AVG_st_student 视图中查询 0700111 班学生的平均年龄。

```
SELECT *
FROM  AVG_st_student
WHERE cla_id='0700111';
```

（3）查看视图的定义语句和属性

在企业管理器 SQL Server Management Studio 中双击视图名称或者右击该名称,在弹出的快捷菜单中选择"属性"命令,就可以打开该视图的定义信息以及权限信息。

用户也可以在查询分析器中使用系统存储过程 sp_helptext 查看视图的信息。

【例 3–90】利用系统存储过程 sp_helptext 查看视图 st_jbxx_102 的信息。

在查询窗口输入如下 SQL 语句:

```
Use  Class_MIS
GO
```

```
EXEC sp_helptext 'st_jbxx_102'
```

执行结果如图 3-64 所示。

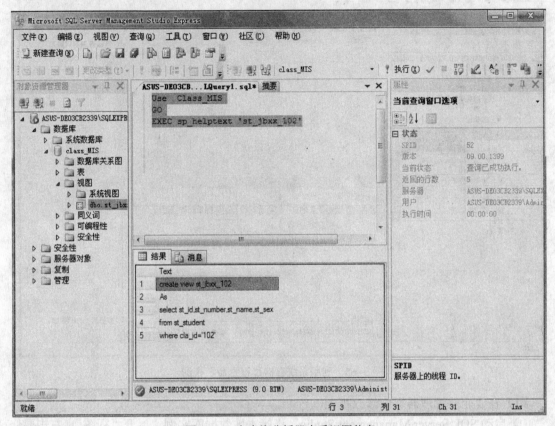

图 3-64　在查询分析器查看视图信息

2. 重命名视图

要改变视图的名称有两种方法。

（1）在企业管理器 SQL Server Management Studio 中重命名视图

右击要重命名的视图，在弹出的快捷菜单中选择"重命名"命令，输入新的名称。也可以在选定视图名称后再次单击该名称，使其成为可输入状态，即可改写。

（2）在查询分析器中利用系统存储过程 sp_rename 重命名视图

【例 3-91】利用 sp_rename 将视图 st_jbxx_102 改名为 st_jbxx_102_new。

在查询窗口执行如下 SQL 语句：

```
EXEC sp_rename 'st_jbxx_102', 'st_jbxx_102_new'
GO
```

执行结果如图 3-65 所示。

3. 修改视图

修改视图是指改变视图的定义，比如增减字段、改变条件等。可以在"企业管理"中实现，也可以在查询分析器中使用 T-SQL 命令实现。

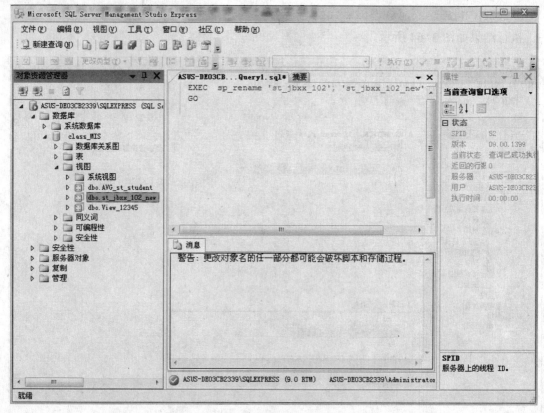

图 3-65　利用系统存储过程重命名视图

（1）在"企业管理器"中修改视图

① 启动 SQL Server Management Studio，连接本地数据库实例。展开"视图"，右击要修改的视图名称，在弹出的快捷菜单中选择"设计视图"命令，打开视图设计窗口。

② 在设计界面中进行修改。该界面与创建时的界面一样，操作方法不再赘述。

③ 修改完毕，进行保存后关闭设计视图。视图定义修改后，单击"保存"按钮，关闭该设计界面，返回到"企业管理器"窗口。

（2）使用 T-SQL 命令修改视图

T-SQL 的 ALTER VIEW 命令也可以修改视图。其语法格式为：

```
ALTER VIEW <view_name>
[<列名 1>,<列名 2>,...]
[WITH  ENCRYPTION]
AS
<Select 语句>
[WITH CHECK OPTION]
```

可见，本语句的语法格式与创建视图的 CREATE VIEW 语句几乎相同。

【例 3-92】修改视图 AVG_st_student 为查询全体学生的平均年龄。

其语法格式如下：

```
ATLER VIEW AVG_st_student (平均年龄)
```

```
AS
SELECT    avg(st_age)
FROM    st_student
```

【例 3-93】在视图 st_student_view_new 中增加一列 st_id，并补充 With Check Option 选项。完成此任务的 T-SQL 语句为：

```
Alter view st_student_view_new
As
SELECT cla_id, st_id,st_number, st_name, st_sex
FROM  st_student
WHERE (cla_id = '102')
WITH CHECK OPTION
```

4. 删除视图

删除不再需要的视图可以在 SQL Server Management Studio 中完成，也可以在"查询分析器"中利用 T-SQL 命令实现。

在"企业管理器"中，右击要删除的视图，在弹出的快捷菜单中选择"删除"命令即可。

删除视图的 T-SQL 命令的语法格式为：

```
DROP VIEW < view_name 1>[,< view_name 2>,...]
```

此命令可以同时删除多个视图，每个视图名称用逗号分隔即可。

【例 3-94】删除视图 AVG_st_student。

其语法格式如下：

```
DROP VIEW AVG_st_student;
```

3.6.4   通过视图修改数据

因为视图是虚拟表，修改视图数据实际是修改基本表的数据，修改的方法也和基本数据表的数据修改一样。但是通过视图修改基本表的数据时有一些限制需要注意。

① 修改视图中的数据时，不能同时修改来源于多个基表的数据。

② 视图中被修改的列必须是来源于基表的一列，而不能是由聚合函数、集合运算等基于多个列的计算得到的。

③ 如果在定义视图时，使用了 WITH CHECK OPTION 选项，则必须保证修改后的数据满足视图定义的范围。

④ 被修改的数据必须符合基本表中对它们所在列的约束。

在企业管理器中的修改方法有以下两种。

1. 编辑记录

其操作步骤如下：

① 打开要编辑数据的视图；

② 查找到要编辑的数据记录，直接修改字段数据，然后将光标移到其他记录行，SQL

Server 2005 就会自动保存所作的修改。

2. 删除记录

其操作步骤如下：

① 打开视图；

② 找到要删除的记录；

③ 右击要删除的记录，在弹出的快捷菜单中选择"删除"命令，在系统弹出的确认对话框中单击"是"按钮即可。

3.7　存储过程和触发器

3.7.1　存储过程概述

存储过程是一组完成某种特定操作的 Transact-SQL 语句，它被编译和优化后存储在数据库服务器中供其他程序调用。Microsoft SQL Server 中的存储过程与其他编程语言中的过程类似，原因是存储过程可以：

① 接受输入参数并以输出参数的格式向调用过程或批处理返回多个值；

② 包含用于在数据库中执行操作（包括调用其他过程）的编程语句；

③ 向调用过程或批处理返回状态值，以指明成功或失败（以及失败的原因）。

可以使用 Transact-SQL EXECUTE 语句来运行存储过程。存储过程与函数不同，因为存储过程不返回取代其名称的值，也不能直接在表达式中使用。

1. 存储过程的主要优点

1）存储过程允许模块化程序设计。存储过程一旦创建，以后即可在程序中调用任意多次。存储过程通常是由专门人员负责创建和维护并独立存放的，因此不用担心对它的修改会影响应用程序的程序代码。这可以改进应用程序的可维护性，并允许应用程序统一访问数据库。

2）存储过程可以减少网络通信流量。存储过程是经过编译、优化后保存在服务器端的，客户端只需要发出一个执行存储过程的请求（最少可能只有一条语句）时，就可以启动服务器中可能包含了数百行 Transact-SQL 代码的操作。服务器端向客户端反馈的也只是执行的最终结果。可见，通过存储过程实现数据库操作，将大大减少网络流量。

3）能够缩短执行速度。SQL Servser 在执行批处理或 T-SQL 程序代码时会首先做语法检查，再经编译、优化后才予以执行。由于存储过程是已经编译、优化过的，所以不需再进行分析、编译和优化，从而可以减少时间耗费。

4）保证系统的安全性。可以仅仅授予数据库用户执行存储过程的权限，在存储过程中完成对这些对象的操作。但是并不授予他们直接访问数据库对象的权限。此外，通过对存储过程实施加密处理，用户也无法阅读、获知该存储过程中的 Transact-SQL 命令。这些安全特性将数据库的结构和用户隔离开来，从而加强了数据库的完整性和可靠性。

2. 存储过程的类型

存储过程主要分为 3 种类型：系统存储过程、本地存储过程和扩展存储过程。

（1）系统存储过程

这是由 SQL Server 提供的，在安装 SQL Server 时由它创建并存储在 master 数据库中，并以 sp_ 为前缀。

系统存储过程的种类很多，数据库管理员和用户通过调用它们可以查看对象的属性、性能等信息，可以完成一些针对数据库对象的操作。例如在前面一节就使用了 sp_helptext 查看视图的属性，使用了 sp_rename 重命名视图。

（2）本地存储过程

本地存储过程是由本地用户为了实现某个特定功能而自行创建并存储在用户数据库中的存储过程，所以又称为用户自定义存储过程。

（3）扩展存储过程

这是一类用户使用外部程序设计语言编写的存储过程，它以动态链接库（DLL）的形式存在，以 xp_ 为前缀存放在系统数据库 master 中。SQL Server 可以动态地装载和执行它们。编写扩展存储过程主要是利用其他语言的长处弥补 T–SQL 的不足。

3.7.2　创建存储过程

在 SQL Server 中创建存储过程有两种方法：其一是在"企业管理器"中创建，其二是使用 T–SQL 语句 CREATE PROCEDURE 命令创建。

按照存储过程执行时是否具有参数，把存储过程分为带参数的和不带参数的两种。

1. 创建和执行不带参数的存储过程

（1）利用 T–SQL 的 CREATE PROCEDURE 命令创建

使用 T–SQL 语句 CREATE PROCEDURE 命令创建存储过程是非常方便的。其语法格式为：

```
CREATE PROCEDURE <procedure_name>
[WITH  ENCRYPTION]
[WITH  RECOMPILE]
As
<SQL 语句组>
```

其中，WITH ENCRYPTION 表示要求对存储过程做加密处理；WITH RECOMPILE 表示对存储过程重新编译；<SQL 语句组>表示实现特定功能的若干 SQL 语句组合。

【例 3–95】创建一个名为 p_st_female 的存储过程。该存储过程返回 st_student 表中所有性别代号为"0"的记录。

在查询分析器中输入如下程序代码：

```
Use Class_MIS
Go
Create Procedure p_st_female
As
Select * From st_student Where st_sex='0'
```

输入完毕，执行该查询，在"消息"窗格若显示"命令已成功完成"说明存储过程已创建，如图 3–66 所示。可在"对象资源管理器"的"存储过程"文件夹里查看到一个显示名称为"dbo.p_st_female"的存储过程。

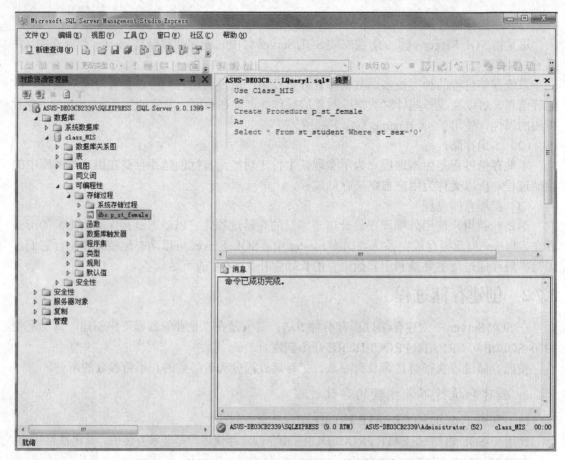

图 3-66   使用 CREATE   PROCEDURE 命令创建存储过程

【例 3-96】创建一个存储过程能显示所有年龄大于 15 岁的女学生基本信息。

在查询窗口中执行如下 SQL 语句：

```
CREATE PROCEDURE PROC_student
AS
 SELECT    *
FROM  st_student
WHERE  st_age>15  AND  st_sex='1'
```

（2）在企业管理器 SQL Server Management Studio 中创建存储过程

① 启动 SQL Server Management Studio，展开"数据库"→"可编程性"→"存储过程"，右击它，在弹出的快捷菜单中选择"新建存储过程"命令。

② 输入 Transact SQL 程序代码。在"新建存储过程"对话框中的"文本"区输入所建存储过程包含的 Transact SQL 语句。

③ 检查语法是否正确。单击对话框中的"检查语法"命令按钮，让系统分析、检查所输入的语句是否正确。

④ 保存新建的存储过程。单击"确定"按钮，系统自动保存、创建完成。

此时，可以在存储过程列表窗格中查看到新创建的存储过程的名称。

（3）执行存储过程

执行存储过程的方法是使用 Transact–SQL 的命令：

```
EXEC < procedure_name >
```

【例 3–97】执行存储过程 p_st_female。

在查询分析器中输入：

```
EXEC p_st_female
GO
```

执行结果如图 3–67 所示。

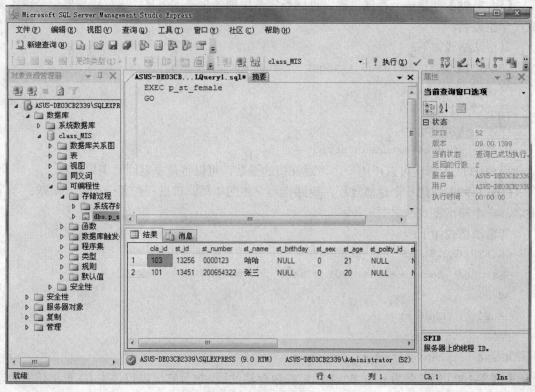

图 3–67 执行存储过程 p_st_female

2. 创建和执行带输入参数的存储过程

不带参数的存储过程不具有灵活性，不能适应多种应用需求。带有参数的存储过程则可以在执行存储过程时即时地指定参数的取值，获得相应的返回值，比如输入要查询的学生的学号，查出他的联系电话和联系人信息。

（1）创建命令的语法

创建带有输入参数的存储过程的 Transact SQL 命令语法格式为：

```
CREATE PROCEDURE < procedure_name >
@<parameter_name> <databyte>=[<default>]
[WITH ENCRYPTION]
[WITH  RECOMPILE]
```

```
As
<SQL 语句组>
```

对上述语法作以下注释。

@ parameter_name：存储过程的参数名，必须以符号@开始。

databyte：参数的数据类型。

default：参数的默认值，如果执行存储过程时未提供该参数的变量值，则使用 default。

这里的参数，是为了满足存储过程能够完成任务而需要的，在执行过程时需要输入，因此是输入参数。

【例 3-98】创建一个存储过程，返回指定学生的学生基本信息。该过程需要一个输入参数：学生姓名。

其语法格式如下：

```
CREATE PROCEDURE  NAME_student   @student_name  varchar(20)
AS
SELECT   *
FROM  st_student
WHERE  st_name=@student_name;
```

用 OUTPUT 语句可以声明一个带返回值的参数，可以将信息返回给调用过程。

【例 3-99】创建一个存储过程，返回指定学生的年龄。该过程需要一个输入参数：学生姓名；一个输出参数：学生年龄。

其语法格式如下：

```
CREATE PROCEDURE AGE_student
 @student_name  varchar(20) , @age int output
AS
SELECT   @age= st_age
FROM  st_student
WHERE  st_name=@student_name;
```

【例 3-100】创建名为 p_st_dttx1 的带参数存储过程，执行它可以按学生 ID 查出该生动态联系电话和联系人。

完整的 Transact-SQL 语句为：

```
create procedure p_st_dttx1
@st_no varchar(20)
As
select st_number,st_name,st_sex,dt_tx_code,dt_tx_name
from st_student a,st_tongxun b
where  st_number like @st_no and a.st_id=b.st_id
go
```

执行该存储过程，查询的学生 ID 为 12354。在查询分析器中输入：

```
EXEC p_st_dttx1 '12354'
```

单击"执行"按钮，返回查询结果，如图 3-68 所示。

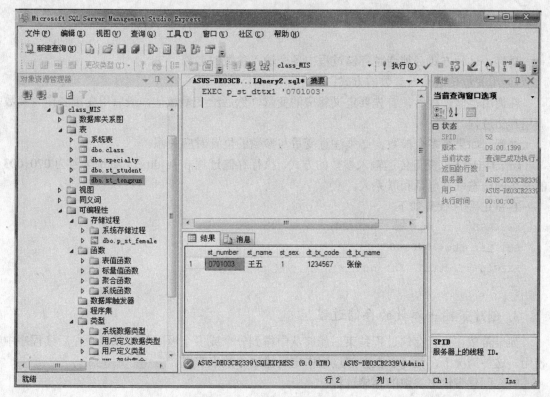

图 3-68　执行带参数的存储过程

（2）对参数的认识

由此可知，存储过程定义时的参数还没有确定的取值，仅仅具有形式上的意义，被称为"形式参数"（简称"形参"）。

当执行代参数的存储过程时，EXCE 命令中所带的参数有了确定的值，叫做"实际参数"（简称"实参"）。

调用的过程中，实参将参数的实际值传递给形式参数，于是存储过程便能按照即时给定的参数值完成处理、返回结果。

（3）输入参数的使用方式

执行存储过程时，输入参数的传递方式分为 3 种：按参数位置直接传递；使用参数名直接传递；使用变量传递参数。

1）按参数位置传递输入参数的方式，按照以下的格式书写执行命令：

```
EXEC <存储过程名> [<值 1>，<值 2>，...]
```

其中，<值 1>，<值 2>分别对应存储过程创建时的第一个形参、第二个形参。其余类推。如前面的例 3-99。

2）用参数名直接传递输入参数的方式，其执行命令的格式为：

```
EXEC <存储过程名> [<@参数名 1>=<值 1>，<@参数名 2>=<值 2>，...]
```

【例 3-101】以参数名传递的方式执行存储过程 p_st_dttx1，查询学生 ID 为 12354 的学生的动态联系电话和联系人。

其语法格式如下：

```
EXEC p_st_dttx1  @st_id='12354'
GO
```

显然，这种方式必须清楚存储过程中各个输入参数的名称。

3）用变量传递输入参数的方式：

在调用存储过程时，首先要定义相应的变量，然后给变量赋值，最后用变量名作为参数调用存储过程。

注意：如果有多个参数，必须注意变量与参数的位置对应关系。

【例 3-102】以变量传递输入参数的方式，执行存储过程 **p_st_dttx2**，查询学号为 0701003 的学生的动态联系电话和联系人。

T-SQL 程序代码如下：

```
DECLARE  @st_num varchar(20)
SET @st_num='0701003'
EXEC p_st_dttx1  @st_num
GO
```

3. 创建带输出参数的存储过程

如果希望在执行存储过程结束后能够从中得到一个或多个返回值，以便于在后续程序中使用。这种情况下，就可以在存储过程中定义输出参数来实现。

（1）创建带输出参数的存储过程

其 **T-SQL** 程序代码如下：

```
CREATE PROCEDURE < procedure_name >
@<parameter_name> <databyte>=[<default>]
@<parameter_name> <databyte>=[<default>]  OUTPUT
[WITH ENCRYPTION]
As
<SQL 语句组>
```

其中，带有 OUTPUT 关键字的参数就是定义的输出参数。除了多一个关键字，其他含义与前面介绍过的输入参数的含义一样，在此不再重复说明了。

【例 3-103】创建一个存储过程 **p_st_dttx3**，用它查询给定学号的学生的动态联系电话和联系人，并能输出一个参数表示查找到的人数。

下面是创建这个存储过程的程序代码：

```
Create Procedure p_st_dttx3
@st_no Varchar(20),
@recordcount Int Output
As
Select st_number,st_name,st_sex,dt_tx_code,dt_tx_name
From st_student a,st_tongxun b
Where  st_number like @st_no and a.st_id=b.st_id
Set @recordcount=@@ROWCOUNT
Go
```

其中，参数@recordcount 被定义为一个输出参数。@@ROWCOUNT 是一个系统变量，它返回调用该变量之前的一句影响到的记录行数目。Set @recordcount=@@ROWCOUNT 就是将受前面查询语句影响的记录行数目赋予输出参数@recordcount。

（2）执行带输出参数的存储过程

执行带有输出参数的存储过程与执行带输入参数的存储过程的语法是统一的，但是要注意的是，这里的输出参数后面一样也要加上关键字 Output。

【例 3–104】利用存储过程 p_st_dttx2，按学生 ID 查询其动态联系电话和联系人，如果没有该学号则显示"查无此人！请检查输入学号是否正确。"

执行如下 T–SQL 代码：

```
Declare @rec_n int
EXEC p_st_dttx2 '0701009',@rec_n Output
print @rec_n
if @rec_n<=0
    print '查无此人！请检查输入数据是否正确。'
Go
```

结果如图 3–69 所示。

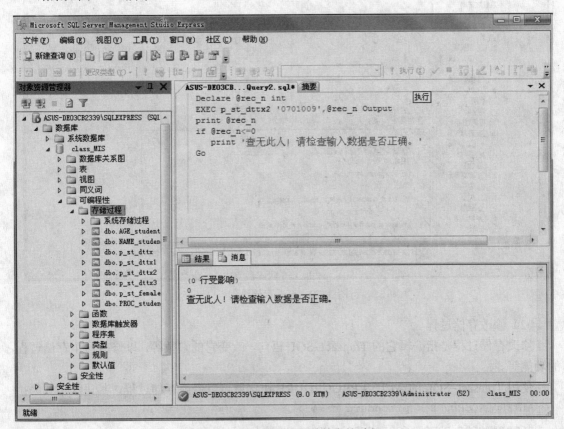

图 3–69　执行带输出参数的存储过程

注意： 执行语句中输出参数@rec_n 后面也必须使用 Output 关键字。

4. 修改存储过程

（1）查看存储过程

要查看存储过程的内容可以使用系统存储过程 sp_helptext，其语法如下：

```
EXEC sp_helptext < procedure_name >
```

注意： 如果存储过程被加密则无法看到其内容。

【例 3–105】 使用系统存储过程 sp_helptext 查看存储过程 p_st_dttx3。

其语法格式如下：

```
EXEC  sp_helptext  p_st_dttx3
```

其执行结果如图 3–70 所示。

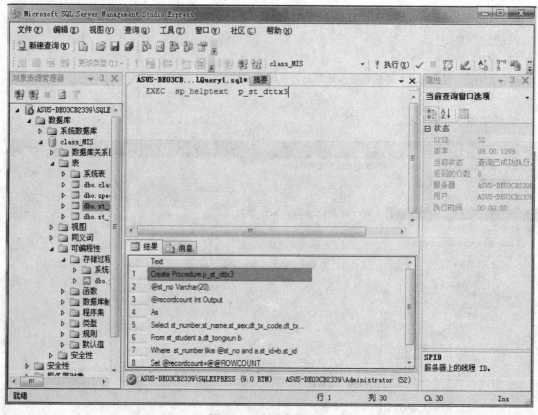

图 3–70　查看存储过程

（2）修改存储过程

修改存储过程是指编辑它的 Transact–SQL 语句，改变它的参数等，以修改这个存储过程的功能等。

使用 Transact–SQL 的 ALTER PROCEDURE 语句就可以修改存储过程，其语法格式为：

```
ALTER PROCEDURE < procedure_name >
@<parameter_name> <databyte>=[<default>]
@<parameter_name> <databyte>=[<default>]  OUTPUT
[WITH  ENCRYPTION]
```

```
[WITH  RECOMPILE]
As
<SQL 语句组>
```

可见，除了关键字不同之外，它与创建存储过程的命令格式非常相似。

【例 3-106】修改存储过程 p_st_dttx3，为它做加密处理，然后查看它的内容。

先在查询分析器中输入修改这个存储过程的代码，其代码如下：

```
ALTER Procedure p_st_dttx3
@st_no Varchar(20),
@recordcount Int Output
WITH  ENCRYPTION
As
Select st_number,st_name,st_sex,dt_tx_code,dt_tx_name
From st_student a,st_tongxun b
Where  st_number like @st_no and a.st_id=b.st_id
Set @recordcount=@@ROWCOUNT
Go
```

运行程序，结果如图 3-71 所示。

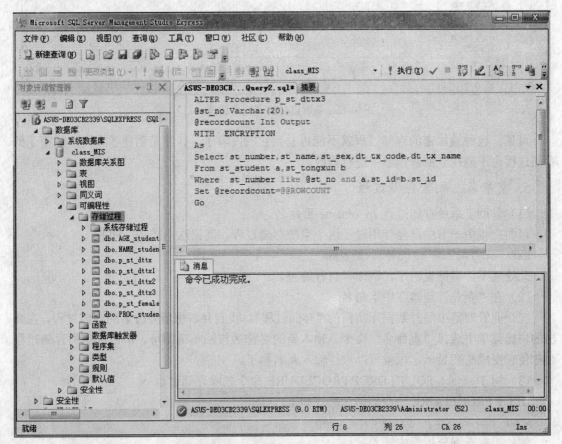

图 3-71　修改存储过程 p_st_dttx3

　　然后，再查看这个存储过程的内容，执行结果如图 3-72 所示。

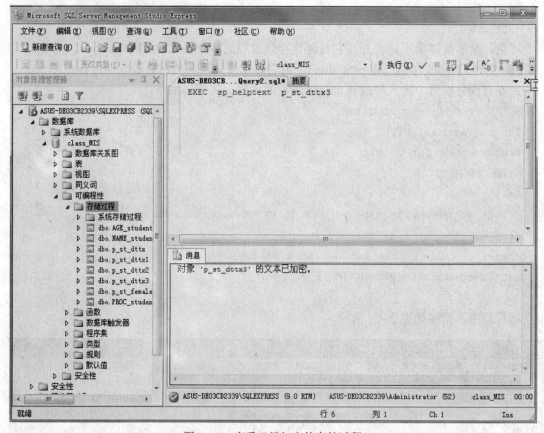

图 3-72　查看已经加密的存储过程

　　可见，已经被加密的存储过程就不能再看到它的内容了，即使是创建者本人。加密了的存储过程也不能在企业管理器中进行修改。

5. 重命名、删除存储过程

（1）借助于系统存储过程 sp_rename 重命名

前面在视图一节中已经使用过了这个系统存储过程，其语法格式是一样的：

```
EXEC sp_rename <旧名称>,<新名称>
```

此处就不再举例说明了，请读者自行练习。

（2）在"企业管理器"中重命名

在企业管理器中展开数据库实例的"存储过程"，找到并右击所要改名的存储过程，在弹出的快捷菜单中选择"重命名"命令，输入新的名称后按回车键即可。单击选定的存储过程名称使它变成高亮显示，也就可以直接输入新名称了。

（3）用 Transact-SQL 的 DROP PROCEDURE 命令删除存储过程

DROP PROCEDURE 命令的语法格式如下：

```
DROP PROCEDURE < procedure_name >
```

例如，在查询分析器中输入：

```
DROP PROCEDURE p_st_dttx2
```

就可以把名为 p_st_dttx2 的存储过程删除。

【例 3–107】删除存储过程 AGE_student。

其语法格式如下：

```
DROP PROCEDURE AGE_student
```

如果要在一条命令里删除多个存储过程，只需在每两个存储过程名称之间用逗号分隔就行了。

（4）在"企业管理器"中删除存储过程

在企业管理器中找到要删除的存储过程，右击它的名称，在弹出的快捷菜单中选择"删除"命令即可。

3.7.3 触发器

1. 触发器概述

SQL Server 中的触发器（Trigger）是一种对数据库实施数据完整性保护的特殊的存储过程。同前面介绍过的存储过程一样，它也是由 T–SQL 语句和流程控制语句构成的、提前编译、存储起来的。与存储过程不同的是，触发器不是被调用执行的、而是受针对数据表的插入、删除、修改等操作事件的触动而执行的。

触动触发器运行的语句（所实施的操作）以及触发器本身的操作都被视为一次事务，触发器可以回滚这个事务，使 SQL Server 自动返回到这个事务执行之前的状态。

在 SQL Server 中约束（Check）和触发器是两种保证数据的有效性和完整性的方法。相比较而言，触发器具有更加突出的优点。

2. 触发器的特点

1）约束和触发器在特殊情况下各有优势。触发器的主要好处在于它们可以包含使用 Transact_SQL 代码复杂处理逻辑。因此，触发器可以支持约束的所有功能，但客观存在在所给出的功能上并不一定是最好的方法。

2）约束只能通过标准的系统错误信息传递错误信息。如果应用程序需要使用自定义信息处理较为复杂的错误，则必须使用触发器。

3）触发器可以实现比 CHECK 约束更为复杂的约束。与触发器不同，CHECK 约束只能根据逻辑表达式或同一表中的另一列来验证列值，而触发器可以引用其他表中的列。

4）触发器可通过数据库中的相关表实现级联更改；不过，通过级联引用完整性约束可以更有效地执行这些更改。

5）如果触发器表上存在约束，则在 INSTEAD OF 触发器执行后、在 AFTER 触发器执行前检查这些约束。如果约束被破坏，则回滚 INSTEAD OF 触发器操作并且不执行 AFTER 触发器。

3. INSERTED 表和 DELETED 表

SQL Server 为每个触发器都创建了两个专用表：INSERTED 表和 DELETED 表。这是两个逻辑表，用户不能对它们进行修改。这两个表的结构与被触发器作用的表的结构相同。触发器执行完毕后，与触发器相关的这两个表也会被删除。

当执行 INSERT 语句时，INSERTED 表中保存要向表中插入的所有行。

当执行 UPDATED 语句时，DELETED 表中保存要从表中删除的所有行。

当执行 UPDATED 语句时，相当于先执行一个 DELETE 操作，再执行一个 INSERT 操作。所以修改当前的数据行首先被移到 DELETED 表中，然后将修改好的数据行插入激活触发器的表和 INSERTED 表中。

4. 触发器的类型

当数据库服务器中发生了数据操作语言（DML）事件时，就会执行 DML 触发器。DML 触发器是基于数据表的，可以针对插入、更新、删除语句分别设置。

DML 触发器又分为 AFTER 型和 INSTEAD OF 型。

所谓 AFTER 型就是指对数据表的操作完成之后，也就是事后才执行的触发器。它主要用于在记录变更之后进行检查和处理，一旦发现错误操作，可以用 RollBack Transaction 语句回滚本次操作。

所谓 INSTEAD OF 型就是"替代型"，对数据表的变更操作（插入、更新、删除）在发生之前就被触发器里预定的操作取代了。

此处要提及的是，在 SQL Server 2005 中新加入的 DLL（数据定义语言）触发器一般用于对数据库的管理任务中。本节将不做介绍，请读者根据需要查阅相关资料。

5. 创建 AFTER 型触发器

创建触发器的 CREATE　TRIGGER 语句的基本格式为：

```
CREATE TRIGGER < trigger_name>
ON {<table>|<view>}
[WITH  ENCRYPTION]
{FOR | AFTER }
{[INSERT],[UPDATE],[DELETE]}
[NOT  FOR  REPLICATION]
AS
{<SQL 语句组>}
```

下面介绍格式中各个参数的含义。

< trigger_name >：新建触发器的名称，须遵循 SQL Server 数据库对象的命名规则。

< table >|< view >：与所创建的触发器相关联的表或试图的名称，必须是已经存在的。

WITH ENCRYPTION：加密所创建的触发器。

FOR|AFTER：保留字，二者同义，均为 AFTER 型触发器。

[INSERT],[UPDATE],[DELETE]：指定激活触发器的操作种类。至少要有一项，有多项时其列表顺序无关。

NOT FOR REPLICATION：当复制进程更改触发器所涉及的表时，不要执行该触发器。

<SQL 语句组>：描述触发器一旦执行时，要执行的操作。

【例 3–108】创建一个名为 t_st_student_ins 的 AFTER 型触发器，当数据表 st_student 发生插入记录的操作后，它就报告"记录已插入完毕！"的消息。

在 SQL 查询分析器里输入如下 SQL 程序代码：

```
CREATE TRIGGER  t_st_student_ins
ON  st_student
FOR  insert
AS
print '记录已插入完毕！'
GO
```

执行这段代码，SQL Server 显示"命令已完成"，说明触发器已成功创建。

为了测试触发器是否工作正常，可以在查询分析器中使用 INSERT INTO 命令向数据表 st_student 插入一条记录。

其语法格式如下：

```
use class_mis
go
insert into st_student
values(101,'15678','0701007','李灏',1990,'true',17,'','','','','','','','')
go
```

执行此代码时，结果如图 3-73 所示。这说明创建的这个触发器工作正常。

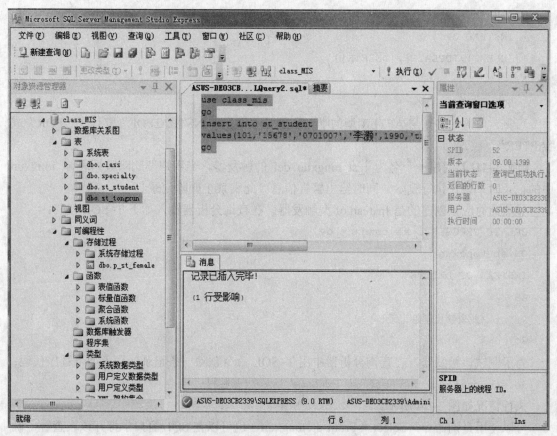

图 3-73　测试插入操作触发器

【例 3-109】在学生静态信息表 st_student 中创建一个触发器，提示新同学入校。

其语法格式如下：

```
CREATE  TRIGGER en_school  ON st_student
AFTER INSERT
AS
PRINT '你好！欢迎你新同学！'
```

【例 3-110】在学生静态信息表 st_student 中创建一个触发器，提示学生毕业。

其语法格式如下：

```
CREATE  TRIGGER gr_school  ON  st_student
AFTER   DELETE
AS
PRINT '祝贺你毕业了！'
```

6. 创建 INSTEAD OF 触发器

INSTEAD OF 触发器的语句格式如下：

```
CREATE TRIGGER < trigger_name >
ON {<table>|<view>}
[WITH ENCRYPTION]
{ INSTEAD OF }
{[INSERT],[UPDATE],[DELETE]}
AS
{<SQL 语句组>}
```

可见，此语句格式与 AFTER 型的唯一区别是关键字 "INSTEAD OF" 取代了 "FOR" 或 "AFTER"。

【例 3-111】创建一个名为 t_st_tongxun_del 的触发器，当用户要删除数据表 st_tongxun 中的记录时，禁止执行删除，同时给出警告信息 "此表禁止删除记录！"

显然此时应该创建的是 Instead of 型触发器。在查询分析器输入如下 T-SQL 代码：

```
CREATE TRIGGER t_st_tongxun_del
ON st_tongxun
INSTEAD OF DELETE
AS
Print '此表禁止删除记录！'
Go
```

为了测试该触发器，在查询分析器中用 T-SQL 命令删除一条记录，输入如下程序代码：

```
delete st_tongxun where dt_tx_name like '张胜利'
```

执行情况如图 3-74 所示。

可以使用查询命令：Select * From dt_tongxun，也可以在 SQL 窗口中打开该表查看，确认该记录没有被删除。

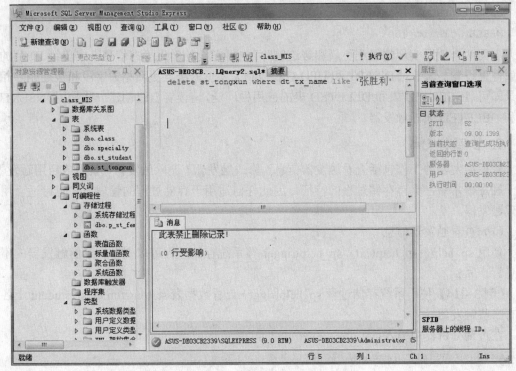

图 3-74   测试删除触发器的工作情况

【例 3-112】在班级信息表 class 中创建一个触发器，实现级连更新，当班级信息表的班级 ID 改变时，学生静态信息表中的班级 ID 也随之变化。

其语法格式如下：

```
CREATE  TRIGGER update_class ON class
FOR UPDATE
AS
DECLARE  @del  int
SELECT  @del=(SELECT cla_id from  deleted)
UPDATE  st_student
SET  st_student .cla_id=inserted.cla_id
FROM  inserted
WHERE  st_student .cla_id=@del
```

【例 3-113】在班级信息表 class 中创建一个触发器，实现级连删除，当删除班级信息表某行信息时，同时删除学生静态信息表中的该班级对应的学生信息。

其语法格式如下：

```
CREATE  TRIGGER delete_class ON  class
FOR  DELETE
AS
DECLARE  @del  int
SELECT  @del=(SELECT cla_id from  deleted)
```

```
DELETE  FROM  st_student
WHERE  cla_id=@del
```

上面两个例题实现的级连更新和级连删除，也可在设计学生静态信息表中班级 ID 列的关系属性里设置。选中对 INSERT 和 UPDATE 强制关系里的级连更新相关字段和级连删除相关记录即可。INSERTED 表和 DELETED 表的应用很广泛，请读者自己创建一些使用 INSERTED 表和 DELETED 表的触发器。

7. 管理触发器

管理触发器的工作包括查看触发器信息、修改触发器、删除触发器、禁用或启用触发器。由于触发器本质上具有存储过程的特征，因此任何适用于存储过程的管理方式也可适合用来管理触发器。

（1）查看触发器信息

使用 sp_help，sp_helptext，sp_helptrigger 等系统存储过程可以查看、了解触发器的不同信息。

【例 3–114】使用系统存储过程 sp_helptrigger 查看数据表 st_tongxun 和 st_student 上各自都有哪些触发器。

在查询分析器中输入：

```
exec sp_helptrigger 'st_tongxun'
exec sp_helptrigger 'st_student'
```

执行后显示的结果如图 3–75 所示。

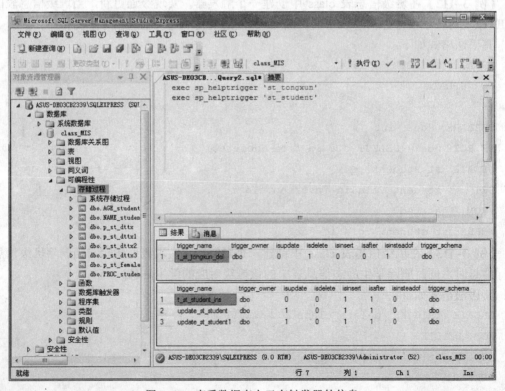

图 3–75　查看数据表上已有触发器的信息

该结果显示出了指定触发器上已经创建的触发器的名称以及它的类型、在什么时间触发等信息。

【例 3-115】使用系统存储过程 sp_helptext 查看触发器 t_st_tongxun_del 的定义信息。

在查询分析器中执行如下命令:

```
exec sp_helptext 't_st_tongxun_del'
```

结果如图 3-76 所示。

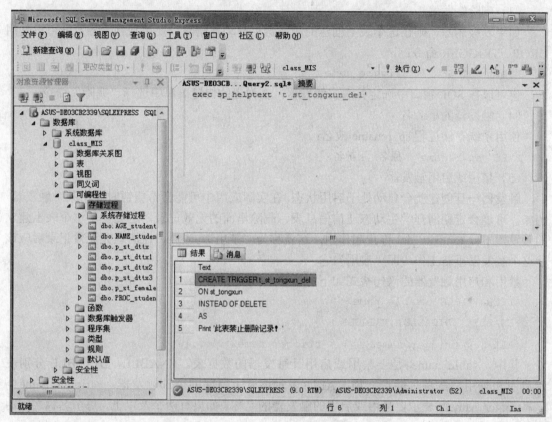

图 3-76　用 sp_helptext 查看触发器的定义信息

（2）修改触发器的定义

可以使用 ALTER TRIGGER 命令重新定义已有的触发器，其语法格式为:

```
ALTER TRIGGER < trigger_name >
ON {<table>|<view>}
[WITH ENCRYPTION]
{FOR | AFTER | INSTEAD OF}
{[INSERT],[UPDATE],[DELETE]}
AS
{<SQL 语句组>}
```

很明显，在上述语法中除了 ALTER TRIGGER 保留字不同外，其余与创建触发器的格式是完全一样的。

【例 3-116】 修改触发器 en_school。

其语法格式如下：

```
ALTER  TRIGGER  en_school  ON st_student
AFTER INSERT
AS
PRINT'你好！欢迎你新同学！希望你在这里度过愉快的大学生活！
```

（3）删除触发器

如果表被删除，则在这个表上创建的触发器也自动被删除。要单独删除触发器可以使用 DROP　TRIGGER 命令：

```
DROP TRIGGER < trigger_name >
```

也可以在 SQL 窗口中选定并右击触发器，在弹出的快捷菜单中选择"删除"命令。

（4）触发器的重命名

使用系统存储过程 sp_rename 改名：

```
EXEC  sp_rename  <原名>,<新名>
```

（5）禁用或启用触发器

触发器一旦创建就会自动处于启用状态。在实际应用中可能会希望暂时停用某个触发器，例如，可能会定期清理学生动态通信信息表，删除里面的无效记录，这就要使这个表上建立的触发器 t_st_tongxun_del 停止起作用，这就称为"禁用"。当然，在清理完无效记录后应该让这个触发器重新工作，即"启用"它。

禁用和启用触发器的语句格式如下：

```
ALTER  TABLE  <table_name>
{ENABLE | DISABLE} TRIGGER
{ALL | < trigger_name1> [, < trigger_name2>, ...}
```

其中，<able_name>是要禁用或启用其触发器的数据表。ENABLE，DISABLE 分别表示启用和禁用，二者只能选一项。ALL 表示该表上所建的全部触发器。<trigger_name1>[, < trigger_name2>表示要禁用或启用的触发器的名称。如果有两个及以上，每个名称之间用逗号分隔。

本 章 小 结

本章介绍了关系数据库标准查询语言 SQL 的一些主要特征与功能。SQL 语言是一种综合的、通用的、功能极强的语言，本章结合本书的一个数据库实例——班级信息管理系统（class_MIS），系统而详细地介绍了数据库语言 SQL，所用的语句实例都在 SQL Server 2005 上运行通过。由于不少商用数据库系统对 SQL 做了不同的扩充和修改，有的例子也许在某些系统上需要稍做修改才能运行。

SQL 语言可以分为数据定义（data definition）、数据操纵（data manipulation）、数据查询（data query）和数据控制（data control）4 大部分，9 个动词（CREATE、DROP、ALTER、INSERT、UPDATE、DELETE、SELECT、GRANT、REVOKE）操作的对象有数据库、基本表、索引、视图、属性列等。数据定义包括创建、删除和修改数据库、基本表、索引和视图。数据操纵又称为数据更新，包括增加记录、删除记录和修改记录。数据查询是 SQL 最富特色的部分，它包括单表查询、多表查询、集合查询、集函数计算、嵌套查询和基于视图的查询。数据控制是 SQL 提供的数据保护的重要功能。

　　SQL 提供视图功能，视图是由若干个基本表或其他视图导出的表。通过视图得到一个结果集来满足来自不同用户的特殊需求。视图简化数据查询应保持数据独立性、提供数据安全性。

　　存储过程是一组完成某种特定操作的 Transact-SQL 语句，它被编译和优化后存储在数据库服务器中供其他程序调用。存储过程允许模块化程序设计，减少网络通信流量，能够缩短执行速度，保证系统的安全性。数据库触发器是一类靠事件驱动的特殊过程，实现用户定义的特殊完整性。触发器是一种对数据库实施数据完整性保护的特殊的存储过程。

习　题　3

一、单项选择

1. SQL Server 2005 采用的数据模型是（　　）。

A. 关系模型　　　　B. 层次模型　　　　C. 网状模型　　　　D. 以上都不是

2. 下列对于 .mdf、.ldf、.ndf 的描述正确的是（　　）。

A. .mdf 是主数据文件；.ndf 是日志文件；.ldf 文件是辅助数据文件

B. .mdf 是主数据文件；.ldf 是日志文件；.ndf 文件是辅助数据文件

C. .ndf 是主数据文件；.mdf 是日志文件；.ldf 文件是辅助数据文件

D. .ldf 是主数据文件；.ndf 是日志文件；.mdf 文件是辅助数据文件

3. 下列选项不属于 SQL server 2005 数据库对象的是（　　）。

A. 服务器　　　　B. 存储过程　　　　C. 视图　　　　D. 表

4. SQL 的命令中，创建、修改和删除数据库的命令分别是（　　）。

A. CREATE，ALTER，DROP　　　　B. DROP，UPDATE，TRUNCATE

C. CREATE，ALTER，DELETE　　　　D. DELETE，ALTER，DROP

5. 在查询结果中将 xs 表中的总学分指定为 mark，以下 T-SQL 语句正确的是（　　）。

A. select 总学分 as mark from xs　　　　B. select mark like 总学分 from xs

C. select mark as 总学分 from xs　　　　D. select 总学分=mark from xs

6. 查询 xs 表中的所有列，但是只返回结果集的前 5 行，下列查询语句中正确的是（　　）。

A. select * from xs　　　　B. select top 5 * from xs

C. select distinct 5 * from xs　　　　D. 以上都不是

7. SQL Server 2000 两种连接认证方式，其中在（　　）方式下，需要客户端应用程序连接时提供登录时需要的用户标识和密码。

A. Windows 身份验证　　　　B. SQL Server 身份验证

C. 混合模式　　　　D. 其他方式登录时

8. 修改查询结果中的列标题可在列名之后使用的子句是（　　）。

A. on　　　　B. as　　　　C. go　　　　D. from

9. 消除结果集中的重复行使用的关键字是（　　）。

A. distinct　　　　　　B. top n　　　　　　C. like　　　　　　D. in

10. 在 SQL Server 的表中，主键是（　　）。

A. 为标识表中唯一的实体　　　　　　B. 创建唯一的索引，允许空值

C. 只允许以表中第一字段建立　　　　　D. 允许有多个主键的

11. 表在数据库中是一个非常重要的数据对象，它是用来（　　）各种数据内容。

A. 显示　　　　　　B. 查询　　　　　　C. 存放　　　　　　D. 检索

12. 为数据表创建索引的目的是（　　）。

A. 提高查询的检索性能　　　　　　B. 创建唯一索引

C. 创建主键　　　　　　　　　　　D. 归类

13. 创建唯一索引的关键字是（　　）。

A. CLUSTERED　　　　　　　　　　B. UNCLUSTERED

C. UNIQUE　　　　　　　　　　　　D. 以上都可以

14. 在 Transact-SQL 语法中，用来插入数据和更新数据的命令是（　　）。

A. INSERT，UPDATE　　　　　　　　B. UPDATE，INSERT

C. DELETE，UPDATE　　　　　　　　D. CREATE，INSERT INTO

15. 表示数据库的概念模型一般使用（　　）。

A. 用户活动图　　　B. 数据流图　　　C. E-R 图　　　　　　D. 流程图

16. 创建表可以用（　　）等方法来创建。

A. 企业管理器　　　　　　　　　　B. 查询分析器

C. 企业管理器和 CREATE TABLE 语句　D. 以上都不是

17. 将多个查询结果返回一个结果集合的运算符是（　　）。

A. JOIN　　　　　　B. UNION　　　　　C. INTO　　　　　　D. LIKE

18. 查询 xs 表中专业名为"网络"或"传媒"的学生情况，以下语句正确的是（　　）。

A. select * from xs　where 专业名=(网络,传媒)

B. select * from xs　where 专业名=('网络','传媒')

C. select * from xs　where 专业名 in("网络","传媒")

D. 以上都不是

19. 查询 xs 表中学号末位是 8 的学生信息，下列查询语句中正确的是（　　）。

A. select * from xs where 学号 like '8%'　　B. select * from xs where 学号 like '8_'

C. select * from xs where 学号 like '%8'　　D. select * from xs where 学号 like '%8%'

20. 查询 xs 表中的学生信息，并根据出生日期列由大到小排序，下列查询语句中正确的是（　　）。

A. select * from xs　order by 出生日期

B. select * from xs　order by 出生日期 desc

C. select * from xs　　order by 出生日期 asc

D. select * from xs　where 出生日期 desc

21. 查询 xs 表中的学生信息，按 120 分计算成绩显示，下列查询语句中正确的是（　　）。

A. select 学号，课程号，成绩=成绩*1.2　from xs

B. select 学号，课程号，成绩　from xs

C. select 学号，课程号，成绩　from xs where 成绩=成绩*1.2

D. 以上都不是

22. 返回"2007-6-4"是多少年，下列查询语句中正确的是（　　）。

A. select getdate('2007-6-4')　　　　　B. select day('2007-6-4')

C. select year('2007-6-4')　　　　　　D. select month('2007-6-4')

23. Select abs(-8.7)，请选出该语句的正确结果（　　）。

A. 8.7　　　　　　B. -8.7　　　　　　C. 0　　　　　　D. 以上都不是

24. '　　　职院是我家，人人热爱它'，删除该语句中的空格，可以使用以下哪种函数
（　　）。

A. LTRIM　　　　B. RTRIM　　　　C. LEFT　　　　D. RIGHT

25. SELECT　MAX(成绩) from xs_kc，对该语句描述正确的是（　　）。

A. 查询成绩表中的成绩　　　　　　B. 查询成绩表中最高分

C. 查询成绩表中最低分　　　　　　D. 查询成绩表中平均成绩

26. 创建一个默认值 mark，其值为 100，选出下列语句正确的（　　）。

A. create default　mark as 100　　　B. create default　mark on 100

C. create default　mark=100　　　　D. 以上都不是

27. 将默认值 mark 与学生表的总学分列结合，选出下列语句正确的（　　）。

A. sp_unbindefault　'mark','xs.总学分'　B. sp_bindefault　'mark', 'xs.总学分'

C. sp_bindefault　'xs.总学分'　　　　D. 以上都不是

28. 请选择出正确的查询结果　select　replace('zxcvdjf','zxcv','S')（　　）。

A. Sdjf　　　　　B. zxcvdjf　　　　　C. djf　　　　　D. S

29. 下面哪一个函数操作的对象不是数学函数（　　）。

A. acos()　　　　B. log10()　　　　C. abs()　　　　D. substring()

30. 下列变量名不正确的是（　　）。

A. @var　　　　　B. _var　　　　　C. #var　　　　D. 123 var

31. 关于索引下列说法正确的是（　　）。

A. 一个表可以有多个聚集索引　　　　B. 一个表只能有一个非聚集索引

C. 一个表只能有一个聚集索引　　　　D. 以上都不对

32. 创建聚集索引的关键字是（　　）。

A. CLUSTERED　　　　　　　　　B. UN CLUSTERED

C. UNIQUE　　　　　　　　　　　D. 以上都可以

33. 对 xs 表的学号字段以升序创建唯一索引 index_xs，选出下列语句正确的（　　）。

A. create　index　index_xs　on　xs(学号)

B. create　unique　index　index_xs　on　xs(学号)

C. create　unique　index　index_xs　on　xs(学号 desc)

D. create　clustered　index index_xs　on　xs(学号)

34. 对 kc 表的课程号列以升序创建聚集索引 index_kc，选出下列语句正确的（　　）。

A. create　index　index_kc　on　kc(课程号)

B. create　unclustered　index　index_kc　on　xs(课程号)

C. create　unique　index　index_kc　on　xs(课程号 desc)

D. create　clustered　index　index_kc　on　xs(课程号)

35. 将 xs 表的 index_xs 索引重命名为 new_xs，选出下列语句正确的（　　　）。

A. sp_rename index_xs,new_xs　　　　　　B. sp_rename 'index'_xs','new_xs'

C. sp_rename 'xs.index_xs','new_xs'　　　　D. 以上都不对

36. select DATEADD(day,26,'2007-6-5')，选出正确的结果（　　　）。

A. 2007-6-31　　　　B. 2007-7-1　　　　C. 2007-5-10　　　　D. 以上都不对

37. select substring(学号,4,7) from xs，正确的说法是（　　　）。

A. 查询 xs 表中学号列的第 4～第 7 位

B. 查询 xs 表中学号列的第 4～第 11 位

C. 查询 xs 表中学号列的第 4 位和第 7 位

D. 以上都不对

38. 已知 kc 表中课程号均为 5 位，查询 kc 表中课程号的最后两位，选出下列语句正确的（　　　）。

A. select　　substring(课程号,2,3)　from kc

B. select　　substring(课程号,2,5)　from kc

C. select　　substring(课程号,3,2)　from kc

D. 以上都不对

39. update kc set 课程号=102 where 课程号=103，正确的描述是（　　　）。

A. 更新 kc 表中的数据，把课程号为 103 的课程的课程号改成了 102

B. 更新 kc 表中的数据，把课程号为 102 的课程的课程号改成了 103

C. 更新 kc 表中的数据，把课程号为 103 的课程删除了

D. 更新 kc 表中的数据，为表中添加一条课程号为 102 和 103 的记录

40. Select　left(‘dfjdslfjldas’,3)的运行结果是（　　　）。

A. sad　　　　　　B. .dfj　　　　　　C. jfd　　　　　　D. das

41. 查找 XS 表中专业名中有'通信工程'信息的语句正确的是（　　　）。

A. select　*　from　xs　where 专业名 like '%通信工程%'

B. select　*　from　xs　where 专业名='通信工程'

C. select　*　from　xs　where 专业名 like '%通信工程_'

D. select　*　from　xs　where 专业名 like '_通信工程%'

42. SQL 语言称为（　　　）。

A. 结构化定义语言　　　　　　　　　　B. 结构化控制语言

C. 结构化查询语言　　　　　　　　　　D. 结构化操纵语言

43. 下列不能用 CREATE 语句创建的是（　　　）。

A. 表　　　　　　　　　　　　　　　　B. 视图

C. 索引　　　　　　　　　　　　　　　D. 用户自定义数据类型

44. 关于实体集之间的联系，"班级"与"学生"之间的联系类型是（　　　）。

A. 多对多　　　　B. 一对一　　　　C. 多对一　　　　D. 一对多

45. 在视图上不能完成的操作是（　　　）。

A. 在视图上定义新的视图　　　　　　　B. 查询操作

C. 更新视图　　　　　　　　　　　　　D. 在视图上定义新的基本表

46. 把 xs 表中学号为 1001102 的学生学号修改为'1001101'的 T–SQL 语言，下面正确的是（　　　）。

A. update xs set 1001101

B. update xs set 1001102 where 1001101

C. update xs set 学号=1001101 where 学号=1001102

D. update xs set 学号=1001102 where 学号=1001101

47. 现要将 cp×× 表中的产品价格提高 20%后输出（数据库中的数据不改变），下面命令正确的是（　　　）。

A. select 产品价格 from cp××

B. select 产品价格=产品价格*1.2 from cp××

C. select 产品价格=产品价格*0.2 from cp××

D. select * from cp×× where 产品价格=产品价格*0.2

48. 关于视图下面说法错误的是（　　　）。

A. 视图只能在当前数据库中建立

B. 建立视图的命令只能是当前执行的第一条批查询语句

C. 视图本身不存储数据

D. 视图的数据可以和它的基表不一样

49. 查询 xs 表中学生的姓名长度，下面的查询命令正确的是（　　　）。

A. select 长度 from xs　　　　　　　B. select len() from xs

C. select len(姓名) from xs　　　　　　D. select 姓名 from xs

50. 关于查询 xs 表中所有男人的人数，下面查询命令正确的是（　　　）。

A. select count(*) from xs where 性别=男　B. select * from xs where count(*)

C. select count(*) from xs　　　　　　D. select * from xs where 性别=男

二、判断题

1. 在几类文件中，主数据文件是不可以添加的。而辅助数据文件是可以由用户添加的。（　　　）。

2. 在数据库创建后，数据文件名和日志文件名不能修改。（　　　）

3. 在 SQL 的 Windows 的服务账户有两种类型：本地系统账户和域用户账户。（　　　）

4. SQL Server 2005 的身份验证模式有两种：Windows 验证模式和混合模式。（　　　）

5. 数据库和表是 SQL 用于组织和管理数据的对象。（　　　）

6. 在 SQL 语句中用户给出两种对象名：完全限定名和部分限定名。（　　　）

7. 在 SQL Server 2005 上创建的每个对象都有多个的完全限定名。（　　　）

8. SQL Server 2005 有两类数据库：系统数据库和用户数据库。（　　　）

9. SQL Server 2005 的删除操作中能删除主文件组。（　　　）

10. SQL Server 2005 中可以删除主日志文件。（　　　）

11. 同一数据库中表名可以和视图名相同。（　　　）

12. DISTINCT 关键字用来消除结果集中重复的列。（　　　）

13. 使用 INSERT 可以为任何视图插入数据。（　　）

14. 创建视图的 CREATE VIEW 语句必须是所有批查询语句中的第一条语句。（　　）

15. Sum(表达式)，其中的表达式的数据类型不能为 char 型。（　　）

16. 关系数据库对数据的操作定义了一组专门的关系运算：连接、选择和投影。（　　）

17. 关系运算的特点是运算的对象和结果都是视图。（　　）

18. 在使用 SELECT 语句选择一个表中的某些列，各列名之间要以分号分隔。（　　）

19. 当在 SELECT 语句指定列的位置上使用*号时，表示选择表的所有列。（　　）

20. 当要查询的条件在某个范围时，可以使用 IN 关键字。（　　）

21. 连接是二元运算，可以两个或多个表进行查询。（　　）

22. 在使用 ORDER　BY 对查询结构排序时，系统默认值是降序。（　　）

23. 视图不是一张虚表。（　　）

24. 在使用视图中，如果与视图相关的表或视图被删除，则该视图将不能再使用。（　　）

25. %这个通配符表示 0 个或多个字符。（　　）

26. 使用 ALTER 命令可以对视图进行修改。（　　）

27. 使用 DELETE 可删除表和视图的数据。（　　）

28. TOP 选项可以限制其返回的行数，若带 percent 关键字，则表示返回结果集的前 $n\%$ 行。（　　）

29. "_"这个通配符表示 1 个或 0 个字符。（　　）

30. 在子查询中，ALL 指定表达式要与子查询结果集中的所有值都进行比较。（　　）

三、简答题

1. SQL 语言的功能、特点。

2. 简述 SQL 数据库层次结构以及 SQL 语句的分类。

3. SQL 查询条件中 SOME、IN 和 EXISTS 有什么异同？SQL 查询中何处使用空值？

4. 简述视图与表有何不同？视图有哪些用途？

5. 什么是存储过程？使用存储过程有什么优点？用什么命令来创建存储过程？

6. 什么是触发器？它可以执行什么功能？表级的触发器有哪几种类型？

7. 现有一表 xs，有以下五个列：学号，姓名，出生时间，性别，成绩，其中每个列的数据类型为 char(10)，char(20)，datetime，bit，int。现要求把你自己的学号、姓名、出生时间、性别以及希望本次考试的成绩以一条记录的形式插入表中。

8. 现有如下关系：

Student(sno,name,sex,birthday,class)，其含义分别是学号，学生姓名，学生性别，学生生日，班级；

Teacher(tno,name,sex,birthday,prof,depart)，其含义分别是教师编号，教师姓名，教师性别，教师生日，职称，所属系部；

Course(cno,cname,tno)，其含义分别是课程编号，教师编号；

Score(sno,cno,degree)，其含义分别是学号，课程编号，成绩。

针对上面的 4 个表，用 SQL 完成以下各项操作。

（1）查询 Student 表中学生的姓名和生日。

（2）查询 Student 表中姓"王"的学生记录。

（3）查询"男"教师及其所教的课程。

（4）查询最高分同学的 sno，cno 和 degree 列。

（5）查询和"张三"同性别的同班同学的 name。

（6）查询所有选修"管理学概念"课程的"女"同学。

（7）查询选修了两门以上课程的学生号和姓名。

（8）求各个课程号相对应的选课人数。

（9）查询选修了全部课程的学生姓名。

（10）查询学生号为 100001 的学生选修的全部课程。

（11）把对 Student 表的 INSERT 权限授予用户张三，并允许他再将此权限授予其他用户。

（12）把查询 Teacher 表和修改 PROF 属性的权限授予用户王二。

（13）收回所有用户对 Score 表的查询权限。

（14）创建学号为 100001 的学生的视图 view_1，要反映学生的姓名，性别，课程，成绩。

（15）创建教师编号为 211 的教师视图 view_2，要反映出教师的姓名，性别，所教的课程。

（16）创建视图 view_3，反映出所有不及格的学生的姓名和班级。

（17）建立一个存储过程，使其调用后能返回未选修"管理学概论"的学生学号和学生姓名。

（18）为教师表定义一个触发器，当要删除一个教师的记录时，该触发器将执行判断当天是否是 12 月份，如果是 12 月份的话，则拒绝删除。

实　　训

实训 1　SQL Server 2005 数据库的基本操作

【实训名称】SQL Server 2005 数据库的基本操作

【实训目标】

（1）掌握数据库的基本知识。

（2）了解数据库的物理组织与逻辑组成情况。

（3）学习创建、修改、查看、收缩、更名、删除等数据库的基本操作方法。

【实训环境】PC 机、SQL Server 2005

【预备知识】熟悉 Windows 的基本操作、企业管理器、查询分析器；掌握 SQL 语句。

【实训内容】

（1）使用企业管理器创建、修改、查看、收缩、更名、删除数据库。

（2）使用 Transact−SQL 语言创建、修改、查看、收缩、更名、删除数据库。

【实训题目】

1. 用企业管理器操作

① 创建一个数据库 student，文件属性和日志属性采用默认值。

② 查看 student 的属性。

③ 修改数据库，要求：其初始大小为 2 MB，最大大小 30 MB，允许数据库自动增长，增长方式是按 5%比例增长；日志文件初始为 2 MB，最大可增长到 5 MB，按 1 MB 增长。

④ 设置 SQL Server 2005 自动定期收缩数据库。

⑤ 给数据库更名为 student_new。

⑥ 删除数据库 student_new。

2. 用 Transact–SQL 语言操作

① 创建一个 XK 数据库，其中主文件组包含主要数据文件 xk1_dat(数据文件均在 C 盘根目录上)和次要数据文件 xk2_dat。有两个次要文件组：xkgroup1 包含 xkg11_dat 和 xkg12_dat 两个次要数据文件，xkgroup2 包含 xkg21_dat 和 xksg22_dat 两个次要数据文件。日志的逻辑文件名为 xk_log，此日志文件也存放在 C 盘根目录中。

② 查看数据库的属性，将 xk 数据库设置为只读；然后再设置为可写。

③ 修改数据库，要求：日志文件的最大值更改为 100 MB，日志文件的初始值由 2 MB 改为 8 MB。

④ 查看数据库信息。

⑤ 缩小数据库：缩小 xk 数据库的大小，保留自由空间 60 MB，保留释放的文件空间。

⑥ 删除 xk 数据库。（为保证后面操作的连续性，请删除后再重新建立好 xk 数据库）

实训 2　SQL Server 2005 表的基本操作

【实训名称】SQL Server 2005 表的基本操作

【实训目标】

（1）掌握数据库表结构的基本知识。

（2）掌握表结构的创建、查看、修改、使用、删除的基本操作。

【实训环境】PC 机、SQL Server 2005

【预备知识】熟悉 Windows 的基本操作、企业管理器、查询分析器；熟练掌握 SQL 语句。

【实训内容】

（1）使用企业管理器创建、查看、修改、使用、删除表结构。

（2）使用 Transact–SQL 语言创建、查看、修改、使用、删除表结构。

【实训资料】

资料如下：在数据库 XK 中，创建下列表，如表 3–24～表 3–27 所示。

表 3–24　student（学生表）

字段名	含义	数据类型	是否为空	主键，外键	备注
SNO	学生学号	Int	N	PK	
SNAME	学生姓名	Varchar(10)			
SSEX	学生性别	Varchar(2)			
SAGE	学生年龄	int			
CLASS	班级号	int	N	FK	

表 3–25　cj（成绩表）

字段名	含义	数据类型	是否为空	主键，外键	备注
SNO	学生学号	Int	N	PK	
CNO	课程编号	Int	N	FK	
GRADE	分数	Int			

表 3–26　teacher（教师表）

字段名	含义	数据类型	是否为空	主键，外键	备注
TNO	教师编号	Int	N	PK	
TNAME	教师姓名	Varchar(10)			
TSEX	教师性别	Varchar(2)			
TAGE	教师年龄	int			
PROF	职称	Varchar(10)			
DEPT	所属系	Varchar(16)			

表 3–27　course（课程表）

字段名	含义	数据类型	是否为空	主键，外键	备注
CNO	课程编号	Int	N	PK	
CNAME	课程名称	Varchar(20)			
TNO	教师编号	Int	N	FK	

【实训题目】

1. 用企业管理器操作

① 创建 student（学生表）和 cj（成绩表）个表。

② 给 student（学生表）添加字段 SADDRESS(VARCHAR(50)) 。

③ 根据前两个表的内容，创建和修改约束。

④ 查看及重命名表。

⑤ 删除表。

2. 使用 Transact–SQL 语言操作

① 创建 teacher（教师表）和 course（课程表）个表。

② 给 teacher（教师表）添加字段 TADDRESS(VARCHAR(50))。

③ 根据后两个表的内容，创建和修改约束。

④ 查看及重命名表。

⑤ 删除表。

实训 3　SQL Server 2005 表的更新操作

【实训名称】SQL Server 2005 表的更新操作

【实训目标】

掌握利用 INSERT、UPDATE 和 DELETE 命令实现对表数据的插入、修改与删除等更新操作。

【实验环境】PC 机、SQL Server 2005

【预备知识】熟悉 Windows 的基本操作、企业管理器、查询分析器；熟练掌握 SQL 语句

【实训内容】

（1）用 INSERT 给表插入数据。

（2）用 UPDATE 修改表中的数据。

（3）用 DELETE 删除表中的数据。

【实训资料】

表 3-28　student（学生表）

SNO	SNAME	SSEX	SAGE	CLASS
9901	张阳	男	17	80811
9902	李中	男	21	80812
9903	王五	女	18	80819
9904	徐军	女	22	80811
9905	赵红	女	19	80812
9906	钱守一	男	21	80811
9907	张利军	女	18	80819

表 3-29　cj（成绩表）

SNO	CNO	GRADE	SNO	CNO	GRADE
9901	8104	56	9901	8105	76
9902	8244	78	9902	8245	97
9903	8104	98	9903	8105	68
9904	8244	69	9904	8245	73
9905	8104	87	9905	8105	82
9906	8244	45	9906	8245	57
9907	8104	89	9907	8105	33

表 3-30　teacher（教师表）

TNO	TNAME	TSEX	TAGE	PROF	DEPT
801	贺回	男	43	教授	计算机系
802	钱增	女	34	副教授	管理系
803	李有	女	25	助讲	计算机系
804	王浮	男	36	讲师	数学系

表 3–31　course（课程表）

CNO	CNAME	TNO	CNO	CNAME	TNO
8104	计算机导论	801	8105	JAVA 语言	803
8244	管理学基础	804	8245	数据结构	802

【实训题目】

1. 在 STUDENT（学生表）、CJ（成绩表）、teacher（教师表）和 course（课程表）中分别添加如表中的记录。

2. 备份 student 表到 TS 中，并清空 TS 表。

3. 增加一个学生（9915，张工，女，20，80812）。

4. 设班里来了位与"李军"同名、同姓、同性别、同年龄的学生，希望通过使用带子查询块的 INSERT 命令来添加该新生记录，学号设定成"李军"的学号加 1，姓名为"李军 2"，其他相同。

5. 将学号为 98013 的学生姓名改为"王二"。

6. 将 student 表的前三位学生的年龄均增加 1 岁。

7. 学生王林在 3 号课程考试中作弊，该课程成绩改为空值（NULL）。

8. 将 98011 学生选修 3 号课程的成绩改为该课程的平均成绩。

9. 把成绩低于总平均成绩的女同学成绩提高 5%。

10. 利用 SELECT INTO 命令来备份 student，CJ 两张表，备份表名自定。

11. 删除计算机系所有学生的选课记录。

12. 删除姓"陈"的学生记录。

13. 清空 CJ 表。

实训 4　SQL Server 2005 视图的基本操作

【实训名称】SQL Server 2005 视图的基本操作

【实训目标】

（1）掌握数据库视图的基本知识。

（2）掌握视图的创建、查看、修改、使用、删除的基本操作。

【实训环境】PC 机、SQL Server 2005

【预备知识】熟悉 Windows 的基本操作、企业管理器、查询分析器；掌握 SQL 语句。

【实训内容】

（1）使用企业管理器创建、查看、修改、使用、删除视图。

（2）使用 Transact–SQL 语言创建、查看、修改、使用、删除视图。

【实训题目】

1. 在 xk 数据库中，创建含学生学号、学生姓名、学生年龄、所学课程、成绩、上课老师等信息的视图，视图名设定为 xk_view。

2. 修改已创建的视图 xk_view，使其包含学生所在班级的信息。

3. 通过 xk_view，查询学生"徐军"的信息，试试能通过视图 xk_view 实现对数据更新操作吗？

4. 删除视图 xk_view。

实训 5　SQL Server 2005 查询的基本操作

【实训名称】SQL Server 2005 查询的基本操作

【实训目标】

（1）了解查询的概念和方法。

（2）掌握查询分析器或企业管理器中执行 SELECT 操作的方法。

（3）掌握 SELECT 语句在单表查询中的应用。

（4）掌握 SELECT 语句在多表查询中的应用。

（5）掌握 SELECT 语句在复杂查询中的应用。

【实训环境】PC 机、SQL Server 2005

【预备知识】熟悉 Windows 的基本操作、企业管理器、查询分析器；掌握 SQL 语句。

【实训内容】

（1）在企业管理器中执行 SELECT 命令。

（2）使用查询分析器执行 SELECT 命令。

【实训题目】

1. 在企业管理器中查询年龄大于 18 岁的所有学生信息。

2. 查询考试成绩大于 80 的学生的学号。

3. 查询倒数第二个字是"导"字课程的详细情况。

4. 查询选修了两门及以上课程的学生信息。

5. 查询 student 和 sc 表的广义笛卡尔积。

6. 查询 student 和 sc 表的等值连接。

7. 查询 student 和 sc 表基于学号 SNO 的自然连接。

8. 查询课程之选修课的选修课（自连接）。

9. 查询学生及课程、成绩等情况（不管是否选课，都要求列出学生信息）。

10. 查询性别为"男"，课程成绩及格的学生信息及课程号、成绩。

11. 查询与"徐军"在同一个班学习的学生信息。

12. 找出同班、同年龄、同性别的学生信息。

13. 查询选修了课程名为"JAVA 语言"的学生的学号、姓名、班级信息。

14. 查询至少不学 8104 和 8105 两门课程的学生学号与姓名。

15. 查询其他系中比信息系 IS 所有学生平均年龄大的学生名单，并排序输出。

16. 查询选修了全部课程的学生姓名。

17. 查询至少选修了学生 9904 选修的全部课程的学生号码。

实训 6　索引、函数的基本操作

【实训名称】索引、函数的基本操作

【实训目标】

（1）了解每一种对象的作用与意义。

（2）对数据库对象索引、函数等进行基本操作。

（3）能进行创建、修改、使用、删除等操作。

【实训环境】PC 机、SQL Server 2005

【预备知识】熟悉 Windows 的基本操作、企业管理器、查询分析器；掌握 SQL 语句。

【实训内容】

（1）索引的创建、修改与删除。

（2）函数的应用。

【实训题目】

1. 创建、使用与删除索引

① 对 XK 数据库中的 student（学生表）中的 sage 字段降序建立非聚集索引 Sage_index。

② 修改非聚集索引 Sage_index，使其对 sage 字段升序建立。

③ 删除索引 Sage_index。

2. 函数

（1）查询数据库 xk 中 CJ 表中 9902 号学生的最高分、最低分、平均分和总成绩，并写相应的列标题增强可读性。

（2）统计 student 表中的男女生人数。

（3）使用函数计算 8 的 6 次方。

（4）用函数计算–23，0，45 的绝对值。

（5）用函数求比 1.2，–1.2 大的最小整数。

（6）用函数求比 1.2，–1.2 小的最大整数。

（7）用函数分别求出 4 的平方和平方根。

（8）用函数判断 5 和–4 的符号。

（9）获取当前的系统日期。

（10）计算 1982–04–04，5 个月以前的日期。

（11）计算 11/15/1981 和 05/29/2003 两个日期之间相差的天数。

（12）以字符串的形式返回当天是几月。

（13）以整数的形式返回当天是几月。

实训 7　存储过程、触发器、关系图的基本操作

【实训名称】存储过程、触发器、关系图的基本操作

【实训目标】

（1）了解每一种对象的作用与意义。

（2）对数据库对象存储过程、触发器、关系图等进行基本操作。

（3）能进行创建、修改、使用、删除等操作。

【实验环境】PC 机、SQL Server 2005

【预备知识】熟悉 Windows 的基本操作、企业管理器、查询分析器；掌握 SQL 语句。

【实训内容】

（1）存储过程的创建、执行、查看、修改、重命名和删除。

（2）触发器的创建、引发、查看、修改和删除。

（3）关系图的创建、使用和删除。

【实训题目】

1. 创建与使用存储过程

（1）创建一个函数计算两个数的乘积，并调用该函数计算 20 和 30 的积。

（2）创建一个函数计算全体学生某门功课的平均成绩。

（3）调用上面的函数计算 101 号课程的平均成绩。

（4）创建一个存储过程求两个数之和。

（5）调用上面的存储过程计算 20 和 30 的和。

（6）创建一个存储过程求两个数之和（带返回参数）。

（7）调用 6 题创建的存储过程计算 120 和 30 的和。

（8）查询 6 题创建存储过程的源代码。

（9）删除 1 题创建的用户自定义函数。

（10）删除 6 题创建的存储过程。

2. 创建与使用触发器

（1）为数据表 student 创建一个插入型触发器 xk_ins_tri。

（2）向 student 表中添加一行学生信息，观察运行结果。

（3）创建一个触发器 xk_upd_tri，当修改学生姓名时，输出"姓名已经被修改"的提示信息。

（4）把 student 表学号为 9903 的姓名改为李红，观察运行结果。

（5）创建一个触发器 xk_del_tri，当从 student 表删除某个学生的信息时，输出"删除信息成功"的提示信息。

（6）删除 student 表中学号为 9905 的学生信息，观察运行结果。

（7）重命名触发器 xs_del_tri 为 xs_delete_tri。

（8）删除触发器 xs_delete_tri。

3. 创建与使用关系图

（1）创建包含 student、cj、teacher、course 四张表的关系图，取名为 DB_xk。

（2）在关系图 DB_xk 中，通过快捷菜单实现对 3 张表的多项操作，如查看表与字段属性、查看表间关系、浏览表内容等。

（3）删除不需要的关系图。

第4章 数据库系统设计

本章主要介绍数据库设计的基础知识，包括：数据库设计的规范化、设计的基本步骤、需求分析要点、数据库设计三种结构。最后通过对实际的案例分析，讲解数据库设计的具体实现。

4.1 数据库系统设计概述

数据库系统设计的目标是对于给定的应用环境，建立一个性能良好的，既能满足不同用户的使用要求，又能被选定的 DBMS 所接收的数据库系统模式。按照该数据库系统模式建立数据库系统，应当能够完整地反映现实世界中信息及信息之间的联系；能够有效地进行数据的存储；能够方便地执行各种数据检索和处理操作；并且有利于进行数据维护和数据控制管理工作。

4.1.1 数据库设计的基本概念

构建数据库需要回答实体、关系和属性等问题，这样会发现公司数据的含义，无论是否被记录在正式的数据库模型中，这些含义一直存在着。

实体、关系和属性是所有公司用户的基础。然而在正确地对它们进行文档化之前，它们的含义可能仍然没被很好地理解。数据模型可以帮助理解数据的含义，可以帮助理解每个用户对数据的要求、数据的特性、在应用程序中对数据的使用情况。

实体（Entity）：一组有相同属性的对象，被用户标识为独立存在的对象集合。E-R 建模的一个基本概念是实体，代表一组现实世界中的对象集合，它们有相同的属性，每个对象必须在集合中被唯一标识表示，叫做实体。

属性：就是实体具有的某种特性。属性代表需要知道的有关实体的内容。例如实体"书"可以通过它的名称、出版社、作者等属性来描述。属性的值描述了每个实体的现状，并代表了存储在数据库中的数据的主要来源。

属性可以分为简单属性和复合属性，单值属性和多值属性

1. 简单属性和复合属性

简单属性（Simple Attribute）：是仅由单个元素组成的属性。简单属性是不能被进一步分解的。例如：实体"书"的出版社和价格就属于简单属性。

复合属性（Composite Attribute）：是由多个元素组成的属性。复合属性可以进一步分解为多个独立存在的更小的元素。例如：实体"书"的作者可以分为第一作者和第二作者。

2. 单值属性和多值属性

单值属性（Single-Valued Attribute）：一个实体只有一个值的属性。

多值属性（Multi-Valued Attribute）：对于一个实体可以有多个值的属性。

对于具体的实体来说，大多数实体是单值属性。例如：实体"书"的价格只有一个（如￥38.5），因此是单值属性。但电影的种类可能有多个值，例如：它既属于喜剧又属于动画。

键：实体的键可以分为超键（Super Key）、候选键（Candidate Key）、主键（Primary Key）和备用键（Alternate Key）。

超键：可以唯一标识一个实体的属性或者属性组。

候选键：可以唯一标识一个实体的最小数目的属性的超键。

主键：被选中作为标识实体的候选键。

备用键：没有被选为主键的候选键。

关系（Relationship）：实体之间具有某种含义的关联。

关系的多样性（Multiplicity）：是指一个实体中可能和相关实体的一个存在关联的实体事件的数目。最常用的关系是度为 2 的二元关系。二元关系上的多样性约束一般被叫做一对一（1:1）、一对多（1:*）或者多对多（*:*）。

4.1.2 关系数据库设计的规范化

规范化（Normalization）是一种用来产生表的集合的技术，这些表具有符合要求的属性，并能满足用户的需求。1972 年，E.F Codd 博士提出了规范化技术来支持基于关系模型的数据库。

规范化通常作为对表结构的一系列测试来决定它是否符合给定的范式。数据库设计的范式有好多种，但最常用的是第一范式（1NF）、第二范式（2NF）和第三范式（3NF）。所有这些范式都是基于在表中的列之间的关系。

1. 数据冗余和数据表更新异常

在数据库管理中，数据冗余一直是影响系统性能的大问题。数据冗余是指同一个数据在系统中多次重复出现。在文件系统中，由于文件之间没有联系，引起一个数据在多个文件中出现。数据库系统克服了文件系统的这种缺陷，但对于数据冗余问题仍然应加以关注。如果一个关系模式设计得不好，仍然会出现像文件系统一样的数据冗余、异常及不一致等问题。

例如：设有一个关系模式 R（S#，C#，CNAME，TNAME），其属性分别表示学生学号、选修课的课程号、课程名称、任课教师姓名。具体实例如表 4-1 所示。

表 4-1   关系模式实例

S#	C#	CNAME	TNAME
S2	C4	PASCAL	WEN
S4	C4	PASCAL	WEN
S6	C4	PASCAL	WEN
S6	C2	ADA	LIU
S4	C2	ADA	LIU
S8	C6	BASIC	MA

这个模式只有四个属性，但在使用过程中会出现以下几个问题。

1）数据冗余：如果一门课程有多个学生选修，那么在关系中要出现多个元组，也就是这门课程的课程名和任课教师姓名要重复多次。

2）操作异常：由于数据的冗余，在对数据操作时会引起各种异常。

① 修改异常：例如 C4 课程有三个学生选修，在关系中就会有三个元组。如果这门课程的教师改为 CHEN 老师，那么三个元组的教师姓名，都要改为 CHEN 老师，若有一个元组的教师姓名未改，就会造成这门课程的任课老师不唯一，产生不一致的现象。

② 插入异常：如果须安排一门新课程（C8，DELPHI，CHEN），在尚无学生选修时，要把这门课程的数据值存储到关系中去时，在属性 S#上就会出现空值。在数据库技术中空值的语义是非常复杂的，对带空值元组的检索和操作也十分麻烦。

③ 删除异常：如果在表 4-1 中删除学生 S8 选课元组，那么就要把这门课程的课程名和教师姓名一起删除，这也是一种不正确的现象。

2. 第一范式

定义：如果关系模式 R 的每个关系 r 的属性值都是不可分的原子值，那么 R 是第一范式（First Normal Form，1NF）的模式。

含义：每个列和记录包含一个而且只包含一个值的表。

3. 第二范式

定义：如果关系模式 R 是 1NF，且每个非主属性完全依赖于候选键，那么称 R 是第二范式（2NF）的模式。如果数据库模式中每个关系模式都是 2NF，则称数据库模式为 2NF 的数据库模式。

含义：一个第一范式的表并且每个非主键列都可以从构造主键的全部的列得到。第二范式仅仅应用于具有符合主键的表，也就是主键是由两个或两个以上的列符合而成的表。具有单列主键的表自动就是 2NF。

4. 第三范式

定义：如果关系模式 R 是 1NF，且每个非主属性都不传递依赖于 R 的候选键，那么称 R 是第三范式（3NF）的模式。如果数据库模式中每个关系模式都是 3NF，则称其为 3NF 的数据库模式。

含义：是一个已知第一范式和第二范式的表，并且所有非主键列的值都只能由主键列决定，而不能由其他主键列决定。虽然有了第一范式和第二范式已经可以减少很多数据冗余，但它们还是有可能出现更改异常。

4.1.3　数据库设计步骤

数据库信息管理软件（例如 MIS、ERP、CRM 等）的基础——数据库设计得好，应用软件就可以给用户提供方便、准确的信息服务，有效地协助用户信息和业务处理。

数据库设计与应用环境结合非常紧密，因此设计一个好的数据库并不是一件简单的事情。设计人员除了需要掌握数据库与软件的基础知识，还需要掌握应用领域的专业知识。一般的计算机专业人员掌握数据库和软件的基础知识，但缺乏应用领域知识。而用户虽然具有丰富的应用领域知识，却没有相关的计算机知识。设计人员只是根据经验进行数据库设计，缺乏和用户的沟通，这样设计出来的数据库存在很大的隐患，如数据模型不能准确反映用户的实际情况，不能方便进行数据库应用程序开发。因此，数据库设计需要遵循软件工程的理论和方法。采用规范的设计方法，根据用户的需求，进行分析、归纳、抽象，最终设计出符合实际的数据模型，选择一种符合要求的数据库管理系统，最终实现对数据模型及数据的管理。

规范的设计方法把数据库设计分成 6 个阶段，即：需求分析、概念结构设计、逻辑结构设计、数据库物理设计、数据库实施、数据库运行和维护。

1. 需求分析

需求分析是数据库设计的第一步，是数据库设计阶段最困难、最耗时的阶段，也是最关键的阶段。需求分析的任务是获取用户的需求，了解相关领域的业务知识，包括应用系统的应用环境和功能需求、具体业务处理方式等。是否能够准确客观反映实际需要，决定了后续工作是否能顺利进行。如果分析做得不好，会影响整个系统的性能，甚至会导致整个数据库设计返工重做。

2. 概念结构设计

概念结构设计是整个数据库设计的关键。在概念结构的设计过程中，设计者要对用户需求进行必要的综合、归纳和抽象，形成一个独立于具体计算机和 DBMS 的概念模型。

3. 逻辑结构设计

逻辑结构设计阶段的主要任务是将概念结构转换为某个具体 DBMS 所支持的数据模型（例如关系模型），并对其性能进行优化。

4. 物理结构设计

数据库物理结构设计阶段的主要任务是为逻辑模型选取一个最合适的物理结构，包括数据存储位置、数据存储结构和存取方法。

5. 数据库实施

在数据库实施阶段中，系统设计人员要运用 DBMS 提供的数据操作语言和宿主语言，根据数据库的逻辑设计和物理设计的结果创建数据库，编写应用程序，组织数据迁移，进行系统试运行。

6. 数据库运行和维护

数据库应用系统经过试运行后即可投入正式运行。数据库运行阶段需要不断的维护，分析数据库性能，调整性能参数，对数据库的运行数据进行备份、恢复和处理等。

4.2　数据库设计

4.2.1　系统需求分析

简单地说，需求分析就是分析用户的需要和要求，确定系统必须完成哪些工作，对系统提出完整、准确、清晰、具体的要求。

需求分析阶段，分析人员需要和用户紧密配合，调查现实中要处理的对象（组织、部门、企业等），了解用户在实际中如何进行业务处理，处理的流程怎样，是手工处理还是通过计算机系统来处理？用户希望数据库应用程序提供什么功能及改进要求是什么？通过调查，了解用户对系统的信息要求、处理要求以及安全性与完整性，满足其个性要求。根据用户的这些需求确定需要在数据库中存储什么数据，需要完成什么功能，对处理的相应时间有什么要求。

1. 需求分析内容和方法

（1）需求分析内容

调查了解是需求分析的重要方法，只有通过对用户的调查研究，才能了解用户的实际需求和业务处理模式。

需求分析阶段必须了解以下内容。

① 组织结构情况：包括部门组成情况，各部门的职责，应用程序的使用权限等，在此基础上形成系统功能权限的划分。

② 各部门业务活动情况。包括部门输入和使用哪些设计，如何加工处理这些数据，处理数据需要什么具体的算法，产生什么信息，这些信息提供给什么部门，输出结果的格式是什么。在此基础上形成数据流图和数据字典。

③ 用户对系统的功能要求。在熟悉业务活动的基础上，协助用户明确对系统的各种要求，包括信息要求、处理要求、安全性与完整性的要求。

根据调查，进行初步分析后，确定系统功能。确定哪些功能由计算机完成或将来准备让计算机完成，哪些活动由人工完成。后续的设计过程既要考虑如何实现计算机完成的功能，又要为以后实现功能预留接口。

（2）需求调查的方法

为了更好地获取用户的需求，常用的调查方法有以下几种。

① 亲自参与业务活动，了解业务处理的基本情况。这种方法可以很详细地了解用户的业务处理模式，但是比较耗费时间。

② 请专人介绍。

③ 在对用户的需求了解过程中，一定会存在许多疑问，可以通过与用户座谈、询问等方式解决这些疑问。用户并不知道设计人员不了解什么，想解决什么问题，因此一定要充分准备问题，让用户能够有针对性地解决。

④ 设计调查表请用户填写。如果调查表设计得合理，这种方法很有效，也容易被用户接受。

⑤ 查阅记录。即查阅与原系统有关的数据记录。

⑥ 学习文件。及时了解掌握与用户业务相关的政策和业务规范等文件。

⑦ 使用旧系统。如果用户已经使用计算机系统协助业务处理，可以通过使用旧系统，掌握已有的需求、了解用户变化的和新增的需求。

需求调查时，往往需要采取上述方法的结合，才能达到最好的效果。调查过程中，应和用户建立良好的沟通，给用户讲解一些计算机的实现方法、原理、术语，减少设计人员和用户之间的交流障碍。让用户明白设计人员的设计思想，并使用户具备一定的发现设计是否符合自己要求的能力。

（3）需求分析方法

调查了解用户的需求后，需要进一步分析和表达用户的需求。分析和表达用户需求的方法很多，常用的有结构化分析方法（Structure Analysis，SA）。它是一种简单、实用的方法。

SA 方法从最上层的系统组织机构入手，采用自顶向下、逐层分解的方式分析系统。SA 方法把任何一个系统都抽象为图 4–1 所示的形式。

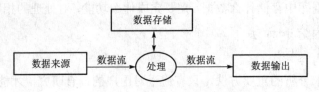

图 4–1　系统高层抽象图

图 4–1 只是最高层的抽象系统概貌，要反映更详细的内容，可以把一个处理功能分解为若干个子功能，每个子功能再进行分解，直到把系统工作过程表示清楚为止，在功能分解的同时，它们所需要的数据也逐级分解，形成若干层次的数据流图。数据流图表达了数据和处理过程之间的关系，数据字典则是对系统中数据的详细描述。

另外还可以根据软件工程思想，采用原型法来设计开发。给用户提供一些原型，让用户在原型的基础上，提出自己的需求和对原型的改进要求。对设计开发小型数据库应用来说这是一种行之有效的方法。

2. 数据字典

数据字典是各类数据描述的集合，是进行详细的数据收集和数据分析后获得的主要成果。数据字典在数据库设计中占有很重要的地位。

数据字典通常包含数据项、数据结构、数据流、数据存储和处理过程五个部分。其中数据项数据的最小组成单位——若干个数据项可以组成一个数据结构，数据字典通过对数据项和数据结构的定义来描述数据流、数据存储的逻辑内容。

（1）数据项

数据项是不可再分的数据单位。对数据项的描述包括如下内容：

数据项={ 数据项名，数据项含义，别名，数据类型，长度，取值范围，取值含义，与其他数据项的逻辑关系，数据项之间的逻辑关系}

其中，"取值范围"、"与其他数据项的逻辑关系"定义了数据的完整性约束条件，它们是设计数据完整性检验功能的依据。

（2）数据结构

数据结构反映了数据之间的组合关系。一个数据结构可以由若干个数据项组成，也可以是若干数据结构组成，或由若干个数据项和数据结构混合组成。数据结构的描述包括如下内容：

数据结构={数据结构名，含义说明，组成：{数据项或数据结构}}

（3）数据流

数据流是数据结构在系统内传输的路径。对数据流的描述包括如下内容：

数据流={数据流名，说明，数据流来源，数据流去向，组成：{数据结构}，平均流量，高峰流量}

其中，"数据流来源"说明数据流来自哪里。"数据流去向"是说明该数据流到哪个过程去。"平均流量"是指单位时间（每天、每月或每年等）内传输的次数。

（4）数据存储

数据存储是数据及其结构保存的地方，也是数据流来源和去向之一。它可以是手工文档或手工凭单，也可以是电子文档。对数据存储的描述包括如下内容：

数据存储={数据存储名，说明，编号，输入的数据流，输出的数据流，组成：{数据结构}，数据量，存取频度，存取方式}

其中，"存取频度"是指在单位时间内存取的次数、每次存取多少数据等信息。"存取方式"包括批处理还是联机处理；是检索还是更新顺序随机检索等。

（5）处理过程

处理过程一般用判定表或判定树来描述。数据字典中只需要描述处理过程的说明性信息。通常包括如下内容：

处理过程={处理过程名，说明，输入：{数据流}，输出：{输出流}，处理}

可以看出，数据字典是关于数据库中数据的描述，而其本身并不是数据。数据字典是按照需求分析阶段建立的，在数据库设计过程中需要不断修改、充实和完善。

4.2.2　数据库模型设计

1. 数据库模型的基本概念

模型就是现实世界特征的模拟和抽象，数据模型是对现实世界数据特征的抽象。对于具体的模型人们并不陌生，如航天飞机、地图、建筑设计沙盘都是具体模型。从事物的客观特性到计算机里的模型，具体表示经历 3 个数据领域：现实世界、信息世界和机器世界。

1）现实世界：现实世界的数据就是客观存在的各种报表、图表和查询格式等原始数据。计算机只能处理数据，所以首先要解决的问题是按用户的观点对数据和信息建模，即抽取数据库技术研究的数据，分门别类，综合出系统所需要的数据。

2）信息世界：是现实世界在人们头脑中的反映，人们用符号、文字记录下来。在信息世界中，数据库常用的术语是实体、实体集、属性和码。

3）机器世界：是按计算机系统的观点对数据建模。换句话说，对现实世界问题是如何表达为信息世界的问题，而信息世界的问题是如何在具体的机器世界表达。机器世界的数据描述的术语有字段、记录、文件和记录码。

信息世界与机器世界相关的术语有以下对应关系如下。

① 属性与字段：属性是描述实体某方面的特性，字段标记实体属性的命名单位。例如：用"书号、书名、作者名、出版社、日期"5 个属性描述"书"的特性，对应 5 个字段。

② 实体与字段：实体表示客观存在，并能区别的事物（如一个学生、一本书）；记录是字段的有序集合，一般一条记录描述一个实体。例如"10001，DATABASE SYSTEM CONCEPTS，China Machine Press，2000-2"，描述一个实体，对应一条记录。

③ 码与记录码：码是能唯一区分实体的属性或属性集，记录码是唯一标识文件的每条记录的字段或字段集。

④ 实体集与文件：实体集是具有共同特性的实体的集合，文件是同一类记录的汇集，例如所有的学生构成学生的实体集，而所有的学生记录组成了学生文件。

⑤ 实体型与记录型：实体型是属性的集合，如表示学生学习情况的属性的集合为实体型

（Sno，Sname，Sage，Grade，SD，Cno…）。记录型是记录的结构定义。

2. 数据库的基本要素与常用的数据模型

（1）数据模型的三要素

数据库结构的基础是数据模型，是用来描述数据的一组概念和定义。数据模型的三要素是数据结构、数据操作、数据的约束条件。

1）数据结构：是研究的对象类型的集合，是对系统静态特性的描述。

2）数据操作：对数据库中各种对象（型）的实例（值）允许执行的操作的集合，包括操作和操作规则。如操作有检索、插入、删除、修改，操作规则有优先级别等。数据操作是对系统动态特性的描述。

3）数据的约束条件：是一种完整性规则的集合。也就是说，对于具体的应用数据必须有特定的语义约束条件，保证数据的正确、有效和相容。例如，某单位人事管理中，要求在职的"男"职工年龄必须大于 18 岁小于 60 岁，工程师的基本工资不能低于 1 500 元，每个职工可承担任一个工种，这些需求可以建立数据的约束条件来实现。

（2）常用的数据模型

常用的数据模型分为概念数据模型和基本数据模型。

1）概念数据模型：也称为信息模型，是按用户的观点对数据和信息建模，是现实世界到信息世界的第一层抽象，强调其语义表达功能，易于用户理解，是用户和数据库设计人员交流的语言，主要用于数据库设计。这类模型中最著名的是实体联系模型，简称 E-R 模型。

2）基本数据模型：它是按计算机的观点对数据建模，是现实世界数据特征的抽象，用于DBMS 的实现。基本的数据模型有层次模型、网状模型、关系模型。

值得注意的是，目前出现了许多数据库应用的新领域，采用基本的数据库模型有一定的局限性，所以面向对象模型（Object Oriented Model）越来越受关注。

3. 数据库设计的三种结构

数据库系统是数据密集型应用的核心，其体系结构受数据库所在的计算机系统影响很大，尤其是受计算机体系中的联网、并行和分布的影响。站在不同的角度或不同层次上看数据库体系结构也不同。站在终端用户的角度看，数据库体系分为集中式、分布式、C/S（客户/服务器）和并行结构。站在数据库管理系统的角度看，数据库体系结构设计一般采用三级模式设计：概念设计阶段、逻辑设计阶段以及物理设计阶段。

（1）概念设计阶段

概念结构独立于数据库逻辑结构，也独立于支持数据库的 DBMS。它能充分反映实现世界中实体之间的联系，同时又易于向关系、网络、层次等各种数据库模型转换。当现实世界需求改变时，概念结构又可以很容易地作相应调整。

需求分析结束之后，需要根据数据流程图和数据字典，抽象出具有相同特性和行为的一类实体，忽略非本质的细节，抽取人们关心的属性，通过概念模型精确地描述。

1）概念结构设计的方法

概念结构设计的方法有以下四种。

① 自顶向下：自顶向下在定义全局概念结构框架的基础上逐步细化。

② 自底向上：先定义各局部应用的概念结构，然后进行集成，得到全局概念结构。

③ 逐步扩张：在定义核心概念结构的基础上，逐步向外扩充，生成其他概念结构，直至得到总体概念结构。

④ 混合策略：采用自顶向下和自底向上的结合，自顶向下地设计一个全局概念结构，自底向上地设计各局部概念结构，在全局概念结构的基础上进行局部概念集成。一般可以先抽象并设计局部视图，然后集成局部视图，形成全局的 E-R 图。

数据抽象与局部视图设计：需求分析阶段会产生不同层次的数据流图，这些数据流图是进行概念设计的基础。高层的数据流图能反映系统的概貌，但包含的信息不足以描述系统的详细情况，中层的数据流图能较好地反映系统中各局部应用子系统的详细情况，因此中层数据流图经常作为设计 E-R 图的依据。

每个局部应用对应一组数据流图与数据字典。将数据从数据字典中抽取出来，参照数据流图，确定局部应用中的实体、实体的属性、实体的码，确定实体之间的联系及其类型。

2）概念结构设计的步骤

在以上四种方法中，最常用的策略是自底向上的方法，即自顶向下地进行需求分析，然后再自底向上地设计概念结构，其方法如图 4-2 所示。

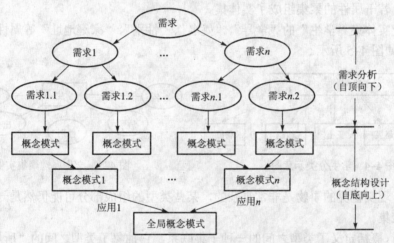

图 4-2 自顶向下分析需求与自底向上概念结构设计

按照图 4-2 所示的自顶向下分析需求与自底向上设计概念结构方法，概念结构的设计可以分为两步：第一步是抽象数据并设计局部视图；第二步是集成局部视图，得到全局的概念结构。其设计步骤如图 4-3 所示。

3）数据抽象与局部视图设计

概念结构是对现实世界的一种抽象。所谓抽象就是抽取现实世界的共同特征，忽略非本质的细节，并把这些共同的特性用各种概念精确地加以描述，形成某种模型。

数据抽象的三种基本方法是分类、聚集和概括。

① 分类：分类就是定义某一类概念作为现实世界中一组对象的类型，这些对象具有某些共同的特性和行为。在 E-R 模型中，实体集就是这种抽象。

例如：在学校这个环境中，张杨是学生中的一员，他具有学生们共有的特性和行为：在某个班级读书，听某个老师教授某门课程。与张杨属于同一对象的还有赵昱、王五等其他学生。图 4-4 是学生的分类示意图。

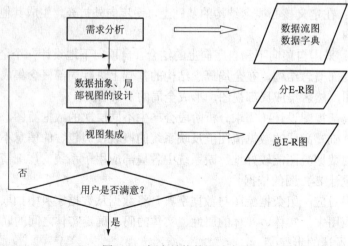

图 4-3　概念结构的设计步骤

② 聚集：聚集是定义某一类型的组成部分，它抽象了对象内部类型和对象内部"组成部分"的语义。若干属性的聚集组成了实体集。

例如：把实体集"学生"的"学号"、"姓名"、"性别"、"家庭地址"等属性聚集为实体型"学生"，如图 4-5 所示。

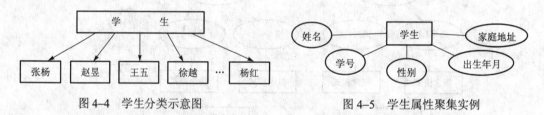

图 4-4　学生分类示意图　　　　　　　图 4-5　学生属性聚集实例

事实上，现实世界的事物是非常复杂的，某些类型的组成部分可能仍然是一个聚集，这是更复杂的聚集。

③ 概括：概括定义了类型之间的一种子集联系，它抽象了类型之间的"所属"的语义。例如：学生是个实体集，研究生、本科生、专科生、中专生也是实体集，但研究生、本科生、专科生、中专生都是学生的子集，即把学生称为超类，研究生、本科生、专科生、中专生称为学生的子类，如图 4-6 所示。

概括的一个重要属性就是继承性。指的是子类继承超类中定义的所有抽象。例如研究生、本科生、专科生、中专生可以有自己的特殊属性，但都继承了它们的超类属性。

概念结构设计是利用抽象机制对需求分析阶段收集到的数据进行分类、聚集、形成实体集、属性和码，确定实体集之间的联系类型（1:1，1:n 或 m:n），进而设计分 E-R 图。

设计分 E-R 图的具体做法有以下几步。

① 选择局部应用：选择局部应用是根据系统的具体情况，在多层的数据流图中选择一个适当层次的数据流图，作为设计分 E-R 图的出发点，并让数据流图中的每一部分都对应一个局部应用。选择好局部应用之后，就可以对每个局部应用逐一设计分 E-R 图了。

② 设计分 E-R 图：在设计分 E-R 图前，局部应用的数据流图应已经设计好，局部应用所涉及的数据应当也已经收集在相应的数据字典中了。在设计分 E-R 图时，要根据局部应用

的数据流程图中标定的实体集、属性和码，并结合数据字典中的相关描述内容，确定 E-R 图中的实体、实体之间的联系。

图 4-7 所示的是一个属性上升为用实体集表示的实例。

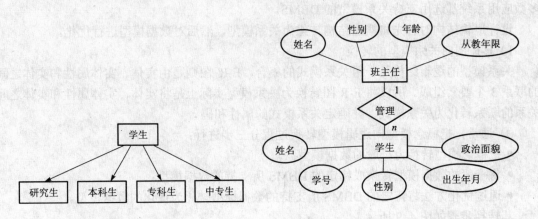

图 4-6　概括表示示意图　　　　　图 4-7　由属性上升为用实体集表示的实例

4）视图的集成

依据不同的局部应用数据流图设计的分 E-R 图，进行视图集成，将所有的分 E-R 图综合成一个系统的总 E-R 图。一般说来，视图的集成可以有两种方式。

① 多个分 E-R 图一次集成，如图 4-8（a）所示。

② 逐步集成，用累加的方式一次集成两个分 E-R 图，如图 4-8（b）所示。

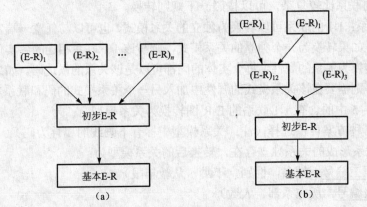

图 4-8　视图集成的两种方法

其中第①种方法比较复杂，实现难度较大。第②种方法由于每次只集成两个分 E-R 图，可以降低难度。无论采用哪种方法，在每次集成局部 E-R 图时，都要分两步进行。

第一步：合并 E-R 图。进行 E-R 图合并时，要解决各分 E-R 图之间的冲突问题，并将各分 E-R 图合并起来生成初步 E-R 图。

第二步：修改和重构初步 E-R 图，通过修改和重构初步 E-R 图，可以消除初步 E-R 图中不必要的实体集冗余，得到基本的 E-R 图。

（2）逻辑设计阶段

概念结构独立于 DBMS，需要将概念结构进一步转化为特定 DBMS 产品所支持的数据模型相符合的逻辑结构。DBMS 产品可以支持关系、网状、层次三种模型中的某一种，目前大多数应用系统都选用支持关系模型的 DBMS。

设计逻辑结构时首先将概念结构转化为关系模型，然后对数据模型进行优化。

1）E-R 图向关系模型的转换

关系模型的逻辑结构是一组关系模式的集合，E-R 图则是由实体、实体属性和实体之间的联系 3 个要素组成。所以将 E-R 图转换为关系模型实际上是将实体、实体属性和实体之间关系的联系转化为关系模式，并确定关系模式的属性和码。

① 通常，把概念模型向逻辑模型转换过程分三步进行：

● 把概念模型转换为一般的数据模型；

● 将一般的数据模型转换成特定的 DBMS 所支持的数据模型；

● 通过优化方法将特定的 DBMS 所支持的数据模型转化为优化的数据模型。

其转换步骤如图 4-9 所示。

图 4-9 逻辑结构设计步骤

② 将实体间的联系转化成关系模式：一般将 E-R 图转化的实体转化为一个关系模式。实体的属性转化为关系的属性，实体的码就是关系的码。

实体之间的联系比较复杂，可以按照一下规则转换。

● 1:1 的联系：1:1 的联系可以转换为独立的关系模式，也可以与任意一端实体集所对应的关系模式合并。如果转换为一个独立的关系模式，则与该 1:1 联系相连的各实体的码以及联系本身的属性均转换为关系的属性，每个实体的码都可以是该关系的候选码。如果某一端对应的关系模式合并，则需要在该关系模式的属性中加入另一个关系模式的码和联系本身的属性。

例：将图 1-5 中的含有 1:1 联系的 E-R 图转换为关系模型。

该转换有 3 种方案可供选择（注：关系模型中标有下画线的属性为码）。

方案 1，联系形成的关系独立存在，转换后的关系模型为：

班主任（<u>职工编号</u>，姓名，性别，年龄，从教年限）

班级（<u>班级编号</u>，所在系部，人数）

负责（<u>职工号</u>，<u>班级编号</u>）

方案 2，"负责"与"班主任"两关系合并，转换后的关系模型为：

班主任（<u>职工编号</u>，姓名，性别，年龄，从教年限，班级编号）

班级（<u>班级编号</u>，所在系部，人数）

方案 3，"负责"与"班级"两关系合并，转换后的关系模型为：

班主任（<u>职工编号</u>，姓名，性别，年龄，从教年限，班级编号）

班级（<u>班级编号</u>，所在系部，人数，职工编号）

将上面的三种方法进行比较，不难发现：在方案 1 中，由于关系多，增加了系统的复杂性；在方案 2 中，由于并不是每个班主任都负责所有班级，就会造成班级编号属性的 NULL

值过多；相比起来，方案 3 比较合理。

● 1:n 的联系：在向关系模式转换时，实体间的 1:n 联系可以有两种转换方法，一种方法是将联系转换为一个独立的关系模式，转换为一个独立的关系模式，则与该联系相连的各实体的码以及联系本身的属性均转换为关系属性，而关系的码为 n 端实体的码；另一种方法是与 n 端对应的关系模式合并，即在 n 端实体集中增加新属性，新属性由联系对应的 1 端实体集的码和联系自身的属性构成，新增属性后原关系的码不变。

例：将图 1-6 中的含有 1:n 联系的 E-R 图转换为关系模型。

该转换有两种方法可供选择（注：关系模型中标有下画线的属性为码）。

方案 1，1:n 联系形成的关系独立存在，转换后的关系模型为：

班主任（职工编号，姓名，性别，年龄，从教年限）

学生（学号，姓名，性别，出生年月，政治面貌）

管理（职工编号，学号，人数）

方案 2，联系形成的关系与 n 端对象合并：

班主任（职工编号，姓名，性别，年龄，从教年限）

学生（学号，姓名，性别，出生年月，政治面貌，职工编号，人数）

比较以上两种转换方案可以发现：尽管方案 1 使用的关系多，对管理人数多的情况比较适合；方案 2 中关系少，它适应管理人数较少的场合。

● m:n 的联系：m:n 联系转换为一个关系模式，与该联系相连的各实体的码以及联系本身的属性均转换为关系属性，关系的码为各实体码的组合。

例：将图 1-7 中的含有 m:n 联系的 E-R 图转换为关系模型。

该题转换的关系模型如下（注：关系模型中标有下画线的属性为码）：

课程（课程编号，名称，学时，学分，授课教师）

学生（学号，姓名，性别，出生年月，政治面貌）

选课（课程编号，学号，成绩）

③ 数据模型的优化

完成 E-R 图向关系数据模型转换之后，需要对数据模型进行优化，修改、调整数据模型的结构，提高数据库的性能。

● 确定数据依赖。按需求分析阶段得到的语义，分别写出每个关系模式内部各属性之间的数据依赖以及不同关系模式属性之间的数据依赖。

● 对于各个关系模式之间的数据依赖进行极小化处理，消除冗余的联系。

● 按照数据依赖的理论对关系模式逐一进行分析，考查是否存在部分函数依赖、传递函数依赖、多值依赖等，确定各关系模式分别属于第几范式。

● 按照需求分析阶段得到的信息和处理要求，分析这些模式是否满足这些要求，确定是否要对模式进行合并或分解。

● 对关系模式进行必要的合并和分解。

2）设计用户子模式

用户子模式也称外模式。数据库的逻辑结构设计包括用户子模式的设计，以方便用户使用，提高用户的使用效率。设计用户子模式时应注意以下问题。

① 使用更符合用户习惯的别名：视图集成时，为了减少异议同名的冲突，规范化一些名

称。规范后的名称与局部用户的习惯不一致，将影响用户的工作。设计用户子模式时可以重新定义某些属性名，使其与用户习惯一致。

② 针对不同级别的用户定义不同的视图：不同的用户关心的实体及其属性不同，对这些实体与属性的访问权限也不同。为了满足系统的安全要求，根据不同级别的用户定义不同的视图。

③ 简化用户对系统的使用：某些局部应用中经常使用一些复杂的查询，为了方便用户，可以将这些复杂的查询定义为视图，用户每次只对定义好的视图进行查询，方便用户使用系统。

（3）物理设计阶段

对于给定的基本数据模型选取一个适合应用环境的物理结构的过程，称为物理设计。数据库的物理结构主要指数据库的存储记录格式、存储记录安排和存取方法。显然，数据库的物理设计是完全依赖于给定的硬件环境和数据库产品的。

数据库的物理设计可分两步进行。

第一步：确定数据的物理结构，即确定数据库的存取方法和存储结构。

第二步：对物理结构进行评价。

对物理结构进行评价的重点是时间和效率。如果评价结果满足原设计要求，则可以进行物理实施，否则应该重新设计或修改物理结构，有的甚至要返回逻辑设计阶段修改数据模型。

1）存储记录结构的设计

要确定数据库的物理结构，设计人员一方面要深入了解给定的 DBMS 的内部特征，特别是存储结构和存取方法；另一方面也要了解应用环境的具体要求，如各种应用的数据量、处理频率和响应时间等。

在物理结构中，数据的基本存取单位是存储记录。有了逻辑记录结构后，就可以设计存储记录结构，一个存储记录可以和一个或多个逻辑记录相对应。存储记录结构包括记录的组成、数据项的类型和长度，以及从逻辑记录到存储记录的映射。某一类型的所有存储记录的集合称为"文件"，文件的存储记录可以是定长的，也可以是变长的。

文件组织或文件结构是组成文件的存储记录的表示法。文件结构应该表示文件格式、逻辑次序、物理次序、访问路径、物理设备的分配等。物理数据库就是指数据库中实际存储记录的格式、逻辑次序和物理次序、访问路径、物理设备的分配。

确定数据库存储结构时要综合考虑存取时间、存储空间的利用率和维护代价三方面的因素，这三个方面常常是相互矛盾的。例如，消除一切冗余数据虽然能够节约存储空间，但往往会导致检索代价的增加，因此必须进行权衡，选择一个折中方案。一般 DBMS 也提供一定的灵活性可供选择，包括聚簇和索引。

① 聚簇：聚簇就是为了提高某个属性（或属性组）的查询速度，把这个或这些属性（称为聚簇码）上具有相同值的元组集中存放在连续的物理块上。使用聚簇有以下两个作用。

一个是使用聚簇以后，聚簇码相同的元组集中在一起了，因而聚簇值不必在每个元组中重复存储，只要在一组中存储一次即可，因此可以节省存储空间。

另一个是聚簇功能可以大大提高按聚簇码进行查询的效率。

② 索引：存储记录是属性值的集合，主码可以唯一确定一个记录，而其他属性的一个具体值不能唯一确定是哪个记录。在主码上应该建立唯一索引，这样不但可以提高查询速度，还能避免主码重复值的录入，确保了数据的完整性。

在数据库中，用户存取的最小数据单位是属性。如果用户对某些非主属性的检索很频繁，可以考虑建立这些属性的索引文件。索引文件对存储记录重新进行内部链接，从逻辑上改变了记录的存储位置，从而改变存取数据的入口点。关系中数据越多，索引的优越性也就越明显。

建立多个索引文件可以缩短存取时间，但是增加了索引文件所占用的存储空间以及维护的开销。因此，应该根据实际需要综合考虑。

2）存取方法的设计

存取方法是为存储在物理设备（通常指辅存）上的数据提供存储和检索能力的方法。存取方法包括存储结构和检索结构两个部分，存储结构限定了可能存取的路径和存储记录；检索结构定义了每个应用的存取路径，但不涉及存储结构的设计和设备分配。

存储记录是属性的集合，属性是数据项类型，可用作主键或辅助键。主键唯一地确定了一个记录；辅助键是用作记录索引的属性，可能并不唯一确定某一个记录。

存取路径的设计分成主存取路径与辅助存取路径的设计。主存取路径与初始记录的装入有关，通常是用主键来检索的。首先利用这种方法设计各个文件，使其能最有效地处理主要的应用。一个物理数据库很可能有几套主存取路径。辅存取路径通过辅助键的索引对存储记录重新进行内部链接，从而改变存取数据的入口点。用辅助索引可以缩短存取时间，但增加了辅存空间和索引维护时间。设计者应根据具体情况做出权衡。

3）数据存放位置的设计

为了提高系统性能，应根据应用情况将数据的易变部分与稳定部分、经常存取部分和存取频率较低部分分开存放。有多个磁盘的计算机，可以采用下面几种存取位置分配方案。

① 将表和索引放在不同的磁盘上，这样在查询时由于两个磁盘驱动器并行工作，可以提高物理 I/O 读写的效率。

② 将比较大的表分别放在两个磁盘上，以加快存取的速度，这在多用户环境下特别有用。

③ 将日志文件、备份文件与数据库对象（表、索引等）放在不同的磁盘上，以改进系统的性能。

④ 对于经常存取或存取要求高的对象（表、索引等）应放在高速存储器上，对于存取频率小或存取时间要求低的对象（如数据库的数据备份和日志备份），如果数据量很大，可以放在低速存储设备上。

4）系统配置设计

DBMS 产品一般都提供一些系统配置变量、存储分配参数，供设计人员和数据库管理员对数据库进行物理优化。系统为这些变量设定了初始值，但是这些值不一定适合每一种应用环境。在物理结构设计阶段，要根据实际情况重新对这些变量赋值，以满足新的要求。

系统配置变量和参数很多，例如，同时使用数据库的用户数、同时打开的数据库对象数、内存分配参数、缓冲区分配参数、存储分配参数、数据库的大小、时间片的大小、锁的数目等，这些参数值会影响存取时间和存储空间的分配，在物理结构设计时要根据应用环境确定这些参数值，以使系统的性能达到最优。

5）评价物理结构

数据库物理结构设计过程中需要对时间效率、空间效率、维护代价和各种用户要求进行权衡，其结果可以产生多种方案，数据库设计人员必须对这些方案进行细致的评价，从中选择一个较优的方案作为数据库的物理结构。

评价物理数据库的方法完全依赖于所选用的 DBMS，主要是从定量估算各种方案中的存储空间、存取时间和维护代价入手，对估算结果进行权衡、比较，选择出一个较优的合理的物理结构。如果该结构不符合用户需求，则需要修改设计。

4.2.3　数据库的实施

在完成数据库的物理结构设计之后，设计人员就要用选定的 RDBMS 提供的数据定义语言将数据库逻辑结构设计和物理结构设计的结果严格描述出来，成为 RDBMS 可以接收的源代码，再经过调试产生目标模式，然后就可以组织数据入库了。这就是数据库的实施阶段。

1. 数据的装入

数据库结构建立好后，就可以向数据库中装载数据了。组织数据入库是数据库实施阶段最主要的工作。对于数据量不是很大的小型系统，可以用人工方法完成数据的入库，下面介绍其详细步骤。

1）筛选数据：需要装入数据库中的数据通常都分散在各个部门的数据文件或原始凭证中，所以首先必须把需要入库的数据筛选出来。

2）转换数据格式：筛选出来的需要入库的数据，其格式往往不符合数据库要求，还需要进行转换。这种转换有时可能很复杂。

3）输入数据：将转换好的数据输入计算机中。

4）校验数据：检查输入的数据是否有误。

对于中、大型系统，由于数据量极大，用人工方式组织数据入库将会耗费大量人力和物力，而且很难保证数据的正确性，因此应该设计一个数据输入子系统，由计算机完成辅助数据入库的工作。数据输入子系统应提供数据输入的界面，并采用多种检验技术检查输入数据的正确性。数据输入子系统根据数据库系统的要求，从录入的数据中抽取有用成分对其进行分类转换，最后将其综合成符合新设计的数据库结构的形式。为了保证数据能够及时入库，应在对数据库进行物理设计的同时就编制数据库输入子系统。

2. 编制与调试应用程序

数据库应用程序的设计应该与数据设计并行进行。在数据库实施阶段，当数据库结构建立好后，就可以开始编制与调试数据库的应用程序，也就是说，编制与调试应用程序是与组织数据入库同步进行的。调试应用程序时由于数据入库尚未完成，因此，可先使用模拟数据进行调试。

3. 数据库的试运行

应用程序编写完成，并有了一小部分数据装入后，应该按照系统支持的各种应用分别试验应用程序在数据库上的操作情况，这就是数据库的试运行阶段，或者称为联机调试阶段。数据库试运行阶段的主要工作包括下列两个方面。

1）实际运行数据库应用程序，执行对数据库的各种操作，测试应用程序的功能是否满足设计要求。如果不满足设计要求，则需要对应用程序部分进行修改、调整，直到达到设计要求为准。

2）测试系统的性能指标，分析其是否符合设计目标。由于对数据库进行物理设计时考虑的性能指标只是近似的估计，和实际系统运行总有一定的差距，因此必须在试运行阶段实际测量和评价系统性能指标。

4.2.4　数据库的运行和维护

数据库试运行结果符合设计目标后，数据库就可以真正投入运行了。数据库投入运行标志着开发任务的基本完成和维护工作的开始，但并不意味着设计过程的终结，由于应用环境在不断变化，数据库运行过程中物理存储也会不断变化，对数据库设计进行评价、调整、修改等维护工作是一个长期的任务，也是设计工作的继续。

在数据库运行阶段，对数据库经常性的维护工作主要由数据库管理员完成的，它包括以下四个方面的工作。

1. 数据库的转储和恢复

数据库的转储和恢复是系统正式运行后最重要的维护工作之一。数据库管理员要针对不同的应用要求制订不同的转储计划，以保证一旦发生故障尽快将数据恢复到某种一致的状态，并尽可能减少对数据库的破坏。

2. 数据库的安全性和完整性控制

数据库管理员对数据库的安全性和完整性控制起到决定性的作用。根据用户的实际需要授予不同的操作权限。另外，由于应用环境的变化，数据库的完整性约束条件也会变化，需要数据库管理员不断修正，以满足用户要求。

3. 数据库性能的监督、分析和改进

目前许多 DBMS 产品都提供了监测系统性能参数的工具，数据库管理员可以利用这些工具方便地得到系统运行过程中一系列性能参数的值。数据库管理员应该仔细分析这些数据，通过调整某些参数来进一步改进数据库性能。

4. 数据库的重组织和重构造

数据库运行一段时间后，记录的不断增、删、改会使数据库的物理存储变坏，从而降低数据库存储空间的利用率和数据的存取效率，使数据库的性能下降。这时数据库管理员就要对数据库进行重组织，或部分重组织（只对频繁增、删的表进行重组织）。数据库的重组织不会改变原设计的数据逻辑结构和物理结构，只是按原设计要求重新安排存储位置，回收"垃圾"，减少指针链，提高系统的性能。

数据库的重组织不会改变原设计的数据逻辑结构和物理结构，而数据库的重构则不同，它要部分修改数据库的模式和内模式。重构数据库的程度是有限的。若应用变化太大，已无法通过重构数据库来满足新的需求，或重构数据库的代价太大，则表明现有的数据库应用系统的生命已经结束，应该重新设计新的数据库系统。

4.3　数据库应用系统设计案例

4.3.1　班级信息管理系统功能介绍

现在以班级信息管理为例，进行数据库设计案例介绍。该系统的总体功能模块图如图

4—10 所示。

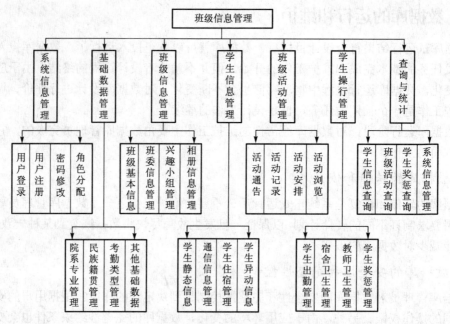

图 4—10　系统的总体功能模块图

下面各个模块功能。

1）系统信息管理：该模块用以实现对用户信息的管理，主要包括以下几项。

① 用户登录：用以实现用户的登录。

② 用户注册：实现新用户注册。

③ 密码修改：修改已登录用户的密码。

④ 角色分配：根据系统权限管理的需要，实现用户角色管理（选作）。

2）基础数据管理：该模块用以实现系统中，基础数据的维护，包括以下几项。

① 院系专业管理：进行学院、系部、专业的基本信息管理。为班级信息管理提供依据。

② 民族籍贯管理：用以录入学生的民族情况，为学生的基本信息维护时，提供民族信息的可选项。

③ 考勤类别管理：用以输入考勤的基本类型，如迟到、早退、病假、事假、旷课等。

④ 其他基础数据：系统应用中的其他基础数据。主要包括：班委组织基本信息，奖惩基本信息等。

3）班级信息管理：用以管理班级的基本信息，包括以下几项。

① 班级基本信息：用以实现对班级的基本信息的管理。

② 班委信息管理：实现对班委信息的管理。

③ 兴趣小组管理：实现班级兴趣活动小组的信息管理。

④ 相册信息管理：管理班级的相册（选作）。

4）学生信息管理：用于对学生的基本信息进行管理，包括静态信息和动态信息，主要有以下几项。

① 学生静态信息：主要用以实现学生固定不变的信息的管理。

② 通信信息管理：学生的通信方式以及相关的信息会经常发生变化，对变化的信息进行统一管理。

③ 学生住宿管理：对学生的住宿信息进行管理。

④ 学生异动管理：对于学生转入、转出、留级等信息的管理。

5）班级活动管理：主要用以实现班级各类活动的计划、安排、通告以及记录等信息的管理，包括以下几项。

① 活动安排：进行班级活动的安排。

② 活动通告：班级活动的通告。

③ 活动记录：班级活动的活动记录。

④ 活动浏览：对开展的班级活动进行查询。

6）学生操行管理用以管理学生的卫生及奖惩情况，包括以下几项。

① 学生出勤管理：对学生上课出勤情况进行管理。

② 宿舍卫生管理：对学生寝室卫生进行统一管理。

③ 教室卫生管理：对教室的卫生情况进行管理。

④ 学生奖惩管理：对班级在校学生的奖惩进行管理。

7）查询与统计：用以实现学生的相关信息的统计或查询，在这里主要是基本的查询，其主要包括以下几项。

① 学生信息查询：对学生基本信息的查询。

② 班级活动查询：对班级活动信息的查询。

③ 学生奖惩查询：对班级学生奖惩信息的查询。

④ 系统信息查询：对使用本系统的用户信息进行查询。

4.3.2　班级信息管理系统数据库模型介绍

1. 系统信息管理

按角色实现用户信息管理，其主要的数据库模型如图 4-11 所示。

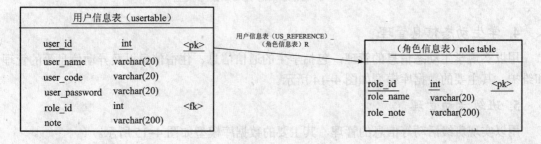

图 4-11　系统信息管理数据库模型

2. 院系、专业、班级信息管理

用以实现学院、专业、班级等基本信息的管理和维护，主要的数据库模型如图 4-12 所示。

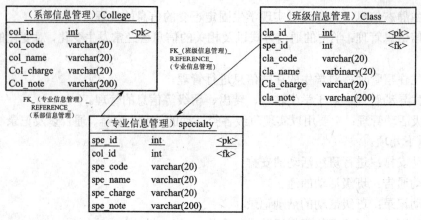

图 4–12　院系、专业、班级信息管理数据库模型

3. 学生静态信息管理

用以实现学生静态信息的管理和维护，主要的数据库模型如图 4–13 所示。

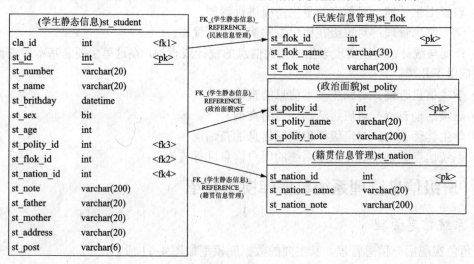

图 4–13　学生静态信息管理数据库模型

4. 学生动态信息管理

用以实现学生动态信息的管理，包括学生的通信信息、住宿信息以及异动信息等的管理和维护，其主要的数据库模型如图 4–14 所示。

5. 班级活动管理

用以实现班级活动等信息的管理，其主要的数据库模型如图 4–15 所示。

6. 学生出勤管理

用以实现学生上课出勤等信息的管理，其主要的数据库模型如图 4–16 所示。

7. 班级信息管理

用以实现班级中其他相关信息的管理和维护，主要的数据库模型如图 4–17 所示。

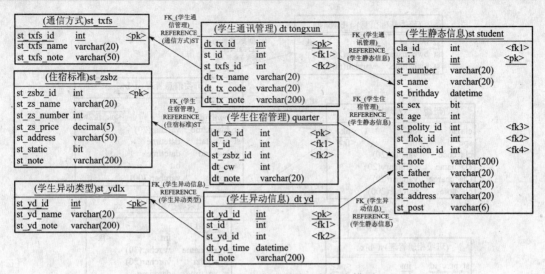

图4-14 学生动态信息管理数据库模型

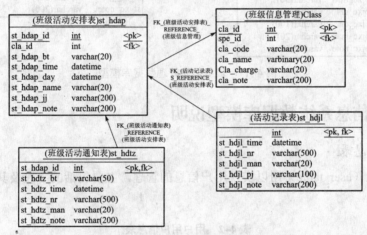

图4-15 班级活动管理数据库模型

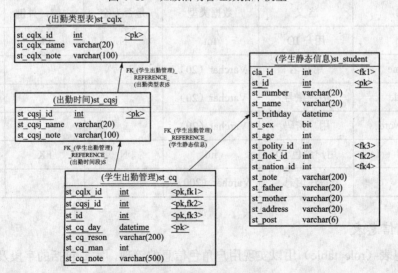

图4-16 学生出勤管理数据库模型

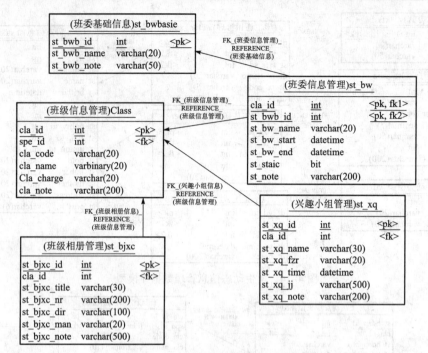

图 4-17　班级信息管理数据库模型

4.3.3　班级信息系统数据库模型说明

1. 用户信息表

用户信息表（user_table）用以实现用户信息的管理，主要包括的字段及其含义如表 4-2 所示。

表 4-2　用户用户信息表

字段名	含义	数据类型	是否为空	主键，外键	备注
user_id	用户 ID	Int	N	PK	
user_name	用户名	Varchar（20）			
user_code	用户账号	Varchar（20）			
user_password	用户密码	Varchar（20）			
role_id	用户角色 ID	int	N	FK	
note	备注信息	Varchar（200）			

2. 角色信息表

角色信息表（role_table）用以实现用户角色信息的管理，主要包括的字段及其含义如表 4-3 所示。

表 4–3　角色信息表

字段名	含义	数据类型	是否为空	主键，外键	备注
role_id	角色 ID	int	N	PK	
role_name	角色名	Varchar（20）			
role_note	备注	Varchar（200）			

3. 系部信息表

系部信息表（college）用以实现学院系部信息的管理，主要包括的字段及其含义如表 4–4 所示。

表 4–4　系部信息表

字段名	含义	数据类型	是否为空	主键，外键	备注
col_id	系部 ID	int	N	PK	
col_name	系部名称	varchar（20）			
col_code	系部编号	varchar（20）			
col_charge	系部负责人	varchar（20）			
col_note	备注	varchar（200）			

4. 专业信息表

专业信息表（specialty）用以实现系部下各个专业信息的管理，主要包括的字段及其含义如表 4–5 所示。

表 4–5　专业信息表

字段名	含义	数据类型	是否为空	主键，外键	备注
spe_id	专业 ID	int	N	PK	
col_id	系部 ID	int	N	FK	系部信息表
spe_code	专业编码	varchar（20）			
spe_name	专业名称	varchar（20）			
spe_charge	专业负责人	varchar（20）			
spe_note	备注	varchar（200）			

5. 班级信息表

班级信息表（class）用以实现各个专业下、各个班级信息的管理，主要包括的字段及其含义如表 4–6 所示。

表 4-6　班级信息表

字段名	含义	数据类型	是否为空	主键,外键	备注
cla_id	班级 ID	int	N	PK	
spe_id	专业 ID	int	N	FK	专业信息表
cla_name	班级名称	varchar（20）			
cla_code	班级编号	varchar（20）			
cla_charge	班级负责人	varchar（20）			
cla_note	备注	varchar（200）			

6. 民族信息管理

民族信息管理（st_flok）用以实现民族基本信息的管理,主要包括的字段及其含义如表 4-7 所示。

表 4-7　民族信息管理

字段名	含义	数据类型	是否为空	主键,外键	备注
st_flok_id	民族 ID	int	N	PK	
st_flok_name	民族名称	varchar（20）			
st_flok_note	民族备注	varchar（200）			

7. 政治面貌信息表

政治面貌信息表（st_polity）用以实现政治面貌基本信息的管理,主要包括的字段及其含义如表 4-8 所示。

表 4-8　政治面貌信息表

字段名	含义	数据类型	是否为空	主键,外键	备注
st_polity_id	政治面貌 ID	int	N	PK	
st_polity_name	政治面貌名称	varchar（20）			
st_polity_note	政治面貌描述	varchar（200）			

8. 籍贯信息表

籍贯信息表（st_nation）用以实现学生籍贯基础信息的管理,主要包括的字段及其含义如表 4-9 所示。

表 4-9　籍贯信息表

字段名	含义	数据类型	是否为空	主键,外键	备注
st_nation_id	籍贯 ID	int	N	PK	
st_nation_name	籍贯名称	varchar（20）			
st_nation_note	籍贯描述	varchar（200）			

9. 学生静态信息表

学生静态信息表（st_student）用以实现学生静态基本信息的管理，主要包括的字段及其含义如表 4–10 所示。

表 4–10　学生静态信息表

字段名	含义	数据类型	是否为空	主键，外键	备注
cla_id	班级 ID	int	N	FK	班级信息表
st_id	学生 ID	int	N	PK	
st_number	学号	varchar（20）			
st_name	姓名	varchar（20）			
st_brithday	生日	datatime			
st_sex	性别	bit			
st_age	年龄	int			
st_polity_id	政治面貌	int		FK	
st_flok_id	民族	int		FK	
st_nation_id	籍贯	int		FK	
st_note	备注	varchar（200）			
st_father	父亲姓名	varchar（20）			
st_mother	母亲姓名	varchar（20）			
st_address	通信地址	varchar（100）			
st_post	邮政编码	varchar（6）			

10. 通信方式

通信方式（st_txfs）用以实现学生通信方式基础信息的管理，主要包括的字段及其含义如表 4–11 所示。

表 4–11　通信方式

字段名	含义	数据类型	是否为空	主键，外键	备注
st_txfs_id	通信方式 ID	int	N	PK	
st_txfs_name	通信方式名称	varchar（20）			
st_txfs_note	通信方式备注	varchar（200）			

11. 住宿标准信息表

住宿标准信息表（st_zsbz）用以实现住宿标准基本信息的管理，主要包括的字段及其含义如表 4–12 所示。

表 4–12　住宿标准信息表

字段名	含义	数据类型	是否为空	主键，外键	备注
st_zsbz_id	住宿标准 ID	int	N	PK	
st_zs_name	住宿标准名称	varchar（20）			
st_zs_number	住宿人数	int			
st_zs_price	住宿单价	decimal			
st_static	状态	bit			
st_note	备注	varchar（200）			

12. 异动类型信息表

异动类型信息表（st_ydlx）用以实现学生异动基本信息的管理，主要包括的字段及其含义如表 4–13 所示。

表 4–13　异动类型信息表

字段名	含义	数据类型	是否为空	主键，外键	备注
st_ydlx_id	异动类型 ID	int	N	PK	
st_ydlx_name	异动类型名称	varchar（20）			
st_ydlx_note	异动类型描述	varchar（200）			

13. 学生通信管理

学生通信管理（st_tongxun）用以实现学生通信基本信息的管理，主要包括的字段及其含义如表 4–14 所示。

表 4–14　学生通信管理

字段名	含义	数据类型	是否为空	主键，外键	备注
dt_tx_id	动态通信 ID	int	N	PK	
st_id	学生 ID	int	N	FK	学生静态信息表
st_txfs_id	通信方式 ID	int	N	FK	
dt_tx_name	联系人姓名	varchar（20）			
dt_tx_code	通信号码	varchar（20）			
dt_tx_note	备注	varchar（200）			

14. 学生住宿信息表

学生住宿信息表（quarter）用以实现学生具体住宿基础信息的管理，主要包括的字段及其含义如表 4–15 所示。

表 4-15 学生住宿信息表

字段名	含义	数据类型	是否为空	主键，外键	备注
ds_zs_id	学生住宿 ID	int	N	PK	
st_id	学生 ID	int	N	FK	学生静态信息
st_zsbz_id	住宿标准 ID	int	N	FK	住宿标准表
dt_cw	住宿床位	int			
dt_note	备注	varchar（20）			

15. 学生异动信息表

学生异动信息表（st_ydlx）用以实现学生异动基础信息的管理，主要包括的字段及其含义如表 4-16 所示。

表 4-16 学生异动信息表

字段名	含义	数据类型	是否为空	主键，外键	备注
dt_yd_id	学生异动 ID	int	N	PK	
st_id	学生 ID	int	N	FK	学生信息表
st_yd_id	异动类型 ID	int	N	FK	异动类型表
dt_yd_time	异动时间	datatime			
dt_note	备注	varchar（200）			

16. 班级活动安排

班级活动安排（st_hdap）用以实现班级活动安排基础信息的管理，主要包括的字段及其含义如表 4-17 所示。

表 4-17 班级活动安排

字段名	含义	数据类型	是否为空	主键，外键	备注
st_hdap_id	活动安排 ID	int	N	PK	
cla_id	班级 ID	int	N	FK	班级信息表
st_hdap_bt	活动标题	varchar（20）			
st_hdap_time	活动安排时间	datatime			
st_hdap_day	活动执行时间	datatime			
st_hdap_name	活动主持人	varchar（20）			
st_hdap_jj	活动内容简介	varchar（200）			
st_hdap_note	活动备注	varchar（200）			

17. 班级活动通知信息表

班级活动通知信息表（st_hdtz）用以实现班级活动通知基础信息的管理，主要包括的字段及其含义如表 4–18 所示。

表 4–18　班级活动通知信息表

字段名	含义	数据类型	是否为空	主键，外键	备注
st_hdap_id	活动安排 ID	int	N	PK	
st_hdtz_bt	活动通知标题	varchar（20）			
st_hdtz_time	发出通知时间	datatime			
st_hdtz_nr	活动内容	varchar（500）			
st_hdtz_man	起草通知人	varchar（20）			
st_hdtz_note	备注	varchar（200）			

18. 活动记录信息表

活动记录信息表（st_hdjl）用以实现班级活动内容记录基础信息的管理，主要包括的字段及其含义如表 4–19 所示。

表 4–19　活动记录信息表

字段名	含义	数据类型	是否为空	主键，外键	备注
st_hdap_id	活动安排 ID	int	N	PK	
st_hdjl_pj	活动评价	varchar（100）			
st_hdjl_time	活动执行时间	datatime			
st_hdjl_nr	活动内容	varchar（500）			
st_hdjl_man	活动记录人	varchar（20）			
st_hdjl_note	备注	varchar（200）			

19. 出勤类型表

出勤类型表（st_cqlx）用以实现出勤类型基础信息的管理，主要包括的字段及其含义如表 4–20 所示。

表 4–20　出勤类型表

字段名	含义	数据类型	是否为空	主键，外键	备注
st_cqlx_id	出勤类型 ID	int	N	PK	
st_cqlx_name	出勤类型名称	varchar（20）			
st_cqlx_note	出勤类型备注	varchar（50）			

20. 出勤时间段信息表

出勤时间段信息表（st_cqsj）用以实现学校学生上课出勤时间信息的设定，主要包括的字段及其含义如表 4–21 所示。

表 4–21　出勤时间段信息表

字段名	含义	数据类型	是否为空	主键，外键	备注
st_cqsj_id	出勤时间 ID	int	N	PK	
st_cqsj_name	出勤时间段名称	varchar（20）			
st_cqsj_note	备注	datatime			

21. 学生出勤信息表

学生出勤信息表（st_cq）用以记录每个学生出勤的具体信息，主要包括的字段及其含义如表 4–22 所示。

表 4–22　学生出勤信息表

字段名	含义	数据类型	是否为空	主键，外键	备注
st_cqlx_id	出勤类型 ID	int	N	PK，FK	
st_cqsd_id	出勤时段 ID	int	N	PK，FK	
st_id	学生 ID	int	N	PK，FK	
st_cq_day	出勤日期	datatime	N	PK	
st_cq_reson	出勤原因	varchar（500）			
st_cq_man	考勤人	varchar（20）			
st_cq_note	备注	varchar（200）			

22. 班委基础信息表

班委基础信息表（st_bwbasie）用以实现班委基础信息的管理，主要包括的字段及其含义如表 4–23 所示。

表 4–23　班委基础信息表

字段名	含义	数据类型	是否为空	主键，外键	备注
st_bwb_id	班委类型 ID	int	N	PK	
st_bwb_name	班委类型名称	varchar（20）			
st_bwb_note	班委类型备注	varchar（50）			

23. 班委信息管理表

班委信息管理表（st_bw）用以实现各个班级班委成员信息的管理，主要包括的字段及其含义如表 4–24 所示。

表 4–24 班委信息管理表

字段名	含义	数据类型	是否为空	主键，外键	备注
cla_id	班级 ID	int	N	PK	
st_bwb_id	班委类型 ID	int	N	FK	
st_bw_name	担任人姓名	varchar（20）			
st_bw_start	开始时间	datatime			
st_bw_end	结束时间	datatime			
st_bw_staic	状态	bit			
st_bw_note	备注	varchar（200）			

24. 兴趣小组信息表

兴趣小组信息表（st_cq）用以实现各个班级兴趣活动小组信息的管理，主要包括的字段及其含义如表 4–25 所示。

表 4–25 兴趣小组信息表

字段名	含义	数据类型	是否为空	主键，外键	备注
st_xq_id	兴趣小组 ID	int	N	PK	
cla_id	班级 ID	int	N	FK	
st_xq_name	兴趣小组名称	varchar（50）			
st_xq_fzr	小组负责人	varchar（50）			
st_xq_time	成立时间	datatime			
st_xq_jj	小组简介	varchar（500）			
st_xq_note	备注	varchar（200）			

25. 班级相册信息表

班级相册信息表（st_bjxc）用以实现班级相册信息的管理，主要包括的字段及其含义如表 4–26 所示。

表 4–26 班级相册信息表

字段名	含义	数据类型	是否为空	主键，外键	备注
st_bjxc_id	班级相册 ID	int	N	PK	
cla_id	班级 ID	int	N	FK	
st_bjxc_title	相册标题	varchar（30）			
st_bjxc_nr	内容简介	varchar（200）			
st_bjxc_dir	存放地点	varchar（100）			
st_bjxc_man	上传人姓名	varchar（20）			
st_bjxc_note	备注	varchar（500）			

本 章 小 结

　　设计一个数据库应用系统需要经历需求分析、概念结构设计、逻辑结构设计、物理结构设计、数据库实施、数据库运行维护六个阶段。设计过程中往往还会有许多反复。

　　数据库的各级模式正是在这样一个设计过程中逐步形成的。需求分析阶段综合各个用户的应用需求，在概念设计阶段形成独立于机器特点、独立于各个 DBMS 产品的概念模式，用 E-R 图来描述。在逻辑设计阶段将 E-R 图转换成具体的数据库产品支持的数据模型如关系模型，形成数据库逻辑模式。然后根据用户处理的要求和安全性的考虑，在基本表的基础上再建立必要的视图形成数据的子模式。在物理设计阶段根据 DBMS 特点和处理的需要，进行物理存储安排、设计索引，从而形成数据库内模式。

　　在数据库应用中，设计、开发一个数据库的主要工作步骤是：针对具体应用需求，确定数据库应用的任务和任务目标，进行事务需求分析，定义数据库应用的范围和边界，初步设计数据库逻辑结构，检查模型及创建逻辑表，定义完整性约束，设计物理数据库以及系统开发等。

习 题 4

一、填空题

1. 数据库需求分析时，数据字典的含义是（　　　）。

A. 数据库中所涉及的属性和文件的名称集合

B. 数据库中所涉及的字母、字符及汉字的集合

C. 数据库中所有数据的集合

D. 数据库中所涉及的数据流、数据项和文件等描述的集合

2. 数据流图是数据库（　　　）阶段完成的。

A. 逻辑设计　　　　B. 物理设计　　　　C. 需求分析　　　　D. 概念设计

3. 下列模型中用于数据库设计阶段的是（　　　）。

A. E-R 模型　　　　B. 层次模型　　　　C. 关系模型　　　　D. 网状模型

4. 下列不属于需求分析阶段工作的是（　　　）。

A. 分析用户活动　　B. 建立 E-R 图　　C. 建立数据字典　　D. 建立数据流图

5. 数据库的概念模型独立于（　　　）。

A. 具体机器和 DBMS　　　　　　　　B. E-R 模型

C. 信息世界　　　　　　　　　　　　D. 现实世界

6. E-R 模型是数据库设计的工具之一，它适用于建立数据库的（　　　）。

A. 概念模型　　　　B. 结构模型　　　　C. 物理模型　　　　D. 逻辑模型

7. 数据库设计过程中，创建索引属于（　　　）的任务。

A. 概念设计　　　　B. 逻辑设计　　　　C. 物理设计　　　　D. 需求分析

8. 数据库逻辑设计的主要任务是（　　　）。

A. 建立 E-R 图和说明书　　　　　　　B. 创建数据库模式

C. 建立数据流图 D. 把数据装入数据库

9. 当数据库应用环境发生变化，原有的数据库设计不能很好地满足新的需求时，就需要对数据库进行（　　　）。

A. 重组 B. 重构 C. 重设 D. 以上都不是

10. 在关系数据库设计中，设计关系模式的任务是在（　　　）。

A. 需求分析阶段 B. 概念设计阶段
C. 逻辑设计阶段 D. 物理设计阶段

11. 关系的规范化应在数据库设计的（　　　）阶段进行。

A. 概念数据设计 B. 逻辑数据设计 C. 物理数据设计 D. 需求分析

12. 数据库物理结构设计与具体的 DBMS（　　　）。

A. 无关 B. 密切相关 C. 部分相关 D. 不确定

13. 下列属于数据库物理设计工作的是（　　　）。

A. 将 E-R 图转换为关系模型 B. 选择存取路径
C. 建立数据流图 D. 收集和分析用户活动

14. 下面不属于数据库物理设计考虑的问题是（　　　）。

A. 存取方法的选择 B. 索引设计
C. 安全性、完整性问题 D. 用户子模式设计

15. 数据库物理设计完成后，进入数据库实施阶段，下列各项中不属于实施阶段工作的是（　　　）。

A. 建立库结构 B. 扩充功能 C. 加载数据 D. 系统调试

16. 下列关于数据库运行和维护的叙述中，正确的是（　　　）。

A. 只要数据库正式投入运行，就标志着数据库设计工作的结束
B. 数据库的维护工作就是维持数据库系统的正常运行
C. 数据库的维护工作就是发现错误，修改错误
D. 数据库正式投入运行标志着数据库运行和维护工作的开始

17. 现实世界中事物的特性在信息世界中称为（　　　）。

A. 实体 B. 实体标识符 C. 属性 D. 关键码

18. 数据库系统的概念模型独立于（　　　）。

A. 具体的机器和 DBMS B. 信息世界
C. E-R 图 D. 现实世界

二、填空题

1. 数据流图的基本成分包括_____、_____、_____和_____。

2. 在数据库设计中，把数据需求写成文档，它是各类数据描述的集合，包括数据项、数据结构、数据流、数据存储和数据加工过程等的描述，这通常称为_____。

3. E-R 数据模型一般在数据库设计的_____阶段使用。

4. 数据模型是用来描述数据库的结构和语义的，数据模型有概念数据模型和结构数据模型两类，E-R 模型是_____。

5. 为表中的属性建立索引是数据库设计中_____阶段的任务。

三、简答题

1. 规范化理论对数据库设计有什么指导意义？

2. 数据库系统生命周期分为哪几个阶段？每个阶段的主要任务是什么？

3. 数据字典的作用和内容是什么？

4. 简述数据库概念结构设计的重要性和设计步骤。

5. 某医院病房计算机管理中需要如下信息：

科室——科名，科地址，科电话，医生姓名；

病房——病房号，床位号，所属科室名；

医生——姓名，职称，所属科室名，年龄，工作证号；

病人——病历号，姓名，性别，诊断，主管医生，病房号。

其中，一个科室有多个病房、多个医生，一个病房只能属于一个科室，一个医生只属于一个科室，但可负责多个病人的诊治，一个病人的主管医生只有一个。完成如下设计：

① 设计该计算机管理系统的 E-R 图；

② 将该 E-R 图转换为关系模式，并标明主码。

6. 一个图书借阅管理数据库要求提供下述服务。

① 可查询书库中书籍的品种、数量与存放位置。所有各类书籍均可由书号唯一标识。

② 可查询书籍借还情况。包括借书人单位、姓名、借书证号、借书日期和还书日期。

约定：任何人可借多种书，任何一种书可为多个人所借，借书证号具有唯一性。

③ 当需要时，可通过数据库中保存的出版社的一部电话、邮编及地址等信息，向有关出版社增购书籍。约定，一个出版社可出版多种书籍，同一本书仅为一个出版社出版，出版社名具有唯一性。

根据以上情况和约定，试作如下设计：

① 构造满足需求的 E-R 图；

② 转换为等价的关系模式，并标明主码。

实　训

实训 1　班级信息管理系统需求分析

【实验名称】班级信息管理系统需求分析

【实验目的】

（1）掌握数据库设计的基本概念。

（2）了解数据库设计的基本步骤。

（3）掌握数据库需求分析的基本概念和分析设计工具。

（4）进行班级信息管理系统需求分析。

【实验环境】PC 机、SQL Server 2005

【预备知识】熟悉 Windows 的基本操作、企业管理器、查询分析器；熟练掌握 SQL 语句。

【实训内容】

根据班级信息管理系统的总体功能模块介绍，数据库模型以及模型中表字段说明，完成以下内容。

（1）结合需求分析的基本方法，以及需求分析说明书的相关文档模板，制订班级管理系统需求分析计划。

（2）分别对各个子模块进行需求描述，找出各子模块的数据项以及对应的数据结构。

（3）根据各个子模块业务功能的划分，分析设计各子模块的数据流图以及数据的存储和处理。

（4）编写各个子模块的数据字典，完善需求分析说明书。

实训 2　班级信息管理系统数据库设计与应用

【实训名称】班级信息管理系统数据库设计与应用

【实训目的】

（1）了解数据库模型的基本概念和分类。

（2）掌握数据库模型设计的三个阶段。

（3）对班级信息管理系统进行数据库设计。

【实验环境】PC 机、SQL Server 2005

【预备知识】熟悉 Windows 的基本操作、企业管理器、查询分析器；熟练掌握 SQL 语句。

【实训内容】

根据需求分析说明书的内容，进行数据库的建模和设计，完成以下内容。

（1）对系统进行数据抽象和局部视图设计，而后进行视图集成，形成本系统的概念结构设计内容。

（2）针对本系统所设计好的概念结构模型，进行实体属性分析、实体关系分析，完成逻辑结构模型的设计。

（3）根据 SQL Server 数据的特点，考虑数据库的完整性、安全性等因素，进行该系统的物理结构设计实现。

（4）针对需求分析中的查询统计管理功能，完成对应的功能的视图或存储过程。

第 5 章　数据库保护技术

5.1　SQL Server 的安全性

数据库中存储的数据需要受到保护,以防止未授权的访问、恶意破坏或修改以及意外引入的不一致性。影响数据库安全的因素很多,包括软、硬件故障,非法对数据库存取,操作人员的误操作,自然灾害,人为的破坏与盗窃以及计算机病毒等。

5.1.1　安全性

1. 安全性概述

实践中,以下几个层次在数据的保护上都应采取相应的措施。

物理层:数据库所在的计算机系统的机房在物理上得到保护,以防止外界事物强行闯入或暗中潜入。

人际层:尽可能减少数据库的管理及使用人员接受贿赂而给入侵者提供访问的机会。

操作系统层:数据库系统所在的操作系统的安全性弱点有可能为入侵者进行未授权访问提供方便。

网络层:大多数数据库系统都允许通过网络进行远程访问,例如,SQL Server 从一开始就被设计成客户机/服务器的访问模式,因此网络层的安全性是相当重要的。

数据库系统层:数据库系统本身需要提供一种安全机制来保证合法的用户使用合法的权限来访问和修改数据。有时候,这种机制会和操作系统层的安全机制结合起来提供对数据的安全性控制,如 SQL Server 数据库系统。在一般计算机系统中,数据库系统安全措施是层层设置的,图 5-1 所示是常见的数据库系统安全模型。

图 5-1　数据库系统层的安全模型

本节所讨论的安全性就是指数据库系统层的安全性。上述的物理层和人际层的安全性问题属于社会道德法规范畴,而操作系统层安全性属于操作系统课程的内容,网络层的安全属于计算机网络课程的内容。

2. 用户标识与鉴别

用户标识与鉴别是系统提供的最外层安全保护措施。每次用户要求进入系统时都要输入用户标识,系统进行核对后,才对合法用户提供机器使用权。

用户标识的方法很多,下面介绍常用的几种。

（1）确认用户名

用一个用户名或用户标识表明用户身份，系统内部记录着所有合法用户的标识。系统对输入的用户名（用户标识）与合法用户对照，鉴别此用户是否为合法用户。若是，则可以进入下一步的核实；若不是，则不能使用计算机系统。

（2）口令

为了进一步核实用户，系统常常要求用户输入口令，只有口令正确后才能进入系统。为保密起见，口令由合法用户自己定义并可随时变更。为防止口令被人窃取，用户在终端上输入口令时，不把口令的内容显示在屏幕上，而是用字符"*"或"●"替代其内容。

（3）约定计算过程

用户通过用户名和口令鉴别用户的方法简单易行，但用户名和口令容易被人窃取。因此提出了约定计算过程的方法，由被鉴别的用户与计算机对话，问题答对了就证实了用户的身份。例如：让用户记着一个表达式，如 X^2+Y^2，系统每次提供不同的 X 和 Y 值，让用户回答。如果用户回答正确，那就证实了该用户的身份。当然，这是一个简单的例子，在实际使用中还可设计较复杂的表达式，以使安全性更好。这种方法的优点就是不怕被别人偷看，系统每次提供不同的随机数，其他用户看了也没用。

（4）利用用户具有的物品

钥匙就是属于这种性质的鉴别物，在计算机系统中常用磁卡作为身份凭证。系统必须配有阅读磁卡的装置，用这种方式的缺点就是存在磁卡丢失或被盗的危险。

（5）利用用户的个人特征

指纹、声音等都是用户的个人特征。利用用户个人特征来鉴别用户非常可靠。

3. 存取控制

存取控制是数据库安全的一个重要保证，它确保具有数据库使用权的用户访问数据库，同时令未授权的人员无法接近数据。

（1）存取控制机制的构成

存取控制机制主要包括以下两部分：

① 定义用户权限，且将用户权限登记到数据字典中；

② 合法用户检查。

每当用户发出存取数据库的操作请求后，DBMS 首先查找数据字典，进行合法权限检查。如果用户的操作请求没有超出其数据操作权限，则准予执行其数据操作；否则，系统将拒绝执行此操作。

（2）存取的类别

当前的 DBMS 一般都支持自主存取控制，同时有些大型的 DBMS 还支持强制存取控制。

1）自主存取控制方法

大型数据库系统几乎都支持自主存取控制（Discretionary Access Control，DAC）方法，所谓"自主"，是指数据库对象的所有者对数据的存取权限是"自主"的，即数据库对象所有者拥有对数据库的所有存取权限，而且该所有者可以将其所拥有的存取权限自由地决定转给其他用户，而系统对此无法进行约束，这样就会导致数据的"无意泄露"。例如，甲用户将自己所管理的一部分数据的查看权限授予合法的乙用户，其本意是只允许乙用户本人查看这些数据，但是乙一旦能够查看这些数据，他会将这些数据在不征得甲同意的情况下进行复制并传播。

SQL 标准通过 GRANT、REVOKE 以及 DENY 这些与权限有关的语句实现自主存取控制。下面以一个简单例子对自主存取控制予以说明。

【例 5–1】设 user01、user02 是 SQL Server 2005 系统下 class_MIS 数据库的"标准"用户，其中 user01 是该数据库的所有者，user02 对该数据库没有任何权限。此时，user01 将对"st_student"表的"select"权限授予 user02，其语法格式为：

Grant select on st_student to user02

则 use02 可以对表 st_student 执行查询 select 了。

由于 user01 是该数据库的所有者，他可以任意地将 class_MIS 数据库数据的访问、修改等权限 GRANT 给任何的合法用户，如 user03、user04 等，则这些用户在得到授权后，进行数据复制、修改及传播，数据安全性将受到极大威胁。

DAC 机制能够通过授权机制有效地控制其他用户对敏感数据的存取，但是由于这种"自主"的机制，使得数据安全仍然存在问题。

2）强制存取控制

强制存取控制（Mandatory Access Control，MAC）方法是为保证更高程度的安全性所采取的强制检查手段，它不是用户能直接感知或进行控制的，适用于对数据有严格而固定层级分类的部门，如军事部门、政府部门等。

在 MAC 机制中，DBMS 所管理的全部实体被分为主体和客体。主体是系统中的活动实体，包括 DBMS 所管理的实际用户，也包括用户的各进程；客体是系统中的被动实体，是受主体操纵的，包括文件、基表、索引、视图等。DBMS 为主体和客体的每个实例指派一个敏感度标记（lable）。主体的敏感度标记被称为许可证级别（clearance level），客体的敏感度标记被称为密级（classification level）。敏感度标记分为若干个级别，如绝密（top secret）、机密（secret）、可信（confidential）、公开（public）等。MAC 机制就是通过对比主体的 label 和客体的 label，最终确定主体是否能够存取客体。

MAC 机制的规则为，当某一用户（或某一主体）以标记 label 登录数据库系统时，系统要求他对任何客体的存取必须遵循下面两条规则：

首先是仅当主体的许可证级别大于或等于客体密级时，该主体才能读取相应的客体；

其次是仅当主体的许可证级别小于或等于客体密级时，该主体才能写相应的客体。

这两种规则的共同点在于它们均禁止了拥有高级许可证级别的主体更新低密级的数据对象，从而防止了敏感数据的泄漏。强制存取控制（MAC）是对数据本身进行密级标记，只有符合密级标记要求的用户才可以操纵数据，从而确保了更高级别的安全性。

由于较高安全性级别提供的安全保护包含较低级别的所有保护，因此在实现 MAC 时要首先实现 DAC，即 DAC 与 MAC 共同构成数据库系统的安全机制。数据库系统首先进行 DAC 检查，通过 DAC 检查允许存取的数据对象，再由系统自动进行 MAC 检查，只有通过 MAC 检查的数据对象方可进行存取访问。

4. 使用视图作为安全机制

视图机制也是提供数据库安全性的一个措施。由于安全性的考虑，有时并不希望所有用户都看到整个逻辑模型，就可以建立视图将部分数据提取出来给相应的用户。用户可以访问部分数据，进行查询和修改，但是表或数据库的其余部分是不可见的，也不能进行访问。

这样，通过视图机制把要保密的数据对无权存取的用户隐藏起来，以实现对数据一定程度的安全保护。

【例 5-2】在 class_MIS 数据库中，假设有一个需要知道该数据库下表 st_student 中姓名为"张三"的用户。该用户不能看到除"张三"以外的任何与班级相关的信息。因此，该用户对班级关系的直接访问必须被禁止，但是，需要提供他能够访问到"张三"的途径，于是可以建立视图 p_view，这一视图仅由姓名构成，其定义如下：

```
Create view p_view as select st_name from st_student Where st_name='张三'
```

然后将对该视图的访问权限授予该用户，而不能将对该班级的访问权限授予该用户，因此，建立视图保证了对数据库的安全性。

通过视图机制可以将访问限制在基表中行的子集内、列的子集内，也可以将访问限制在符合多个基表连接的行内，以及将访问限制在基表中数据统计汇总内。此外，视图机制还可以将访问限制在另一个视图的子集内或视图和基表组合的子集内。视图隐藏数据的能力使得用户只关注那些需要的数据，从而也简化了系统的操作。

5. 数据加密

对于高度敏感的数据，例如财务数据、军事数据、国家机密，除了以上的安全措施外，还可以采用数据加密技术。

数据加密是防止数据库中的数据在存储和传输中失密的有效手段。加密的基本思想是根据一定的算法将原始数据（明文）变换为不可直接识别的格式（密文），从而使得不知道解密算法的人无法获得数据的内容。

6. 审计

上面介绍的保密措施都不是绝对可靠的，蓄意窃密者总是想方设法打破控制。审计功能是一种监视措施，是把用户对数据库的所有操作自动记录下来放入审计日志中，这样，一旦发生数据被非法存取，DBA 可以利用审计跟踪的信息，重现导致数据库现有状况的一系列事件，找出非法存取数据的人、时间和内容等。

审计日志包括以下内容：

① 操作类型（如修改、查询等）；

② 操作终端标识和操作者标识；

③ 操作日期和时间；

④ 所涉及的数据（如表、视图、记录、属性等）；

⑤ 操作前的数据和操作后的数据。

由于审计通常是很费时间和空间的，因此 DBMS 往往都将其作为可选功能，允许 DBA 根据应用对安全性的要求，灵活打开或关闭审计功能。

7. 用户定义的安全性措施

除了利用数据库管理系统提供的安全性功能外，还可以使用触发器定义一些用户级的安全性措施。例如，最典型的用户定义的安全性措施是：可以规定用户只能在指定的时间内对表进行更新操作。

5.1.2　SQL Server 的安全性

1．SQL Server 的安全体系结构和安全认证模式

SQL Server 的安全机制较健全，它为数据库和应用程序设置了四层安全防线。SQL Server 为 SQL 服务器提供了两种安全认证方式。

（1）SQL Server 的安全体系结构

就目前而言，绝大多数 DBMS 应用程序，SQL Server 也不例外，SQL Server 的安全级都可以划分为 4 个等级，如图 5–2 所示。

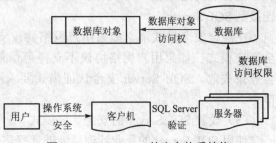

图 5–2　SQL Server 的安全体系结构

① 客户机操作系统的安全性：在使用客户机通过网络实现对 SQL Server 服务器的访问时，用户首先要获得客户机操作系统的使用权。操作系统安全性是操作系统管理员或网络管理员的任务。由于 SQL Server 采用了集成 Windows NT 网络安全性的机制，所以使得操作系统的安全性的地位得到提高，但同时也加大了管理数据库系统安全性和灵活性的难度。

② SQL Server 的登录安全性：SQL Server 的服务器级安全性是建立在控制服务器登录账号和密码的基础上。SQL Serve 采用了标准 SQL Serve 登录和 Windows NT 登录两种方式，无论是使用哪种登录方式，用户在登录时提供的登录账号和密码，决定了用户是否能获得 SQL Server 的访问权。

③ 数据库的使用安全性：在用户通过了 SQL Server 服务器的安全性检验后将直接面对不同的数据库入口，在建立用户的登录账号时，SQL Server 会提示用户选择默认的数据库。以后用户每次连接上服务器后，都会自动转到默认的数据库上。默认的情况下，数据库的拥有者可以访问该数据库的对象，也可分配访问权给别的用户，以便让别的用户也拥有针对该数据库的访问权利。

④ 数据库对象的使用安全性：在创建数据库对象时，SQL Server 自动把该数据库对象的拥有权赋予该对象的创建者，对象的拥有者可以实现对该对象的完全控制。默认的情况下，只有数据库的拥有者可以在该数据库下进行操作。当一个非数据库拥有者想要访问数据库里的对象时，必须事先由数据库拥有者赋予用户对指定对象执行特定操作的权限。

（2）SQL Server 的安全认证模式

安全认证是指数据库系统对用户访问的数据库系统时所输入的账号和口令进行确认的过程。安全认证的内容包括确认用户的账号是否有效、能否访问系统、能访问系统中的哪些数据等。

SQL Server 有两种安全认证模式，即 Windows（S）安全认证模式（也称集成安全模式）和混合模式（SQL Server 和 Windows）。

1）Windows（S）安全认证模式

Windows（S）安全认证模式是指 SQL 服务器通过使用 Windows 网络用户的安全性来控制用户对 SQL 服务器的登录访问。它允许一个网络用户登录到一个 SQL 服务器上时不

必再提供一个单独的登录账号及口令，从而实现 SQL 服务器与 Windows（S）登录的安全集成。

Windows（S）安全认证模式只允许可信任连接的网络系统采用。可信任连接可以是多协议或命名管道，它们来自其他基于 Windows NT 的工作站、Windows 2000 等操作系统下的 Microsoft LAN Manager。

2）混合模式

混合模式允许用户或者使用 Windows 安全认证模式，或者使用 SQL Server 安全认证模式连接到 SQL Server。

在混合安全模式下，如果用户网络协议支持可信任连接，则可使用 Windows（S）安全认证模式；如果用户网络协议不支持可信任连接，则在 Windows（S）安全认证模式下会登录失败，SQL Server 安全认证模式要求用户必须输入有效的 SQL Server 登录账号及口令。

（3）设置 SQL Server 的安全认证模式

使用 SQL Server 的企业管理器能够选择需要的安全认证模式，其步骤包括以下几步。

① 在企业管理器中展开 SQL 服务器组，右击需要设置的 SQL 服务器，在弹出的快捷菜单中选择"属性"命令，弹出的对话框如图 5-3 所示。

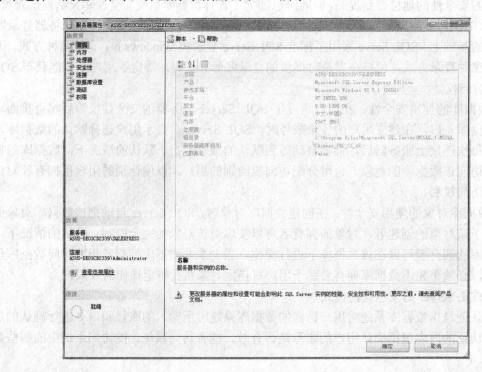

图 5-3　"服务器属性"对话框

② 在弹出的 SQL"服务器属性"对话框中打开"安全性"页，如图 5-4 所示。

③ 在"安全性"页的"服务器身份验证"有两个单选按钮：

● 选中"SQL Server 和 Windows 身份验证模式（S）"为选择混合安全认证模式；

● 选中"Windows 身份验证模式（W）"则为选择集成安全认证模式。

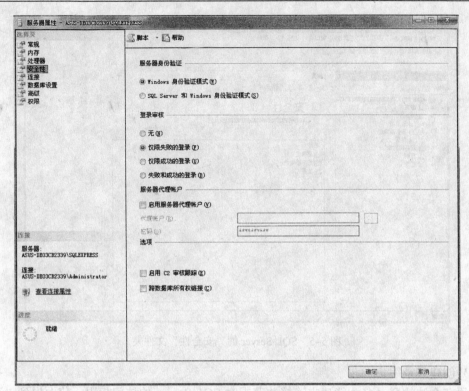

图 5-4　"安全性"页

5.1.3　SQL Server 用户管理

SQL Server 的安全防线中突出两种管理：一是对用户或角色的管理，即控制合法用户使用数据库；二是对权限的管理，即控制具有数据操作权的用户进行合法的数据存取操作。

用户是具有合法身份的使用者，角色是具有一定权限的用户组合。SQL Server 的用户或角色分为两级：

① 服务器级用户或角色；

② 数据库级用户或角色。

1．登录的管理

登录（亦称 Login 用户，即 SQL 服务器用户）通过账号和口令访问 SQL Server 的数据库，SQL Server 有一些默认的登录，其中 sa 和 BUILTIN/Administors 最重要（sa 是系统管理员的简称，BUILTIN/Administors 是 Windows 管理员的简称），它们是特殊的用户账号，拥有 SQL Server 系统上所有数据库的全部操作权限。

（1）查看安全性文件夹的内容

使用企业管理器可以创建、查看和管理登录。登录存放在 SQL 服务器的"安全性"文件夹中。当执行进入了企业管理器，打开指定的 SQL 服务器组和 SQL 服务器，并选择"安全性"文件夹的一系列操作后，就会出现如图 5-5 所示的窗口。

通过该窗口可以看出，"安全性"文件夹包括三个文件夹："登录名"文件夹、"服务器角色"文件夹和"凭据"文件夹。

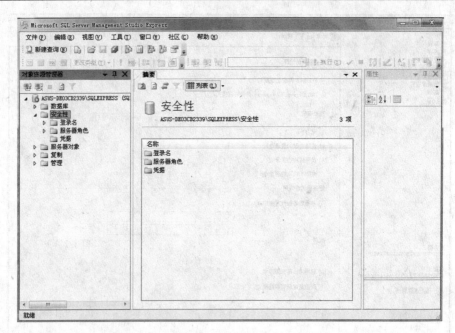

图 5-5　SQL Server 的"安全性"文件夹

（2）创建登录用户

必须有合法的登录名才能建立连接并获得对 SQL Server 的访问权限。前面提到，注册认证有两种方式：Windows 身份验证和 SQL Server 身份验证。其中 Windows 身份认证的用户是在 Windows 操作系统下创建的。

下面讲述如何管理 SQL Server 的登录账户以及如何允许 Windows 用户连接 SQL Server。

【例 5-3】使用 SQL Server Management Studio 创建以 SQL Server 身份认证的登录账户。

具体操作步骤有以下几步。

① 在"对象资源管理器"中展开服务器。

② 展开"安全性"，右击"登录"文件夹，从弹出的快捷菜单中选择"新建登录名"命令，弹出如图 5-6 所示的"登录名-新建"对话框。

③ 在"登录名"文本框中输入 SQL Server 登录名，这里输入"user01"。

④ 选中"SQL Server 身份验证"单选按钮。

⑤ 在"密码"文本框中输入密码，这里输入"001"。

⑥ 在"确认密码"文本框中输入确认密码，再次输入"001"。

⑦ 取消选中"强制实施密码策略"复选框。

实施密码复杂性策略时，在 Windows Server 2003 或更高版本环境下运行 SQL Server 2005 时可以使用 Windows 密码策略机制。SQL Server 2005 可以将 Windows Server 2003 中使用的复杂性策略和过期策略应用于 SQL Server 内部使用的密码。

⑧ "默认数据库"和"默认语言"保持系统提供的默认值。输入结果如图 5-7 所示。

⑨ 在"选择页"列表中选中"用户映射"，然后在"用户映射"页中选中 class_MIS 数据库，在"数据库角色成员身份"列表中选中"db_owner"和"public"，如图 5-8 所示。这样，user01 就拥有 class_MIS 数据库的所有操作权限。

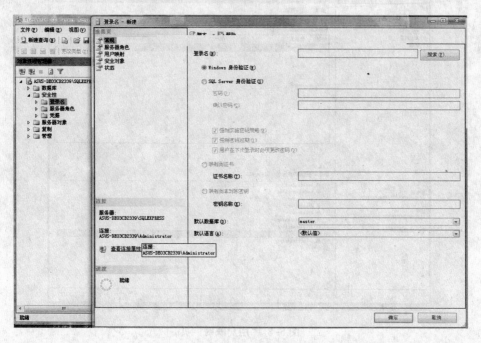

图 5-6　登录名中的"常规"选项卡

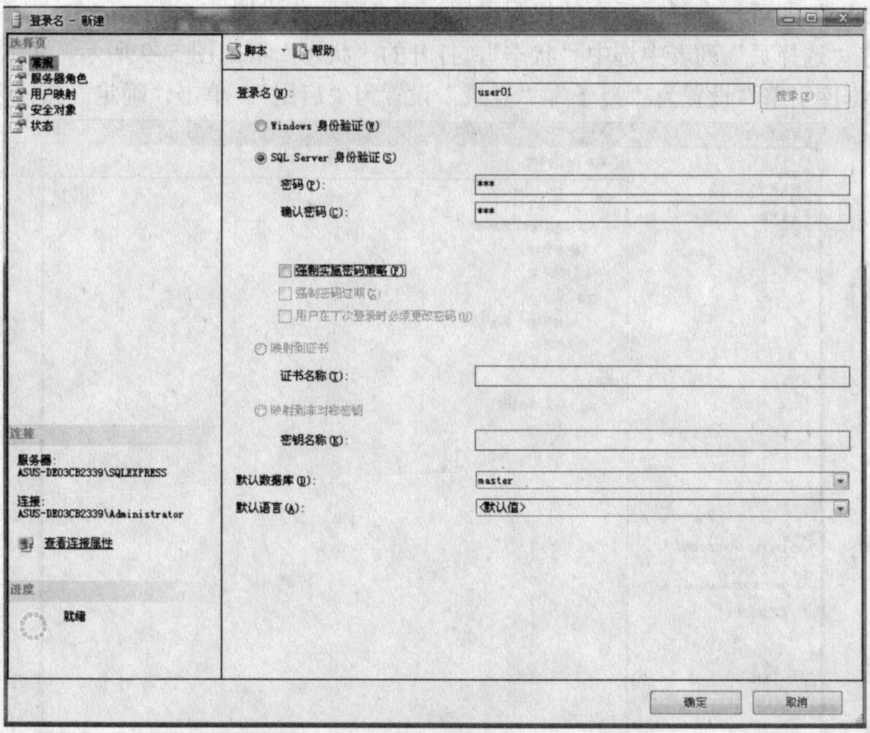

图 5-7　输入完毕

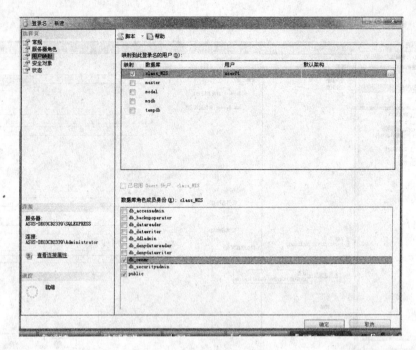

图 5-8 "用户映射"页

如果希望只授予 user01 访问 class_MIS 数据库的指定权限，则不要选中"db_owner"，只选中"public"即可。为测试后面的权限设置，读者可照此设置。

⑩ 在"选择页"列表中选中"状态"，打开的"状态"页如图 5-9 所示，将"是否允许连接到数据库引擎"设置为"授予"，"登录"设置为"启用"。单击"确定"按钮完成操作。

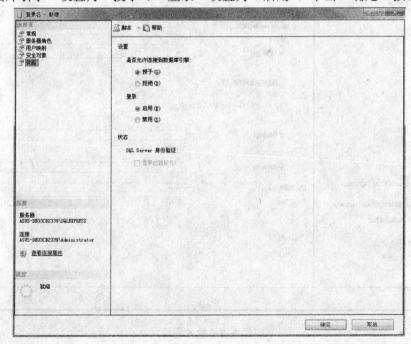

图 5-9 "状态"页

【例5-4】使用 SQL Server Management Studio 创建通过 Windows 身份认证的登录账户。
具体操作步骤如下：

① 在 Windows 下创建一个名为"Win_user01"、密码为"001"的用户（这里使用的操作系统为 Windows 2003，具体创建方法请参考相关书籍）。

② 在"对象资源管理器"中展开服务器。

③ 展开"安全性"，右击"登录名"，从弹出的快捷菜单中选择"新建登录名"命令。

④ 单击"登录名"文本框右边的"搜索"按钮，弹出如图 5-10 所示的"选择用户或组"对话框。

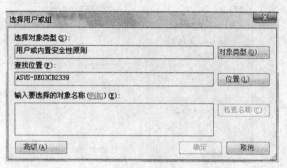

图 5-10　"选择用户或组"对话框

⑤ 单击"高级"按钮，再单击"立即查找"按钮，如图 5-11 所示。

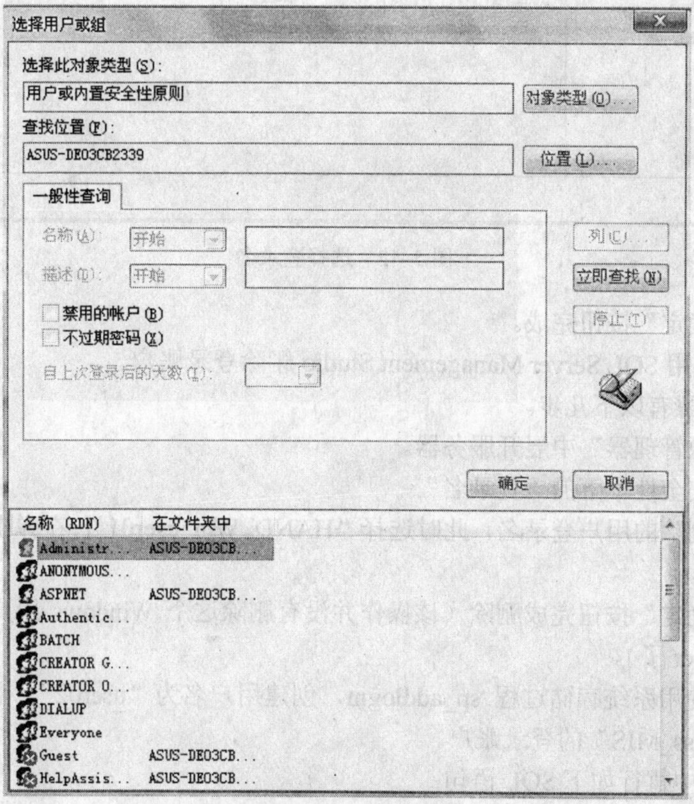

图 5-11　查找用户

⑥ 在搜索结果中找到名为"Win_user01"的用户，选中后单击"确定"按钮，再次单击"确定"按钮。

⑦ 单击"确定"按钮，弹出如图 5-12 所示的对话框。注意，这时"登录名"框中显示为"ASUS-DE03CB2339\ win_user01"，其中"ASUS-DE03CB2339"为计算机名称（具体环境显示会不一样），然后是"\"，最后是 Windows 下创建的用户名为"win_user01"。也可参照此格式直接输入 Windows 下的用户名。

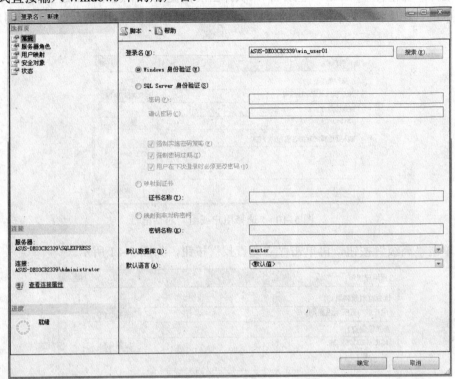

图 5-12　选择登录名

⑧ 单击"确定"按钮完成。

【例 5-5】使用 SQL Server Management Studio 删除登录账户。

具体操作步骤有以下几步。

① 在"资源管理器"中展开服务器。

② 展开"安全性"下的"登录名"。

③ 右击要删除的用户登录名，此时选择"HAND\ Win_user01"，在弹出的快捷菜单中选择"删除"命令。

④ 单击"确定"按钮完成删除（该操作并没有删除这个 Windows 用户，只是该用户不能登录 SQL Server 了）。

【例 5-6】使用系统存储过程 sp_addlogin，创建用户名为"user02"、密码为"002"、默认数据库为"class_MIS"的登录账户。

在查询窗口中执行如下 SQL 语句：

```
Sp_addlogin 'user02','002','class_MIS'
```

【例 5-7】使用系统存储过程 sp_droplogin 从 SQL Server 中删除登录账户 user02。

在查询窗口中执行如下 SQL 语句:

```
EXEC sp_droplogin 'user02''
```

5.1.4　SQL Server 角色的管理

1. 服务器角色的管理

服务器级角色建立在 SQL 服务器上。服务器级角色是系统预定义的,也称 Fixed Server Roles,即固定的服务器角色。用户不能创建新的服务器级角色,只能选择适合的已固定的服务器角色。固定服务器角色信息存储在系统库 master 的 syslogins 表中。

登录用户可以通过两种方式加入到服务器角色中:

1) 在创建登录时,通过"服务器角色"选项卡中的服务器角色选项,确定登录用户应属于的角色,该方法在前面已经介绍过。

2) 下面介绍登录用户通过参加或移出服务器角色的方法进行角色增加或移去操作。

使用登录用户加入服务器角色的具体步骤如下:

① 在企业管理器中,展开指定的 SQL 服务器下的"安全性"文件夹。单击"服务器角色",会在右边的细节窗口中出现 8 个预定义的服务器级角色,如图 5-13 所示。

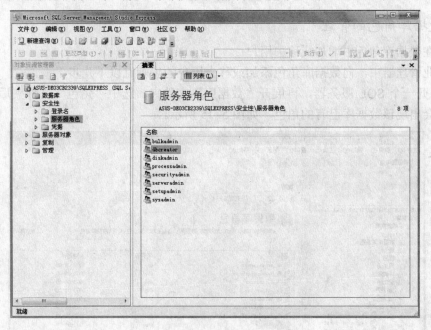

图 5-13　预定义的服务器级角色

② 选中一个服务器级角色,例如:dbcreators,右击它,在弹出的快捷菜单中选择"属性"命令,将弹出"服务器角色属性"对话框,如图 5-14 所示。

③ 在"常规"页中单击"添加"按钮,在弹出的"选择登录用户"对话框中选择登录名,单击"确定"按钮后,新选的登录用户就会出现在"常规"页中。如果要从服务器角色中移去登录用户,则先选中登录用户,再单击"删除"按钮即可。

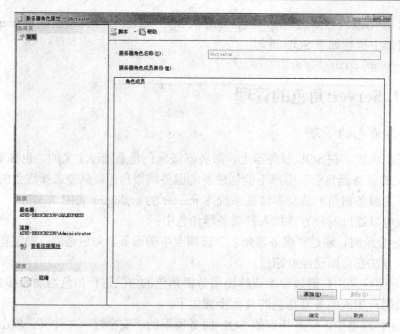

图 5-14 "服务器角色属性"对话框

2. 数据库角色的管理

（1）在数据库角色中增加或移去用户

在企业管理器中，向数据库角色添加或移去用户的步骤有以下几步。

① 展开一个 SQL 服务器，再展开"数据库"文件夹，选中"角色"文件夹后，在右侧窗格中就会出现该数据库已有的角色，如图 5-15 所示。

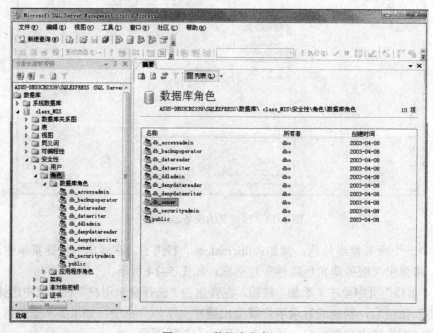

图 5-15 数据库角色

② 选中要加入的角色，如 db_owner 角色，右击它，在弹出的快捷菜单中选择"属性"命令，弹出的对话框如图 5-16 所示。

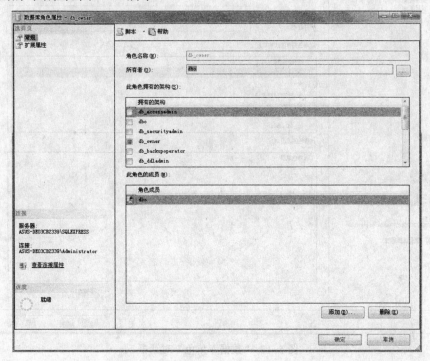

图 5-16　"数据库角色属性"的"常规"选项卡

③ 在弹出的"数据库角色属性"对话框中单击"添加"按钮后，弹出选择该数据库用户的对话框，选择要加入角色的用户，单击"确定"按钮，关闭选择数据库用户对话框后，会发现新选的用户名出现在"数据库角色属性"对话框中。

④ 如果在数据库角色中要移去一个用户，可先在用户栏中选中它，然后单击"删除"按钮即可。

⑤ 单击"确定"按钮退出设置界面。

（2）创建新的数据库角色

具有数据库的同样操作权的用户同属于一个角色。由于对角色赋予操作权限后，角色中的全部用户都可以拥有角色的操作权，因而使用角色可以使授权/收权操作简化。

在许多情况下，原有的数据库角色不能满足要求，需要用户自定义新的角色。创建数据库角色的步骤有以下几步。

① 在企业管理器中展开 SQL 服务器组→服务器→"数据库"文件夹→特定的数据库文件夹。

② 用鼠标选中角色子文件夹后，右边的细节窗口中将显示该数据库中的角色，右击任意角色，并在弹出的快捷菜单中选择"新建数据库角色"命令，弹出的对话框如图 5-17 所示。

③ 在弹出的"数据库角色-新建"对话框中，可以在角色"名称"文本栏中输入新角色名，可以在用户栏增加或移去角色中的用户，还可以确定数据库角色的类型。

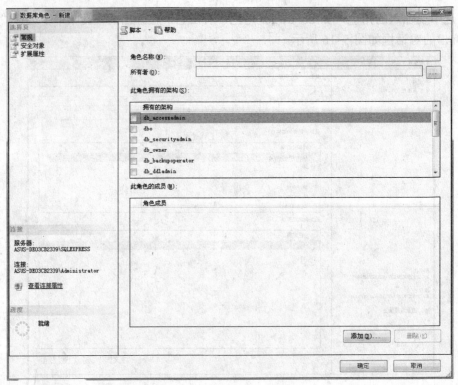

图 5-17 "数据库角色"对话框

数据库角色的类型有以下两种选择。

- 标准角色：用于正常的用户管理，它可以包括成员。
- 应用程序角色：是一种特殊角色，需要指定口令，是一种安全机制。

④ 单击"确定"按钮完成。

5.1.5 SQL Server 权限管理

当用户的"身份"合法化后，还必须使其在该数据库对象上具备特定的安全权限，才可对数据库进行操作。这种安全权限被划分为语句权限和对象权限。与创建数据库对象有关的活动被称为"语句权限"。"对象权限"则是应用于数据库对象的进行特定操作。

一个数据库用户能够执行赋予自己的权限许可的活动。每个数据库的系统表 sysprotects 包含有关由 GRANT 和 DENY 语句应用于安全账户的权限信息。

1. 权限管理范围

权限管理包括授予权限或废除权限。

1）语句权限具有创建数据库或数据库对象的权限。具体如表 5-1 所示。

表 5-1 语句权限适用的语句和权限说明

Transact-SQL 语句	权限说明
CREATE DATABASE	创建数据库
CREATE DEFAULT	创建默认值

续表

Transact-SQL 语句	权限说明
CREATE PROCEDURE	创建存储过程
CREATE FUNCTION	创建自定义函数
CREATE TABLE	创建表
CREATE VIEW	创建视图
CREATE RULE	创建规则
BACKUP DATABASE	备份数据库
BACKUP LOG	备份日志文件

2）对象权限具有操作数据或执行存储过程的权限，如表 5-2 所示。

表 5-2 对象权限适用的对象和语句

Transact-SQL 语句	数据库对象
SELECT（查询）	表、视图、表和视图中的列
INSERT（插入）	表、视图
UPDATE（修改）	表、视图、表的列
DELETE（删除）	表、视图
EXECUTE（调用过程）	存储过程
DRI（声明参照完整性）	表、表中的列

3）暗示性权限：① 由预定义系统角色的成员或数据库对象所有者执行的活动，例如，sysadmin 固定服务器角色成员自动继承在 SQL Server 中进行操作或查看的全部权限；② 数据库对象所有者也有暗示性权限，可以对所拥有的对象执行所有活动。例如，拥有表的用户可以查看、添加或删除数据，更改表定义，或控制允许其他用户对表进行操作权限。

2. 授予权限操作

（1）使用 Transact-SQL 语句 GRANT 授予语句权限

其语法格式为：

```
GRANT {ALL|statement[,…,n]} TO security_account [,…, n]
```

其中，ALL 表示所有权限；statement 表示授予权限的语句；security_account 表示授予权限的安全账户。

【例 5-8】使用 GRANT 给用户 user01 授予 CREATE TABLE（创建表）的权限。

在查询窗口中执行如下 SQL 语句：

```
USE Class_MIS
GO
GRANT CREATE TABLE TO user01
```

（2）使用 Transact_SQL 语句 GRANT 授予对象权限

其语法格式为：

```
GRANT {ALL|permission[,…,n]}][ (column[,…,n] ON |table|view|
ON||table|view| [ (column[,…,n])]
ON|stored_procedure |extended_procedure |
ON|user_defined_function |
|
To security_account [,…,n] [WITH GRANT OPTION]
```

其中，Permission 表示授予的对象权限，权限可以包括 SELECT、INSERT、DELETE、UPDATE、EXECUTE 等；WITH GRANT OPTION 表示授予 security_account（安全账户）有权将他拥有的对象权限授予其他安全账户。

【例 5-9】使用 GRANT 给用户 user01 授予 st_student 表的 SELECT 权限，并且 user01 具有对 Class 表进行插入、修改或删除的权限。

在查询窗口中执行如下 SQL 语句：

```
USE class_MIS
GO
GRANT SELECT ON st_student TO user01
GO
GRANT INSERT,UPDATE,DELETE ON Class TO user01
GO
```

可按以下步骤进行测试。

① 如图 5-18 所示，使用 user01 登录账户连接数据库引擎。

图 5-18　连接数据库引擎

② 在该连接下新建一个查询窗口。

③ 在查询窗口中执行如下 SQL 语句：

```
USE class_MIS
GO
```

```
SELECT * FROM st_student
GO
```

④ 执行结果正常，因为 user01 具有 SELECT student 表的权限。

⑤ 在查询窗口中执行如下 SQL 语句：

```
USE class_MIS
GO
SELECT * FROM specialty
GO
```

执行结果显示 user01 没有 SELECT specialty 表的权限。

5.1.6　删除权限操作

【例 5-10】使用 SQL Server Management Studio 授予用户 user01 可以对 st_student 表进行 SELECT 操作。

1）在"对象资源管理器"中展开"class_MIS"数据库。

2）展开"安全性"，再展开"用户"。

3）右击"user01"，在弹出的快捷菜单中选择"属性"命令。弹出的对话框如图 5-19 所示。

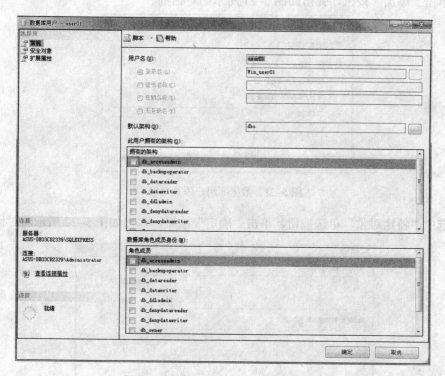

图 5-19　"数据库用户"的"常规"页

4）在"选择页"中选中"安全对象"，打开的页如图 5-20 所示。

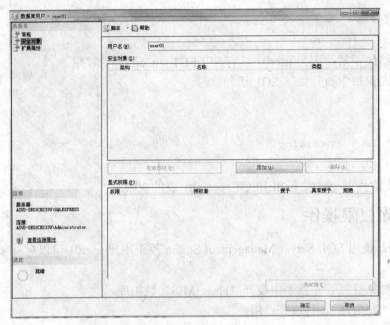

图 5-20　"数据库用户"的"安全对象"页

5）单击"添加"按钮，弹出如图 5-21 所示的对话框。

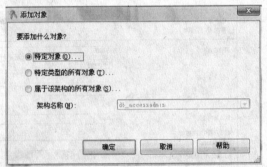

图 5-21　数据库用户添加对象

6）选中"特定对象"单选按钮，单击"确定"按钮，弹出如图 5-22 所示的对话框。

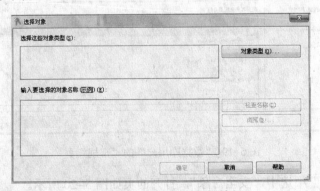

图 5-22　"选择对象"对话框

7）单击"对象类型"按钮，弹出如图 5-23 所示的对话框。

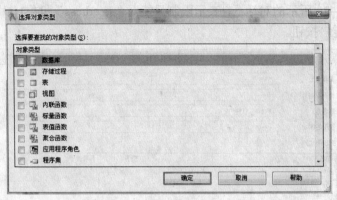

图 5-23　"选择对象类型"对话框

8）选中"表"，单击"确定"按钮，弹出如图 5-24 所示的对话框。

图 5-24　选择对象类型

9）单击"浏览"按钮，弹出如图 5-25 所示的对话框。输入对象名称"[dbo].[st-student]"，单击"确定"按钮。

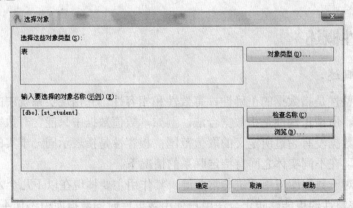

图 5-25　输入要选择的对象名称

10）单击"确定"按钮，弹出如图 5-24 所示的对话框。在"权限名称"文本框中输入"Select"，单击"确定"按钮，表示授予用户 user01 可以对 st_student 表进行 SELECT 操作。

11）如果还想限制只能对表 st_student 的某些列具有 SELECT 权限，可单击"列权限"按钮，弹出如图 5-26 所示的对话框，表示限制只能对"st_adress"和"st_id"列具有 SELECT 权限，单击"确定"按钮。

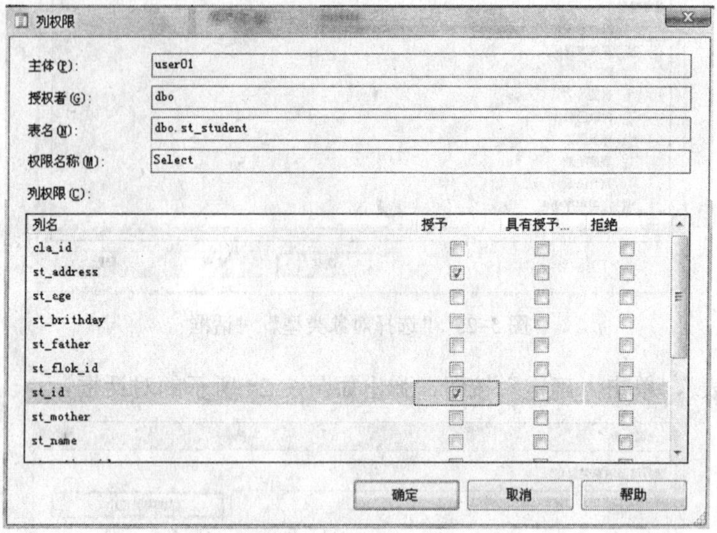

图 5-26　列权限设置

12）单击"确定"按钮完成操作。

REVOKE 语句可用于删除已经授予的权限。

REVOKE 语法与 GRANT 类似，这里不再列出。

【例 5-11】废除已授予用户 user01 的 CREATE TABLE 权限。

在查询窗口中执行如下 SQL 语句：

```
REVOKE CREATE TABLE FROM user01
```

5.2　SQL Server 的完整性

5.2.1　完整性概述

1. 完整性概述

数据库的完整性是指数据的正确性、有效性和相容性。它由现实系统中的各种约束（数据语义）而产生。所谓正确性是指数据合法，例如，数值数据中只能含有数字而不能含有字母；有效性是指数据没有超过所定义的取值范围；相容性是指表示同一事实的两个数据应当相同，这常常体现在不同实体之间有特定联系的情况下。

数据完整性对于数据库应用系统非常关键，其作用主要体现在以下几个方面。

① 数据库完整性约束能够防止合法用户使用数据库时向数据库中添加不合语义的数据。

② 利用基于 DBMS 的完整性控制机制来实现业务规则，易于定义和理解，而且可以提高应用程序的运行效率。同时，基于 DBMS 的完整性控制机制是集中管理的，因此比应用程序更容易实现数据库的完整性。

③ 合理的数据库完整性设计，能够同时兼顾数据库的完整性和系统的效能。比如装载大量数据时，只要在装载之前临时使基于 DBMS 的数据库完整性约束失效，此后再使其生效，就能保证既不影响数据装载的效率又能保证数据库的完整性。

④ 在应用软件的功能测试中，数据库的完整性有助于尽早发现应用软件的错误。

2. 数据库完整性

数据库完整性由各种各样的完整性约束条件来保证，因此可以说数据库完整性设计就是数据库完整性约束条件的设计。

数据完整性分为四类：实体完整性（entity integrity）、域完整性（domain integrity）、参照完整性（referential integrity）、用户定义的完整性（use-defined integrity）。

实体完整性为表级完整性，规定表的每一行在表中是唯一的实体。可通过索引、UNIQUE 约束、PRIMARY KEY 约束或 IDENTITY 属性来定义。

域完整性是列级和元组级完整性，它为列或列组指定一个有效的数据集，并确定该列是否允许为空，强制域有效性的方法有：限制类型（通过数据类型）、格式（通过 CHECK 约束和规则）或可能值的范围（通过 FOREIGN KEY 约束、CHECK 约束、DEFAULT 定义、NOT NULL 定义和规则）。

参照完整性是表级完整性，指两个表的主关键字和外关键字的数据应对应一致，它确保了有主关键字的表中对应其他表的外关键字的行存在，即保证了表之间的数据的一致性，防止了数据丢失或无意义的数据在数据库中扩散。参照完整性是建立在外关键字和主关键字之间或外关键字和唯一性关键字之间的关系上的。可通过 FOREIGN KEY 和 CHECK 约束来定义。

用户定义的完整性（use-defined integrity），不同的关系数据库系统根据其应用环境的不同，往往还需要一些特殊的约束条件。用户定义的完整性即是针对某个特定关系数据库的约束条件，它反映某一具体应用所涉及的数据必须满足的语义要求。所有的完整性类型都支持用户定义完整性（CREATE TABLE 中的所有列级和表级约束、存储过程和触发器）。

不同的 DBMS 数据库管理系统所支持的数据库完整性基本相同。

5.2.2　SQL Server 完整性控制

SQL Server 具有较健全的数据库完整性控制机制，提供了一些工具来帮助用户实现数据完整性，其中最主要的是规则（Rule）、默认值（Default）、约束（Constraint）和触发器（Trigger）。

1. 约束

约束（Constraint）定义了数据的有效性规则，其目的在于防止数据库中出现不正确或不一致的数据，可以自动维护并保证数据库中的数据完整性。

（1）约束的类型

表 5-3 列出了 SQL Server 2005 约束的 5 种类型和其完整性功能。

表 5-3　约束类型和完整性功能

完整性类型	约束类型	完整性功能描述
域完整性	DEFAULT（默认）	插入数据时，如果没有明确的提供列值，则用默认值作为该列的值
	CHECK（检查）	指定某个列或列组可以接受值的范围，或指定数据应满足的条件

完整性类型	约束类型	完整性功能描述
实体完整性	PRIMARY KEY（主键）	指定主码，确定主码值不重复，并不允许主码为空值
	UNIQUE（唯一）	指出数据应具有唯一值，防止出现冗余
参照完整性	FOREIGN KEY（外键）	定义外码、被参照表和其主码

通过给一个表定义主键约束、唯一约束或唯一标识，就能保证表中不会出现完全相同的行，从而保证了表的完整性。

使用主键约束、外键约束和触发器，能保证表与表之间的参照完整性。

使用检查（CHECK）约束、默认（DEFAULT）约束、默认值（DEFAULT）、规则（RULE）可以给出所指定列的数据有效范围，从而保证列的完整性。

在 SQL Server 中有 5 种约束：主关键字约束（primary key constraint）、外关键字约束（foreign key constraint）、唯一约束（unique constraint）、检查约束(check constraint）和默认约束（default constraint）。

1）约束

如果表中一列或多列的组合值唯一标识了这个表的每一行，则这个列或列的组合可以作为表的主键。在创建表或修改表时，可以通过 PRIMARY KEY 约束来创建表的主键。当为表指定 PRIMARY KEY 约束时，SQL Server 自动为主键列创建唯一索引强制数据的唯一性。每个表中只能有一列被指定为主关键字，且 IMAGE 和 TEXT 类型的列不能被指定为主关键字，也不允许指定主关键字列有 NULL 属性。

2）外键约束

外键（FOREIGN KEY）约束用于建立主键所在的表（主表）和外键所在的表（从表）之间的数据联系。可以将表中主键值的一列或多列添加到另一个表中创建两个表之间的连接。

3）唯一约束

使用唯一（UNIQUE）约束可以确保表中每一行中的某列或某些列的值不会出现重复值。

4）检查约束

使用检查（CHECK）约束可以对表中某列或某些列数据的有效范围进行限制，系统在输入或修改数据时对数据的有效性进行自动检查并判断列中的数据值是否有效。

5）默认值约束

在实际应用中，向数据库表中增加新的数据行时，很有可能并不确切地知道这个新数据行中某个列的值，有时甚至不能肯定这个列是否有值。如果列值为空，而该列在定义时允许为空，当然可以将空值赋给该列。但有时候，可能并不希望列值为空，所以定义列为不允许为空。在输入数据且该列值不确定或无值的情况下，通过使用默认值（DEFAULT）约束，系统自动给该列赋予一个默认值。

（2）约束的应用

声明数据完整性约束可以在创建表（CREATE TABLE）和修改表（ALTER TABLE）语句中定义。

约束分列级约束和表级约束两种，列级约束定义时，直接跟在列后，与列定义子句之间

无 "，" 分隔；元组级约束和表级约束要作为语句中的单独子句，与列定义子句或其他子句之间用 "，" 分隔。

使用 CREATE 语句创建约束的语法形式如下：

CREATE TABLE <表名>(,<列名> <类型>[<列级约束>][,…,n] [<表级约束> [,…,n]])

其中：

<列级约束> ∷=[CONSTRAINT<约束名>]

{ PRIMARY KEY[CLUSTERED|NONCLUSTERED]

|UNIQUE[CLUSTERED|NONCLUSTERED]

|[FOREIGN KEY] REFERENCES <被参照表>[(<主码>)]

| DEFAULT <常量表达式>|CHECK <逻辑表达式>}

<表级约束> ∷=CONSTRAINT<约束名>

{ PRIMARY KEY[CLUSTERED|NONCLUSTERED](<列名组>)

|UNIQUE[CLUSTERED|NONCLUSTERED]

| FOREIGN KEY (<外码>) REFERENCES <被参照表> (<主码>)

| CHECK <约束条件>}

1）主键约束

主键（PRIMARY KEY）约束能确保主键值是唯一的。在项目开发时经常将代码列，如学号、系部编号等定义为主键约束。一个表中只能有一个主键约束，主键约束中的列值不允许为空值。

如果主键约束定义在多列上，则一列中的值可以重复，但 PRIMARY KEY 约束定义中的所有列的组合值必须是唯一的。

① 利用 SQL Server Management Studio 企业管理器创建与删除主键约束。

【例 5–12】为 st_student 表创建 PRIMARY KEY 约束。

具体操作步骤有以下步。

第一步：在 "对象资源管理器" 中展开 "class_MIS" 数据库，再展开 "表"。

第二步：右击 "st_student"，在弹出的快捷菜单中选择 "修改" 命令。

第三步：将光标定位在 st-id 行。

第四步：单击 SQL Server Management Studio 工具栏上的 "设置主键" 按钮。

第五步：单击 SQL Server Management Studio 工具栏上的 "保存" 按钮完成。

【例 5–13】使用 SQL Server Management Studio 为 specialty 表创建一个 PRIMARY KEY 约束，保证不会出现专业 ID（spe_id）和系部 ID（col_id）都相同的重复数据行。

具体操作步骤有以下几步。

第一步：在 "对象资源管理器" 中展开 class_MIS 数据库，再展开 "表"。

第二步：右击 "specialty"，在弹出的快捷菜单中选择 "修改" 命令。

第三步：按住 Ctrl 键，单击 spe_id 行和 col_id 行。

第四步：单击 SQL Server Management Studio 工具栏上的 "设置主键" 按钮或者右击它，在弹出的快捷菜单中选择 "设置主键" 命令。

第五步：单击 SQL Server Management Studio 工具栏上的 "保存" 按钮完成。

【例5-14】使用 SQL Server Management Studio 删除 st_student 表的 PRIMARY KEY 约束。具体操作步骤有以下几步。

第一步：在"对象资源管理器"中展开 class_MIS 数据库，再展开"表"。

第二步：右击"st_student"，在弹出的快捷菜单中选择"修改"命令。

第三步：将光标定位在 st-id 行。

第四步：单击 SQL Server Management Studio 工具栏上的 按钮或者右击它，在弹出的快捷菜单中选择"移除主键"命令，取消该主键。

第五步：单击 SQL Server Management Studio 工具栏上的"保存" 按钮完成。

② 利用 Transact-SQL 语句创建与删除主键约束。

使用 Transact-SQL 语句可为已经创建的表增加约束，基本语法如下：

```
ALTER TABLE table_name
ADD CONSTRAINT Constraint_name
PRIMARY KEY CLUSTERED
```

其中，**ADD CONSTRAINT** 表示增加约束；Constraint_name 表示定义约束的名称，应符合标识符的定义规范；**PRIMARY KEY** 表示主关键字，主键；**CLUSTERED** 表示聚集，表示表中数据行的存放是按照主键值的顺序存放，一般主键为聚集索引。

使用 Transact-SQL 语句可删除已经创建的约束，基本语法如下：

```
ALTER TABLE table_name
DROP CONSTRAINT Constraint_name
```

其中，**DROP CONSTRAINT** 表示删除约束；Constraint_name 表示要删除的约束名。

【例5-15】使用 Transact-SQL 语句可为 class 表创建基于 cla_id 列的约束。为表 st_student 创建基于 st_id 列的约束。

在查询窗口中执行如下 SQL 语句：

```
USE class_MIS
GO
--为class表创建基于cla_id列的名为PK_class的主键约束
ALTER TABLE  class
ADD CONSTRAINT PK_class PRIMARY KEY(cla_id)
GO
--为表st_student创建基于st_id列的名为PK_st_student的主键约束
ALTER TABLE st_student
ADD CONSTRAINT PK_st_student PRIMARY KEY(st_id)
GO
```

在创建表的同时也可以创建主键约束，下面以 class 表为例，首先删除 class 表，然后在使用 CREATE TABLE 语句创建表的同时创建主键约束。

```
USE class_MIS
GO
--先删除class表
DROP TABLE class
```

```
GO
--在创建表的同时创建主键约束 PK_class
CREATE TABLE class
(cla_id int NOT NULL,
  spe_id int NOT NULL,
  cla_name varchar(20),
  cla_code varchar(20),
cla_charge varchar(20),
cla_note varchar(200),
CONSTRAINT PK_class  PRIMARY KEY(cla_id))
```

【例 5–16】使用 Transact-SQL 语句删除 class 表名字为 PK_class 的主键约束。

在查询窗口中执行如下 SQL 语句：

```
USE class_MIS
GO
ALTER TABLE class
DROP CONSTRAINT  PK_class
GO
```

2）FOREIGN KEY 约束

在定义外键约束之前，必须先定义主键约束，否则会失败。在删除主键约束时，必须先删除外键约束。

主键与外键配合使用可以保证表与表之间的数据完整性，即保证主表中主键与从表中的外键是正确的、一致的。

外键可由一列或多列组合而成，用以实现两个表之间的数据联系。如果要创建两个表之间的联系，可以向其中一个表中添加一列或多列的组合，并且把这些列定义成这个表的外健，这些列中存放的是另一个表中的主键值。一个表可以同时包含有多个外键约束。

外键约束的列值可以为空值。然而，如果应用 FOREIGN KEY 约束的任意一列包含空值，那么数据库系统将忽略这个 FOREIGN KEY 约束，即这个 FOREIGN KEY 约束将不再起作用。一般情况下，定义为 FOREIGN KEY 约束的列中不允许存放空值，只要将列定义为"不允许空"即可。

为已经存在的表创建外键约束的基本语法如下：

```
ALTER TABLE table1_name
ADD CONSTRAINT Constraint_name
FOREIGN KEY(col1_name)
REFERENCES table2_name(col2_name)
```

对上述语法作以下注释。

table1_name：要创建外键约束且已存在的表名。

FOREIGN KEY：外关键字。

col1_name：外键列名。

REFERENCES：参照。

table2_name：主键名（外键表所参照的表）名。

col2_name：主键列名。

【例 5-17】使用 Transact-SQL 语句在 class_MIS 数据库中为 st_student 表创建名为 Stid_FK 的 FOREIGN KEY 约束，该约束限制 St_id 列的数据只能是 st_student 表的 St_id 列中存在的数据。

在查询窗口中执行如下 SQL 语句：

```
USE class_MIS
GO
ALTER TABLE st_student
ADD CONSTRAINT Stid_FK FOREIGN KEY(St_id)
REFERENCES st_student(St_id)
GO
```

【例 5-18】使用 Transact-SQL 语句在删除 st_student 表中名为 Stid_FK 的 FOREIGN KEY 约束。

在查询窗口中执行如下 SQL 语句：

```
USE  class_MIS
GO
ALTER TABLE st_student
DROP CONSTRAINT Stid_FK
GO
```

【例 5-19】使用 Transact-SQL 语句在 st_student 表中名为 St_id 列重新创建一个带有级联删除功能的外键约束。

在查询窗口中执行如下 SQL 语句：

```
USE class_MIS
GO
ALTER TABLE st-student
ADD CONSTRAINT Stid_FK FOREIGN KEY (St_id)
REFERENCES st_student(St_id) ON DELETE CASCADE
GO
```

类似地，可以实现级联修改功能，只需将 ON DELETE CASCADE 修改为 ON UPDATE CASCADE。

【例 5-20】使用 SQL Server Management Studio 在 class_MIS 数据库中为 st_studen 表创建基于 cla_id 的约束，该约束限制 cla_id 列值必须是 class 表中 cla_id 列已存在的值。

具体操作步骤有以下几步。

① 在"对象资源管理器"中展开"class_MIS"数据库，再展开"表"。

② 右击"st_student"，在弹出的快捷菜单中选择"修改"命令。

③ 选择"表设计器"中的"关系"，弹出"外键关系"对话框，如图 5-27 所示。

④ 单击"添加"按钮，结果如图 5-28 所示。

⑤ 然后单击"表和列规范"右侧的"…"按钮，如图 5-29 所示。

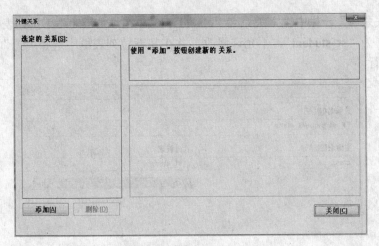

图 5-27　外键关系

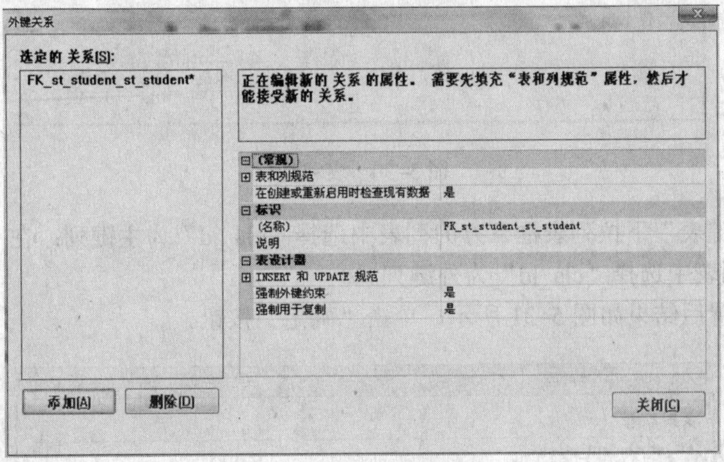

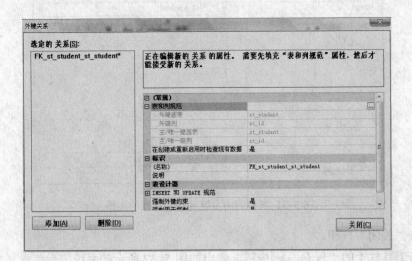

图 5-28　添加外键关系

图 5-29　表和列规范

⑥ 在"关系名"一栏中输入关系名"cla_id_FK"。在"主键表"下拉列表中选择"class"表;"外键表"为"st_student",不允许修改,并在其下拉列表框中选择"无",如图 5-30 所示,清除第一行。

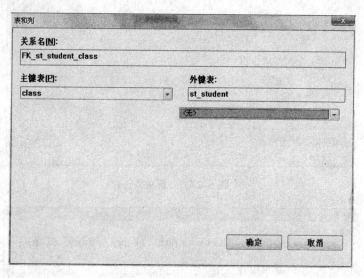

图 5-30 表和列

⑦ 在"主键表"下拉列表框下方的列表中选择"cla_id"为主键列;在"外键表"下拉列表框下方的列表中选择"cla_id"为外键列。

⑧ 完成设置后结果如图 5-31 所示,单击"确定"按钮。

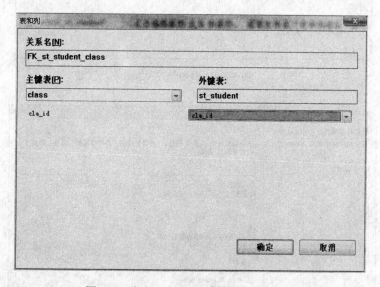

图 5-31 表和列中主键列和外键列的选择

⑨ 单击"关闭"按钮。

⑩ 单击工具栏上的"保存" 🔲 按钮,弹出如图 5-32 所示的系统提示信息,如果继续,单击"是"按钮完成操作。

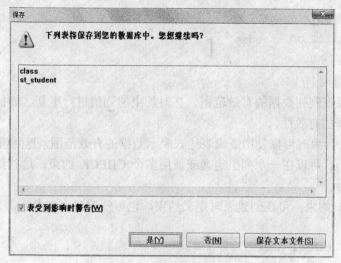

图 5-32　保存主键列与外键列的信息

【例 5-21】使用 SQL Server Management Studio 删除 st_student 表名字为 Stid_FK 的 FOREIGN KEY 约束。

具体操作步骤有以下几步。

① 在"对象资源管理器"中展开"class_MIS"数据库，再展开"表"。

② 右击"st_student"表，在弹出的快捷菜单中选择"修改"命令。

③ 选择"表设计器"中的"关系"。

④ 在"选定的关系"列表中选择"Stid_FK"。

⑤ 单击"删除"按钮，删除关系。

⑥ 单击工具栏上的"保存"按钮。

3）UNIQUE 约束

UNIQUE 约束可以确保表中每行数据的某列值不会出现重复值，虽然 PRIMARY KEY 也具有这个功能，但是 UNIQUE 约束具有以下特点。

① 它允许为一个表建立多个 UNIQUE 约束。

② UNIQUE 约束允许被约束值为空，但不允许表中受约束列中的空值行多于一个。

【例 5-22】使用 Transact-SQL 语句在 class_MIS 数据库中为 st_student 表的 st_name 创建唯一约束 UN_st_name。创建后再使用 Transact-SQL 语句删除该唯一约束。

在查询窗口中执行如下 SQL 语句：

```
USE class_MIS
GO
ALTER TABLE st_student
ADD CONSTRAINT UN_st_name UNIQUE(st_name)
GO
```

在查询窗口中执行如下 SQL 语句删除唯一约束：

```
USE class_MIS
GO
```

```
ALTER TABLE st_student
DROP CONSTRAINT UN_st_name
GO
```

4）CHECK 约束

CHECK 约束限制列数据的有效范围。在对约束的列值进行更新（如插入、修改）时系统自动检查列数据的有效性。

创建 CHECK 约束时可以使用逻辑表达式表示数据的有效范围，返回值可为 TRUE（真）或为 FLASE（假）。可以在一个列上定义或使用多个 CHECK 约束，这些约束将按照创建的顺序依次发生作用。

创建 CHECK 约束，可在创建表时定义约束，也可修改已存在的表，为其增加 CHECK 约束，语法如下：

```
ALTER TABLE table1_name
ADD CONSTRAINT constraint_name CHECK(check_expr)
```

其中：check_expr 为约束表达式。

【例 5-23】使用 Transact-SQL 语句在 class_MIS 数据库中为 st_student 表创建名为 CK_st_number 的 CHECK 约束，该约束检查 st_number 列值只允许为 8 位数字。

在查询窗口中执行如下 SQL 语句：

```
USE class_MIS
GO
ALTER TABLE St_Student
ADD CONSTRAINT CK_st_number CHECK(st_number like '[0-9][0-9][0-9][0-9][0-9]
[0-9][0-9][0-9]')
GO
```

【例 5-24】使用 Transact-SQL 语句删除 student 表中名字为 CK_st_number 的 CHECK 约束。

在查询窗口中执行如下 SQL 语句：

```
USE class_MIS
GO
ALTER TABLE st_Student
DROP CONSTRAINT CK_st_number
GO
```

【例 5-25】使用 Transact-SQL 语句在 class_MIS 数据库中为 st_student 表创建名为 CK1_st_age 的 CHECK 约束，该约束限制的值只能在 15～25（st_age 表示学生的年龄）。

在查询窗口中执行如下 SQL 语句：

```
USE class_MIS
GO
ALTER TABLE st_student
ADD CONSTRAINT CK1_st_age  CHECK(st_age>=15 and st_age <=25)
GO
```

5）DEFAULT 默认约束

前面章节提到应尽量避免列值为空，因为 SQL Server 仅是后台数据库，在系统开发时还需要使用其他客户端开发工具，如 C#、Delphi 等。有时对 SQL Server 中空值的处理需要额外的代码，所以采用对列不确定的值赋予默认值，可避免出现空值的情况，从而减少客户端开发的一些不必要的处理。DEFAULT 约束就是避免列值为空值的有效方法之一。

DEFAULT 约束与列相关联，它可用于除了 timestamp 列和 identity 列以外的所有数据类型列，每列只能有一个 DEFAULT 约束。

【例 5–26】使用 Transact-SQL 语句在 Class_MIS 数据库中为 st_student 表创建名为 DF_st_note 的 DEFAULT 约束，该约束使 st_note 列的默认值为"在校生"。

其语法格式如下：

```
USE Class_MIS
GO
ALTER TABLE st_student
ADD CONSTRAINT DF_st_note DEFAULT('在校生') FOR st_note
GO
```

【例 5–27】使用 Transact-SQL 语句删除 class_MIS 数据库中为 st_student 表创建的 DF_st_note 约束。

其语法格式如下：

```
USE Class_MIS
GO
ALTER TABLE st_student
DROP CONSTRAINT DF_st_note
GO
```

【例 5–28】使用 SQL Server Management Studio 语句在 class_MIS 数据库中为 st_student 表创建名为 DF_st_note 的 DEFAULT 约束，该约束使 st_note 列的默认值为"在校生"。

具体操作步骤有以下几步。

① 在"对象资源管理器"中展开"class_MIS"数据库，再展开"表"。

② 右击"st_student"表，在弹出的快捷菜单中选择"修改"命令。

③ 将光标定位到"st_note"行。

④ 在"列"属性页下的"默认值或绑定"文本框中输入"在校生"。默认值栏将自动变为'在校生'。完成设置后如图 5–33 所示。

⑤ 单击工具栏上的"保存" 🖫 按钮保存。

【例 5–29】使用 SQL Server Management Studio 语句删除在 class_MIS 数据库中为 st_student 表创建的 DF_st_note 约束

具体操作步骤有以下几步。

① 在"对象资源管理器"中展开"class_MIS"数据库，再展开"表"。

② 右击"st_student"表，在弹出的快捷菜单中选择"修改"命令。

③ 将光标定位到"st_note"行。

④ 清除"列"属性页下的"默认值或绑定"文本框的值。

⑤ 单击工具栏上的"保存"按钮保存。

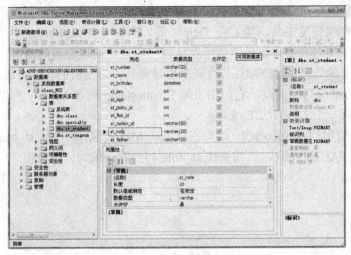

图 5-33　设置默认值

2. 默认值

（1）默认值的概念

与 DEFAULT 约束类似，使用默认值（DEFAULT）也可以实现当用户在向数据库表中插入数据行时，如果没有或不允许为某列输入值，则由 SQL Server 自动为该列赋予默认值。

与 DEFAULT 约束不同，这里所讲的"默认值"是一种数据库对象，在数据库中一次创建后，可以被多次应用在表中的一列或多列，还可应用于用户自定义的数据类型（UDT）。

默认值可以是常量、内置函数或数学表达式。

创建默认值后，需要将默认值绑定到表的列或者用户自定义数据类型上，它才能为列和用户自定义数据类型提供默认值。

使用默认值的步骤如下：

① 创建一个默认对象；

② 将其绑定到表列或者用户自定义数据类型上，绑定默认值可以使用 sp_binddefault 系统存储过程，也可以使用 SQL Server Management Studio。

通常删除默认值的步骤如下：

① 首先解除默认值与表列或用户自定义数据类型的绑定，可以使用 sp_unbinddefault 系统存储过程，也可以使用 SQL Server Management Studio；

② 删除该默认值。

（2）默认值的应用

【例 5-30】使用 Transact_SQL 语句在 class_MIS 数据库中创建名为 UnsureDefault 的默认值，表示"待定"，然后将其绑定到 class 表的 cla_charge（班级负责人）列。

其语法格式如下：

```
USE Class_MIS

GO

CREATE DEFAULT UnsureDefault AS'待定'
```

```
GO
EXEC sp_binddefault UnsureDefault,'class. cla_charge'
GO
```

【例 5-31】 使用 Transact_SQL 语句删除名为 UnsureDefault 的默认值（如果没有解除绑定的情况下直接删除该默认值，则会出现出错提示，因此应该先解除绑定）。

其语法格式如下：

```
USE Class_MIS
GO
Sp_unbinddefault 'class. cla_charge'
DROP DEFAULT UnsureDefault
GO
```

注意：SQL Server Management Studio 已不再提供管理默认值的功能，Microsoft SQL Server 的后续版本将删除该功能。请避免在新的开发工作中使用该功能，并应着手修改当前还在使用该功能的应用程序。可使用 ALTER TABLE 或 CREAT TABLE 语句定义 DEFAULT 约束。

3．规则

（1）规则的概念

规则（RULE）是保证数据完整性的方法之一。它的作用与 CHECK 约束类似，用于保证列数据的有效范围。规则和默认值一样，可在数据库中实现一次创建，重复使用。

规则与 CHECK 约束有以下两个不同之处。

① 在一列上只能使用一个规则，但可以使用多个 CHECK 约束。

② 规则可以应用在多列上，还可以应用于用户自定义的数据类型，而 CHECK 约束只能应用于它定义的列。

（2）规则的应用

规则创建之后，需要将其绑定到列上或用户自定义数据类型上。在删除规则之前，也必须先解除规则与表列的绑定，或与用户自定义数据类型的绑定。

如果在列或数据类型上已经绑定了规则，那么当再次向它们绑定规则时，旧规则将自动被新规则覆盖，而不会绑定多条规则。

绑定规则可以使用系统存储过程 sp_bindrule，解除绑定可使用系统存储过程 sp_unbindrule。

【例 5-32】 使用 Transact_SQL 语句在 class_MIS 数据库中创建名为 agerule 的规则，st_age 值的有效范围为 10～25，并将其绑定到 st_student 表的 st_age 列。

其语法格式如下：

```
USE Class_MIS
GO
CREATE RULE agerule AS @st_age>=10 AND @st_age<=25
GO
EXEC sp_bindrule, agerule, 'st_student.st_age'
GO
```

【例 5-33】使用 Transact_SQL 语句在删除名为 agerule 的规则（如果没有解除绑定的情况下直接删除该规则，则会出现出错提示，因此应该先解除绑定）。

其语法格式如下：

```
USE Class_MIS
GO
Sp_unbindrule ' st_student.st_age'
DROP DEFAULT agerule
GO
```

注意：SQL Server Management Studio 已不再提供管理规则的功能，Microsoft SQL Server 的后续版本将删除 CREAT RULE。请避免在新的开发工作中使用 CREAT RULE，并应着手修改当前还在使用该功能的应用程序。建议改为使用 CHECK 约束，CHECK 约束需要使用 ALTER TABLE 或 CREAT TABLE 语句进行定义。

4. SQL Server 中的触发器

以上讲述的完整性控制是声明式的完整性控制，即可以通过 CREATE TABLE 和 ALTER TABLE 来定义的完整性控制。SQL Server 还提供了一种称为触发器的机制以实现程序式的完整性约束。

触发器是指在一个特定表中发生特定操作时所激活的一种机制，它包括三个组成部分：

① 触发器名；

② 触发器中进行的操作；

③ 操作的执行过程。

其中，触发器中进行的操作可以是一个 INSERT 语句，一个 UPDATE 语句或者是 DELETE 语句。触发器的操作执行过程通常包括存储过程，即以 SQL 语句编写成的一类特殊的批处理。触发器建立的语法格式如下：

```
Create trigger trigger_name on table_name|view_name
{for|after|instead of} {[insert][,update][,][delete]}[with encryption]
As {batchlif update(column)[{and|or}update(column)]}
```

下面介绍其中的部分参数。

after：指定触发器只有在触发 SQL 语句中指定的所有操作都已经成功执行后才激发，所有的引用级联操作和约束检查也必须成功完成后，才能执行此触发器。

如果仅指定 for 关键字，则 after 是默认设置。After 触发器不能在视图上定义。

instead of：指定执行触发器而不是执行触发的 SQL 语句，从而替代触发语句的操作。

if update（column）：测试在指定列上是否进行了 INSERT 或 UPDATE 操作，不能用于测试是否进行了 DELETE 操作。

【例 5-34】当向 st_student 中添加记录或修改记录时，若 st_age 的值小于 15，则更新为 15。

其语法格式如下：

```
Create trigger update_st_student on st_student
After insert,update
As
```

```
If (select st_age from inserted)<15
Update st_student set st_age =15 where st_age =(select st_age from inserted)
```

说明：有两个虚拟表 deleted 和 inserted。每在触发器中执行一次 delete 子句，数据库中就会建立一个 deleted 表，每在触发器中执行一次 insert 子句，数据库中就会建立一个 inserted 表，每在触发器中执行一次 update 子句，数据库中就会建立一个 deleted 表，然后建立一个 inserted 表。这些表中包含了插入或删除触发器表中的行值复制。

5.3　SQL Server 的并发控制机制

SQL Server 支持多用户并发使用数据库，并提供了可靠和便利的并发控制机制。

事务和锁是并发控制的主要机制，SQL Server 通过支持事务机制来管理多个事务，保证事务的一致性，并使用事务日志保证修改的完整性和可恢复性。SQL Server 利用锁来防止其他用户修改另一个还没有完成的事务中的数据。SQL Server 具有多种锁，允许事务锁定不同的资源，并能自动使用与任务相对应的等级锁来锁定资源对象，以使锁的成本最小化。

5.3.1　事务控制

事务控制（Transaction Control）或事务管理，是指关系型数据库管理系统执行数据库事务的能力。事务是最基本的工作单元，事务中的 SQL 语句必须按逻辑次序执行，并且要么成功地执行整个工作单元的操作，要么一点也不执行。工作单元（unit of work）这个术语意味着事务有一个开始和结尾。如果在事务运行期间出现任何问题，可以选择将工作单元的所有操作都取消；如果所有操作都正确，则全部工作单元的结果可存入数据库。

1. 事务的基本概念

事务是作为单个逻辑工作单元执行一系列的操作，这一系列的操作或者都被执行，或者都不被执行。在关系数据库管理系统中，事务是数据库应用程序的基本逻辑处理单元，它可以是一条 SQL 语句、一组 SQL 语句或整个程序。

比如：在商店购物可以看成是一个事务，它包含两个操作，一个操作是付款，一个操作是提货。这两个操作是一个不可分的整体，如果只付款而没有提货或只提货而没有付款，都会使本次交易出现错误。再如银行转账的例子：账号 A（假定 A 有足够的金额）转出 10 000元至账号 B，此转账业务可分解为：首先账号 A 减去 10 000 元；其次，账号 B 增加 10 000元。当然这两项操作或者同时成功（转账成功），或者同时失败（转账失败）。但是如果只有其中一项操作成功，则是不可接受的。

如果发生上述这种情况，即当一个事务只有部分操作成功时，应该能够回滚事务，就好像什么操作都没有发生过一样。

事务作为一个逻辑工作单元具有四个属性，即原子性、一致性、隔离性和持久性，这四个属性称为 ACID。

（1）原子性

原子性（Atomicity）是指事务的所有操作要么全都执行，要么全都不执行，它的所有操作是一个整体。通常，一个事务所包含的操作具有共同的目标，它们是相互依赖的。如果系统只执行这些操作的一个子集，则可能会破坏事务的总体目标。例如：上面实例中在银行转账时的一方金额减少和另一方金额的增加是不可分的两个操作。

（2）一致性

一致性（Conistency）是指事务在完成时，必须使所有的数据都保持一致状态。一致性又称为正确性，是指事务执行的结果必须满足数据库的完整性限制，即使数据库从一个一致状态变到另一个一致状态。当数据库只包含成功事务提交的结果时，就称数据库处于一致性状态；如果数据库系统运行中发生故障，有些事务尚未完成就被迫中断，这些未完成事务对数据库所做的修改有一部分已写入物理数据库，这时数据库就处于不正确的状态，或者说是不一致的状态。

（3）隔离性

隔离性（Isolation）是指一个事务的执行不能被其他事务干扰，即一个事务内部的操作及使用的数据与其他事务是隔离的。在数据库运行中，常常有多个事务需要同时执行，如果这些事务分别操作不同的数据项，则这些事务可以并发执行，如果这些事务要访问相同的数据项，则事务之间的相互影响要特别注意。要保证事务查看数据时数据所处的状态，只能是另一并发事务修改它之前的状态或者是另一事务修改它之后的状态，而不能是查看中间状态的数据。

（4）持续性

持续性（Durability）也称为永久性（permanence），是指一个事务一旦提交，它对数据库中数据的改变就应该是永久性的。接下来的其他操作或故障不应该对其执行结果有任何影响。例如：在银行转账中，账户 A 的金额减少了 10 000 元，账户 B 的金额增加了 10 000 元，以后其他事务的执行不会改变这一执行结果。

事务的以上四个特性是密切相关的，原子性是保证数据库一致性的前提，隔离性与原子性相互依存，持续性则是保证事务正确执行的必然要求。

事务 ACID 特性可能遭到破坏的因素主要有两个，一是事务在运行过程中被强行停止；二是多个事务并发运行时，不同事务的操作交叉执行。在第一种情况下，数据库管理系统必须保证被强行终止的事务对数据库和其他事务影响能得以消除，这就是数据库恢复机制的责任。在第二种情况下，数据库管理系统必须保证多个事务的交叉运行不影响事务的原子性，这就是并发处理机制的责任。

2 事务的操作

（1）事务的语法格式

事务组织结构一般形式如下：

使用 BEGIN TRANSACTION 定义一个事务的开始；

使用 COMMIT TRANSACTION 提交一个事务；

使用 ROLLBACK TRANSACTION 回滚事务。

1）BEGIN TRANSACTION：标志一个显示本地事务的开始。

其语法格式为：

BEGIN TRANSACTION [transaction_name]

其中：transaction_name 表示事务名称。

2）用 COMMIT TRANSACTION：标志一个事务的结束，提交事务。

其语法格式为：

```
COMMIT TRANSACTION [transaction_name]
```

其中：transaction_name 表示在 BEGIN TRANSACTION 语句中给出的事务名称。

实际上 SQL Server 将忽略该事务名称，但通过指明 COMMIT TRANSACTION 与 BEGIN TRANSACTION 中相同的 transaction_name 能提高代码可读性。

因为数据已经永久性的修改，所以执行 COMMIT TRANSACTION 语句后不能回流事务。

当在嵌套事务中使用 COMMIT TRANSACTION 时，内部事务的提交并不释放资源，也没有执行永久修改。只有在提交了全部事务时，数据修改才具有永久性，而且资源才会被释放。

3）ROLLBACK TRANSACTION：回滚事务，将显式事务或者隐性事务回滚到事务的起点或事务内的某个保存点。

其语法格式为：

```
ROLLBACK TRANSACTION[transaction_name]
```

其中：transaction_name 表示在 BEGIN TRANSACTION 语句中给出的事务名称。

不带 transaction_name 的 ROLLBACK TRANSACTION 回滚到事务的起点。嵌套事务时，该语句将所有内层事务回滚到最外层的 BEGIN TRANSACTION 语句，transaction_name 也只能是来自最外层的 BEGIN TRANSACTION 语句的名称。

如果在触发器中发出 ROLLBACK TRANSACTION，将回滚对当前事务中所做的所有数据修改，包括触发器所做的修改。

如果在事务执行过程中出现任何错误，SQL Server 实例将回滚事务。

某些错误（如死锁）会自动回滚事务。

如果在事务活动时由于某种原因（如客户端应用程序终止、客户端计算机关闭或重新启动、客户端网络连接中断等）中断了客户端和 SQL Server 实例间的通信，SQL Server 实例将在收到网络或操作系统发出的中断通知时自动回滚事务。在所有这些错误情况下，将回滚任何未完成的事务以保护数据库的完整性。

在事务中，不能使用以下 Transact-SQL 语句：

```
ALTER DATABASE
BACKUP LOG
CREATE DATABASE
DUMP TRANSACTION
LOAD DATABASE
LOAD TRANSACTION
RECONFIGURE
RESTORE LOG
UPDATE STATISTICS
```

（2）事务的应用

【例 5-35】使用 COMMIT TRANSACTION 提交事务简单示例：定义一个事务，向 class 表插入 3 行数据（即 3 个班的班级信息），并提交完成。

1）在查询窗口中执行如下 SQL 语句：

```
Use class_MIS
Go
--开始事务
BEGIN TRANSACTION
INSERT class(cla_id, spe_id , cla_name) VALUES (111,101,'会计 1 班')
INSERT class(cla_id, spe_id , cla_name) VALUES (112,101, '会计 2 班')
INSERT class(cla_id, spe_id , cla_name) VALUES (113,101, '会计 3 班')

--提交事务，保存在表中
COMMIT TRANSACTION
```

2）测试：查询 class 表中是否插入了 3 个班。在查询窗口中执行如下 SQL 语句：

```
SELECT *
FROM class
WHERE spe_id=101
GO
```

结果显示专业号为 101 的 3 个班保存在表 class 中。

3）为了后面测试数据的方便，请先将前面添加的 spe_id=101 的 3 行数据删除。

在查询窗口中执行如下 SQL 语句：

```
DELETE
FROM class
WHERE spe_id=101
GO
```

【例 5-36】使用 ROLLBACK TRANSACTION 回滚事务简单示例。定义一个事务，向 class 表中插入 3 行数据，并回滚撤销。

1）在查询窗口中执行如下 SQL 语句：

```
Use class_MIS
Go
--开始事务，插入 3 行数据
BEGIN TRANSACTION
INSERT class(cla_id, spe_id , cla_name) VALUES (111,101,'会计 1 班')
INSERT class(cla_id, spe_id , cla_name) VALUES (112,101, '会计 2 班')
INSERT class(cla_id, spe_id , cla_name) VALUES (113,101, '会计 3 班')

--撤销事务，撤销刚插入的 3 行数据
ROLLBACK TRANSACTION
```

2）测试：查看 class 表中是否存在。在查询窗口中执行如下 SQL 语句：

```
SELECT *
FROM class
```

```
WHERE spe_id=101
GO
```

执行后结果表明，spe_id 为"101"的数据行不在 class 表中，确实没有添加 3 行数据。

【**例 5–37**】嵌套事务示例，说明在嵌套事务中只有在提交了外部事务后，数据修改才会生效。

先创建一个表，生成 3 个级别的嵌套事务，然后提交该嵌套事务。尽管每个 COMMIT TRANSACTION 语句都有一个 transaction_name，但是 COMMIT TRANSACTION 和 BEGIN TRANSACTION 语句之间没有任何关系。transaction_name 的作用仅是便于阅读代码。

在查询窗口执行如下 SQL 语句：

1）创建表 TestTran，其中包括整型列 A 和字符型列 B；

```
CREATE TABLE TestTran
(A int,
  B nvarchar(3))
GO
```

2）开始最外层事务 Tran1；

```
BEGIN TRANSACTION Tran1
GO
INSERT INTO TestTran
VALUES(1,'aaa')
GO
```

3）开始内层事务 Tran2；

```
BEGIN TRANSACTION Tran2
GO
INSERT INTO TestTran
VALUES(2,'bbb')
GO
```

4）开始内层事务 Tran3；

```
BEGIN TRANSACTION Tran3
GO
INSERT INTO TestTran
VALUES(3,'ccc')
GO
```

5）提交事务 Tran3；

```
COMMIT TRANSACTION Tran3
GO
```

外层事务 Tran2、Tran1 还没有提交，所以提交事务 Tran3 并没有导致 INSERT INTO TestTran VALUES(3,'ccc')数据真正更新。

6）提交事务 Tran2；

```
COMMIT TRANSACTION Tran2
GO
```

最外层事务 Tran1 还没有提交，所以提交事务 Tran2 并没有导致 INSERT INTO TestTran VALUES(3,'ccc')、INSERT INTO TestTran VALUES(2,'bbb')数据真正更新。

7）提交事务 Tran1；

```
COMMIT TRANSACTION Tran1
GO
```

最外层事务 Tran1 提交完毕，INSERT INTO TestTran VALUES(3,'ccc')、INSERT INTO TestTran VALUES(2,'bbb')、INSERT INTO TestTran VALUES(1,'aaa')这三条语句成功执行。

8）表 TestTran 仅仅是用于本例测试，所以应删除表 TestTran。

```
DROP TABLE TestTran
```

【例 5-38】嵌套事务示例，说明不能撤销最内层事务，否则会导致错误。

在查询窗口执行如下 SQL 语句：

1）创建表 TestTran，其中包括整型列 A 和字符型列 B；

```
CREATE TABLE TestTran
(A int,
  B nvarchar(3))
GO
```

2）开始最外层事务 Tran1；

```
BEGIN TRANSACTION Tran1
GO
INSERT INTO TestTran
VALUES(1,'aaa')
GO
```

3）开始内层事务 Tran2；

```
BEGIN TRANSACTION Tran2
GO
INSERT INTO TestTran
VALUES(2,'bbb')
GO
```

4）开始内层事务 Tran3；

```
BEGIN TRANSACTION Tran3
GO
INSERT INTO TestTran
VALUES(3,'ccc')
GO
```

5）执行如下 SQL 语句进行测试比较：

```
ROLLBACK TRANSACTION Tran3
```

如图 5-34 所示，在嵌套事务中，并不能撤销最内层事务，否则会导致错误。

6）执行如下 SQL 语句进行测试比较：

```
ROLLBACK TRANSACTION Tran1
--或
ROLLBACK TRANSACTION
```

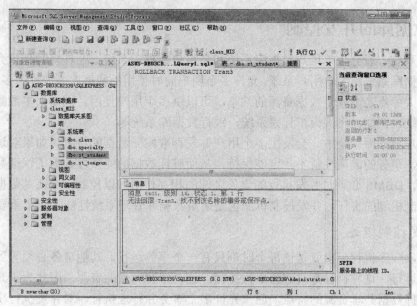

图 5-34　嵌套中事务处理出错提示

在嵌套事务中，只能撤销最外层的事务，这里最外层的事务为 Tran1，所以只能是 ROLLBACK TRANSACTION Tran1 或者不指明事务名称，使用 ROLLBACK TRANSACTION 也可以取得同样的效果。从这里可以理解事务名称主要是起到方便阅读和维护的作用，如图 5-35 所示。

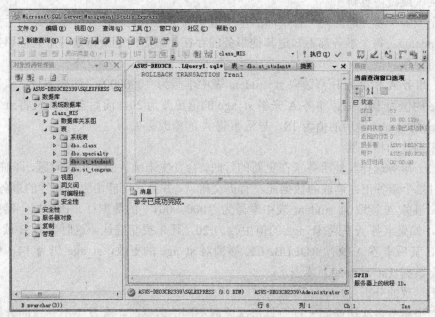

图 5-35　撤销事务

7）表 TestTran 仅仅用于本例测试，所以应删除表 TestTran。

```
DROP TABLE TestTran
```

5.3.2　数据库的并发控制

数据库系统一般分为单用户数据库系统和多用户数据库系统。在任何时刻只允许一个用户使用的数据库系统称为单用户系统，允许多个用户同时使用的数据库系统称为多用户系统。数据库的最大特点之一就是数据资源的共享，可以供多个用户使用，因而大多数数据库系统是多用户系统，例如，飞机火车订票系统，银行数据库系统等。

在多用户数据库系统中，会发生多个用户并发存取同一数据的情况。如果对这些并发事务不加控制，事务的隔离性就不一定能保持，从而破坏数据的完整性。为了保证数据库中数据的一致性，DBMS 必须对并发执行的事务之间的相互作用加以控制，这就是数据库管理系统中并发控制机制的责任，并发控制机制也是衡量数据库管理系统性能的一个重要指标。

1. 并发控制概述

事务如果顺序执行，也就是说每个时刻只有一个事务运行，其他事务必须等到这个事务结束后才能运行，这种执行方式称为串行执行。这会浪费大量的资源，因此为了充分利用系统资源，发挥数据共享资源的特点，应该允许多个事务并行地执行。对并发执行事务的控制也就称为并发控制。

2. 并发操作引发的问题

如果没有锁定且多个用户同时访问一个数据库，则当他们的事务同时使用相同行中的数据时可能会发生以下问题。

（1）丢失或覆盖更新

当两个或多个事务选择同一行，然后基于最初选定的值更新该行时，会发生丢失更新问题（lose update）。每个事务都不知道其他事务的存在，最后的更新将重写由其他事务所做的更新，这将导致数据丢失。

例如，事务 A 和事务 B 都读取 st_student 表中学号为 "0000001" 的数据行，该数据行年龄列 st_age 的值为 14，如果事务 A 先将 st_age 的值更改为 20，而后事务 B 又将 st_age 的值更改为 18，则 st_age 最后的值为 18，导致事物 A 的修改丢失。

（2）未确认的相关性

当第二个事务选择其他事务正在更新的行时，会发生未确认的相关性问题，即脏读（dirty read）。这时二个事务正在读取的数据还没有提交确认，并且它可能由更新此行的事务所更改。

例如：事务 A 读取 st_student 表中学号为 "00000001" 的数据行，该数据年龄列 st_age 的值为 14，如果事务 A 先将 st_age 的值更改为 20，还未提交确认。这时事务 B 读取 st_age 的值为 20，其后事务 A 执行 ROLLBACK 撤销对 st_age 的更改，st_age 仍为 14，但事务 B 已把 "脏" 数据（st_age=20）读走了。

（3）不一致的分析

当第二个事务多次访问同一行而且每次读取不同的数据时，会发生不一致的分析问题，即不能重复读（unrepeatable read）。

例如，如事务 A 和事务 B 都读取 st_student 表中学号为 "00000001" 的数据行，该数据年龄列 st_age 的值为 14，如果事务 A 先将 st_age 的值更改为 20，且提交确认，而事务 B 使用的 st_age 的值仍为 14。

（4）幻象读

当对某数据行执行插入或删除操作，而该数据行属于某个事务正在读取的行的范围时，会发生幻象读问题。

例如，事务 A 读取 st_student 表中学号为"00000001"～"00000010"的多行数据，读取之后，另一事务 B 将 st_student 表中学号为"00000002"的数据行删除了，这时事务 A 中读取的数据仍包含学号为"00000002"的数据行。

为防止出现上述数据不一致的情况，必须使并发的事务串行化，使各事务都按某种顺序依次执行，这样就能避免相互干扰，这种机制即是封锁。

3. 封锁

封锁机制是并发控制的重要手段，封锁是使事物对它要操作的数据有一定的控制能力。封锁具有三个环节：第一个环节是申请加锁，即事务在操作前要对它将使用的数据提出加锁请求；第二个环节是获得锁，即当条件成熟时，系统允许事务对数据加锁，从而事务获得数据的控制权；第三个环节是释放锁，即完成操作后事务放弃数据的控制权。

基本的封锁类型有两种：排他锁（简称 X 锁）和共享锁（简称 S 锁）。

（1）排他锁

排他锁也称为独占锁或写锁。一旦事务 T 对数据对象 A 加上排它锁（X 锁），则只允许 T 读取和修改 A，其他任何事务即不能读取和修改 A，也不能再对 A 加任何类型的锁，直到 T 释放 A 上的锁为止。

（2）共享锁

共享锁又称读锁。如果事务 T 对数据对象 A 加上共享锁（S 锁），其他的事务只能再对 A 加 S 锁，不能加 X 锁，直到事务 T 释放 A 上的 S 锁为止。

4. SQL Server 中的锁定

为了使锁定的成本减至最少，SQL Server 2005 采用多粒度锁定的方式，允许一个事务锁定不同类型的资源。SQL Server 自动将资源锁定在适合任务的级别上。

锁定较小的粒度（例如表）可以增加并发但需要较大的开销，因为锁定的行越多，需要控制的锁也就越多。

锁定在较大的粒度（例如表）需要维护的锁较少，要求的开销较低，但因为锁定整个表而限制了其他事务对表的访问，所以就并发而言是相当昂贵的。

SQL Server 可以锁定的资源（按粒度增加的顺序列出），如表 5–4 所示。

表 5–4　SQL Server 可以锁定的资源

资源	描述
RID	行标识符，用于单独锁定表中的一行
KEY	键，索引中的行锁，用于保护可串行事务中的键范围
PG	页，8 KB 的数据页或索引页
EXT	扩展盘区，相邻的 8 个数据页或索引页构成一组
TAB	表，包括所有数据和索引在内的整个表
DB	数据库

SQL Server 使用不同的锁模式锁定资源，这些锁模式确定了并发事务访问资源的方式。下面介绍几种常用的锁模式。

（1）共享锁

共享锁用于不更改或不更新数据的操作（只读操作），如 SELECT 语句。

共享锁允许并发事务读取（SELECT）一个资源。资源上存在共享锁时，任何其他事务都不能修改数据。除非将事务隔离级别设置为可重复读或更高级别，或都在事务生存周期内用锁定提示保留共享锁，那么一旦读取数据，便立即释放资源上的共享锁。

（2）更新锁

更新锁用于可更新的资源中，可防止当多个会话在读取、锁定以及随后可能进行的资源更新时发生的死锁。

一般更新模式由一个事务组成，此事务读取数据行，获取资源的共享锁，然后修改行，此操作要求锁转换为排他锁，如果两个事务获得了资源上的共享锁，然后试图同时更新数据，则一个事务尝试将锁转换为排他锁。共享锁到排他锁的转换必须等待一段时间，因为一个事务的排他锁与其他事务的共享锁不兼容，发生锁等待。如果第二个事务也试图获取排他锁以进行更新，则由于两个事务都要转换为排他锁，并且每个事务都等待另一个事务释放共享锁，因此发生死锁。

若要避免这种潜在的死锁问题，要使用更新锁。一次只有一个事务可以获得资源的更新锁。如果事务修改资源，则更新锁转变为排他锁；否则，锁转换为共享锁。

（3）排他锁

排他锁用于数据修改操作，例如 INSERT、UPDATE 或 DELETE。它确保不会同时对同一资源进行多重更新。

排他锁可以防止并发事务对资源进行访问，其他事务不能读取或修改排他锁锁定的数据。

【例 5–39】使用 SQL Server Management Studio 浏览系统中的锁。

具体操作步骤有以下几步。

① 展开服务器组，然后展开"服务器"。

② 展开"管理"，然后展开"活动监视器"。

③ 在选择页中查看"按进程分类的锁"。

④ 在选择页中查看"按对象分类的锁"。

⑤ 单击要查看的锁。

⑥ 当前锁显示在详细信息窗格中。

【例 5–40】使用 sp_lock 系统存储过程显示 SQL Server 中当前持有的所有锁的信息。在查询窗口中执行如下 SQL 语句：

```
USE master
GO
EXEC sp_lock
GO
```

返回结果如图 5–36 所示。

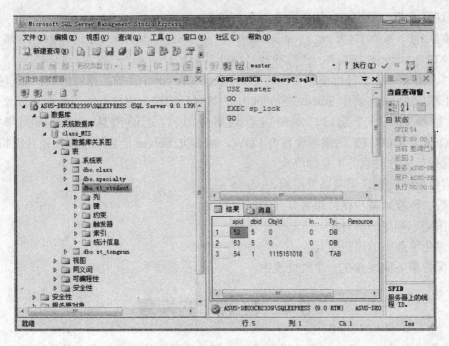

图 5-36　查询锁信息

5. 死锁

封锁机制的引入能解决并发用户的数据一致性问题，但因此会引起事务间的死锁问题，死锁的主要原因是，由于两个或更多的事务竞争资源而直接或间接地相互等待而造成的。

【例 5-41】人为制造死锁示例。

1）在查询窗口中输入并执行下列语句，这里称为事务 1：

```
USE Class_MIS
SET DEADLOCK_PRIORITY LOW
BEGIN TRANSACTION
--事务 1 中，系统自动为 st_student 表中 st_number ='200654321'的数据行加锁
UPDATE st_student SET cla_id=101 WHERE st_number='200654321'
```

2）单击工具栏上的"新建查询"按钮，新建一个查询窗口（这里称为事务 2），在新的查询窗口中输入并执行下列语句：

```
BEGIN TRANSACTION
--事务 2 中，系统自动为 Class 表中 cla_id ='101'的数据行加锁
UPDATE Class SET cla_code =3  WHERE cla_id='101'
```

3）切换到第一个查询窗口，输入并执行下列语句：

```
--事务 1 中，系统自动为 Class 表中 cla_id='101'的数据行加锁
UPDATE Class SET cla_code =4  WHERE cla_id='101'
```

这时，由于事务 1 和事务 2 都锁定了 Class 表中 Cla_id='102'的数据行，所以事务 1 被事务 2 阻止，但还没有发生死锁。

4）切换到第二个窗口，输入并执行下列语句：

```
--事务 2 中，系统自动为 st_student 表中 st_number = '200654321'的数据行加锁
UPDATE student SET Pwd='9999999' WHERE st_number = '200654321'
```

这时，由于事务 1 等待事务 2 释放 Class 表中 Cls_id='102'的数据行的锁，而事务 2 又等待事务 1 释放 Student 表中 StuNo='00000001'的数据行的锁，这样互相等待而造成死锁。

5）切换到第一个窗口，这时可看到事务 1 终止的消息。这是因为事务 1 的 DEADLOCK_PRIORITY 的选项设置为 LOW，而 SQL Server 能自动检测死锁并能将其解锁，因此发现死锁条件时事务 1 立即终止。

为避免死锁，建议采取以下措施。

① 最大限度地减少保持事务打开的时间长度。

② 按同一顺序访问对象。

③ 避免事务中的用户交互。

④ 保持事务简短并在一个批处理中。

5.4　数据库的恢复

尽管数据库系统中采取了各种保护措施来保证数据库的安全性和完整性不被破坏，保证并发事务能够正确执行，但是计算机系统中硬件故障、软件的错误、操作员的失误以及恶意的破坏仍然是不可避免的，这些故障轻则造成运行事务非正常中断，影响数据库中数据的正确性，重则破坏数据库，使数据库中全部或部分数据丢失。因此，数据库管理系统必须具有把数据库从错误状态恢复到某一已知的正确状态的功能，这就是数据库的恢复功能。

5.4.1　数据库故障

数据库系统主要可能发生以下几种类型的故障。

1. 事务内部的故障

事务内部的故障是由于程序执行错误而引起事务非预期的、异常终止的故障，事务内部故障有的是可以通过事务程序本身发现的。

事务故障更多的是非预期的，不能由事务处理程序处理的情况，主要有：

① 逻辑上的错误，如运算溢出、死循环、非法操作、地址越界等；

② 违反完整性限制的无效的输入数据；

③ 违反安全性限制的存取权限；

④ 资源限定，如为了解除死锁、实施可串行化的调度策略等而撤销一个事务；

⑤ 用户的控制台命令。

事务故障意味着事务没有达到预期的终点（COMMIT 或者显式的 ROLLBACK），因此数据库可能处于不正确状态。恢复程序的任务就是在不影响其他事务运行的情况下，强行撤销该事务已经作出的任何对数据库的修改，使得该事务好像根本没有启动一样。

2. 系统故障

系统故障是指引起系统停止运转，使得系统需要重新启动的事件。主要有 CPU 等硬件故

障、操作系统出错、DBMS 代码错误、电源故障等。系统故障直接影响当前正在运行的所有事务，使所有正在运行的事务都非正常终止。它虽然不会毁坏数据库，但会导致内存、尤其是各缓冲区中的内容都丢失了。

3. 介质故障

介质故障就是外存储设备故障，主要有磁盘损坏，磁头碰撞盘面，突然的强磁场干扰，数据传输部件出错，磁盘控制器出错等。这类故障会破坏数据库或部分数据库，并影响正在存取这部分数据的所有事务。介质故障比前两类故障发生的可能性小得多，但破坏性很大，有时会造成数据库的无法恢复。

4. 计算机病毒

计算机病毒是一种人为的故障或破坏，是一种有害的计算机程序。这种程序与其他程序不同，它可以自身进行复制和传播，并造成对包括数据库在内的计算机系统的危害。

5. 用户操作错误

在某些情况下，由于用户有意或无意的操作也可能删除数据库中的有用的数据或加入错误的数据，这同样会选成一些潜在的故障。

各类故障对数据库的影响有两种可能性。一是数据库本身被破坏；二是数据库没有被破坏但是数据已经不正确。因此必须采取一定的手段恢复被破坏或不正确的数据库。

5.4.2　数据转储与日志

数据库恢复技术需要解决的一个关键问题是建立冗余数据。当数据库被破坏或产生不正确的数据时，可以根据存储在系统别处的冗余数据来重建数据库。建立冗余数据库最常用的技术是数据转储和登录日志文件。通常这两种方法是一起使用的。

1. 数据转储

数据转储是指数据库管理员定期将整个数据库复制到磁带或另一个磁盘上保存起来的过程。这些备份数据文本称为后备副本或后援副本。后备副本也要注意保护，如加强防火、防磁等。数据库是不断变化的，因此应该随时更新后备副本。当数据库遭到破坏后可以将后备副本重新装入，并重新运行自转储以后的所有事务。

数据转储按不同的标准有不同的分法。

（1）从转储状态上分——动态转储和静态转储

1）静态转储

静态转储是指在进行转储操作过程中，系统不运行其他事务，专门进行转储工作，即在转储期间不允许对数据库的任何存取和修改活动。静态转储前数据库处于一致性状态，静态转储后所得到的是一个数据一致性的数据库副本。

静态转储虽然简单，但这种方法将自上次备份以来改变与未改变的数据都复制了一遍，花费了一些不必要的系统时间和空间，且转储必须等到正在运行的事务结束后才能进行，而新的事务必须要等到转储结束后才能执行，从而降低了系统效率和可用性。

2）动态转储

动态转储是指在转储期间允许对数据库的任何存取和修改活动，即转储和事务可以并发执行。动态转储有效地克服了静态转储的缺点，它不用等待正在运行的事务结束，新事务运行也不必等转储结束。动态转储的缺点是：转储结束时后备副本上的数据并不能保证正确有效。为此，必须把转储期间各事务对数据库的修改活动登记下来，建立日志文件。数据库恢复时，可以用日志文件修改后备副本使数据库恢复到某一时刻的正确状态。

（2）从转储方式上分——海量转储与增量转储

1）海量转储。海量转储是指每次转储全部数据库。由于海量转储能够得到后备副本，进行恢复工作比较容易，但这种技术对于数据量大和更新频率高的数据库来说是不适合的。

2）增量转储。增量转储是指每次只转储上一次转储后更新过的数据。增量转储适用于数据库较大，事务处理较频繁的数据库系统。

这样，数据转储可以在两种状态上以两种方式进行，因此数据转储可以分为以下四类：动态海量转储、动态增量转储、静态海量转储、静态增量转储。

2. 登录日志文件

系统运行时，数据库与事务状态都在不断变化，为了在故障发生后能恢复系统的正常状态，必须在系统正常运行时随时记录下它们的变化情况，这种记录数据库的文件称为日志文件。

不同数据库系统采用的日志文件格式并不完全一样，概括起来日志文件主要有两种格式，一种是以记录为单位的日志文件，一种是以数据块为单位的日志文件。日志文件在数据恢复中起着非常重要的作用，可以用来进行事务故障恢复和系统故障恢复，并协助后备副本进行介质故障恢复。

5.4.3 故障恢复策略

当系统运行中发生了故障，利用数据库后备副本和日志文件就可以将数据库恢复到故障前的某一个一致性状态。不同的故障采用不同的恢复策略。

1. 事务故障恢复

事务故障是指事务在运行至正常终止点前被终止，当故障发生时，恢复子系统应利用日志文件撤销（UNDO）此事务已对数据库进行的修改，其具体步骤有以下几步。

1）反向扫描日志文件（即从日志文件的最后向前扫描），查找该事务的更新操作。

2）对该事务的更新操作执行逆操作，即：如果是插入操作则做删除操作，如果是删除操作则做插入操作，如果是修改操作则用修改前的值代替修改后的值。

3）重复执行第一、第二步，继续反向扫描日志文件，查找该事务的其他更新操作，并做同样的处理，直至读到该事务的开始标志，事务故障恢复就完成了。

2. 系统故障恢复

系统故障造成数据库不一致分两种情况，一是未完成事务对数据库的更新可能已写入数据库；二是已提交事务对数据库的更新可能还留在缓冲区没来得及写入数据库。因此恢复操作就是要撤销故障发生时未完成的事务，重做已完成的事务。系统故障恢复是由系统重新启动时自动完成的，不需要用户干预。

系统故障恢复的步骤有以下几步。

1）正向扫描日志文件，找出故障发生前已提交的事务。将其记入重做队列，并找出故障发生时尚未完成的事务，将其记入撤销队列。

2）对重做队列中的各个事务进行重做处理。进行重做的处理方法是，正向扫描日志文件，对每个事务的更新操作执行重新执行日志文件登记的操作，即将日志中的"更新前的值"写入数据库。

3）对撤销队列中的各个事务进行撤销处理。进行撤销的处理方法是，反向扫描日志文件，对每个事务的更新操作执行逆操作，即将日志中的"更新前的值"写入数据库。

3. 介质故障恢复

发生介质故障后，磁盘上的物理数据和日志文件都被破坏。恢复的方法是重装数据库，后备副本，并重做已完成的事务。下面介绍其具体做法。

1）装入最新的数据库副本，使数据恢复到最近一次转储时的一致状态。对于动态转储的数据库副本，还需要同时装入转储开始时刻的日志文件副本，利用系统故障恢复方法将数据库恢复到一致性状态。

2）装入相应的日志文件副本，重做已完成的事务。首先扫描故障发生时已提交的事务标识，将其记入重做队列，然后正向扫描日志文件，对重做队列中的所有事务进行重做处理，即将日志中的"更新后的值"写入数据库。

5.4.4　SQL Server 的数据恢复机制

1. 分离与附加数据库

分离数据库将分离的数据库从 SQL Server 实例中删除，并将该数据库的数据文件和事务日志文件保存在磁盘上。如果需要，保存的数据文件和事务日志文件可以用来将数据库附加到任何 SQL Server 实例上。

如果要移动数据库或要将数据库更改到同一台计算机的不同 SQL Server 实例上，分解和附加数据库会很有用。

例如：系统未正式投入使用，数据库还需要经常修改，在家里和办公室都要对其进行操作，那么可在一处分离数据库，然后在另一处附加数据库。

【例 5–42】将 class_MIS 数据库进行分离，然后将它附加到所需要的计算机上。

分离之前，应清楚数据库物理文件的路径。可查看相应数据库的属性，在"对象资源管理器"中展开"数据库"，右击"class_MIS"，在弹出的快捷菜单中选择"属性"命令，在弹出的对话框的"选择页"中选择"文件"，即可查看数据库文件的路径，如图 5–37 所示，这里是"C:\Program Files\Microsoft SQL Server\MSSQL.1\MSSQL\DATA"。

步骤 1：分离 class_MIS 数据库。

1）在"对象资源管理器"中展开"数据库"，右击"class_MIS"，在弹出的快捷菜单中选择"任务"级联菜单下的"分离"命令，弹出的对话框如图 5–38 所示。

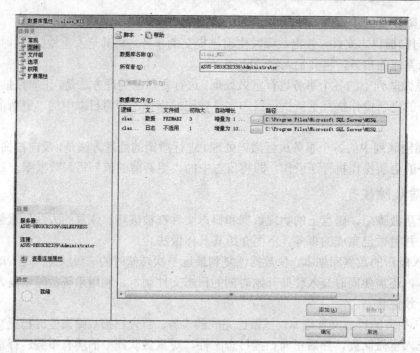

图 5-37　"数据库属性"的"文件"页

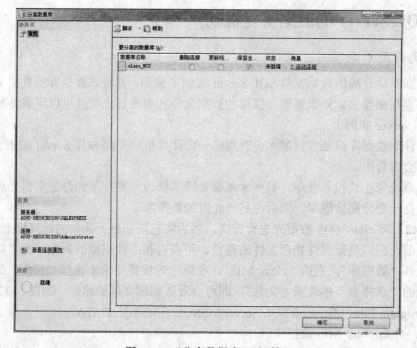

图 5-38　"分离数据库"对话框

2）单击"确定"按钮完成分离数据库。

步骤 2：将分离后的数据库文件复制到目标计算机上，考虑读者学习的实际操作环境，这里仍然在相同的计算机上附加数据库。

步骤 3：附加 class_MIS 数据库。

1）在"对象资源管理器"中右击"数据库"，在弹出的快捷菜单中选择"附加"命令，弹出的对话框如图 5-39 所示。

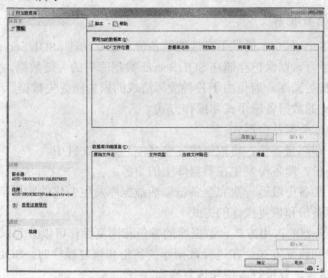

图 5-39　"附加数据库"对话框

2）在"附加数据库"对话框单击"添加"按钮，弹出如图 5-40 所示的对话框，在"选择

图 5-40　定位数据库文件

文件"框的树形目录中找到 class_MIS.mdf 文件，选中要附加的数据文件 class_MIS.mdf，单击"确定"按钮。

3）单击"确定"按钮完成附加数据库的操作。

2. 备份与还原数据库

Microsoft SQL Server 2005 提供了高性能的备份和还原功能。SQL Server 备份和还原组件提供了重要的保护手段，以保护存储在 SQL Server 数据库中的关键数据。实施计划妥善的备份和还原策略可保护数据库，避免由于各种故障造成的损失而丢失数据。

（1）SQL Server 的数据备份形式和操作方式

1）SQL Server 的数据备份形式

① 完全备份：即海量备份，将数据库完全复制到备份文件中。

② 事务日志备份：即备份发生在数据库上的事务。

③ 增量备份：指备份最近一次完全备份以后数据库发生变化的数据。

2）数据库进行备份和恢复操作的方式

根据对 SQL 服务器的占用方式，数据库的备份和恢复操作可以分为以下两种形式。

① 静态的备份和恢复方式：在进行数据库的备份和恢复操作时，SQL 服务器不接受任何应用程序的访问请求，只执行备份和恢复操作。

② 动态的备份和恢复方式：在进行数据库的备份和恢复操作时，SQL 服务器同时接受应用程序的访问请求。

（2）SQL Server 的数据备份或恢复的策略

下面提供了 3 种 SQL Server 支持的数据备份或恢复的策略，系统管理员可以从中选择合适的方法。

1）使用完全备份的策略。使用完全备份的最大优点是能够简便数据库的恢复操作，它只需要将最近一次的备份恢复即可。完全备份所占有的存储空间大且备份的时间长，只能在一个较长时间间隔上进行完全备份。

这种策略的缺点是当根据最近的完全备份进行数据恢复时，完全备份后对数据库所作的任何修改都将无法恢复。当数据库较小，数据不是很重要或数据操作频率较低时，可采用完全备份的策略进行数据备份和恢复。

2）在完全备份基础上使用事务日志备份的策略。事务日志备份必须与数据库备份联合使用，才能实现数据备份和恢复的功能。将完全备份和事务日志备份联用进行数据备份和恢复时，其备份步骤为：

① 定期进行完全备份，如一天一次或两天一次；

② 更频繁地进行事务日志备份，如一小时一次或两小时一次。

当需要进行数据库恢复时，按下述步骤进行：

① 用最近一次完全备份恢复数据库；

② 用最近一次完全备份之后创建的所有日志备份，按顺序恢复了完全备份之后发生在数据库上的所有操作。

完全备份和事务日志备份相结合的方法能够完成许多数据库的恢复工作，但它对那些不在事务日志中留下记录的操作，就无法恢复数据。

3）同时使用三种备份的策略。在同时使用数据库完全备份和事务日志备份的基础上，再以增量备份作为补充，可以在发生数据丢失时将损失减到最小。同时使用三种备份的策略时，其操作步骤为：

① 定期执行完全备份，如一天一次或两天一次；

② 进行增量备份，如四小时一次或六小时一次；

③ 进行事务日志备份，如一小时一次或两小时一次。

当发生数据丢失或操作失败时，按下列顺序恢复数据库：

① 用最近一次完全备份恢复数据库；

② 用最近一次增量备份恢复数据库；

③ 用最近一次的完全备份之后创建的所有事务日志备份，按顺序恢复最近一次完全备份之后发生在数据库上的所有操作。

（3）SQL Server 的数据备份或恢复的方法

数据库备份也可用于将数据库从一台服务器复制到另一台服务器上。

在备份的过程中，Microsoft SQL Server 2005 将数据从数据库文件直接复制到备份设备中。因此，可以在完成生产工作负荷的同时执行 SQL Server 备份。

备份可以创建在磁盘、磁带等备份设备上。这里将介绍如何备份到磁盘和从磁盘进行还原的操作。

【例 5–43】将 class_MIS 数据库进行备份。

1）在"对象资源管理器"中展开"数据库"，右击"class_MIS"，在弹出的快捷菜单中选择"任务"联菜单下的"备份"命令，如图 5–41 所示。

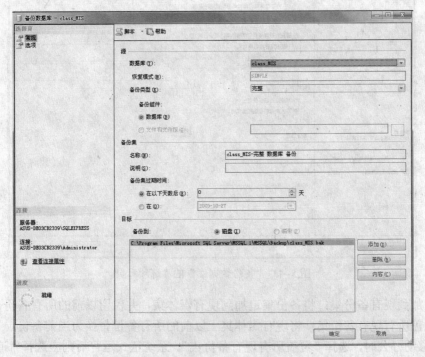

图 5–41　"备份数据库"对话框

2）备份目标将保持上次备份的默认值，如果是首次备份，系统会给出默认的备份路径和文件，这里指定文件名，在"文件名"文本框中输入备份目标的路径和文件名，这里输入"C:\Program Files\Microsoft SQL Server\MSSQL.1\MSSQL\Backup\ Class_MIS.bak"，读者可根据实际情况调整，如图 5-42 所示。

图 5-42 "选择备份目标"对话框

3）在"选择页"中选择"选项"，如图 5-43 所示，下面说明其中的常用选项。

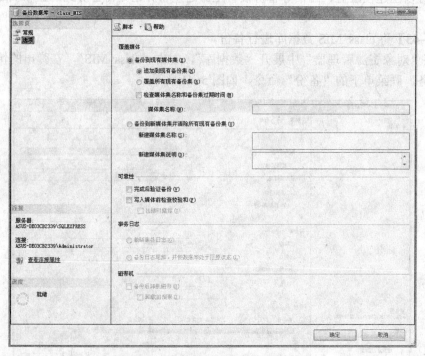

图 5-43 "备份数据库"的"选项"页

① 追加到现有备份集：将备份集追加到现有媒体集，并保留以前的所有备份。

② 覆盖所有现有备份集：将现有媒体集上以前的所有备份替换为当前备份。

一般移动办公时，选择"覆盖所有现有备份集"。系统正式运行后则应选择"追加到现有备份集"。选择该方式要注意磁盘空间是否够用，特别是系统长时间运行后。

4）单击"确定"按钮。弹出如图 5-44 所示的对话框，显示备份成功完成。

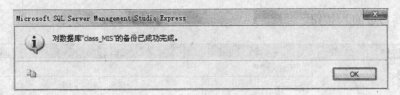

图 5-44　显示备份成功完成

【例 5-44】将备份的 class_MIS 数据库进行还原。

1）为测试还原，首先删除 class_MIS 数据库下的 Student 表。

2）在"对象资源管理器"中展开"数据库"，右击"class_MIS"，在弹出的快捷菜单中选择"任务"级联菜单下的"还原"命令，然后选择"数据库"选项，如图 5-45 所示。

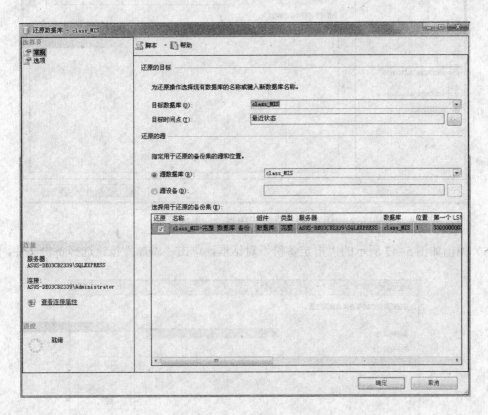

图 5-45　"还原数据库"对话框

3）从"源数据库"还原常用于在原备份机上还原。如图 5-44 所示，在"源数据库"下拉列表框中选择"class_MIS"数据库。在"选择用于还原的备份集"列表中，选中要还原的备份集。从列表中可以看到前面只做过一次备份。

目标数据库：在该列表中输入目标数据库。此时可以输入新的数据库，也可以从下拉列表中选择已有的数据库。

源数据库：表示备份集的源数据库，上例的备份集在 class_MIS 数据库中，所以这里选择"class_MIS"。

4）从"源设备"还原常用于在非备份机上还原。如图 5-46 所示，选中"源设备"单选按钮，单击其右边的 按钮。

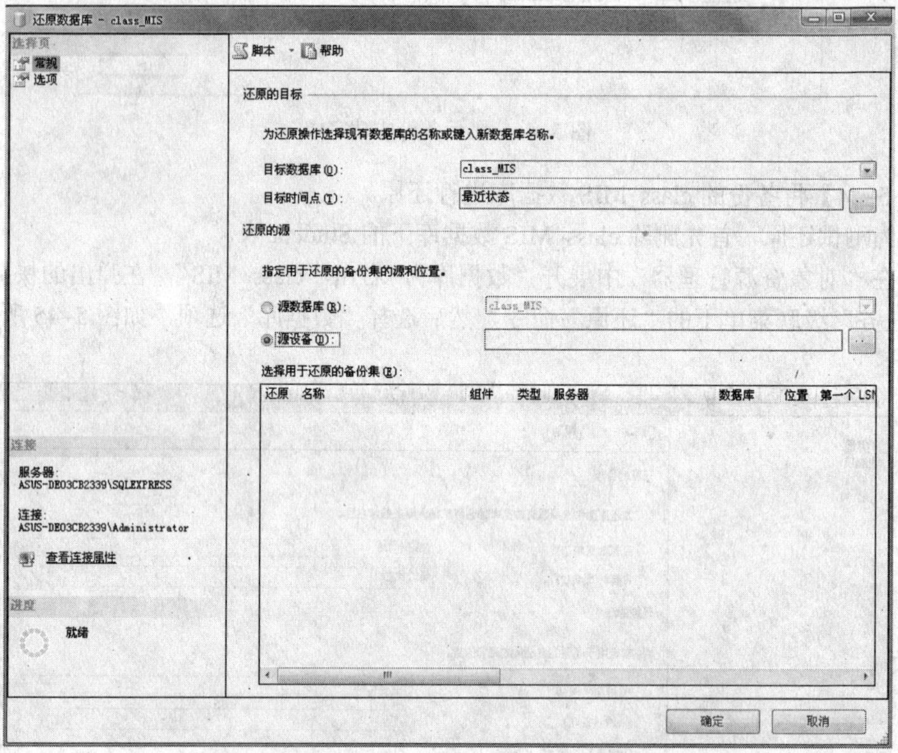

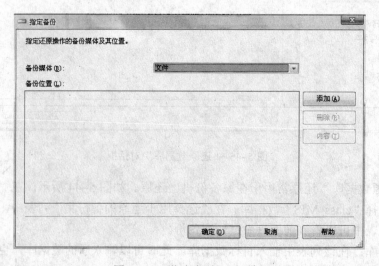

图 5-46　选中"源设备"单选按钮

5）弹出如图 5-47 所示的"指定备份"对话框，单击"添加"按钮选择备份文件。

图 5-47　"指定备份"对话框

6）弹出如图 5-48 所示的对话框，选择刚才备份的文件，这里选择 C 盘下的"Class_MIS.bak"，单击"确定"按钮。

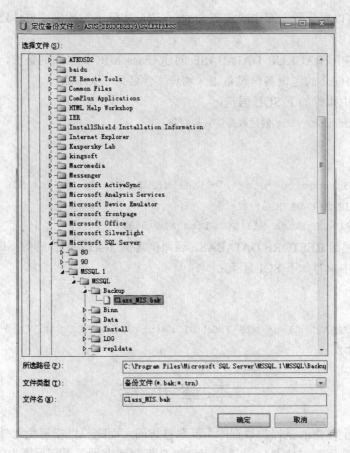

图 5-48　指定备份文件

7）单击"确定"按钮，如图 5-49 所示。

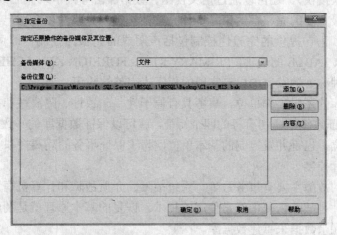

图 5-49　已指定了备份

8）注意图中光标的位置，确保选中一个备份集，单击"确定"按钮，显示成功还原信息，单击"确定"按钮完成操作。

9）验证。可以看到数据库中确实有 Student 表，实际上，数据库整体还原到了备份时的状态。

【例 5-45】使用 BACKUP DATABASE 创建 Class_MIS 数据库的备份，将数据库备份到名为 Class_MIS_Bak2 的逻辑备份设备上（物理文件名为 c:\k_Bak2）。

在查询窗口中执行如下 SQL 语句：

```
--使用 sp_addumpdevice 创建数据库备份设备
USE master
GO
EXEC sp_addumpdevice 'disk', 'Class_MIS_Bak2', 'c:\Class_MIS_Bak2'
--使用 BACKUP DATABASE 备份数据库
BACKUP DATABASE Class_MIS TO Class_MIS_Bak2
```

【例 5-46】使用 RESTORE DATABASE 还原例【例 5-45】所作的数据库备份。

在查询窗口中执行如下 SQL 语句：

```
USE master
GO
RESTORE DATABASE Class_MIS FROM DISK='c:\Class_MIS_Bak2'
WITH REPLACE
```

本 章 小 结

数据库的安全性指的是保护数据库不受恶意访问，而完整性指避免意外地破坏一致性，大型数据库系统几乎都支持 DAC 机制，而 MAC 机制则提供了更高程度上的安全检测手段。本章详细介绍了 SQL Server 2005 的安全机制，数据库的安全性除了通过设置用户标识、用户的存取控制权限（授权）、还可以通过定义视图、数据加密等技术来保证数据不被非法使用。在关系系统中，最重要的完整性约束是实体完整性和参照完整性以及用户自定义的完整性，SQL Server 2005 语句提供的完整性控制包括声明式的完整性控制，即可以通过 CREATE TABLE 和 ALTER TABLE 的选项，PRIMARY KEY、FOREIGN KEY、CHECK 等来定义的完整性控制以及一种称为触发器的机制实现的程序式完整性约束。

事务是数据库的逻辑工作单位，事务具有原子性、一致性、隔离性和持续性的特征，只要 DBMS 能够保证系统中一切事务的四个特征，就可以保证数据库的一致性。事务不仅是故障恢复的基本单位，也是并发控制的基本单位，为了保证事务的隔离性和一致性，DBMS 需要对并发操作进行控制。

数据库系统的故障主要有事务故障、系统故障、介质故障和计算机病毒等几种，数据转储和登记日志文件是故障恢复中经常使用的技术。恢复的基本原理就是利用存储在后备副本和日志文件中的冗余数据来重建数据库。

并发控制是数据库管理系统的重要组成部分。不加控制的并发操作会导致丢失更新、读"脏"数据、读值不可重现和幻象读四类数据不一致的情况。本章主要介绍了基于封锁的并发控制技术。

习　题　5

一、单项选择题

1. 在下列的 SQL 语句中，用于事务操作的语句是（　　　）。

A. C REATE　　　　B. SELECT　　　　C. ROLLBACK　　　　D. GRANT

2. DBMS 提供授权功能来控制用户访问数据的权限，这是为了实现数据库的（　　　）。

A. 可靠性　　　　　B. 一致性　　　　　C. 完整性　　　　　　D. 安全性

3. 实体完整性用（　　　）来定义。

A. foreign key　　　B. primary key　　C. reference　　　　D. check

4. 保护数据库，防止未经授权的或不合法的使用造成的数据泄露、更改破坏。这是指数据库的（　　　）。

A. 安全性　　　　　B. 完整性　　　　　C. 并发控制　　　　　D. 恢复

5. 在数据库系统中，对存取权限的定义称为（　　　）。

A. 命令　　　　　　B. 授权　　　　　　C. 定义　　　　　　　D. 审计

6. "年龄在 15 至 30 岁之间" 的这种约束属于 DBMS 的（　　　）功能。

A. 恢复　　　　　　B. 并发控制　　　　C. 完整性　　　　　　D. 安全性

7. 在数据库的安全性控制中，为了保证用户只能存取他有权存取的数据。在授权的定义中，数据对象的（　　　），授权子系统就越灵活。

A. 范围越小　　　　B. 范围越大　　　　C. 约束越细致　　　　D. 范围越适中

8. 用于实现数据存取安全性的 SQL 语句是（　　　）。

A. CREATE TABLE　　　　　　　　　B. COMMIT

C. GRANT 和 REVOKE　　　　　　　　D. ROLLBACK

9. 将查询 SC 表权限授予用户 U1，并允许试用户将此权限授予其他用户。实现此功能的 SQL 语句是（　　　）。

A. GRANT SELECT TO SC ON　U1 WITH　PUBLIC

B. GRANT SELECT ON SC TO U1　WITH　PUBLIC

C. GRANT SELECT TO SC ON U1 WITH GRANT OPTION

D. GRANT SELECT ON SC TO U1 WITH　GRANT　OPTION

10. 用户定义的一组数据操作序列以及 DBMS 的基本单位是（　　　）。

A. 程序　　　　　　B. 命令　　　　　　C. 事务　　　　　　　D. 文件

11. 事务的原子性是指（　　　）。

A. 事务中包括的所有操作要么都做，要么都不做

B. 事务一旦提交，对数据库的改变是永久的

C. 一个事务内部的操作及使用的数据对并发的其他事务是隔离的

D. 事务必须是使数据库从一个一致性状态变到另一个一致性状态

12. 事务是数据库进行的基本工作单位。如果一个事务执行成功，则全部更新提交；如果一个事务执行失败，则已做过的更新被恢复原状，好像整个事务从未有过这些更新，这样保持了数据库处于（　　　）状态。

　　A. 安全性　　　　　　B. 一致性　　　　　　C. 完整性　　　　　　D. 可靠性

13. 若系统在运行过程中，由于某种原因，造成系统停止运行，致使事务在执行过程中以非控制方式终止，这时内存中的信息丢失，而存储在外存上的数据未受影响，这种情况称为（　　）。

　　A. 事务故障　　　　B. 系统故障　　　　C. 介质故障　　　　D. 运行故障

14. 下面的几种故障中会破坏正在远行的数据库的是（　　　　）

　　A. 中央处理器故障　　　　　　　　B. 操作系统故障

　　C. 突然停电　　　　　　　　　　　D. 瞬时的强磁场干扰

15. 用来记录对数据库中数据进行的每一次更新操作的是（　　　　）。

　　A. 后援副本　　　　B. 日志文件　　　　C. 数据库　　　　D. 缓冲区

16. 下列不是数据库恢复通常采用的方法是（　　　　）。

　　A. 建立检查点　　　B. 建立副本　　　　C. 建立日志文件　　D. 建立索引

17. 当数据库遭到破坏时，为了能迅速恢复，在进行事务处理过程中将对数据库更新的全部内容写入（　　）。

　　A. 副本文件　　　　B. 日志文件　　　　C. 检查点文件　　　D. 死锁文件

18. 在数据库系统中死锁属于（　　　　）。

　　A. 系统故障　　　　B. 程序故障　　　　C. 事务故障　　　　D. 介质故障

19. 事务的隔离性是由DBMS的（　　　）实现的。

　　A. 事务管理子系统　　　　　　　　B. 恢复管理子系统

　　C. 并发控制子系统　　　　　　　　D. 完整性子系统

20. 解决并发操作带来的数据不一致性问题普遍采用的技术是（　　　）。

　　A. 封锁　　　　　　B. 恢复　　　　　　C. 存取控制　　　　D.协商

二、填空题

1. 数据的完整性是指数据的_____、_____和_____。

2. 数据安全性控制的一般方法有_____、_____、_____、_____和视图的保护五级安全措施。

3. 在 SQL 的完整性约束中，作为主码的关系称为_____，作为外码的关系称为_____。

4. 存取权限包括_____和_____两方面的内容。

5. 在数据库技术中，两类常用的存取控制方法是_____和_____。

6. 数据库恢复的基础是利用冗余数据。这些冗余数据包括_____和_____。

7. 数据库系统在运行过程中，可能发生的故障有_____、_____、和_____。

8. 事务故障、系统故障的恢复是由_____完成的，介质故障是由_____完成的。

9. 并发操作会带来_____、_____和_____数据不一致性。

10. 存两种基本类型的锁，它们是_____和_____。

三、简答题

1. 什么是数据库的安全性？DBMS 有哪些安全性控制的方法？

2. 什么是数据库的完整性？DBMS 的完整性子系统的功能是什么？

3. 设教学数据库的模式如下：

S(S#，SNAME，AGE，SEX)；　　SC(S#，C#，GRADE)；　　C(C#，CNAME，TEACHER)

试用多种方式定义下列完整性约束。

（1）在关系 S 中插入的学生年龄值在 16～25。

（2）在关系 SC 中插入元组时，其 S#值和 C#值必须分别在 S 和 C 中出现。

（3）在关系 SC 中修改 GRADE 值时，必须仍在 0～100。

（4）在删除关系 C 中一个元组时，首先要把关系 SC 中具有同样 C#值的元组全部删去。

（5）在关系 S 中把某个 S#修改为新值时，必须同时把关系 SC 中那些同样的 S#值也修改为新值。

4. 假设已建立了学生基本表 Student（Sno，Ssex，Sage，Sdept），课程基本表 Course（Cno，Cname，Ccredit），基本表 SC（Sno，Cno Grade），试用 SQL 的授权和回收权力语句完成下列操作。

（1）把查询 Student 表权限授给用户 U1。

（2）把对 Student 表和 Course 表的全部权限授予用户 U2 和 U3。

（3）把对表 SC 的查询权限授予所有用户。

（4）把查询 Student 表和修改学生学号的权限授给用户 U4。

（5）把对表 SC 的 INSERT 权限授予 U5 用户，并允许他再将此权限授予其他用户。

（6）DBA 把在数据库 SC 中建立表的权限授予用户 U8。

（7）把用户 U4 修改学生学号的权限收回。

（8）收回所有用户对表 SC 的查询权限。

（9）把用户 U5 对 SC 表的 INSERT 权限收回。

5. 试叙述事务的四个性质对数据库系统有什么益处。

6. 简述数据转储的方法。

实　训

实训 1　数据库安全性

【实训名称】数据库安全性

【实训目标】

（1）实践 SQL Server 2005 的安全性机制。

（2）掌握 SQL Server 2005 中有关用户、角色及操作权限的管理方法。

【实验环境】PC 机、SQL Server 2005

【预备知识】熟悉 Windows 的基本操作、企业管理器、查询分析器；掌握 SQL 语句。

【实训内容】

（1）SQL Server 的安全模式。

（2）管理数据库用户。

（3）管理数据库角色。

（4）权限管理。

【实训题目】

1. SQL Server 的安全模式：

① 设置为仅 Windows 模式；②设置为 SQL Server 和 Windows 模式。

2. SQL Serve 登录账号：

分别用企业管理器添加 SQL Serve 登录账号 user007，要求 user007 没有密码，并使用默认的数据库，用 Transact-SQL 创建登录账号 user008，要求密码为 12345，默认的数据库为 XK。

3. 用 Transact-SQL 命令查看所有用户信息。

4. 给用户 user007 授予访问 XK 数据库的权限，再授予该用户对于 XK 数据库中 student（学生表）的插入、修改、删除的权限。

5. 将登录账号 user008 添加到 sysadmin 固定服务器角色中。

6. 将登录账号 user008 从 sysadmin 固定服务器角色中删除。

7. 在 XK 数据库中建立一个自定义数据库角色 AAA。

8. 删除 XK 数据库中的自定义数据库角色 AAA。

9. 删除登录账号 user007。

实训 2　数据库完整性

【实训名称】数据库完整性

【实训目标】

（1）熟悉数据库的保护措施——完整性控制。

（2）选择若干典型的数据库管理系统产品，了解它们所提供的数据库完整性控制的多种方式。以 SQL Server 2005 为平台加以操作实践，掌握其完整性控制机制。

【实验环境】PC 机、SQL Server 2005

【预备知识】熟悉 Windows 的基本操作、企业管理器、查询分析器；掌握 SQL 语句

【实训内容】

（1）实体的完整性。

（2）域完整性。

（3）引用完整性。

（4）用户定义完整性。

【实训题目】

1. 创建一个教工表 teacher，将教工编号 T_id 作为作为主键，同时为性别字段创建 DEFAULT 约束，默认值为"男"。

2. 根据前面已经创建好的表 teacher，完成：

① 用 Transact-SQL 创建默认的对象 phone；

② 将这个默认对象 phone 绑定到教工表的电话字段 telphone 上；

③ 取消默认对象 phone 的绑定并删除默认对象；

④ 利用 Transact-SQL 创建规则 rule_name，使得教工姓名 T_name 的长度必须大于或等于 4 个字符；

⑤ 把规则 rule_name 绑定到教工表的教工姓名 T_name 上；

⑥ 取消规则 rule_name 的绑定并删除规则，并用企业管理器完成上述规则。

3. 在 class_MIS 中有一张 class 表，表的内容如表 5–5 所示。

表 5–5 class 表的内容

字段名	含义	数据类型	是否为空	主键，外键	备注
cla_id	班级 ID	int	N	PK	
spe_id	专业 ID	int	N	FK	专业信息表
cla_name	班级名称	varchar（20）			
cla_code	班级编号	varchar（20）			
cla_charge	班级负责人	varchar（20）			
cla_note	备注	varchar（200）			

请在掌握数据库完整性知识的基础上，根据表 5–5 的内容，设定尽可能多的完整性规则于该表，用于保证该表的正确性与完整性。

实训 3 数据库并发控制

【实训名称】数据库并发控制

【实训目标】

了解并掌握数据库的保护措施——并发控制机制，以 SQL Server 2005 为平台加以操作实践，要求认识典型并发问题的发生现象并掌握其解决办法。

【实验环境】PC 机、SQL Server 2005

【预备知识】熟悉 Windows 的基本操作、企业管理器、查询分析器；掌握 SQL 语句。

【实训内容】

（1）SQL Server 2005 事务的基本操作。

（2）在应用系统中事务的具体应用。

【实训题目】

1. 选择若干常用的数据库管理系统产品，了解产品所提供的并发控制机制。

2. 定义一个事务，提交该事务后，将课程为"管理学原理"且成绩小于 70 分的学生成绩增加 5%。

3. 定义一个事务，当一个学号为"0123456"的学生退学后，如果 student（学生表）表中相关数据被删除后，cj（成绩表）表中的相应数据也要被删除。

4. 把以上事务处理技术，应用于熟悉的应用系统开发工具编写的程序中去，以实践应用系统中并发事务的处理，编写程序模拟两个以上事务的并发工作。

实训 4 数据库恢复

【实训名称】数据库恢复

【实训目标】

（1）熟悉数据库的保护措施之一——数据库备份与恢复。

（2）实践 SQL Server 2005 中进行各种备份与恢复的基本方式与方法。

【实验环境】PC 机、SQL Server 2005

【预备知识】熟悉 Windows 的基本操作、企业管理器、查询分析器；掌握 SQL 语句。

【实训内容】

（1）使用企业管理器实现数据的备份与还原。

（2）使用 Transact-SQL 语言实现数据的备份与还原。

【实训题目】

1. 将 XK 数据库的故障还原模型设为"完全"。

2. 建立一个备份设备 device1，对应的物理文件名为 d:\device1.bak。

3. 为 XK 数据库做完全备份至备份设备 device1。

4. 向 student 表中插入一行数据。

5. 为 XK 数据库做差异备份至备份设备 device1。

6. 再向 student 表中插入一行数据。

7. 为 XK 数据库做日志备份至备份设备 device1。

8. 删除 XK 数据库。

9. 为 XK 数据库进行完全备份的恢复，查看 student 表的内容。

10. 为 XK 数据库进行差异备份的恢复，查看 student 表的内容。

11. 为 XK 数据库进行事务日志的恢复，查看 student 表的内容。

第6章 现代数据库技术

6.1 面向对象的数据库系统

6.1.1 面向对象的数据库系统定义

面向对象的数据库系统（Object Oriented DataBase System，OODBS）是面向对象的程序设计方法与数据库技术相结合的产物，可以使数据库系统的分析、设计最大程度地与人们对客观世界的认识相一致，是为了满足新的数据库实际应用需要而产生的新一代数据库系统。

6.1.2 面向对象技术的优势

关系型数据库不能对大对象提供支持，例如，文本、图像、视频等对象就不符合关系模型，而应用到数据库中的面向对象技术解决了这个问题。面向对象技术利用对象、类等技术手段可以满足对一些领域数据库的特殊需求，与关系型数据库相比，面向对象技术的优势主要体现在以下几个方面。

1. 利用对象来支持复杂的数据模型

传统的关系型数据库不能支持复杂的数据模型，例如：文本、图像、声音、动画、图像等数据，缺乏对这些数据信息的描述、操纵和检索能力。而面向对象技术具有这些方面的优势，而面向对象技术应用到数据库领域后，对象的使用就可以满足对这些类型数据的相关操作。

2. 支持复杂的数据结构

传统的关系型数据库不能满足数据库设计的层次性和设计对象多样性的需求，关系型数据库中的二维表不能描述复杂的数据关系和数据类型，而面向对象技术中的对象可以描述复杂的数据关系和数据模型。

3. 支持分布式计算和大型对象存储

面向对象技术中对象、封装、继承等方法的应用可以支持分布式计算，并且支持独立于平台的大型对象存储。

4. 更好地实现数据的完整性

面向对象数据库支持复杂的数据结构和操作的约束、触发机制，从而可以更好地实现数据的完整性。随着数据库技术的发展和用户需求的变化，传统的数据库系统在数据的描述、操纵以及存储管理能力等方面存在着诸多的缺陷，面向对象技术凭借其独特的优势应用到数据库中，并且成为一种新型的数据库类型。

6.1.3 面向对象技术和数据库技术相结合的发展途径

1. 面向对象数据库管理系统

面向对象数据库管理系统（OODBMS）以一种面向对象语言为基础，增加数据库的功能，主要支持持久对象和实现数据共享。利用类来描述复杂对象，利用封装方法来模拟对象行为，利用继承性来实现对象的结构和方法的重用。但是这种纯粹的面向对象数据库管理系统不能支持 SQL 语言，不能和现有的数据库结合起来，在扩展性和通用性方面受到限制。

2. 对象关系数据库管理系统

对象关系数据库管理系统（ORDBMS）既支持 SQL 语句，也支持面向对象技术，实现了传统数据库技术和面向对象技术的完美结合。全球的数据库生产商争相研发这种数据库产品，数据库生产商竞争的一个焦点是如何在现有的数据库中加入面向对象技术。

3. 对象关系映射数据库系统

对象关系映射数据库系统（ORMDBMS）是在对象层和关系层之间建立一个映射层，使得数据源中的关系数据能够进入对象领域，并且作为对象供上层应用使用。

6.1.4 面向对象数据模型的基本概念

面向对象数据库系统支持面向对象数据模型，简称为 OO 模型。一个 OO 模型是围绕面向对象这个核心概念，是用面向对象观点来描述现实世界实体的逻辑组织、对象间限制、联系等的模型。概括起来，面向对象数据模型的基本概念有以下几个。

1. 对象

在面向对象数据库的设计中，将客观世界中的实体抽象成为对象。面向对象的方法中一个基本的信条是"任何东西都是对象"。对象可以定义为对一组信息及其操作的描述。消息是对象之间的接口，对象之间的相互操作都得通过发送消息和执行消息完成。属性描述对象的状态、组成和特性，方法描述了对象的行为特性。

2. 对象标识

面向对象系统提供一种"对象标识符（OID）"的概念来标识对象。现实世界的任一实体都被统一地模型化为一个对象，每个对象都有独立于值，系统全局唯一的对象标识。在现实世界中，实体中的属性值可能随着时间的推移会发生改变，但每个实体的标识始终保持不变。相应的，对象的属性、对象的方法会随着时间的推移而变化，但对象标识不会改变。两个对象即使属性值和方法完全相同，如果对象标识不同，则认为是两个不同对象。

对象标识具有永久持久性的含义是，一个对象一经产生，系统就给它赋予一个在全系统中唯一的对象标识符，直到它被删除。对象标识是由系统统一分配的，用户不能对对象标识符进行修改。对象标识是稳定的，它不会因为对象中的某个值的修改而改变。

3. 类与类层次

数据库中通常有很多相似的对象，"相似"是指它们响应相同的消息，使用相同的方法，并有相同名称和类型的变量。对每个这样的对象单独进行定义是很浪费的，因此将相似的对象分组形成了一个"类"。类是相似对象的集合，类中的每个对象称为类的实例。一个类中的所有对象共享一个公共的定义，它们的区别仅在于属性的取值不同。

面向对象数据库模式是类的集合，在一个面向对象数据库模式中，会出现多个相似但又有所不同的类。例如，一个有关学校应用的面向对象数据库中，就有教师与学生两个类，这两个类有些公共的属性，如身份证号、姓名、性别、地址、电话等属性，也有一些相同的方法和消息。当然，教师和学生这两个类又需要有一些特有的属性、方法和消息，如，学生类的特有属性为学号、专业、学费等，教师类的特有属性为工号、工龄、工资、级别等。用户为了简化操作，希望既能统一定义教师和学生这两个类的公共属性、方法和消息部分，又可以分别定义各自的特殊属性、方法和消息部分。为此，面向对象的数据模型提供了一种类层次结构。

在面向对象数据库模式中，可以由一个类派生出它的子类，再由子类派生出子类，形成多层次结构，它们之间是"超类"与"子类"的关系，可以说超类是子类的抽象化，子类是超类的特殊化。例如上面所提到的学校应用的面向对象数据库的例子，可以定义一个类"人"，"人"的属性、方法和消息的集合是"教师"和"学生"的公共属性、公共方法和公共消息的集合，而"教师"和"学生"类只定义自己特殊的属性、特殊方法和特殊消息，同时它们又继承"人"这个类的所有属性、方法和消息。"教师"和"学生"是"人"的子类，"人"又是"教师"和"学生"的超类。如图 6-1 所示，给出了学校数据库的一个类层次关系。

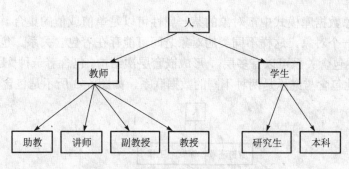

图 6-1　类层次关系

4. 继承性

继承性指的是不同类的对象共享它们公共部分的结构和特性。在面向对象数据模型中有两种继承，单继承与多重继承。常用继承性可以用超类和子类的层次联系实现，若一个子类只能继承一个超类的结构和特性，这称为"单继承"；若一个子类也可以继承多个超类的结构和特性，这称为"多重继承"，如图 6-2（a）和图 6-2（b）所示。

如图 6-2 所示，（a）图中，所有子类都只能继承一个超类的特性，为单继承。在（b）图中，在职研究生继承了教师和学生两个超类的所有属性、方法和消息，为多重继承。

可以看出，单继承的层次结构图是一棵树，多继承的层次结构图是一个带根的有向无回路图。

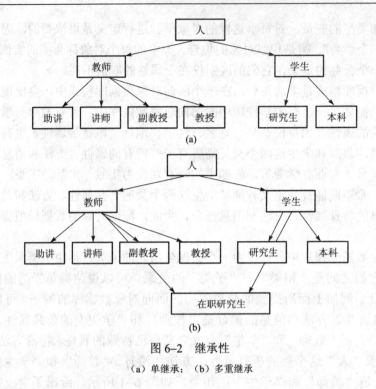

图 6-2　继承性

（a）单继承；（b）多重继承

5. 对象包含

一个面向对象数据库模式中，对象的某一属性可以是单值或值的集合。进而，一个对象的属性也可以是一个对象，这样不同类的对象之间可能存在着包含关系。包含其他对象的对象称为复合对象。包含关系可以有多层，，形成嵌套层次结构。包含着一种"是一部分"（is part of）的联系，因此包含与继承是两种不同的数据联系，如图 6-3 所示是包含关系。

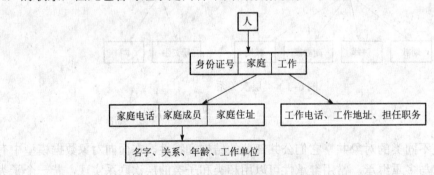

图 6-3　包含关系

如图 6-3 所示，人包含身份证号、家庭、工作等属性。其中，身份证号的数据类型是字符型，家庭不是一个标准数据类型，而是一个对象，包括：家庭电话、家庭成员、家庭住址等属性，家庭成员也是一个对象，包括：名字、关系、年龄、工作单位等属性；工作也是一个对象，包括：工作电话、工作地址、担任职务等属性。

对象包含概念是面向对象数据库系统中又一个重要概念，它和类层次结构形成了对象横向和纵向的复杂结构。这就是说，不仅各个类之间具有层次结构，而且某一个类内部也具有包含层次结构。

目前，一种结合关系数据库和面向对象特点的数据库为那些希望使用具有面向对象特征的关系数据库用户提供了一条捷径。这种数据库系统称为"对象关系数据库"，它是在传统关系数据模型基础上，提供元组、数组、集合一类丰富的数据类型以及处理新的数据类型操作能力，并且有继承性和对象标识等面向对象特点。

6.2　并行数据库系统和分布式数据库系统

6.2.1　并行数据库系统概述

并行数据库系统是数据库技术与并行计算机相结合的产物，是随着并行计算机系统的发展和普及而逐渐发展起来的，它要求尽可能的并行执行所有的数据库操作，从而在整体上提高数据库系统的性能。

近年来，计算机体系结构的一个明显发展趋势是从单处理器结构向多处理器结构过渡。这一是因为计算机应用的发展已超过了单处理器处理能力的增长速度，提高单处理器的性能越来越困难，而且单处理器的性能终究是有其物理极限的；二是高性能处理器高昂的价格使人们望而却步，为此，从节约成本的角度出发，可以考虑用多个性能较低的廉价处理器代替高性能的处理器来解决现实问题。

随着计算机体系结构和磁盘阵列技术的进步，并行计算机得到迅速的发展。出现了像 Sequent、Tandem 和曙光机这样一些商品化的并行计算机系统。这些系统使用成百上千个廉价的微处理机协同工作，不仅节约了成本，而且性能、速度远比大型计算机系统优越；此外，这些系统由于广泛采用磁盘阵列技术（是由许多台磁盘机或光盘机按一定的规则，如分条、分块、交叉存取等组成一个快速，超大容量的外存储器子系统），增加了 I/O 带宽，能有效地缓解应用中的 I/O "瓶颈"问题。

目前数据库中的数据量正在以惊人的速度增长，新一代数据库应用对数据库性能和可用性提出了更高的要求，能否为越来越多的用户维持高事务吞吐量和低响应时间已成为衡量 DBMS 性能的重要指标，并行计算技术由于利用多处理机并行处理，能提高系统的整体性能，为数据库系统提供了一个良好的硬件平台。因此将传统的数据库管理技术与并行处理技术结合的并行数据库技术已越来越为人们所瞩目。

并行数据库系统以高性能、高可用性、高扩充性为目标，采用先进的并行查询技术和并行数据管理技术，充分发挥多处理器结构的优势，通过多种并行性，在联机事务处理与决策支持应用两种典型环境中提供优化的响应时间与事务吞吐量。

6.2.2　并行数据库系统目标

1. 高性能

并行数据库系统将数据库管理技术与并行处理技术有机结合，发挥多处理机结构的优势，既有效提高数据处理速度，又大大降低了成本。例如，可以将数据库所存信息在多个磁盘上分布存储，利用多个处理机对磁盘数据进行并行处理，从而解决磁盘 "I/O" "瓶颈"问题。

2. 高可用性

随着并行计算机系统规模的不断增大，系统的失效率呈线性增长。如何保证大规模并行系统能够提供持续不断的服务，即提高系统的可用性，达到高可用的目标，已成为并行系统设计的重要方面。并行数据库系统可通过数据复制来增强数据库的可用性。这样，当一个磁盘损坏时，该盘上的数据在其他磁盘上的副本仍可以使用，以此避免重要数据的丢失。

3. 可扩充性

数据库系统的可扩充性指系统通过增加处理和存储能力而平滑地扩展性能的能力，能够随着时代进步，而方便、快捷、有效地扩充数据库的功能，来满足人们更高层次的需要。

6.2.3 并行数据库的结构

并行数据库要求尽可能的并行执行所有的数据库操作，从而在整体上提高数据库系统的性能。并行数据库系统实现的方案多种多样，根据处理器与磁盘、内存的相互关系可以将并行计算机结构归纳为三种基本的类型，即共享内存结构、共享磁盘结构和无共享资源结构。下面分别介绍这三种基本的并行系统结构，并从性能、可用性和可扩充性三个方面来比较这些方案。

1. 共享内存结构

共享内存（Shared-Memory）结构，又称 Shared-Everything 结构，简称 SM 结构。其中，包括多个处理器、一个全局共享的内存（主存储器）和多个磁盘存储，如图 6–4 所示，任意处理器可通过高速通信网络连接，访问共享内存模块或任意磁盘单元，即内存与磁盘为所有处理器共享，IBM3090，Bull 的 DPS8 等大型机以及 Sequent，Encore 等对称多处理器都采用了这一设计方案。

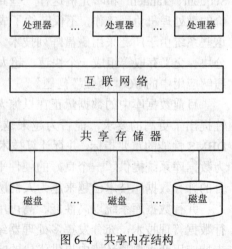

图 6–4 共享内存结构

这种结构的优点有：① 数据库中的数据存储在多个磁盘存储上，并可以为所有处理器访问；② 提供多个数据库服务的处理器通过全局共享内存来交换消息和数据，通信效率很高，查询间并行性的实现不需要额外的开销，查询内并行性的实现也不困难；③ 在数据库软件的编制方面与单处理机的情形区别也不大；④ 这种结构由于使用了共享的内存，所以可以基于系统的实际负荷来动态地给系统中的各个处理器分配任务，从而可以很好地实现负荷均衡。

但这种结构也有缺点：① 硬件资源之间的互联比较复杂，硬件成本较高；② 由于多个处理器共享一个内存，所以系统中的处理器数量的增加会导致严重的内存争用，因此系统中处理器的数量受到限制，系统的可扩充性较差；③ 由于共享内存的设计，共享内存的任何错误将影响到系统中的全部处理器，使得系统的可用性表现得也不是很好。

2. 共享磁盘结构

共享磁盘（Shared-Disk）结构由多个具有独立内存（主存储器）的处理器和多个磁盘存储构成，各个处理器相互之间没有任何直接的信息和数据的交换，多个处理器和磁盘存储器由高速通信网络连接，每个处理器都可以读写全部的磁盘存储器，如图 6-5 所示。共享磁盘结构是共享磁盘的松耦合群集机硬件平台上最优的并行数据库结构。IBM 的 IMS/VS Data sharing、Dec 的 VAX DBMS 和 Rdb 产品都是采用这一结构的数据库系统。

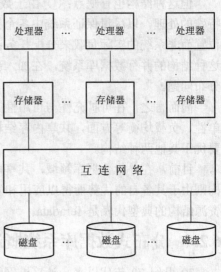

这种结构的优点有：① 这种结构的系统可以使用标准总线互连，因而成本较共享内存结构低；② 采用共享磁盘结构，每个处理器都有自己的私有内存，消除了内存访问"瓶颈"，节点能扩展到数百个，可扩展性较好；③ 可很容易地从单处理器系统迁移，还可以容易地在多个处理器之间实现负载均衡，可用性强。

图 6-5　共享磁盘结构

但这种结构也有缺点：① 系统中的每一个处理器可以访问全部的磁盘存储，磁盘存储中的数据被复制到各个处理器各自的高速缓冲区中进行处理，这时会出现多个处理器同时对同一磁盘存储位置进行访问和修改，最终导致数据的一致性无法保障，因此，在结构中需要增加一个分布式缓存管理器来对各个处理器的并发访问进行全局控制与管理，这会带来额外的通信开销；② 多个处理器对共享磁盘同时进行访问，也可能会产生"瓶颈"问题。

3. 无共享资源结构

无共享资源（Shared-Nothing）结构由多个完全独立的处理节点构成，每个处理节点具有自己独立的处理器、独立的内存（主存储器）和独立的磁盘存储器，多个处理节点在处理器级由高速通信网络连接，系统中的各个处理器使用自己的内存独立地处理自己的数据，并在自己的磁盘存储器上进行数据存取，如图 6-6 所示。无共享结构是 MPP（大规模并行处理）和 SMP 群集机硬件平台上最优的并行数据库结构，是复杂查询和超大规模数据库应用的优选结构。Tandem 系统、Teradata 系统、中国人民大学的 PBASE/2 系统等都是采用的无共享资源结构的并行计算机系统。

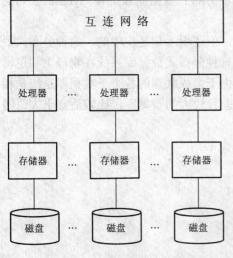

图 6-6　共享磁盘结构

这种结构的优点有：① 这种结构的系统可以使用标准总线互连，成本较低；② 由于每个处理器使用自己的资源处理自己的数据，不存在内存和磁盘的争用，消除了内存和磁盘同时访问"瓶颈"问题，整体性能得到提高；③ 可在多个结点上复制数据，可用性较高；④ 只需增加额外的处理节点，就可以以接近线性的比例增加系统的处理能力，节点数目可达数千个，同时通过最小化共享资源来最小化资源竞争带来的系统干扰，具有优良的可扩展性。

但这种结构也有缺点：① 由于数据是各个处理器私有的，因此系统中数据的分布就需要特殊的处理，以尽量保证系统中各个节点的负载基本平衡，而现实往往只是根据数据的物理位置而非系统的实际负载来分配任务；② 由于数据是分布在各个处理节点上的，因此，使用这种结构的并行数据库系统，在加入新节点时不可避免地会导致数据在整个系统范围内的重分布问题。

简而言之，在可扩充性与可用性方面无共享资源结构要优于其他两种结构；在设计的简单性、负载均衡等方面，共享内存结构优点要突出一些；在扩展性方面，无共享资源结构又要优于其他两种结构。

目前，在并行数据库领域，共享内存结构很少被使用了，共享磁盘结构和无共享资源结构则由于其各自的优势而得以应用和发展。共享磁盘结构的典型代表是 Oracle 集群，无共享资源结构的典型代表是 Teradata。

6.2.4　分布式数据库系统概述

20 世纪 70 年代以来，计算机网络高速发展，地理上分散的用户对数据共享的要求日益增强，于是在传统的集中式数据库系统的基础上产生和发展了分布式数据库系统。

分布式数据库系统是在集中式数据库系统的基础上发展起来的，是计算机技术和网络技术结合的产物。确切来说，分布式数据库系统是由一组数据组成，这组数据分布在计算机网络的不同计算机上，网络中的每个结点具有独立处理的能力，可以执行局部应用，同时，每个结点也能通过网络通信系统执行全局应用，它有两个重要特性：分布性和逻辑相关性。对于用户来说，一个分布式数据库系统物理上看数据分散存储在不同地方，从逻辑上看又如同一个集中式数据库系统一样，用户可以在任何一个场地执行全局应用。

20 世纪 80 年代，研制了许多分布式数据库的原型系统，攻克了分布式数据库中许多理论和技术难点。20 世纪 90 年代开始，主要的数据库厂商对集中式数据库管理系统的核心加以改造，逐步向分布式数据库管理系统发展。最著名的分布式数据库系统有 Sybase 公司的 SQL Replication Server。

分布式数据库系统有两种：一种是物理上分布的，但逻辑上却是集中的，这种分布式数据库只适宜用途比较单一的、不大的单位或部门；另一种分布式数据库系统在物理上和逻辑上都是分布的，也就是所谓联邦式分布数据库系统。由于组成联邦的各个子数据库系统是相对"自治"的，这种系统可以容纳多种不同用途的、差异较大的数据库，比较适宜于大范围内数据库的集成。

分布式数据库系统的特点有：

① 数据物理分布性；

② 数据逻辑整体性；

③ 数据分布独立性；

④ 场地自治和协调；

⑤ 增加数据冗余度。

这些特点使分布式数据库能提高响应速度，降低通信费用。

6.2.5　分布式数据库系统目标

1. 适应部门分布的组织结构，降低费用

分布式数据库系统适合于单位分散的部门，允许各个部门将其常用的数据存储在本地，在本地录入、查询、维护、实施，就地存放，本地使用，因而可以降低通信代价，提高响应速度，使这些部门使用数据库更方便、更经济。

2. 提高系统的可靠性和可用性

改善系统的可靠性和可用性是分布式数据库的主要目标。将数据分布于多个场地，并在不同场地存储同一数据的多个副本，即增加数据冗余度，可以提供更好的可靠性和可用性。这样，一个场地出现故障不会引起整个系统崩溃，故障场地的用户可以通过其他场地进入系统，而其他场地的用户可以由系统自动选择存取路径，避开故障场地，利用其他数据副本执行操作，不影响业务的正常运行。

3. 充分利用数据库资源，提高现有集中式数据库的利用率

当在一个大企业或大部门中已建成了若干个数据库之后，为了利用相互的资源，为了开发全局应用，就要研制分布式数据库系统。这种方法虽然也要对各现已存在的局部数据库系统做某些改动、重构，但比起把这些数据库集中起来重建一个集中式数据库，则无论从经济上还是从组织上考虑，分布式数据库均是较好的选择。

4. 逐步扩展处理能力和系统规模

当一个单位规模扩大要增加新的部门时，分布式数据库系统的结构为扩展系统的处理能力提供了较好的途径，在分布式数据库系统中增加一个新的结点，不影响现有系统的结构和系统的正常运行，这样做比在集中式系统中扩大系统规模要灵活、方便、经济得多。

6.2.6　分布式数据库系统结构

分布式数据库系统的体系结构是：多个局部数据模式 ＋ 1 个全局数据模式。分布式数据库系统模式结构从整体上分为两大部分（如图 6–7 所示）：下部是集中式数据库系统的模式结构，代表了各局部场地上局部数据库系统的基本结构；上部是分布式数据库系统增加的模式级别，包括以下几个模式。

1）全局外模式，由全局用户视图组成，是全局概念模式的子集。

2）全局概念模式，定义分布式数据库系统中所有数据的整体逻辑结构，是全局应用的公共数据视图。

3）分片模式，是全局数据整体逻辑结构分割后的局部逻辑结构，是全局数据的逻辑划分视图。数据分片将数据库整体逻辑结构分解为合适的逻辑单位——片段，然后由分配模式来定义片段及其副本在各场地的物理分布，其主要目的是提高访问的局部性，有利于按照用户的需求组织数据的分布和控制数据的冗余度。

4）分布模式，定义片段在物理上分配到网络的存放节点。

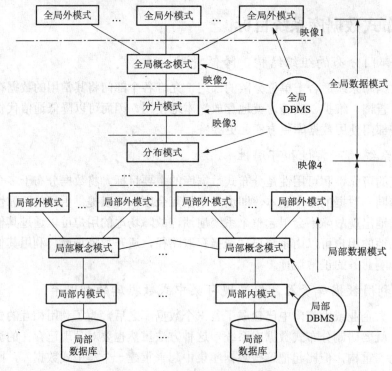

图 6–7　分布式数据库系统结构

6.2.7　并行数据库系统和分布式数据库系统的区别

分布式数据库系统与并行数据库系统有许多相似点，如都有用网络连接各个数据结点的特点。网络中的所有结点构成一个逻辑上的统一整体，用户可以对各个结点上的数据进行透明存取等。但是因为并行数据库系统与分布式数据库系统的应用目标和具体实施方案不同，使得它们也有很大区别。

1. 应用目标不同

并行数据库系统的目标是充分发挥并行计算机的优势，利用系统中的各结点并行地完成数据库任务，提高数据库系统的整体性能。

分布式数据库系统主要目的在于实现场地自治和数据的全局透明共享。

2. 实现方式不同

在并行数据库系统中，为了充分利用各个结点的处理能力，各结点间采用高速网络互连，数据传输代价相对较低，可以通过系统中各个结点负载平衡和操作并行来提高系统性能。

分布式数据库系统中，各结点之间一般采用局域网或广域网相连，网络带宽较低，结点间通信开销较大。

3. 各结点的地位不同

并行数据库系统中不存在全局应用和局部应用的概念，各结点是完全非独立的，在数据处理中只能发挥协同作用。

分布式数据库系统中，各结点除了能通过网络协同完成全局应用，更重要的是还具有场地自治性，即每个场地都是独立的数据库系统，具有高度的自治性。

6.3　多媒体数据库

6.3.1　多媒体数据库的由来

目前所使用的数据库大多是关系型数据库，而随着多媒体技术的不断推广，计算机辅助设计、计算机辅助制造等计算机应用技术的不断发展，要求所要处理的信息形式更加多样化，包括图形、图像、声音、动画、视频等。这些多媒体信息的特点是：不规则，没有相似的属性集，也没有一致的取值范围，占用空间大、操作比较困难。用传统的关系型数据库来处理多媒体信息很难达到设计者的要求，因此，多媒体数据库技术作为一种强大的多媒体数据处理技术成为了首选方案，被越来越多地应用到实践中，同时自身也不断得到发展。

6.3.2　多媒体数据库的定义

多媒体数据库是数据库技术与多媒体技术结合的产物。多媒体数据库从多媒体数据与信息本身的特性出发，考虑将其引入到数据库中之后而带来的相关问题，力求将各种多媒体数据有机组合在一起，形成一个集多样化、有效性、可扩展性的方便、实用的多媒体数据库系统。从本质上讲，要解决四个难题。第一是存储信息媒体的多样化，与传统关系数据库类型相比，多媒体数据不仅包含整型、实型、布尔型和字符型等传统数据类型，而且还应包括图形、图像、声音、文字、动画等复杂多媒体数据类型，且还应考虑到多媒体数据的存储、组织、使用、联系和管理。第二要解决多媒体数据之间的联系性，例如视频数据要引用声音数据等相关问题，实现多媒体数据之间的交叉调用和融合。第三是多媒体数据与人之间的交互性。现代社会对交互性提出更高的要求，一个好的数据库系统应有高度的交互性和智能化，要一改传统数据库查询的被动性，以多媒体方式，人机交互方式，主动表现。第四，多媒体数据库系统的网络功能。由于多媒体应用一般以网络为中心，应解决分布在网络上的多媒体数据库中数据的定义、存储、操作等问题，并对数据的一致性、安全性进行管理。

6.3.3　多媒体数据库与关系数据库的区别

1. 数据模型的区别

从数据类型上看，多媒体数据除了包含整型、实型、布尔型和字符型等传统数据类型，而且还应包括图形、图像、视频、声音、文字、动画等复杂数据类型，具有复合性、分散性和时序性三个特点。复合性是指多媒体数据是由各种形式的数据组合而成。分散性是指多媒体数据可以分布在不同的机器，不同的设备上。时序性指的是多媒体信息实体之间的联系和时序有关。在表现时，要保证它们之间的同步关系；从数据量上看，由于声音、动画、视频等多媒体数据占用空间一般较大，因而，常规数据与多媒体数据的大小差别可以达到几千、几万甚至几十万倍；从数据长度上看，常规数据项存储结构清晰，采用定长记录处理，而多媒体数据要求有很好的扩展性，所以长度可变，为此，可以将存储结构分为两部分，一部分记录常规数据及多媒体数据的指针，另一部分是多媒体数据，仍以定长组织，但通过链指针实现动态可变长度；从数据传送速度看，多媒体数据不论是视频媒体还是音频媒体，都要求连续播放，避免失真，这就要求 CPU、I/O、内存、网络传输速度比处理常规数据快。

因此，多媒体数据项对应一个复杂对象，它的数据模型通常具有复杂的层次结构，而不同于简单关系模型。

2. 数据存储算法不同

传统的关系数据库数据模型简单，数据量不大，而多媒体数据库存储和处理的对象都较复杂，所占容量也较多，所以，其存储技术需要增加新的处理功能，如数据压缩和解压功能。

3. 数据定义与操作不同

由于数据模型不同，因而多媒体数据库在数据定义与操作上与传统的关系数据库不同。关系数据库采用关系数据模型，数据可以构造成一张张二维表，每表即一个关系，每行是一个元组，一列是一个属性，相同属性有相同的取值范围与定义，因而对这些规范的关系可方便地定义并实施各种标准操作，如投影、选择、连接和各种集合运算。而多媒体数据库由于具有独特的存储结构、数据模型以及操作需求，必须采用专用方法。

4. 检索方案不同

同样，由于数据定义与操作的不同，多媒体数据库要采用独特的检索优化方案。多媒体数据库的用户往往需要在时间和空间两个方面同时对数据进行操作，如选取一段视频数据中的一部分，两段音频连接起来等。检索不再只通过字符检索，检索的结果也不仅仅是一张表，而是多媒体的一组"表现"，因此多媒体数据库需要提供更高层次的优化方案来满足用户的检索需要，比如引入基于内容的检索方法、矢量空间模型信息索引检索技术、超位检索技术及智能索引技术等。

6.3.4　多媒体数据库数据模型

数据（Date）是描述事物的符号记录，模型（Model）是现实世界的抽象。数据模型（Data Model）是数据特征的抽象，是数据库管理的形式框架，直接影响到数据库管理的能力和效果。数据模型不断完善和变革，每一种模型各有千秋，但又都有局限性。关系数据库其数据模型是基于数值的，很适于表格一类的应用，但对于多媒体这样复杂的数据却不能适应。从多媒体数据库本身的数据特性出发，多媒体数据模型主要采用文件系统管理方式、扩充关系数据库的方式和面向对象数据库的方式。

文件系统管理方式。多媒体资料是以文件的形式在计算机上存储的，所以用各种操作系统的文件管理功能就可以实现存储管理。Windows 的文件管理器或资源管理器不仅能实现文件的统一存储管理，而且还能对文件进行检索和修改，同时为了方便用户浏览多媒体资料，出现很多配套的图像、声音、视频等多媒体信息浏览工具软件。如 ACDSee 工具软件不仅可浏览 BMP、GIF、JPEG、PCX、Photo—CD、PNG、TGA、TIFF 和 WMF 格式的图像，而且还具备资源管理器的查询、删除、复制等功能。录音机是 Windows XP 自带的声音播放、声音录制、声音编辑的软件。视频制作和编辑软件 MovieMaker，是 Windows XP 自带的一款影像工具软件，可以用于捕获视频，创作电影，编辑电影等。文件系统方式存储简单，操作方便，当多媒体资料较少时，浏览查询能满足用户需要，但是当多媒体资料的数量和种类相当多时，查询和演播就不方便了。

扩充关系数据库的方式。传统的关系数据模型建立在严格的关系代数的基础上的，主要是处理格式化的数据及文本信息，解决了数据管理的许多问题，目前基于关系模型的数据库管理系统仍然是主流技术。但是由于多媒体信息是非格式化的数据，多媒体数据具有对象复杂、存储分散和时空同步等特点，所以尽管关系数据模型非常简单有效，但用其管理多媒体资料仍不太尽如人意。出于保护原有投资和市场的考虑，全球几家大的数据库公司都已将原有的关系数据库产品加以扩充，使之在一定程度上能支持多媒体的应用。用关系数据库存储多媒体资料的方法一般是：① 用专用字段存放全部多媒体文件；② 多媒体资料分段存放在不同字段中，播放时再重新构建；③ 文件系统与数据库相结合，多媒体资料以文件系统存放；用关系数据库存放媒体类型、应用程序名、媒体属性、关键词等。

面向对象数据库的方式。为了方便灵活地处理图形、图像、声音、动画等具有层次结构的多媒体数据对象，目前大多数多媒体数据库采用面向对象的多媒体数据模型。面向对象数据库是指对象的集合、对象的行为、状态和联系是以面向数据模型来定义的。面向对象的方法最适合于描述复杂对象，通过引入封装、继承、对象、类等概念，可以有效地描述各种对象及其内部结构和联系，它是一个有向无环图，图中有一个根，是这棵树上其他类的超类，有自己的属性、方法和约束，并有指针指向其所有直系子类。每一个子类都有其属性、方法和约束，并继承其父类的所有的性质。面向对象数据库方法是将面向对象程序设计语言与数据库技术有机地结合起来，以使数据库系统的分析、设计最大程度地与人们对客观世界的认识相一致，是开发的多媒体数据库系统的主要方向。

6.4　数据仓库

6.4.1　数据仓库概述

传统的数据库技术是单一的数据资源，它以数据库为中心，进行从事务处理、批处理到决策分析等各种类型的数据处理工作。然而，不同类型的数据处理有着不同的处理特点，以单一的数据组织方式进行组织的数据库并不能反映这种差别，满足不了数据处理多样化的要求。随着对数据处理认识的逐步加深，人们认识到计算机系统的数据处理应当分为两类：以操作为主要内容的事务处理和以分析决策为主要内容的分析型处理。

事务型处理与分析型处理的分离，划清了数据处理的分析型环境和操作型环境之间的界限，从而由原来的单一数据库为中心的数据环境发展为一种新环境——体系化环境。体系化环境由操作型环境和分析型环境构成。数据仓库是体系化环境的核心，它是建立决策支持系统的基础。

著名的数据仓库专家 W.H.Inmon 在其著作《Building the Data Warehouse》一书中给予数据仓库如下描述：数据仓库（Data Warehouse）是一个面向主题的、集成的、相对稳定的、反映历史变化的数据集合，用于支持管理决策。

1）面向主题的：操作型数据库的数据组织面向事务处理任务，各个业务系统之间各自分离，而数据仓库中的数据是按照一定的主题域进行组织的。

2）集成的：数据仓库中的数据是在对原有分散的数据库数据抽取、清理的基础上经过系统加工、汇总和整理得到的，必须消除源数据中的不一致性，以保证数据仓库内的信息是关于整个企业的一致的全局信息。

3）相对稳定的：数据仓库的数据主要供企业决策分析之用，所涉及的数据操作主要是数据查询，一旦某个数据进入数据仓库以后，一般情况下将被长期保留，也就是数据仓库中一般有大量的查询操作，但修改和删除操作很少，通常只需要定期的加载、刷新。

4）反映历史变化：数据仓库中的数据通常包含历史信息，系统记录了企业从过去某一时点到目前的各个阶段的信息，通过这些信息，可以对企业的发展历程和未来趋势做出定量分析和预测。

总之，对于数据仓库的概念可以从三个层次予以理解：首先，数据仓库不是静态的概念，只有把信息及时交给需要这些信息的使用者，供他们做出改善其业务经营的决策，信息才能发挥作用，信息才有意义；其次，数据仓库用于支持决策，面向分析型数据处理，它不同于企业现有的操作型数据库；再者，数据仓库的根本任务是对多个异构的数据源有效集成，它把信息加以整理归纳和重组，并包含历史数据，及时提供给相应的管理决策人员。

6.4.2　数据仓库目标

数据仓库的方案建设的目的，是为前端查询和分析作基础，由于有较大的冗余，所以需要的存储也较大。为了更好地为前端应用服务，数据仓库必须达到下列目标。

1）效率足够高。客户要求的分析数据一般分为日、周、月、季、年等，可以看出，日为周期的数据要求的效率最高，要求 24 小时甚至 12 小时内，客户能看到昨天的数据分析。由于有的企业每日的数据量很大，相关要求也较复杂，设计不好的数据仓库经常会出问题。

2）数据准确度高。客户要看各种信息，肯定要准确的数据，但由于数据仓库流程至少分为 3 步，复杂的架构会有更多层次，那么由于数据源有错误数据或者代码不严谨，都可能导致数据失真，客户看到错误的信息就可能导致分析出错误的决策，带来不可估量的损失。

3）扩展性强。之所以有的大型数据仓库系统架构设计复杂，是因为考虑到了未来 3～5 年的扩展性，这样的话，客户不用太快花钱去重建数据仓库系统，就能很稳定运行。主要体现在数据建模的合理性，数据仓库方案中多出一些中间层，使海量数据流有足够的缓冲，不至于由于数据量突然增多，数据库就运行缓慢了。

6.4.3　数据仓库组成

1）数据仓库数据库：是整个数据仓库环境的核心，是数据存放的地方和提供对数据检索的支持，其突出的特点是快速的检索技术和对海量数据的支持。

2）元数据：元数据是数据仓库运行和维护的中心，它为访问数据仓库提供了一个信息目录。数据仓库服务器利用元数据来存储和更新数据，用户通过元数据来了解和访问数据。可将其按用途的不同分为两类——技术元数据和商业元数据。

3）数据抽取工具：把数据从各种各样的存储方式中拿出来，进行必要的转化、整理，再存放到数据仓库内。对各种不同数据存储方式的访问能力是数据抽取工具的关键，应能生成 COBOL 程序、MVS 作业控制语言（JCL）、UNIX 脚本、和 SQL 语句等，以访问不同的数据。

4）访问工具：为用户访问数据仓库提供手段。有数据查询和报表工具；在线分析工具；

应用开发工具；管理信息系统工具；数据挖掘工具。

5）数据集市：为了特定的应用目的或应用范围，而从数据仓库中独立出来的一部分数据，也可称为部门数据或主题数据。在数据仓库的实施过程中往往可以从一个部门的数据集市着手，以后再用几个数据集市组成一个完整的数据仓库。

6）信息发布系统：把数据仓库中的数据发送给不同的地点或用户。基于 Web 的信息发布系统是对付多用户访问的最有效方法。

7）数据仓库管理：包括审计和报告数据仓库的使用和状态；安全和特权管理；跟踪数据的更新；数据检查；管理和更新元数据；删除、复制、分割和分发数据；备份和恢复；存储管理。

6.5 数据挖掘

1. 数据挖掘概述

一旦确定了数据仓库，并选择了适当的工具对数据进行检索和操作，就可以通过特定的方法对数据进行访问。这个方法就是数据挖掘。

数据挖掘，又称为数据库中的知识发现，是目前人工智能和数据库领域研究的热点问题，就是从大量的、不完全的、有噪声的、模糊的、随机的实际应用数据中，提取隐含在其中的、人们事先不知道的、但又是潜在有用的信息和知识的过程。简单地说，数据挖掘就是从大量数据中提取或"挖掘"知识。这个定义包括三层含义：数据源必须是真实的、大量的、含噪声的；发现的是用户感兴趣的知识；发现的知识要可接受、可理解、可运用。

2. 数据挖掘流程

1）定义问题：清晰地调查了解公司业务问题，确定数据挖掘的目的。

2）数据准备：包括数据选择，搜索所有与业务对象有关的内部和外部数据信息，并从中提取出适用于数据挖掘应用的数据集；数据预处理，进行数据再加工，包括检查数据的完整性及数据的一致性、去噪声，填补丢失的域，删除无效数据等；数据转换，将数据转换成一个分析模型，这个分析模型是针对挖掘算法建立的。建立一个真正适合挖掘算法的分析模型是数据挖掘成功的关键。

3）数据挖掘：根据数据功能的类型和和数据的特点选择相应的算法，在净化和转换过的数据集上进行数据挖掘。

4）结果分析：对数据挖掘的结果进行解释和评价，转换成为能够最终被用户理解的知识。

5）知识的运用：将分析所得到的知识集成到业务信息系统的组织结构中去。

数据挖掘技术是基于信息系统业务发展的需要，基于数据库系统技术发展而来，并逐步独立的一系列新的应用技术，它通过反复、复杂的过程，不断地趋近事物的本质，不断地优化问题的解决方案，现已应用到人们生活和工作的方方面面，尤其是在如银行、电信、保险、交通、零售等商业领域更是发挥着突出的作用。数据挖掘所能解决的典型商业问题包括：数据库营销、客户群体划分、背景分析、交叉销售等市场分析行为，以及客户流失性分析、客户信用记分、欺诈发现等。

习 题 6

1. 什么是面向对象的数据库系统？
2. 什么是对象标识？
3. 并行数据库系统目标是什么？
4. 并行数据库系统的结构有哪几种？每种的特点是什么？
5. 分布式数据库系统有哪些特点？
6. 简述多媒体数据库数据模型。
7. 数据仓库由哪几部分组成？
8. 简述数据挖掘流程。

参 考 文 献

[1] 郝安林. SQL Server 2005 基础教程与实验指导（从基础到应用）[M]. 北京：清华大学出版社，2008.

[2] 李春葆，赵丙秀，张牧. 数据库系统开发教程基于 SQL Server 2005+VB [M]. 北京：清华大学出版社，2008.

[3] 萨师煊，王珊.《数据库系统概论》[M]. 北京：高等教育出版社，2000.

[4] 徐人凤，曾建华. SQL Server 2005 数据库及应用 [M]. 北京：高等教育出版社，2007.

[5] 刘国燊. 数据库技术基础及应用 [M]. 北京：电子工业出版社，2004.

[6] 罗耀军. 数据库应用技术 [M]. 北京：中国铁道出版社，2008.

[7] 庞英智，郭伟业. SQL Server 数据库及应用 [M]. 北京：高等教育出版社，2007.

[8] 丁爱萍. 数据库技术及应用 [M]. 西安：西安电子科大出版社，2005.

[9] 钱雪钟，陶向东. 数据库原理及应用实验指导 [M]. 北京：北京邮电大学出版社，2006.

参考文献